O NAZISTA E
O BARBEIRO

Edgar Hilsenrath

O NAZISTA E O BARBEIRO
Uma história de vingança

Tradução de
Gilson B. Soares

GRYPHUS

Copyright @ 1971 Edgar Hilsenrath
Translation Copyright @ 2013 Gryphus Editora
"by arrangement with Literarische Agentur Mertin Inh. Nicole Witt e K., Frankfurt am Main, Germany

Website do autor
www.hilsenrath.de

Capa
Victor Hugo Cecatto

Editoração Eletrônica
Rejane Megale

Copydesk
Maria Helena da Silva

Revisão
Vera Villar

Adequado ao novo acordo ortográfico da língua portuguesa

CIP-BRASIL. CATALOGAÇÃO-NA-FONTE
SINDICATO NACIONAL DOS EDITORES DE LIVROS, RJ

H549n
Hilsenrath, Edgar, 1926-
  O nazista e o barbeiro: uma história de vingança / Edgar Hilsenrath; tradução Gilson B. Soares. — 1. ed. — Rio de Janeiro: Gryphus, 2013.
  230 p.: il.; 23cm

  Tradução de: Der nazi und der friseur
  ISBN 978-85-60610-99-0

  1. Nazismo — Ficção. 2. Ficção alemã. I. Soares, Gilson Baptista. II. Título.

13-01311.   CDD: 833
                                                             CDU: 821.112.2-3

Gryphus Editora
Rua Major Rubens Vaz, 456 — Gávea — 22470-070
Rio de Janeiro, RJ — Tel (xx21) 2533-2508
www.gryphus.com.br — e-mail: gryphus@gryphus.com.br

Gostaria de agradecer a ajuda das seguintes pessoas, que me ofereceram uma combinação de encorajamento, conselho e amizade, sem o que a feitura deste romance teria sido mais árdua e talvez até impossível: Maximillian Becker, Lawrence Freundlich, Gisela Meyer, Elizabeth Bachtler, Eveline Neumann e Marion Gid.

E.H

Em memória de meu pai

Sumário

Livro Um 1

Livro Dois 49

Livro Três 105

Livro Quatro 141

Livro Cinco 175

Livro Seis 247

LIVRO UM

I

Esta é a minha história. Sou Max Schulz, filho ilegítimo, porém ariano, de Minna Schulz — que à época de meu nascimento era uma criada na casa do judeu Abramowitz, negociante de peles. Não pode haver a menor dúvida sobre minha origem ariana, já que a árvore genealógica de minha mãe, Minna Schulz, embora não se estenda até a batalha da Floresta Teutoburger, tem não obstante raízes que remontam a Frederico, o Grande. Não posso dizer com muita certeza quem foi meu pai, mas definitivamente deve ter sido um desses cinco homens:
HUBERT NAGLER, o açougueiro;
FRANZ HEINRICH WIELAND, o serralheiro;
HANS HUBER, o pedreiro;
WILHELM HOPFENSTANGE, o cocheiro;
ou ADOLF HENNEMANN, o mordomo.

Conferi cuidadosamente as árvores genealógicas de meus cinco pais e posso assegurar que a origem ariana de todos eles pode ser comprovada sem sombra de dúvida. No que diz respeito ao mordomo Adolf Hennemann, bem, no seu caso, posso dizer orgulhosamente que um de seus ancestrais ostentou o apelido de HAGEN O GUARDIÃO DA CHAVE, vassalo do valoroso cavaleiro Siegismund von der Weide, que lhe concedeu uma certa chave como sinal de sua grande confiança. Refiro-me à chave do cinturão de castidade usado por sua esposa — um cinturão de castidade dourado, renomado na corte do Poderoso Monarca, que mais tarde fez história.

Itzig Finkelstein morava na casa ao lado. Era exatamente da minha idade ou — para ser mais preciso — se eu puder me expressar desta maneira: Itzig Finkelstein viu pela primeira vez a luz do mundo exatamente dois minutos e 22 segundos após a parteira Greta, apelidada de Greta Gordona, me libertar do útero escuro de minha mãe com um vigoroso puxão — se é que a vida possa ser definida como uma libertação, o que, afinal, é bastante questionável.

Dois dias após Itzig Finkelstein ter chegado a este mundo, o seguinte anúncio foi publicado no *Espectador Hebraico* de nossa cidade, Wieshalle, na Silésia.

> Eu, Chaim Finkelstein, barbeiro, proprietário do renomado salão **O HOMEM MUNDANO**, esquina das ruas Goethe e Schiller, em Wieshalle, diretor do CLUBE DE BOLICHE HEBRAICO, secretário-geral da COMUNIDADE HEBRAICA, membro da ASSOCIAÇÃO ALEMÃ DE PROTEÇÃO AOS ANIMAIS, da ASSOCIAÇÃO PARA DEFESA DA NATUREZA, sócio da LIGA AMA TEU PRÓXIMO, membro da ASSO-

CIAÇÃO DE BARBEIROS DE WIESHALLE, autor do livreto *Um corte de cabelo para cada cabeça*, tenho a honra de anunciar o nascimento de meu filho e herdeiro
ITZIG FINKELSTEIN.

Logo no dia seguinte, um segundo anúncio apareceu no *Espectador Hebraico*, com o seguinte texto:

Nós da Comunidade Hebraica de Wieshalle temos o prazer de congratular *Herr* Chaim Finkelstein, barbeiro, proprietário do renomado salão **O HOMEM MUNDANO**, na esquina das ruas Goethe e Schiller, diretor do CLUBE DE BOLICHE HEBRAICO, secretário-geral da COMUNIDADE HEBRAICA, membro da ASSOCIAÇÃO ALEMÃ DE PROTEÇÃO AOS ANIMAIS, da ASSOCIAÇÃO PARA DEFESA DA NATUREZA, sócio da LIGA AMA TEU PRÓXIMO, membro da ASSOCIAÇÃO DE BARBEIROS DE WIESHALLE, autor do livreto *Um corte de cabelo para cada cabeça*, pelo nascimento de seu filho e herdeiro
ITZIG FINKELSTEIN.

Pode você imaginar o que HILDA... HILDA MAGRICELA... a empregada dos Finkelsteins, disse para *Frau* Finkelstein quando o anúncio do nascimento do pequeno Itzig apareceu no *Espectador Hebraico*?

— *Frau* Finkelstein — disse —, tem alguma coisa que não entendo! *Herr* Finkelstein não costuma ser exibicionista. Mas este anúncio do nascimento de Itzig... me parece um tanto exagerado!

HILDA MAGRICELA: mais de 1,80 m de corpo esquálido, rosto tão fino quanto o de um pássaro, cabelo preto como breu.

SARAH FINKELSTEIN: pequena e rotunda, pincenê pendendo do nariz, cabelo já grisalho, embora não fosse de fato velha. Ainda assim parecia coberta com a poeira do tempo, de uma outra era, como os veneráveis retratos de família na sala de estar antiquada dos Finkelstein.

CHAIM FINKELSTEIN: ainda mais baixo que sua mulher, mas não rechonchudo. Um homem nanico e seco, o ombro esquerdo caído, como se dois mil anos de exílio e dois mil anos de sofrimento pesassem todos sobre aquele ombro. Sobre o ombro esquerdo, o ombro mais próximo do coração. O nariz de Chaim Finkelstein é difícil de descrever. Eu diria: sempre um tanto gotejante e sempre um pouco inflamado por um resfriado crônico. Mas não recurvo. Seu nariz não era nem comprido nem adunco. Era normal. Para todos os efeitos, normal. E tampouco tinha pé chato.

O cabelo? Você quer saber se ele tinha algum cabelo? Chaim Finkelstein, o barbeiro? Oh, não, ele não tinha nenhum cabelo. Pelo menos não na cabeça.

Mas ele não precisava disso. Porque Chaim Finkelstein, aquele nanico insignificante, tinha olhos expressivos. E qualquer um que olhasse naqueles olhos possivelmente não se sentiria ofendido por aquele coco pelado. Nem pelo nariz inflamado sempre gotejando um pouquinho, ou mesmo por seu corpo mirrado. Seus olhos eram grandes e claros, bondosos e sábios. Olhos que brilhavam com a poesia da Bíblia e com a compaixão pelos seus semelhantes.
Assim era Chaim Finkelstein, o barbeiro judeu de Wieshalle.

Em 23 de maio de 1907, um evento de E-NOR-ME importância teve lugar na casa dos Finkelstein: a circuncisão de Itzig Finkelstein.
Presumo que você esteja bem ciente do que é a circuncisão, e que você, se for judeu, não tenha de tempos em tempos contemplado seu próprio membro mutilado, tomando-lhe, por assim dizer, as medidas. Mas alguma vez também não pensou sobre o motivo simbólico da retirada do prepúcio? Não estou certo?
A circuncisão é um símbolo do elo entre o Senhor e o povo de Israel, e como tal é também chamada de *Brit Mila*. Conscienscioso leitor de enciclopédias, pude constatar que a circuncisão dos neonatos judeus supostamente representa uma espécie de castração simbólica, uma metáfora, com a intenção de simbolizar o seguinte: o Enobrecimento do Homem, a repressão dos seus instintos bestiais e paixões, um ato simbólico que eu, falando como um exterminador, nunca louvaria o suficiente.
Um ânimo festivo reinou no lar dos Finkelstein por ocasião da circuncisão de Itzig. O salão O Homem Mundano estava fechado. A empregada da família, Hilda Magricela, pediu a minha mãe que fosse ajudá-la um pouco, já que tinha muita coisa para fazer. Minha mãe, que era a favor da cooperação entre vizinhos, foi à casa dos Finkelstein e ajudou Hilda na cozinha. Fizeram pão de mel e torta de maçã, bolos com passas e amêndoas e todos os tipos de saborosos petiscos. Havia fartura de bebidas para os convidados e minha mãe e Hilda Magricela, que nada tinham contra uma boa aguardente, brindaram à saúde e prosperidade dos judeus e à saúde e prosperidade de Itzig Finkelstein.
É verdade que minha mãe bebeu à saúde e prosperidade dos judeus na cozinha com Hilda, e à saúde e prosperidade de Itzig Finkelstein, porque ela gostava de uma boa bebida e porque estava se divertindo, mas não fazia a menor ideia do porquê de tantos convidados circulando pela casa nem que tipo estranho de acontecimento estava sendo celebrado. Quando finalmente fez perguntas a Hilda Magricela, a criada riu e disse:
— Do que se trata toda esta agitação? O pequeno Itzig faz hoje oito dias de nascido. E portanto vão cortar o seu peruzinho. É um antigo costume judeu. Sempre no oitavo dia após o nascimento.

— Mas isso é horrível — disse minha mãe. — A pobre criança nunca mais vai poder fazer pipi direito. E mais tarde nem será capaz de foder.

— Oh, não é assim tão horrível — disse Hilda Magricela. — Seu pinto irá crescer de novo.

E então Hilda explicou a minha mãe o que acontecia na cerimônia.

— Agora preste atenção, Minna — disse Hilda Magricela. — O que acontece é o seguinte: há um sujeito chamado de *mohel*. Ele tem uma faca comprida com os dois gumes afiados. Ele corta o pinto do menino judeu e depois murmura algumas palavras mágicas, e então o pinto cortado começa a crescer de novo... até não ficar nem muito comprido nem muito curto... fica exatamente do tamanho certo. E, por outro lado, especialmente grosso e forte. É por isso que os judeus são abençoados com tantos filhos.

— Bem, isso é fantástico — disse minha mãe. — Nunca antes ouvi falar de nada semelhante.

— É tudo feito como um símbolo do elo entre o povo de Israel e o Senhor — disse Hilda. — Ou pelo menos é o que disse o barbeiro Chaim Finkelstein. E o rabino que esteve aqui em casa recentemente disse alguma coisa similar. Ele até falou sobre um certo profeta, um tal de Jeremias, que supostamente disse aos judeus: "CIRCUNCIDAI-VOS AO SENHOR E LIVRAI-VOS DO PREPÚCIO DE VOSSO CORAÇÃO."

— Somente o prepúcio? — perguntou minha mãe.

— Sim, o prepúcio — disse Hilda Magricela.

— Então tudo que deviam cortar do pequeno Itzig é a sua pele — disse minha mãe —, e não a coisa toda. O mesmo se dá com o coração.

— Oh, bem — disse Hilda —, está certo, claro... mas um peru não é um coração... ele cresce de novo... como já lhe expliquei. — E Hilda riu maliciosamente.

Minha mãe sacudiu a cabeça e disse:

— Que história! É fantástico! Eu nunca teria imaginado isso possível.

— Que idade tem seu pequeno Max? — perguntou Hilda.

— Oito dias — respondeu minha mãe. — Exatamente a mesma idade do pequeno Itzig. Ou, para ser mais exata: dois minutos e vinte e dois segundos mais velho.

— Então, se eu fosse você, também mandaria cortar o peruzinho dele. Acredite, Minna, ele crescerá de novo, tal como acontece com os judeus, nem comprido nem curto demais, exatamente do tamanho certo, mas especialmente grosso e forte.

É aí provavelmente que você irá se perguntar: COMO É QUE ELE SABE DISSO TUDO EM DETALHES? Mas, com a melhor boa vontade deste mundo, eu não saberia dizer.

Completada a circuncisão de Itzig Finkelstein, minha mãe correu excitadamente para casa, avisou a meus cinco pais, arrastou-me para fora do berço e colocou-me sobre a mesa da cozinha, com a intenção de separar-me do meu membro — ou, melhor dizendo, cortá-lo fora. A família Abramowitz não estava em casa e eu, um pobre e desamparado vermezinho, fiquei completamente à mercê deles todos. De alguma maneira, senti o que estava no ar e comecei a gritar como um possesso e nem minha mãe nem meus cinco pais conseguiram aquietar-me. O serralheiro agarrou meus braços, o pedreiro segurou as pernas, minha mãe enfiou-me a chupeta na boca, o mordomo e o cocheiro olhavam embaraçados, enquanto o açougueiro brandia uma comprida faca.

— Não o corte fora — disse minha mãe de repente. — Foi só uma piada.

— Que piada, que nada — replicou o açougueiro. — Isto é uma coisa muito séria.

— Talvez não cresça de novo — disse minha mãe. — Afinal, ele não é judeu. E, além disso, o *mohel* não está aqui para murmurar suas palavras mágicas.

— Oh, dane-se o *mohel* e suas palavras mágicas — disse o açougueiro.

— Não faça isso — insistiu minha mãe. — Ou todos nós vamos acabar na cadeia.

O açougueiro estava a ponto de aplicar a lâmina no meu membro, quando algo estranho aconteceu: eu, Max Schulz, oito dias de idade, cuspi subitamente a chupeta, pulei na garganta do açougueiro com um grito e dei-lhe uma poderosa mordida, muito embora nem tivesse dentes, deixei-me cair no chão, rastejei como o vento até a janela, impulsionei-me até o peitoril e vi, pela primeira vez na vida...

A RUA.

Uma rua inteiramente comum, com uma calçada, sarjeta e paralelepípedos... e vi casas de tijolo, com telhados íngremes e coloridos, e carruagens, e um redemoinho de criaturas de duas e de quatro pernas. Olhando para o céu, vi nuvens cinzas e negras pontuadas de manchas luminosas, e pássaros escuros voando em círculos. Mas não vi nenhum anjo. Oh, não, nada de anjinhos.

Abaixo de nós, na rua, as pessoas começavam a formar uma multidão. Alguém gritou:

— Que diabo está acontecendo aí em cima?

E minha mãe, que nesse ínterim tinha me alcançado na janela, tomou-me nos braços e gritou de volta:

— O que acham que está acontecendo?

Você pensa que o estou fazendo de bobo? Ou talvez nem esteja pensando isso. Talvez esteja apenas dizendo para si mesmo:

"MAX SCHULZ TEM UM PARAFUSO FROUXO! PÔS NA CABEÇA QUE ALGUÉM QUERIA MATÁ-LO... PORQUE ERA UM BASTARDO... E TUDO FEITO SOB O DISFARCE DE UMA CIRCUNCISÃO, EXECUTADA SEGUNDO O COSTUME ENTRE OS JUDEUS, NO OITAVO DIA APÓS O NASCIMENTO. AONDE QUER CHEGAR MAX SCHULZ? O QUE ESTÁ TENTANDO ME DIZER? A QUEM ESTÁ TENTANDO ACUSAR? SUA MÃE? OS JUDEUS? OU DEUS? E TODA ESSA BABOSEIRA ABSURDA SOBRE O BEBÊ AGINDO EM LEGÍTIMA DEFESA, ESCAPULINDO, SUBINDO NO PEITORIL DA JANELA... É TUDO PURO ABSURDO! NÃO EXISTE NADA DISSO! É UM PESADELO E NADA MAIS!"

Mas eu quero apenas contar-lhe a minha história, em ordem cronológica. É assim que se diz? Não lhe contarei tudo, somente as coisas mais importantes, ou pelo menos aquelas que eu, Itzig Finkelstein, naquela época ainda Max Schulz, considero mais importantes.

Meus cinco pais iam procurar minha mãe todas as noites. Faziam fila diante da porta. Geralmente o AÇOUGUEIRO, o mais forte, era o primeiro a entrar, depois vinham o SERRALHEIRO, o PEDREIRO, o COCHEIRO e por fim o MORDOMO. Sim, o mordomo era sempre o último, porque era o mais fraco, um homenzinho com voz de *castrato*, sem alternativa senão lambuzar seu pau no sêmen de meus outros quatro pais.

Naturalmente esses arranjos não eram do agrado de Abramowitz, o comerciante de peles judeu, o que eu, Itzig Filhenstein, à época ainda Max Schulz, posso bem entender. Não que o peleteiro Abramowitz tivesse algo contra mim ou contra o próprio fato de minha existência, ou seja: ao menos até estar convencido de que eu fosse filho do seu cocheiro, Wilhelm Hopfenstange, ou de seu mordomo, Adolf Hennemann, uma vez que ambos eram como parte da família. Os problemas surgiram quando o peleteiro começou a tornar-se suspeito. Um dia, ele disse à minha mãe:

— Escute aqui, Minna. Isso não pode mais continuar assim. Pensei que fossem apenas meu cocheiro e meu mordomo. Mas ter cinco homens em fila... isso já é demais. Afinal, isto aqui é uma casa de respeito.

— As coisas boas vêm sempre de três em três — respondeu minha mãe.

— Mas não de cinco em cinco — disse o peleteiro. — E como esta é uma casa de respeito, vou ter que despedi-la.

II

Num dia chuvoso de julho — eu estava com sete semanas de idade — minha pobre mãe fez as malas, tomou-me nos braços e deixou a casa de Abramowitz. Meus cinco pais, claro, ajudaram na mudança. A bagagem de minha mãe consistia de três malas, uma mochila, uma bolsa pessoal e um guarda-chuva. O AÇOUGUEIRO carregou a mala mais pesada, uma caixa amarela de madeira com fechadura e lingueta de ferro; o SERRALHEIRO transportou a mala de couro marrom; o PEDREIRO incumbiu-se da mala de lona azul; o COCHEIRO levou a mochila, enquanto o MORDOMO fracote cuidou apenas do guarda-chuva e da bolsa de um verde brilhante cheia de utensílios pessoais, tais como ligas, rolos de cabelo, fitas, e por aí vai.

Você deve manter em mente que minha mãe era um grande pedaço de mulher. Ela parecia um barril ambulante, apoiada em pernas finas que ajudavam a sustentar seu corpo gigantesco com dignidade. Não posso deixar de mencionar seu luxuriante cabelo louro, os olhos azuis de aço, ou seu narizinho arrebitado, que era tão vistoso quanto seu queixo duplo no qual ela exibia uma brilhante verruga marrom. Seus lábios eram sensuais, os dentes fortes e brancos. Eles nunca falhavam em deixar extasiado o açougueiro, que sempre lhe dizia:

— Sabe, Minna, quando vejo seus dentes, fico até com medo de que você possa morder e arrancar meu pau.

Ao que minha mãe respondia:

— Ora, Hubert, isso só poderia acontecer com o mordomo Adolf Hennemann, que tem a pica tão flácida. Não vou me arriscar a quebrar meus dentes mordendo uma pica de aço. Ou você pensa que é só isso que quero fazer?

— Não, Minna — dizia o açougueiro. — Mas seus dentes não são brincadeira.

Quando deixamos a casa eu dormia pacificamente nos braços de minha mãe. Acordei quando passamos pelo salão de Finkelstein. Então comecei a gritar e imediatamente Chaim Finkelstein correu para fora do salão, muito embora estivesse espumando o rosto de um freguês. Hilda Magricela abriu a janela do segundo andar, viu o que estava acontecendo e apressou-se para a rua. Beijos e abraços de nada adiantaram. Por fim, minha mãe disse:

— Não sei o que há com o garoto, *Herr* Finkelstein. Sua barbearia deve tê-lo enfeitiçado.

— Que história é essa de "barbearia"? — replicou Chaim Finkelstein. — Eu não tenho uma "barbearia". Sou dono de um salão para cavalheiros.

— Bem, então seu salão pôs um feitiço nele. Ou ele não estaria gritando tanto.

— Vamos logo, Minna — disse o açougueiro —, não perca tempo com o judeu... além do mais, esta arca de madeira está muito pesada.

— Sim, nós devíamos seguir caminho — disse o mordomo e meus outros pais concordaram com ele.

Não sabíamos para onde ir. O salão para cavalheiros de Chaim Finkelstein estava situado, como já mencionei, na esquina da Goethe com Schiller. O açougueiro estava disposto a permanecer na Goethestrasse, talvez por causa da cervejaria *Rei dos Elfos*, embora eu não esteja certo de que ele conhecesse o poema de Goethe. Talvez o açougueiro tivesse ouvido falar da louca cavalgada noturna através da floresta empreendida por pai e filho ou de um cavalo temperamental, e quem sabe houvesse sido golpeado pela loucura da poesia goethiana. O mordomo, contudo, preferia o poema *O sino*, e no seu caso não tive dúvidas, pois toda noite ele recitava o grande poema de Schiller enquanto tocava o sino para o jantar. E, por causa disso, queria ansiosamente que ficássemos na Schillerstrasse. Meus outros três pais também tinham sua opinião. O serralheiro achava que as fechaduras na Goethestrasse não eram melhores que aquelas da Schillerstrasse. O pedreiro sacudiu a cabeça e disse:

— Sim, as paredes das casas da Schillerstrasse são tão cheias de percevejos quanto as da Goethestrasse.

E Wilhelm Hopfenstange, o cocheiro, observou que os paralelepípedos das duas ruas estavam desnivelados e repletos de lixo e vidro quebrado. Por fim, minha mãe tomou a decisão:

— Vamos primeiro atravessar a rua!

Você conhece a cidadezinha alemã de Wieshalle? As ruas são sinuosas e estreitas, tão estreitas que do outro lado da rua se podia não só ver como ouvir tudo que acontecia diante do salão O Homem Mundano.

E lá estava Anton Slavitzki... ANTON SLAVITZKI, O MOLESTADOR DE CRIANÇAS. Parado lá, sorrindo e olhando para o nosso grupo. Anton Slavitzki era barbeiro de profissão, tal como Chaim Finkelstein, só que não tão talentoso. Sua barbearia — não um salão para cavalheiros, não era tão classuda — ficava diretamente em frente ao salão O Homem Mundano e situada de modo tal que os dois barbeiros — Finkelstein e Slavitzki — podiam se espiar através das respectivas vitrines, coisa que faziam com frequência: Finkelstein sorrindo com ar condescendente, Slavitzki com raiva e inveja.

Slavitzki? Era um homem alto e magro, com sobrancelhas espessas e olhos empapuçados, ligeiramente oblíquos, nariz ossudo, cabelo oleoso e um pau tão comprido que, comentava-se, chegava à altura dos joelhos, motivo pelo qual ele o prendia à coxa com um elástico.

Atravessamos a rua. Enquanto passávamos pela barbearia de Slavitzki — meus cinco pais resmungando sob o peso da bagagem —, minha mãe, parecendo um barril de cerveja de duas toneladas equilibrando-se sobre duas muletas finas, me carregava nos braços. Eu não berrava mais e estava quase adormecendo. Enquanto passávamos tão inocentemente diante dele, Slavitzki, o molestador de crianças, avançou de repente um passo e deu um beliscão no traseiro de minha mãe.

Ofendida, ela parou e disse:

— O que lhe passa pela cabeça, Slavitzki? Sou uma mulher honesta!

Slavitzki começou a gaguejar. Sim, isso mesmo. Ele gaguejou uma estúpida desculpa qualquer e minha mãe ficou tão satisfeita que disse:

— Bem, vamos deixar para lá, minha bunda já deixou loucos outros homens. Mas o que é que lhe agrada em mim?

— O seu traseiro — respondeu Slavitzki.

— Ah — fez minha mãe.

Slavitzki continuou:

— Minha cara senhora, quando quiser um penteado da última moda, eu o farei de graça, mesmo não sendo especializado em cabelos femininos.

— Você me faria mesmo um penteado da última moda? — perguntou minha mãe.

— Da ultimíssima moda — rebateu Slavitzki.

— Olhe que vou cobrar a oferta, hein? — disse minha mãe. — E quando poderá fazê-lo? De graça, bem entendido.

— Se quiser, agora mesmo — respondeu Slavitzki.

— Ótimo — disse minha mãe. — Se ficar para depois, acabaremos esquecendo. Então vamos fazê-lo agora.

Minha mãe desapareceu comigo para dentro da barbearia de Slavitzki. Meus cinco pais esperaram pacientemente diante da porta, mas, quando se deram conta, já se tinham passado duas horas. O AÇOUGUEIRO disse aos outros meus pais:

— Minna não sai mais. E não é de se espantar. Ele tem o maior pau de toda Goethestrasse.

O MORDOMO acrescentou:

— E de toda Schillerstrasse.

E o SERRALHEIRO disse:

— O maior e mais duro. Isso é pra lá de notório. É um fodedor insuperável.

O PEDREIRO opinou:

— Sim, é verdade. Mas afinal ele é um polaco. O que o torna ainda mais suspeito.

O COCHEIRO concordou com um aceno de cabeça e disse:
— E além disso é viúvo. O que o torna mais suspeito ainda.
Meus cinco pais confabularam entre si, depois deixaram as bagagens diante da barbearia, fizeram o sinal da cruz e foram embora.

Decrépita. Não encontro outras palavras para descrever a barbearia de Anton Slavitzki. Espelhos opacos, cadeiras de barbeiro arranhadas e com estofamento rasgado, uma única pia amarelada e lamacenta, paredes rachadas, assoalho danificado, má iluminação, tudo era malcuidado, empoeirado e decadente. Uma cortina escondia uma quitinete, bem junto à saída de emergência que levava ao pátio dos fundos, onde havia uma latrina. O barbeiro Chaim Finkelstein e seu melhor freguês, o peleteiro Abramowitz, haviam criado um nome para a clientela de Slavitzki: "turba de esfarrapados".
Os pertences de Slavitzki estavam atulhados em três baús com gavetas alinhados um junto ao outro perto da saída de emergência. Slavitzki alegava que já tivera seu próprio apartamento, muito tempo atrás. Agora a barbearia era seu lar.
— Para que um viúvo precisaria de um apartamento? — disse ele para minha mãe. — À noite armo a cama dobrável e a desarmo quando chega a manhã. Vivo assim.
— Eu compreendo — disse minha mãe —, mas se quer que eu e Max venhamos morar com você, isso vai ter que mudar. Precisamos de um apartamento.
— Muito bem, então — disse Slavitzki. — Cada coisa a seu tempo.

Consegue imaginar a cama dobrável de um viúvo solitário transformar-se em um leito de casal no qual deveriam dormir não só o viúvo magro, mas também uma mulher gorda pesando duas toneladas embora suas pernas fossem finas? Em suma: consegue imaginar duas pessoas de envergadura tão diferente dormindo juntas num leito desses?
Na primeira noite, Slavitzki montou imediatamente em minha mãe, mas ela estava menstruada e repeliu-o com suas pernas finas e mãos gordas.
— Não seria adequado — disse minha pobre mãe. — Estou "naqueles dias". Não seria adequado.
Mas Slavitzki não lhe deu ouvidos. Continuou tentando. Havia tirado o elástico de que costumavam falar e estava ali de pé, diante do leito conjugal, nu, com o membro em ponto de bala, fazendo a cabeça de minha pobre mãe rodopiar, ralhou com ela, rastejou de volta para ela sob a coberta, gemeu e suplicou, tentou convencê-la, finalmente começou a suar, depois a gritar. É assim que deve ter sido.

Minha mãe permaneceu firme. Deus é testemunha, foi assim mesmo. O que não é adequado não é adequado. Uma pessoa deve ter princípios.

Tão logo percebeu que tinha perdido, a raiva de Slavitzki não conheceu limites. Ele pulou fora do leito nupcial como um homem selvagem. Nu, sua espada ereta, a boca espumando, gotas de suor escorrendo de sua testa, os pelos espetando sua pele... e descarregou sua raiva e seu tesão frustrado em mim.

Consegue imaginar a gravidade de tal crime? Eu, Max Schulz, de apenas sete semanas de idade, futuro assassino em massa, porém à época ainda inocente, jazia como um anjo em meu novo berço, a pia, a mesma pia na qual Slavitzki costumava mijar, mas que agora estava seca porque minha mãe a havia limpado. Eu jazia ali enrolado em cueiros aquecidos, bem coberto e aconchegado, dormindo pacificamente, sonhando com meus amigos anjos. Sonhando e sorrindo, fui subitamente arrancado do meu sono e arremessado no ar. Queria gritar para os anjos, talvez, mas não conseguia emitir nenhum som. Meus olhos estavam arregalados de pavor, e o susto me fez mijar nas fraldas. Prestes a sufocar por ter engolido mal, vomitei o leite de minha mãe na mão de Slavitzki, estendi minhas finas mãos e pernas para defender minha inocência, vi o poderoso membro de Slavitzki sem entender bem o que era, comecei a murmurar preces, muito embora não tivesse ainda aprendido a rezar, queria morrer, ansiava por voltar ao escuro porém seguro útero de minha mãe... então, de súbito, pousei de bruços sobre a cadeira de barbeiro, aquela em frente à pia.

Lá estava minha mãe de pé junto à cama dobrável: duas toneladas de pesada, agitada carne feminina, trêmula de frio, a camisola desabotoada, os seios caídos... de pé sobre suas longas pernas de cegonha, não tremendo, apenas arrepiada de frio, e, enquanto estava ali com o olhar vítreo e a boca sonolenta aberta pelo estupor, viu Slavitzki, viu a cadeira de barbeiro, viu minha aveludada e inocente pele ariana, branca como a neve. Ela lambeu os lábios, testou os dentes, talvez pensando em morder, mas mudou de ideia, procurou por um cigarro, encontrou-o atrás de sua orelha direita. Não da esquerda, preste atenção, da direita, e o enfiou na boca entre os grandes dentes brancos. Depois achou um fósforo, não atrás da orelha direita, mas da esquerda, levantou a perna magra, a esquerda, riscou o fósforo na sola do chinelo, viu a chama, acendeu o cigarro, tornou a fitar timidamente o membro de mamute do barbeiro Slavitzki.

Eu, Max Schulz, futuro assassino em massa, porém ainda inocente à época, soltei um grito que teria penetrado os tímpanos de qualquer um, arqueei as costas, agarrei o estofamento solto da cadeira de barbeiro, ergui minha cabecinha no ar, senti o sangue correndo pelo meu cérebro, mijei de novo, comecei a tremer, ouvi o canto dos anjos, ouvi seus gritos de aleluia, vi anjos voejantes com harpas e flautas de Pã, vi pés minúsculos subindo pelas escalas musicais, vi todos os tipos de chaves, chaves musicais e outras, vi também as grandes chaves de ferro do meu ancestral Hagen, o Guardião da Chave, ouvi-o ranger os dentes, vi o cinturão de castidade dourado de sua dama, vi a nudez dela, ouvi-o rir e suspirar, vi os pecados que saltavam de uma escala a outra, vi o poço de corrupção, depois não vi mais nem anjos, nem harpas, nem flautas de Pã, só ouvi Nosso Senhor, queria rezar mas não conseguia mais...

    Sei o que você está dizendo:
"MAX SCHULZ FICOU MALUCO DE VEZ! UM PESADELO! NADA MAIS É QUE UM PESADELO!"

    Mas por que insiste nisso? Não é verdade que Deus inventou a inocência a fim de fazê-la ser pisoteada na lama... aqui na terra? E não é verdade que os fracos e indefesos são sempre esmagados pelos fortes, jogados por terra, estuprados, menosprezados, maltratados? E às vezes, em certos períodos, simplesmente eliminados? É assim ou não é? E se é assim... por que insiste em dizer que Max Schulz ficou maluco?

III

Não há muita coisa a contar sobre minha primeira infância. Portanto vou pular esta parte e mencionar apenas aquela grande guerra.
    Lembra-se dela? Chamavam-na de Primeira Guerra Mundial. Quanto a mim, recordo-a bem, pois já estava com sete anos, um garotão que sabia um bocado de coisas mais do que muita gente grande, tinha olhos de sapo de cor indefinida que viam coisas, até mesmo coisas que os outros eram incapazes de ver.
    Nós nos havíamos mudado para um apartamento de porão debaixo da barbearia de Slavitzki, um lugar cheio de ratos. Dali — da perspectiva de uma janela de porão — a guerra parecia absolutamente ridícula. Dia após dia, longos comboios passavam ribombando. O som de música marcial invadia meu quarto. Da janela do porão eu podia ver a parte inferior da artilharia pesada, dos soldados e dos animais. Tornei-me um observador devotado dos cascos dos cavalos e me enchia de alegria ao ouvir seu tropel acima de minha janela. O espetáculo das pernas dos soldados marchando em uníssono me emocionava, de fato eu não imaginava que houvesse tantas pernas em todo o mundo. O que me agradava em especial eram as botas elegantes dos oficiais. As botas pretas relu-

zindo esmagavam seu caminho através das ruas, sem preocupação com vidro quebrado, desdenhando alegremente o pavimento duro; os tacões curvados no ar, as botas dos oficiais reluziam para mim e enchiam-me de desejos secretos.

Meu padrasto, Slavitzki, desapareceu por uns tempos, deixando atrás de si apenas um grande letreiro na porta do estabelecimento: FECHADO!

Durante sua ausência, a vida no nosso apartamento de porão tornou-se um alegre bordel. Raramente minha mãe não tinha visitantes: soldados em licença, imagino, rapazes simpáticos que me traziam guloseimas.

No começo vinham sozinhos, depois começaram a chegar em bandos. Eu devia ficar de guarda diante da porta do quarto de dormir ou na sala de espera — como chamavam agora a sala de estar. Eu dava aos soldados todo tipo de informação e dizia aos novos, aqueles que nunca tinham visto minha mãe antes, que suas pernas eram longas e finas como as de uma cegonha, mas que em compensação possuía um enorme traseiro, pesava duas toneladas, tinha um temperamento jovial e até uma certa inclinação para brincadeiras infantis. Dizia que podia até mesmo latir como SATAN, o cachorro do vizinho, que sabia rastejar de quatro e correr em círculos.

Interessa-lhe saber o que aconteceu na Goethestrasse e na Schillerstrasse durante a Primeira Guerra Mundial? Quer saber como brincávamos de guerra, os meninos da Goethestrasse contra os da Schillerstrasse? Ou devo lhe contar sobre o gramofone novo no quarto de minha pobre mãe, que tinha um alto-falante similar a uma monstruosa trompa e fazia tanto barulho que os ratos que eu capturava nas armadilhas ficavam completamente loucos? Mas imagino que nada disso lhe interessa.

Um dia meu padrasto voltou da guerra — muito embora a guerra ainda não estivesse no fim à época. Tirou o letreiro da porta e pôs um novo: REABERTURA! Expulsou os visitantes do quarto de minha mãe e também pôs para fora os que estavam na "sala de espera", chamada agora de novo de sala de estar, quebrou o gramofone, chamou minha mãe de puta, praguejou da manhã à noite, bateu nela, bebeu a mais não poder — e então a velha vida recomeçou, tornou a ser como antes, antes de Slavitzki ir para a guerra.

A comunidade judaica de Wieshalle consistia de 99 almas. Se levar em conta que era uma cidade de 33.099 habitantes, você admitirá que, realmente, não havia muitos judeus. Mas como a maioria dos judeus morava na Goethestrasse e na Schillerstrasse, o meu padrasto vivia repetindo:

— Minna, esta maldita cidade está infestada de judeus!

Um belo dia, durante o almoço, minha mãe, Minna Schulz, que por causa das perversões de Slavitzki estava de pé por não poder se sentar, teve uma conversa com o meu padrasto, que, sentado em seu lugar habitual, de mau humor e bêbado, vestia uma camiseta desbotada e uma cueca que não escondia seu membro flácido. Permita-me descrever a cena:

— Se as coisas continuarem nesse pé, Minna, então teremos que nos mudar. A cidade agora só tem judeus. E onde você pensa que os judeus cortam o cabelo? Na barbearia de Chaim Finkelstein. Porque ele também é judeu. Está mais do que claro.

Minha pobre mãe sacudiu a cabeça.

— Não é verdade, Anton — disse. — Não é verdade. O porteiro me disse que são noventa e nove judeus ao todo. Foi isso que me disse. E 90 moram por essas bandas, 53 na Goethestrasse e 37 na Schillerstrasse. Pode parecer muito, mas não é. Basta fazer a soma. Quantas casas há na Goethestrasse e quantas na Schillerstrasse? E quantos apartamentos? Estou lhe dizendo, Anton! Neste bairro há mais cristãos do que judeus. E então, o que acha disso? E onde é que os cristãos cortam o cabelo? No salão de Chaim Finkelstein!

— Ele deve tê-los enfeitiçado! — exclamou Slavitzki. — Do contrário não iriam todos lá! Viriam aqui!

Minha pobre mãe sacudiu de novo a cabeça.

— Não creio, Anton, porque nesse caso Hans Baumeister, o sapateiro aqui do lado, que é católico, não teria tantos fregueses, mesmo tendo, bem diante dele, tantos concorrentes judeus. Os fregueses da Goethestrasse e da Schillerstrasse não se deixam enfeitiçar pelos judeus. O fato é que desejam um serviço de boa qualidade em troca de seu suado dinheirinho.

— E o que pretende dizer com isso? — perguntou Slavitzki, fitando-a com rancor.

— Digo — respondeu minha mãe lentamente — que Chaim Finkelstein faz mais negócios que você porque é um barbeiro melhor! E além do mais não mija na pia! E quando corta o cabelo de alguém, o freguês não tem a impressão de que puseram uma cuia sobre sua cabeça.

Quando garoto eu dava os mais estranhos saltos mortais. Era capaz de todo tipo de contorcionismo, sabia plantar bananeira, dar cambalhotas, chupar o dedão do pé, fazer caretas, uivar de riso sem motivo, gaguejar, jogar pedras nas meninas, chutar a bunda de garotos menores do que eu, quebrava vidraças, subia em telhados e mijava na rua lá do alto, e por aí vai.

Um dia Slavitzki disse para minha mãe:
— Acho que esse garoto tem um parafuso frouxo.
Minha mãe respondeu:

— Você sabe, Anton. É tudo culpa da primeira vez.
— O que quer dizer? — perguntou meu padrasto.
— Você tem o pau muito grosso — disse minha mãe. — E muito comprido. Bateu direto conta a caixa craniana dele, afetando o cérebro. Resultado: parafuso frouxo por pancada na cabeça!

Meu padrasto não gostou muito quando me viu brincando com Itzig Finkelstein, filho do barbeiro Chaim Finkelstein, seu concorrente. Mas eu gostava de brincar com Itzig. Eu mostrava a ele como pegar ratos na armadilha e como enfiar gravetos compridos e afiados no cu dos ratos narcotizados. Expliquei a ele que os vermes, mesmo sem cabeça, continuavam se movendo, o que eu interpretava como o verme não querendo desistir de sua existência e acabar sobrevivendo a quem lhe cortou a cabeça.

Ensinei Itzig a jogar bola de gude, provei-lhe que não é a cor que faz a diferença, mas sim o tamanho da bola, muito embora eu, por exemplo, preferisse as bolas azuis às verdes e as reluzentes às opacas. Expliquei a ele que o buraco na terra onde devíamos encaçapar as bolas de gude tinham sempre que ser maiores que as próprias bolas — porque assim elas se encaixariam e ficariam imóveis — e qualquer coisa que se prende e ainda assim quer seguir adiante tem que ter vontade própria, mas as bolas de gude não têm vontade própria; elas não se impelem à frente sozinhas, não se movem na terra por sua própria iniciativa, têm que receber um pequeno empurrão de um dedo humano, o que é contra as regras. Mostrei-lhe também o pavimento das calçadas da Goethestrasse e da Schillerstrasse, porque embora ele os conhecesse bem, não conhecia tão bem quanto eu, e ensinei-lhe a contar o pavimento e ver quais eram adequados para jogar amarelinha e quais não.

O ditado diz que uma mão lava a outra. Meu amigo Itzig Finkelstein mostrou-se grato. Como frequentávamos a mesma escola, a mesma turma e dividíamos a mesma carteira, Itzig ficava feliz em me dar cola, me ajudava no trabalho de casa, me ajudava a fazer contas aritméticas, explicava-me porque depois de um PONTO a letra MAIÚSCULA era obrigatória: porque um PONTO não é uma VÍRGULA, mas um PONTO, e um ponto marca o seu FINAL. E quem quer recomeçar após um final é aconselhado a recomeçar grande, pois quem é que quer recomeçar pequeno?

Os pais de meu amigo Itzig Finkelstein eram de Pohodna, uma pequena cidade judia da Galícia, de onde um dia eles emigraram para a Alemanha. Assim me explicou o barbeiro Chaim Finkelstein.

— Os judeus em Pohodna estavam morrendo de fome, mas a Alemanha era um país adiantado, onde a dignidade do homem era respeitada, onde até mesmo um judeu podia ganhar o pão de cada dia e olhar para o futuro com calma e confiança.

Na casa da família Finkelstein falava-se iídiche, que é a língua-mãe do barbeiro Chaim Finkelstein e de sua esposa Sarah. O iídiche é uma espécie de meio alto-alemão, uma língua que tem mais afinidade com nossa índole germânica do que o próprio alto-alemão, que basicamente não é mais do que, como me disse certa vez Chaim, "um iídiche estropiado, distorcido e afetado".

Você quer saber se todos os judeus em Wieshalle falavam iídiche entre si? É isso que gostaria de saber? Não, eles não falavam. Apenas umas poucas famílias, os assim chamados recém-chegados. Os outros judeus falavam alemão mesmo no recesso do lar. Porque a maioria dos judeus em Wieshalle consistia de judeus alemães, estabelecidos muito tempo atrás e que estiveram vivendo por muitas gerações em nossa linda mãe-pátria.

Eu, Max Schulz, ilegítimo porém ariano puro, filho de Minna Schulz, aprendi iídiche na casa dos Finkelstein e, com a ajuda de meu amigo Itzig, tornei-me familiarizado com o alfabeto hebraico, acompanhava meu amigo todo sábado à pequena sinagoga da Schillerstrasse, rezava minhas preces com ele, porque era divertido, sentava-me quieto na sinagoga junto aos Finkelstein, levantava-me quando a congregação se levantava, juntava-me aos cânticos, deixava meu corpo oscilar ao ritmo da prece e sussurrava fervorosamente:

"*SHEMA YISRAEL ADONAI ELOHENU, ADONAI ECHATH*: OUVE Ó ISRAEL, O SENHOR, NOSSO DEUS, É O ÚNICO SENHOR."

Com frequencia eu e Itzig falávamos de Jerusalém. Um dia eu disse ao meu amigo:
— Sabe... quando a gente crescer... um dia faremos uma viagem até lá. Daremos uma olhada juntos.

Os garotos de nossa vizinhança haviam formado dois times de futebol: um de gentios, outro de judeus. Lógico que eu, como melhor amigo de Itzig Finkelstein, deveria jogar pelo time judeu. Todos os gols eram marcados por um de nós dois, usualmente em revezamento. Itzig marcava com o pé direito, eu com o pé esquerdo. Ambos ganhamos fama e com freqüêcia éramos vaiados, como costuma acontecer com os famosos. Mas nós pouco ligávamos e dizíamos:
— É pura inveja.

Estávamos grudados um ao outro como irmãos siameses.

Meu amigo Itzig era louro e de olhos azuis, tinha o nariz reto e lábios e dentes bem formados. Por outro lado eu, Max Schulz, filho ilegítimo porém ariano puro de Minna Schulz, tinha cabelo preto, olhos de sapo, nariz adunco, lábios carnudos e dentes podres. Espero que você seja capaz de compreender o fato de sermos frequentemente confundidos. Os garotos do outro time chamavam-me de ITZIG, diziam que eu tinha, de alguma maneira, posto um feitiço na bola, perguntavam se meu pai, Chaim Finkelstein, também mijava na pia, como o padrasto de meu amigo Max Schulz, se ele também chicoteava a bunda da esposa e, se não, por que não? Se eu tivesse contado a meu padrasto, ele teria dito o seguinte:

— Bem, o que foi que eu lhe disse? Não brinque mais com Itzig. Ele pôs um feitiço em você, é óbvio. Como é que ele tem cabelo louro e o seu é preto? E o nariz reto dele e o seu adunco? Sem falar nos olhos, lábios e dentes...

Mas é claro que não contei ao meu padrasto, apenas ao barbeiro Chaim Finkelstein.

— Não dê importância — disse Chaim. — Não existem judeus como você. Mas eles não sabem disso. Apenas entenda. Eles são preconceituosos. E acontece que você tem certa aparência particular.

Itzig Finkelstein sabia com certeza que meu padrasto tinha o hábito de estuprar-me de vez em quando, mas ignorava que também tinha o hábito de me espancar. Um dia mostrei-lhe as espessas marcas vermelhas em minhas nádegas.

— Como ele fez isso? — perguntou meu amigo Itzig Finkelstein.

— Com um chicote. Um chicote preto. Tem um outro, amarelo, mas aquele é só para minha mãe. Depois dos açoites tem um lugar que fica dolorido, às vezes vários lugares, por algumas horas. Não é tão ruim. Não, isso não é ruim. O ruim mesmo é quando ele açoita minha mãe. Cada vez que ele açoita minha mãe, minha própria bunda começa a doer! E como!

— Não entendo isso — disse Itzig.

— Eu também não — respondi.

Havia muitas coisa que eu podia entender e muitas que não entendia. Meus sonhos, por exemplo: com frequência eu sonhava com uma comprida faca. Eu cortava fora o membro de Slavitzki, e o colocava em mim mesmo, porque era mais longo que o meu, e corria pelo quarto das crianças com aquele naco de membro, fazendo todo tipo de acrobacias, corria pela sala de estar, e depois pelo quarto do casal. Olhava para o castrado Slavitzki deitado na cama ao lado de minha mãe, e via o seu ar de inveja, e como rastejava para fora do leito, cedendo-me o lugar, e via como minha mãe me olhava com alegria e começava a me acariciar, acariciar meu membro — aquele comprido — com seus dedos gordos — e neste ponto acordava.

Também sonhava com o chicote amarelo e o chicote preto, ambos em minha mão. Não podia ver Slavitzki no sonho, mas o ouvia gritar coisas — muito claramente —, ouvia sua voz, sabia em quem queria bater, mas apenas ouvia. Não podia vê-lo, mas podia ouvir o som do chicote contra a carne. A carne dele. E eu sabia.

IV

Quando Itzig Finkelstein fez 10 anos e passou — como era comum naquela época para os garotos ricos e inteligentes — do primário para o ginásio, decidi fazer o mesmo.
— E o que vai fazer no ginásio um garoto com o cérebro avariado? É melhor se contentar só com o primário — disse minha mãe.
— Nem pensar — respondi.
— Por quê? — replicou minha mãe. — Por quê?
— Por que não? — insisti.
— Você está falando como um judeu — disse minha mãe. — E suas respostas são todas absurdas.
— Itzig vai para o ginásio, portanto eu também vou.
— Assim ele vai continuar a lhe dar cola, não é?
— Sim. Temos que dividir a mesma carteira. Isso é importante.
— Não quero ouvir falar disso.
— Quer que eu conte a Slavitzki que o porteiro vem visitá-la? Dia sim e dia não?
— Está querendo me chantagear?
— O porteiro — eu disse. — Estou certo ou não?
Não sei se você chamaria isso de chantagem. Seja como for, consegui o que queria. Fui para o ginásio.

Minha mãe e eu deixamos Slavitzki continuar a crer que eu ainda estava no primário. Sabíamos como ele ficaria com inveja. Ele, contudo, acabou por descobrir a verdade e começou a escarnecer de mim — chamando-me de fino fidalgo, ginasiano, o estudante, futuro professor — e a me bater todo dia porque, dizia, eu era "metido a besta". Mas não me fez desistir dos meus planos.

Minha mãe pagava as taxas escolares com o dinheiro que o porteiro lhe dava. Os livros e apostilas, canetas, borrachas e todo tipo de material, eu mesmo comprava, pois comecei a ganhar dinheiro já aos 10 anos, ajudando deficientes físicos e cegos a atravessar a rua, pondo para dormir o filho de HANS BAUMEISTER, o sapateiro católico, ou varrendo sua oficina com uma longa vassoura e fazendo o mesmo para o sapateiro judeu FRITZ WEBER — do qual meu padrasto costumava dizer: "Este é um judeu que se apropriou de um nome alemão" —, realizando tarefas para donas de casa e me tornando útil, ganhando gorjetas, doces e balas de alcaçuz.

Eu, Max Schulz, filho de uma puta, enteado de um estuprador de crianças, torturador de ratos com um parafuso frouxo, ganhei uma nova estampa no ginasial. Comecei a progredir, tornei-me um jovem cavalheiro educado, que sabia latim e grego e até mesmo álgebra, um jovem conhecedor de muitas coisas, em especial história e mitologia. Sim, principalmente história e mitologia. Muito embora às vezes eu misturasse as duas coisas.

É verdade que eu não era o melhor aluno, mas sob a orientação e estímulo de Itzig Finkelstein, que dividia a carteira comigo, consegui sugar todas as coisas que valiam a pena para dentro de meu cérebro bastardo. Até mesmo Hilda Magricela, a empregada dos Finkelstein, começou a ter um certo respeito por mim e costumava dizer de vez em quando:

— Max Schulz tinha tudo para ser um pequeno idiota, mas continua sendo um jovem cavalheiro que teve uma boa educação!

Itzig Finkelstein usava seu tempo de folga para ler bons livros, inclusive as obras dos grandes poetas e pensadores que não constavam do currículo escolar — e uma vez que eu, Max Finkelstein, imitava tudo que Itzig fazia, naturalmente também li os mesmos livros e tornei-me até mais inteligente, quase tão inteligente quanto Itzig Finkelstein.

Quando estava com 16 anos Itzig fundou um clube de poesia. Pode imaginar isso? Itzig Finkelstein, o filho do barbeiro Chaim Finkelstein — um poeta? Mas foi realmente assim. Real e verdadeiramente assim. Claro que me juntei ao empenho, não querendo deixar meu amigo em apuros, e comecei eu mesmo a escrever poemas, e descobri que possuía uma veia poética.

Os poemas de Itzig eram perfeitos no estilo onde os meus não eram; eram harmoniosos, os meus dissonantes; bem concatenados, os meus completamente irracionais; eram realistas e normais, os meus absurdos e pervertidos. Ambos ficamos famosos na escola, olhados, admirados, invejados, odiados, e com frequência acabávamos tendo que brigar, tal como nos velhos tempos dos jogos de futebol. Mas continuávamos a escrever nossos poemas sem permitir que nos intimidassem.

À medida que o ano de 1923 chegava ao seu final — um ano no qual tivemos inflação, um ano tedioso que se arrastava embora estivesse com pressa para ver o novo calendário — meu amigo Itzig me disse:

— Pronto! Agora chega. Já temos uma educação. Somos grandes poetas, cada um a sua maneira. Agora vou ter de aprender o ofício de meu pai.

— E quanto a mim? — perguntei.
— Você também — disse Itzig.
— E para que serve todo o estudo que tivemos?
— Oh, ao diabo com isso. Na Alemanha está tudo sendo arruinado pela inflação. Que carreira seguir? A melhor coisa a fazer é aprender um ofício. Você sempre pode sobreviver se tiver um ofício.
— O que é que seu pai acha desse plano?
— Partilhamos a mesma opinião.
— Na verdade, você está certo. Não arranjaríamos nada, de qualquer modo. A esta altura, só nos resta a universidade. Teremos que suportar anos e anos de estudo... e para quê? Poesia não dá dinheiro.
— Não dá mesmo — concordou Itzig.
— E depois ainda tem a inflação. Nada mais faz sentido. Você tem razão. Ter um ofício é a coisa certa. Você sempre pode se sustentar, se tiver um ofício.
Itzig Finkelstein concordou. A gente se entendia perfeitamente. Ele pôs a mão sobre meu ombro e disse:
— Escute aqui, Max. Chegará um dia em que terei de assumir a barbearia. E então farei de você meu sócio.
— Ótimo — eu disse. — Mas por que você diz "barbearia"? Não está falando do salão O Homem Mundano?
— Exatamente dele.
— O salão O Homem Mundano é uma verdadeira mina de ouro.
— Isso mesmo — disse Itzig. — Uma mina de ouro.

V

É claro que Slavitzki ficou furioso quando soube que eu ia fazer meu aprendizado com seu concorrente, mas minha mãe falou:
— O garoto deve aprender um ofício adequadamente. E o salão O Homem Mundano é um estabelecimento de alta classe!
Nesse aspecto minha mãe ficou inteiramente do meu lado. Repeliu todos os ataques de raiva de Slavitzki, apoiou-me e deu cobertura.
Sim, eu, Max Schulz, fui ser aprendiz de Chaim Finkelstein.
Itzig e eu já estávamos um pouco velhos para sermos aprendizes. De fato, já tínhamos quase 17 anos — e fomos alvo de todos os tipos de piadas, provocações, chutes no traseiro, risos — mas nada disso nos perturbou mui-

to. Os outros estavam apenas com inveja de nossa instrução — inveja porque sabíamos latim e álgebra e um monte de outras coisas, e tínhamos lido livros, sabíamos escrever poesia e assim por diante. Os outros barbeiros nos provocavam com apelidos como "Professor Itzig" e "Professor Max". Mas, como já disse, nada disso nos perturbava. Sabíamos aonde queríamos chegar!

Quanto a mim, a profissão de barbeiro sempre havia me interessado. Afinal, existe algo mais nobre do que o crânio humano? E não é prazeroso dar forma a uma coisa nobre, moldá-la, torná-la bonita... ao mesmo tempo, enquanto se empenha neste e em outros trabalhos similares, a gente tem a sensação de que seria igualmente gratificante desfazer em pedaços toda aquela nobre criação? A cada momento a tentação fica mais próxima, ao alcance dos dedos. A coceira nas mãos... é muito peculiar, você sabe. Você tem uma cabeça à mercê de suas mãos!

Eu era ambicioso em aprender? É isso que você quer saber? Sim, eu era. Queria tornar-me um bom barbeiro. Porque não é um ofício qualquer. Mas, acima de tudo, queria me tornar melhor do que Slavitzki, a fim de um dia ser capaz de dizer a ele: "Eu, Max Schulz, o bastardo, sou melhor barbeiro que você!" O pequeno livro *Um corte de cabelo para cada cabeça* tornou-se minha Bíblia e seu autor, Chaim Finkelstein, transformou-se no meu grande modelo, meu mestre.

Chaim explicou-me que um homem tem cem mil e dois cabelos no crânio. Mas há certos crânios, disse Chaim, que têm mais do que isso, mas somente nos casos de cabelos extremamente finos, que ainda têm que cobrir toda a cabeça. Portanto, eles crescem fartamente. Por outro lado, o número de pelos numa cabeça que tem cabelo curto e crespo, ou seja, espesso e forte, é muito menor. Um arranjo curioso organizado pelo bom Deus, que sabe distribuir tudo equitativamente quando Ele quer.

— E quando Deus não quer? — perguntei.

— Bem, nesse caso é diferente — disse Chaim Finkelstein. — Tudo está nas mãos Dele. É Ele quem dá o sopro da vida e é Ele quem a tira. É um "Grande Ocultador" e também um "Grande Revelador".

— É por esse motivo que algumas pessoas têm a cabeça calva?

— É esse o motivo — disse Chaim.

Foi Chaim quem me ensinou a cortar o cabelo da nuca e das têmporas sem dar a impressão de ter posto uma cuia sobre a cabeça do freguês. Que me ensinou a distinguir entre loções de cabelo, loções de barba e loções faciais. Ensinou-me que os cremes usados durante o dia não devem conter gordura, enquanto que os da noite devem ser bem gordurosos; que os bigodes devem ser aparados com um tipo especial de tesoura para bigodes; e ensinou-me a usar a navalha do modo certo, usando uma lâmina especial se a barba estiver seca e outra normal, se estiver úmida.

Chaim explicou-me como um cavalheiro deve ser barbeado: primeiro aplicar compressas quentes — imergindo uma toalha de rosto em água quente, torcê-la, depois pôr metade da toalha sob o queixo do cliente (não importando se o freguês tem o queixo duplo ou não) e movê-la lentamente, deixando livres o nariz e a boca.

— O freguês deve poder respirar em nosso salão, e não sufocar — disse Chaim Finkelstein.

Muito importante: a técnica de ensaboar
Uma boa ensaboada representa metade do serviço.
Você pode escanhoar no sentido do pelo ou contra ele.
Ou as duas coisas ao mesmo tempo.
Se acontecer de cortar o freguês e sair um pouco de sangue,
não se deve usar pedra-ume mas sim água-ume, porque é mais higiênico.
É óbvio que ao acabar de fazer a barba, a face do freguês deve ser
lavada abundantemente — isto é importantíssimo —
e depois a pele deve ser massageada com uma loção
contendo álcool, de preferência água-de-colônia.

Chaim enfatizava que um bom barbeiro nunca esquece de afiar sua navalha. Explicou-me que há três tipos de afiador de navalhas e que o mais eficaz e manejável é da marca Adam, com um cabo numa ponta e um anel na outra.

Você já tentou afiar uma navalha? Sabe o que é um apoio de cabeça e um avental de papel? Sabe que um bom barbeiro coloca papel sobre o colarinho do freguês, mas que só uma tira, de um centímetro e meio de largura, deve ser dobrada sobre o topo do colarinho, ou seja uma tira que desaparece entre pescoço e colarinho, sendo, por assim dizer, enfiada naquele espaço?

Se eu fosse lhe contar tudo que aprendi sob a tutela de Chaim Finkelstein, acho que não acabaria nunca.

Sabe como é um espelhinho de mão? Quero dizer, o espelhinho de uma dama que não é uma dama? Estou falando sobre o espelhinho de minha mãe, guardado na sua bolsa grande e barata, junto com pó de arroz, esmalte de unha, batom, grampos de cabelo, lenço, coisas de costura e todos os tipos de bugigangas, tudo misturado. É um espelho pequeno, manchado de batom e esmalte... um pouco lascado, só um pouquinho, talvez também um tanto rachado.

Um dia peguei-o e o segurei diante do meu rosto... e vi o que vi! Entre as muitas rachaduras do espelho uma multiplicidade de rostos: o rosto de um barbeiro... o rosto de um cavalheiro culto... o rosto de um idiota... o rosto de um poeta... o rosto de um pervertido... o rosto de um homem normal... o rosto de um ariano... o rosto de um judeu... o rosto de um jogador de futebol... e outros rostos também — especialmente quando meus olhos de sapo começaram a lacrimejar por manter o olhar fixo por tanto tempo... e então, entre as rachaduras daquele espelho, vi uma quantidade de outros rostos... rostos saídos de um futuro distante que eu ainda não conhecia. Fileiras de rostos... e um em especial... bastante específico... um que se movia, tentava fugir, quase dançando para fora da fileira de rostos... como se a ela não pertencesse... e aquele... aquele era o rosto de um assassino... mas era um estranho rosto de assassino, porque parecia, ao mesmo tempo, ter as feições de todos os mortais que Deus criou sobre a terra de acordo com Sua imagem... mas eu não poderia dizer com plena certeza, muito embora aquele que vi fosse de fato um rosto específico... porque tudo estava borrado... porque meus olhos lacrimejavam... aqueles malditos olhos de sapo... porque não sabia se podia confiar naquele espelho que pertencia a minha mãe que, afinal, era uma puta.

Diante do espelho de minha mãe perguntei a mim mesmo:

"QUEM É VOCÊ, DE FATO?"

Perguntei, tal como havia perguntado minha mãe. Queria escolher um.... um daqueles rostos... mas não podia, porque os rostos não me queriam... não queriam ter nada a ver comigo; apenas me fitavam furiosamente, estranhamente distorcidos, porque comecei a fazer caretas e mostrar a língua.

VI

Durante os anos seguintes não aconteceram coisas importantes. Portanto vou pular este período. A única coisa digna de nota é que me tornei um bom barbeiro, passei em todos os exames, continuei vivendo com minha mãe na casa de Slavitzki; mas trabalhava no salão para cavalheiros O Homem Mundano, que, aliás, tinha se expandido de cinco cadeiras e dois barbeiros para dez cadeiras e oito barbeiros.

No início dos anos 1930 meu padrasto começou a dar sinais de envelhecimento. Engordou, o cabelo em volta de suas têmporas ficou grisalho, e ele o tingia e penteava sobre a testa para parecer mais distinto. Gritava e bebia cada vez mais e passou a cultivar um bigode.

Minha mãe também havia mudado. Engordou, não tinha mais pescoço, mal podia se mover e perdeu a vontade de brincar de cachorrinho, pois não conseguia mais latir. E suas pernas ficaram ainda mais finas.

Em nosso apartamento de porão, Adolf Hitler era frequentemente tema de discussão, e Slavitzki empertigava-se todo a cada vez que minha mãe dizia:
— Sabe, Anton? Desde que você deixou crescer o bigode e a pentear o cabelo sobre a testa, começou a ficar parecido com o *Führer*.
E Slavitzki dizia.
— Sim, Minna. Hans Baumeister, o sapateiro, já me disse isto.
Depois de 1930, Slavitzki, que jamais fora um grande leitor de jornais, começou a comprar regularmente os periódicos do nascente Partido Nazista, o *Stürmer* e o *Völkischer Beobachter*. Ele cuspia a cada vez que lia a palavra "judeu" e apreciava especialmente os suculentos *slogans* do nacional-socialismo que lhe eram explicados pelo sapateiro Hans Baumeister, e que ele por sua vez explicava a minha mãe. Ela então passou a sublinhá-los com esmalte, em geral de cor vermelha ou de um rosa forte. Recortava os artigos e colocava-os na comprida parede da barbearia. Acima da pia na qual Slavitzki tinha o hábito de mijar estavam pregadas frases tais como:
O SANGUE E O SOLO...
CONSPIRAÇÃO JUDAICA INTERNACIONAL...
VERGONHOSO TRATADO DE PAZ DE VERSALHES...
DESGRAÇA DA I GUERRA MUNDIAL...
ABAIXO OS TUBARÕES AGIOTAS... e assim por diante.
Em outras palavras, Slavitzki e minha mãe nunca foram da mesma opinião, mas em tudo que se referia a *Herr* Hitler — como Slavitzki o chamava — eles sempre concordavam.
— Ele será o salvador de todos nós — dizia minha mãe. — Ele nos vingará dos estrangeiros que se apossaram de nossa terra, anulará o vergonhoso Tratado de Versalhes. Porá fim a esse negócio de reparações de guerra e ajudará mães solteiras de descendência ariana a recuperar sua honra perdida.
E Slavitzki replicava:
— Sim, Minna, ele o fará. Ponho a minha mão no fogo. E expulsará esses judeus da Goethestrasse e da Schillerstrasse. E isso inclui o barbeiro Chaim Finkelstein.
— Sabe, Anton — disse minha mãe —, a cada dia você fica mais parecido com o *Führer*... com seu cabelo caído na testa e o seu bigode. Ele também tinha pau grande, como você, embora não precisasse prendê-lo com elástico. Mas encolheu porque ele é vegetariano.
— Sim, é verdade — disse Slavitzki.
— Só o seu nome não soa bem — disse minha mãe. — Você deveria mudá-lo.
— Não é o nome que conta — rebateu Slavitzki. — Mas sim o sangue e a descendência. E, afinal, não sou um maldito polaco.

— O que é você então? — perguntou minha mãe.
— Um autêntico alemão e um puro ariano. Meus antepassados foram emigrantes alemães. É por isso que tenho um nome que parece polonês.
— Oh, eu não sabia disso. Por que não me contou?
— Porque não sou de contar vantagem — disse Slavitzki.
— Mas você pode provar... esse negócio dos seus antepassados? — perguntou minha mãe. — Você tem uma árvore genealógica?
— Não, não tenho — disse Slavitzki. — Mas estou disposto a prestar um juramento. E quando um alemão autêntico presta um juramento, esse juramento é legítimo.
— Sim — disse minha mãe. — É mesmo.

Slavitzki tinha comprado um rádio de segunda mão e os dois — minha mãe e Slavitzki — sentavam-se diante do aparelho todas as noites, falando sobre política e dando tratos à bola para entender quando Hitler finalmente chegará ao poder. Falavam da honra alemã, de sangue e solo, de uma nação sem espaço vital, do seu apartamento de porão e do apartamento de Chaim Filkenstein, sobre a dignidade do barbeiro alemão — mesmo com o nome que por acaso parecia polonês —, falavam da dignidade da mãe ariana com ou sem uma aliança de casamento.

— Para que serve uma aliança, afinal? — dizia Slavitzki. — Eu cago e ando para alianças. Porque alianças são feitas de ouro, e quem é que gosta tanto de ouro? O judaísmo internacional!

Minha mãe, que já pesava *três* toneladas, fez uma cara de menininha, assentiu e começou a cerzir meias, embora vez por outra interrompesse a tarefa para tricotar um suéter de lã para Slavitzki. Ela sorriu para o barbeiro, que estava bebendo, brincou um pouco com seu longo membro flácido e deu uma olhada furtiva para o chicote amarelo, mas não para o preto, porque eu, nessa ocasião, já era um adulto.

VII

Já lhe disse que eu pertencia à Associação Protetora dos Animais de Wieshalle? Bem, durante a primavera de 1932, um punhado dos mais influentes membros de nossa organização juntou-se ao movimento nazista. Logo circulou o *slogan*:
O *FÜHRER* ADORA OS ANIMAIS!
Houve uma enxurrada de *slogans* semelhantes no salão de nosso clube:

ADOLF HITLER ADORA OS ANIMAIS E OS ANIMAIS O ADORAM!
Ou:
OS ANIMAIS PODEM SENTIR SE SÃO AMADOS!
VOTE EM ADOLF HITLER, O AMIGO DOS ANIMAIS!

Um dia a excitação em nossa cidade ganhou um ritmo febril. Circulava a notícia de que o *Führer* estava chegando a Wieshalle para fazer um discurso no Monte das Oliveiras.

Você conhece o Monte das Oliveiras? É assim chamado porque a cada ano a empresa Óleo Vegetal Meyer organiza lá um torneio de arco e flecha, uma sutil publicidade para seu famoso produto.

Quando amanheceu o grande dia, nossa cidade parecia tomada por peregrinos e igual a uma cidade sitiada. Nunca em minha vida eu tinha visto tantos policiais. As pessoas murmuravam: "É preciso ter cuidado. Tão logo o *Führer* chegue, os comunistas cairão sobre ele." Outros diziam: "Eles não ousarão tentar alguma coisa."

As ruas estavam abarrotadas com pessoas usando suásticas. Elas agitavam alegremente seus braços, enquanto aquelas que não as estavam usando mantinham os braços parados ao longo do corpo, sem balançá-los, e parecia que desejavam escondê-los como um cão esconde o rabo quando alguém lhes joga água em cima.

Fazendeiros e outros dos arrabaldes convergiram para a cidade. Iam beber nas cervejarias locais, flertando com as empregadas domésticas e as babás que estavam todas na rua e participavam da euforia de expectativa ao cálido sol de maio, à espera de subir o Monte das Oliveiras.

Naquele dia memorável trabalhei no salão O Homem Mundano somente pela manhã. Ao meio-dia pedi folga a Chaim e Itzig, dizendo que queria a tarde livre para poder vê-Lo.

— Ver a quem? — perguntou Chaim com uma tosse. — O filho da Providência ressuscitado?

— Pare de tossir — eu disse a Chaim Filkenstein. — Essa tosse acabará matando-o!

E eu não sabia porque havia dito isso.

Corri para casa, vesti minha melhor roupa — pois não tinha uniforme, nem sequer era membro do Partido —, pus uma suástica em meu braço, comi alguma coisa e disse de gozação a Slavitzki que ele deveria pôr uma suástica também, mas não presa com elástico, nem com alfinete de fralda ou percevejo, mas sim costurada na manga! Slavitzki respondeu que a cada dia eu estava mais abusado e disse que ainda não havia jogado fora o chicote preto e me assegurou que usaria uma suástica — e uma autêntica, pois afinal era um alemão, alemão autêntico também! Foi o que disse Slavitzki.

Às duas horas da tarde — ou para ser mais preciso, às cinco para as duas — nós três deixamos o apartamento de porão, muito contentes pelo sol brilhante, acreditando que o próprio *Herr* Hitler providenciara pessoalmente o bom tempo — porque isto também se incluía entre seus poderes, assim dissera Slavitzki. Todos nós estávamos usando suásticas, até mesmo minha mãe. A suástica de mamãe era a mais chamativa e parecia que a qualquer momento saltaria fora de seu braço gordo.

Toda a cidade parecia ter saído em peregrinação para o Monte das Oliveiras — e todo mundo da periferia também parecia estar presente. Você realmente deveria ter visto Wieshalle naquela tarde. Apreciei especialmente as janelas decoradas com flores. Podia-se ver todas as cores imagináveis. Os judeus na Goethestrasse e na Schillerstrasse tinham posto coroas fúnebres nas suas janelas, assim como os pacifistas. Os comunistas haviam exposto as flores do ódio, os adeptos dos partidos mais fracos e aqueles que não tinham filiação partidária expunham flores incolores que pendiam silenciosas e cansadas, ou pareciam gritar em desespero. Mas as flores dos nazistas estavam plenas de júbilo: foram colhidas e arrumadas com cuidado e tinham exclusivamente as cores da alegria.

No meio da multidão acabei me perdendo de Slavitzki e de minha mãe. Então procurei por companheiros da Associação Protetora dos Animais, mas não tive sucesso. Foi aí que encontrei, ou esbarrei por acaso, meu ex-professor de alemão, SIEGFRIED VON SALZSTANGE, que agora se tornara diretor da escola, segundo me disse. Era uma ótima notícia e cumprimentei-o, apertei sua mão de ex-professor, agora mão de diretor, e me insinuei em sua companhia até o santuário. Siegfried von Salzstange sabia como abrir caminho através da multidão e demonstrou sua técnica, ensinou-me a usar os cotovelos para empurrar inteligentemente sempre que isso era necessário, embora às vezes não fosse. Finalmente conseguimos encontrar um bom lugar que não ficava muito distante do altar. Quando olhei para trás, fiquei estupefato. Havia milhões de pessoas à nossa retaguarda.

— E eu pensava que somente pessoas de Wieshalle e dos arredores estavam vindo para cá — disse para Siegfried von Salzstange. — Mas há mais do que isso. Muito mais! Posso ver milhões!

— Quase toda a Alemanha está reunida aqui — disse *Herr* von Salzstange.

— O que quer dizer com *quase toda*?

— Refiro-me aos descontentes — disse o ex-professor. — Os descontentes da Alemanha, todos eles, estão amontoados aqui neste lugar hoje!

— Os comunistas? — perguntei.

Meu ex-professor de alemão sacudiu a cabeça.

— Os outros — disse —, os outros descontentes. Porque há um monte de outros tipos de descontentamento que o comunismo não pode curar.

Herr von Salzstange deu um débil sorriso. Depois disse:

— Ou pelo menos não tão radicalmente.

— Quem pode, então?

— Adolf Hitler — disse Siegfried von Salzstange. — É ele o Grande Curador.

Meu ex-professor de alemão coçou o nariz por um instante, de modo pensativo. A seguir, disse:

— Aqui estão reunidos todos aqueles que algum dia já receberam um golpe na cabeça. De Deus ou do homem.

— Ah, então é isso.

— Sim, é isso — disse Siegfried von Salzstange. — Aqui você tem um aglomerado de vidas estilhaçadas, inclusive asmáticos e puxa-sacos profissionais, gente que não chegou a lugar nenhum na vida, ou porque nunca tiveram fôlego suficiente e nunca aprenderam a mastigar adequadamente, ou porque os sacos que puxavam nunca ficavam satisfeitos.

Meu professor de alemão sorriu por um instante, de modo desanimado.

— E naturalmente os outros também — olhando para mim solenemente. — Como eu disse antes, estou falando daqueles que alguma vez levaram um golpe na cabeça, de Deus ou do homem. Gente careca, por exemplo. Os carecas também estão aqui. E pessoas gordas demais ou magras demais, dê uma olhada em torno. Pessoas que têm pernas muito curtas e pessoas com pernas compridas demais, gente muito velha e gente muito jovem, pervertidos que não conseguem encontrar um parceiro e homens impotentes, gente que sempre desejou ardentemente estrangular alguém e que nunca o fez porque só lhes era permitido acariciar. E vieram também homens e mulheres que usam óculos, porque Ele disse: "DEIXEM QUE VENHAM A MIM AS CRIANCINHAS". Mas "criancinhas" aqui quer dizer os frustrados... sim, aí está o xis da questão — disse *Herr* von Salzstange. — Sobretudo, aqueles que desejariam muito fazer alguma coisa e não conseguem.

— E por que está aqui, *Herr* von Salzstange? — perguntei. — Não há nada de errado com o senhor, há?

— Estou aqui por causa da pimenta — disse ele.

— Pimenta?

— Minha mulher toda manhã põe pimenta em meu café — disse Siegfried von Salzstange, aborrecido.

— E por que ela faz isso?

— Não sei — disse o professor.
— E não há nada que possa fazer a respeito?
— Absolutamente nada — respondeu tristemente Siegfried von Salzstange. — Não posso fazer absolutamente nada. Ronco à noite como uma espécie de vingança, mas não adianta nada.
— Isso é chato — comentei. — E sempre achei que qualquer um com um bom emprego como o senhor tivesse todas as razões para sorrir o tempo todo!

Herr von Salzstange deu-me um sorriso torto e, embaraçado, enfiou um cigarro na boca, piscou com ar distraído, esmagou o cigarro entre seus dedos de professor e repentinamente jogou-o fora, como se não ousasse fumar no Monte das Oliveiras. Eu gostaria muito de ter perguntado: — E por que, *Herr* von Salzstange, os outros não vieram ao Monte das Oliveiras para ouvir o Sermão da Montanha? Diga-me, *Herr* von Salzstange, e quanto aos outros? Os parasitas, os arrivistas... creio que sabe o que quero dizer... os grandes, os pequenos, ou muito pequenos... toda a camarilha de diferentes grupos de interesse, como se costuma dizer, se não me engano, *Herr* von Salzstange? — que eles veem de nossa linda cidade alemã de Wieshalle, ou de outro lugar... claro que me refiro àqueles que querem subir no carro com o nosso *Führer*, que estão sempre presentes quando Ele faz um discurso? Ele não permitiu àqueles que serão frustrados? E os frustrados estão aqui? E os que não estão frustrados não estão aqui, é isto? Eles não puderam vir por que isto aqui é uma peregrinação? E isto não se faz em um carro? Por que nós estamos no Monte das Oliveiras? E o sermão, é o Sermão sobre a Montanha? E por que é que os motorizados não podem vir a uma peregrinação sem os seus automóveis? É porque eles têm os pés chatos... mas eu também tenho pés chatos! E o senhor tem dor de cabeça também, *Herr* von Salzstange? Será por causa do sol? Faz um calor infernal. Na verdade nem mesmo eu deveria estar aqui, com meu cérebro avariado...

Mas nesse instante me vi separado dele na multidão e, quando pude me reencontrar com *Herr* von Salzstange, ele me fez sinal para ficar calado.

Não sei quantos milhões de frustrados estavam reunidos naquele dia no Monte das Oliveiras, mas pensei: se Deus Nosso Senhor olhar para baixo e vir isto, realmente vai ter a impressão de um formigueiro. Porque a montanha parecia estar em constante movimento. Mas nós não éramos formigas, éramos? E não queríamos carregar a montanha. Ou era isso que queríamos? Afinal não estávamos nas vertentes do Monte das Oliveiras? Não carregávamos, na verdade, o Monte das Oliveiras nos nossos ombros? Ou eram outros ombros que sustentavam o Monte das Oliveiras, que por sua vez nos sustentava? A montanha parecia estar se sacudindo, ondulando ao vento, debaixo de um resplandecente céu azul de maio e um alegre sol. Ora parecia estender-se, ora contrair-se.

E depois, quando o *Führer* chegou, começou a tremer, eriçou as orelhas como um animal, desejando recuar e fugir, mas incapaz de fazê-lo. Por fim, dando-se conta de que estava sendo carregada, acalmou-se, quase repentinamente.

Você gosta de pássaros? Sentiu-se às vezes tentado a observar o voo dos pássaros? Especialmente os pássaros que cantam? Sabe qual é a sensação que se tem ao ver um pássaro planar do céu à terra? Ou muitos pássaros, um bando inteiro? Fica feliz ao ouvir pássaros cantando? Especialmente em maio? E sabe o que se experimenta quando as vozes dos pássaros se calam repentina e inesperadamente?

Quando o *Führer* subiu ao altar, toda a multidão prendeu a respiração... e ainda assim todos nós devíamos continuar respirando, do contrário acabaríamos sufocados. Mas fechamos nossas bocas e continuamos a respirar só pelo nariz.

Tive um enorme choque quando pus os olhos no *Führer* pela primeira vez, porque pensei que fosse Slavitzki. Depois disse para mim mesmo: não, não pode ser Slavitzki, porque Slavitzki come carne e tem um pau comprido, enquanto este tem um pau minúsculo e é vegetariano. E Slavitzki tem olhos de bêbado e uma expressão sem vida neles, mas este sujeito tem os olhos de um profeta. Vi um último bando de pássaros, surgindo do nada, assim de repente, pousar de ambos os lados do *Führer*, parecendo pássaros da morte, sem fazer nenhum som, sem cantar, imóveis e mudos sobre o carvalho do altar e sobre o pano da bandeira, formando estranhas configurações: UM, depois NOVE, depois TRÊS — então TRÊS de novo: 1933. As formações ficaram em minha mente: qual seria seu significado? Dei uma cutucada em Siegfried von Salzstange e sussurrei-lhe a pergunta, embora eu não devesse sequer sussurrar.

— O que isso significa?

— Significa que no ano de 1933 Ele subirá ao poder — respondeu Siegfried, sussurrando. — Isto é tão claro como as águas do Reno.

— Como sabe se o Reno é claro ou não? — perguntei.

— Fique calado agora — respondeu ele. — Não vê que Ele está erguendo os olhos para o céu? Ele quer implorar a ajuda do céu. E num instante começará.

— Começará o quê?

— O discurso, seu idiota! — disse Siegfried von Salzstange.

Primeiro Adolf Hitler falou sobre as origens do movimento, descrevendo o *Putsch* de Munique, lembrou-nos do sangue derramado dos companheiros caídos, dos mortos que não estavam mortos porque viviam em nós, explicou-nos por que era necessário fabricar canhões, que Ele fabricaria alguns — e que canhões! — porque havia jurado a Seu Pai, o Senhor da Providência, e nos fez entender claramente que os canhões comuns disparam apenas ba-

las de canhão enquanto os seus disparariam também manteiga e pão preto, queijo e salsichas com chucrute. Hitler explicou-nos que as camisas pardas eram melhores que as outras, as calças justas melhores que aquelas folgadas, explicou-nos que perneiras pareciam ridículas porque as canelas ficam muito mais protegidas no cano das botas, como tudo mais abaixo do joelho, ou seja, em posição baixa, e não acima do joelho, ou seja, em posição elevada. Ele falou sobre o Tratado de Versalhes, jurando que o anularia, e explicou-nos que um zero era um círculo com um buraco no meio, um buraco de verdade, porque não existe meio buraco:
UM BURACO É UM BURACO!
Hitler falou dos avarentos e sanguessugas, de aviltamento e destruição, explicou-nos que a honra é hereditária, tal como a coragem e a lealdade, falou sobre a conspiração judaica mundial que tinha a honra, a coragem e a lealdade alemãs na sua rede, para impedir seu desenvolvimento e florescimento.
Eu mal escutava, pois já sabia disso tudo, de tanto ter ouvido no rádio e lido nos jornais. Apenas olhei para os abutres, olhei para o altar de carvalho repleto de bandeiras, comparei o cabelo caído em Sua testa com o de Slavitzki, comparei o Seu bigode com o de Slavitzki. Foi só quando o *Führer* começou a falar sobre história e a retroceder no tempo até estar falando de Jerusalém, que voltei a prestar atenção e, batendo os calcanhares, comecei a respirar pelo nariz e parei de comparar bigodes e franjas de cabelo, comecei a esquecer os abutres no altar de carvalho repleto de bandeiras e a olhar somente nos Seus olhos.

O *Führer* tinha aberto a Bíblia. Primeiro ele folheou através do Antigo Testamento, depois através do Novo, afastou a franja dos olhos, enrugou a testa e disse finalmente:
— LUCAS, 23, VERSÍCULOS 27 A 29.
Então Ele começou a ler em voz rouca:
— "E UMA GRANDE MULTIDÃO O SEGUIA, E MULHERES, QUE TAMBÉM CHORAVAM E O LAMENTAVAM. MAS JESUS, VOLTANDO-SE PARA ELAS, DISSE: 'FILHAS DE JERUSALÉM, NÃO CHOREM POR MIM, MAS CHOREM POR VOCÊS MESMAS E POR SEUS FILHOS. POIS, OUÇAM, CHEGARÁ O DIA EM QUE ELES DIRÃO: ABENÇOADOS SEJAM AS ESTÉREIS, OS VENTRES QUE NUNCA PROCRIAM E OS SEIOS QUE NÃO MAIS ALEITAM.'"
O *Führer* fechou a Bíblia, uniu as mãos, ergueu seus olhos proféticos para o céu e disse:
— Na verdade eu digo a vocês: o Senhor os condenou, e a maldição se perpetuou, mas eu vim para desfazê-la.

E o *Führer* disse:
— ABENÇOADOS SEJAM OS FORTES porque eles herdarão a terra.
"ABENÇOADO SEJA O PUNHO, pois fará um buraco no círculo, e fará dele um buraco pleno e não um meio buraco. Porque não existem meios buracos!"
"ABENÇOADOS AQUELES QUE TÊM O SANGUE DENSO, porque eles serão os senhores de tudo sob o sol. Pois quando o sangue fica aguado, ele evapora. E o que cessou de existir não pode existir nunca mais. E o que será então do Senhor e Mestre?"
E o *Führer* disse:
— Vocês ouviram o que foi dito aos antigos: NÃO MATARÁS, POIS AQUELE QUE MATAR SERÁ JULGADO. Mas eu lhes digo: aquele que matar o inimigo de nossa pátria santificará meu nome. E qualquer um que santificar meu nome partilhará da minha santidade.
E o *Führer* disse:
— Vocês ouviram o que foi dito aos antigos: OLHO POR OLHO, DENTE POR DENTE. Mas eu lhes digo: não é esta a justiça dos publicanos? O que é um olho e o que é um dente? Se perder um olho não lhe resta outro? Se perder um dente não lhe sobram trinta e um? Na verdade, não há uma verdadeira vingança aqui. Portanto lhes digo: DOIS OLHOS POR UM OLHO. E TRINTA E DOIS DENTES POR UM DENTE. Cegue seus inimigos e deixe-os desdentados por toda a eternidade. Porque o cego não pode mais ver. E o desdentado não pode mais morder. Se vocês querem ser o Senhor, golpeiem com força. E se querem herdar a terra que desejo lhes dar, façam como lhes digo. Amém.
E o *Führer* disse:
— Maldito seja o chicote na mão do falso patrão. Pois não é o chicote que torna a mão sagrada, mas é a mão que torna o chicote sagrado. Na verdade lhes digo: na mão do verdadeiro patrão o chicote se torna uma espada, e a mão que o empunha pode governar por toda a eternidade. Amém.
Enquanto o *Führer* proferia as palavras finais, o céu enfureceu-se, pois Suas palavras eram poderosas. Começou a trovejar e relampejar. Nuvens pesadas formaram-se sobre o Monte das Oliveiras e circularam acima do altar. Mas a chuva intimidou-se e as nuvens desfizeram-se. A multidão permaneceu imóvel como a morte.
Durante a última parte do discurso senti um forte prurido nas nádegas. Por que está coçando tanto? Depois o prurido ficou cada vez mais forte, chegava a doer. Vi o chicote amarelo e o chicote preto. Vi o membro de Slavitzki pendendo do chicote preto e do chicote amarelo, tornando-se como parte deles, careteando malignamente um presságio da minha impotência. Sem cessar, as palavras do *Führer* martelavam em minha mente. 'Maldito seja o chicote

nas mãos do falso patrão..." Comecei a ficar tonto. Senti um nó na garganta, sufocando-me. E eu queria cuspi-lo fora.
"BENDITO SEJA O CHICOTE NAS MÃOS DO AUTÊNTICO PATRÃO. Pois eis que..."
E eu disse para mim mesmo: Sim, mas por quê? Basta! E disse para mim mesmo: Max Schulz, nunca mais você oferecerá sua bunda ao chicote. Já é hora de você mesmo empunhar o chicote. Tanto o amarelo quanto o preto.
Siegfried von Salzstange continuava a meu lado. Olhava fixamente à frente.
— Os descontentes da Alemanha, todos eles, estão amontoados aqui hoje.
Não foi o que ele disse há pouco?
— Todos aqueles que um dia levaram um golpe na cabeça... de Deus ou do homem.
Eu gostaria muito de ter perguntado a meu ex-professor de alemão se todos aqui, todos de pé aqui, olhando direto para a boca ou os olhos do *Führer*, conheceram um falso patrão com chicote, mas não ousei, porque Siegfried von Salzstange estava olhando à frente muito estranha e fixamente. Talvez houvesse tipos de chicotes diferentes para os outros, pensei, não necessariamente tendo que ser amarelos ou pretos. Talvez pudessem ser verdes ou azuis, vermelhos ou violetas? Certamente havia outros tipos de chicote, muitos tipos, provavelmente em todas as cores. Enquanto estava pensando nisso, o nó na garganta voltou a me sufocar. Eu precisava cuspi-lo. E de repente vi milhões de chicotes sibilando sobre o Monte das Oliveiras e aquela miríade de cores refletia-se sobre nós, agora não mais azuis e sim um oceano de cores. Não era de admirar que o *Führer* tivesse espantado a chuva!
À minha direita estava uma velha — uma velha com a face cinzenta, uma face na qual o Deus do amor havia cavado sulcos e que havia marcado sem piedade, como se não fosse uma face criada a sua imagem e semelhança. A velha movia os lábios, como se em prece. Entendi apenas uma das frases sussurradas: "O céu e a terra passarão, mas as minhas palavras não passarão."
Quando a velha começou a rezar, os outros imitaram-na. Gradualmente, aquela massa de corpos começou a mover-se. E então... sim, é como deve ter sido. Muito subitamente! E de repente ouviu-se o primeiro grito. A seguir todos nós começamos a gritar. A mão direita. De súbito ela se elevou. A mão direita de todo mundo. Como se por vontade própria. Estávamos gritando como lunáticos. Gritando: AMÉM, AMÉM, AMÉM. Cada um incitava o próximo. Gritávamos num frenesi. Chorávamos. Ele era o nosso salvador. Então alguém na multidão soluçou:
— Meu *Führer*, quero que me dê um chicote também!
E outro gritou:

— Eu também, e quero ter fé em você!
Logo fez-se um coro de vozes de cada lado. À nossa esquerda, o povo gritava:
— Veja o sangue em nossas nádegas!
E à nossa direita:
— Deixe-nos ser os autênticos patrões... desejamos ter fé em você!
Sabe como se cospe um nó da garganta? E sabe o que parece quando milhões de homens cospem fora os nós em suas gargantas e os veem flutuar no ar?

Naturalmente você quer saber se eu tomei o chicote de Slavitzki — quero dizer, mais tarde — no momento certo. Ou os dois chicotes, e se o pus sobre meu joelho, como ele fazia comigo? E se o estuprei, como ele me estuprou?
Não. Deixei-o ficar com os chicotes, porque estavam velhos e gastos. Tal como Slavitzki estava. E, afinal, não tinha Slavitzki também conhecido um falso patrão — alguma vez em sua vida? Talvez ele ainda o conhecesse e não conseguia livrar-se dele? Pense nisso por um momento. Aliás, quem é Slavitzki? Na verdade havia somente um Slavitzki em minha vida? Não existiriam talvez muitos Slavitzkis? E nosso bom Deus não era também um Slavitzki? Com o chicote? E à parte o chicote Dele, o chicote do invisível Slavitzki e os chicotes preto e amarelo do Slavitzki terreno, houve ainda outros chicotes em minha vida? Certamente não os chicotes principais, mas talvez chicotes secundários? Não lilases, vermelhos, verdes e azuis, porque esses eram os chicotes dos outros, e eles eram de grande prioridade, não eram? Exatamente agora estou falando apenas de todos os chicotes secundários, sem cor, aqueles dos meus cinco pais, que me projetaram nesta vida, a mim, Max Schulz, um ninguém que sequer existia, com um simples estalo de chicote? E pense simplesmente nos chicotes secundários que tinham meus adversários no futebol, ou meus professores, que me torturaram, ou colegas de escola que zombaram de mim, dos quais até agora não falei, pois afinal não posso contar tudo e não quero abusar de sua paciência. E no que se refere aos chicotes amarelo e preto: foi realmente Slavitzki quem agitou aqueles chicotes? Minha mãe não o ajudou a fazer isso? E ela também não ajudou meus cinco pais com seus chicotes secundários? Em que ponto tudo isso começou? E quando vai acabar? E qual o papel de Deus em toda essa história? Faz Ele parte do esquema? Ou está acima disso? Em quem eu deveria bater com meu chicote?
Não, deixei Slavitzki ficar com seus chicotes. Tenho chicotes novos para mim; melhores do que os velhos, até mesmo quando os velhos eram novos. E escolhi chicotes que não fossem nem amarelos nem pretos, mas de cores de minha preferência. E queria encontrar mais de uma vítima. Pois de que serve

uma única vítima? Queria uma vítima para cada machucado, uma vítima para cada humilhação, e não ligava a mínima se Deus ou o mundo tivessem sido aqueles que me feriram.

Hoje posso entender porque os nós nas gargantas que cuspimos fora naquele dia através do ar foram tão longe que caíram por acaso em inocentes. Porque não fizemos mira. Simplesmente os cuspimos.

Mas na época eu não entendi.

VIII

No dia seguinte ao Sermão da Montanha juntei-me ao partido do Filho da Providência — tornei-me, por assim dizer, um membro militante. Minha mãe também. E também Slavitzki, que se considerava alemão e não polonês. Slavitzki e eu nos alistamos nos batalhões de combate das tropas de assalto — as SA —, mas antes de comprarmos as botas e uniformes regulamentares decidimos esperar até que o *Führer* chegasse realmente ao poder — porque comprar botas e uniformes exigia um monte de dinheiro — e um monte de dinheiro é um monte de dinheiro. Era melhor ter cautela.

Quando o grande dia chegou e Hitler montou em nós, sacudindo-se como se estivesse na sela e gritou "EIA" em nossos ouvidos, Slavitzki e eu corremos até a loja mais próxima e compramos dois elegantes uniformes e dois pares de botas reluzentes, cingimos o cinturão das SA, embriagamo-nos, perambulamos pelas ruas, encontrando em toda parte grupos de homens uniformizados no processo de ameaçar os inimigos do povo. Decidimos ajudar e unimo-nos à turba, suando, rindo, batendo, masturbando-nos, peidando — nos divertimos muito. Mais tarde Slavitzki arranjou uma sacola de compras e apressamo-nos para casa, mas, em vez de seguirmos direto para nosso destino, primeiro percorremos a Goethestrasse e a Schillerstrasse, quebrando as vidraças de Filkenstein... do apartamento e do salão do barbeiro. Depois entramos no salão O Homem Mundano, desenhamos suásticas e rabos de porco em todos os caros espelhos e enfiamos tudo que podíamos na sacola de compras: loção facial, cremes de barbear caros, escovas, os mais recentes apetrechos de barbearia, tesouras, pentes, chutamos a bunda de Chaim Filkenstein e também de Itzig Filkenstein e gritamos: "Porco judeu!" Gritamos: "Itzig!" Slavitzki berrou: "Meu filho hoje se demite! *Heil*, Hitler! Vocês puseram um feitiço nele! Parece com Itzig em tudo e por tudo! Sim, maldição, um Itzig cuspido e escarrado!

Quando chegamos em casa em nossas botas e uniformes novos — nossos uniformes tão elegantes — minha mãe ergueu as sobrancelhas em espanto, sacudiu sua bunda gorda, riu, exibiu suas pernas finas, ficou bastante excitada, depois disse para Slavitzki:

— Agora, Anton, você é um homem de verdade!

E Slavitzki disse:

— Fizemos compras e não esquecemos de você. Aqui está um sortimento de cremes. Tem até um para o seu traseiro.

E minha mãe disse:

— Ora, vamos, Anton!

E Slavitzki disse:

— Ora, vamos, Minna!

— E quanto aos ratos? — perguntei.

— Esqueça os ratos — disse Slavitzki. — O *Führer* não falou nada sobre ratos.

— Mas ele falou alguma coisa sobre os judeus — repliquei. E bati os calcanhares e acrescentei: — "O Senhor os condenou. E a maldição se perpetuou. Mas vim aqui para desfazê-la."

— Não foi isso que o *Führer* disse — respondeu Slavitzki. — Você está delirando.

— E eu disse a ele para não expor a cabeça ao sol — falou minha mãe.

— Além disso, não estou entendendo do que ele está falando — disse Slavitzki. — Você entende, Minna?

— Também não — disse minha mãe. — É inteligente demais para mim.

— Ele quer se livrar de todos os judeus — falei.

— Bem — disse Slavitzki —, você tem alguma coisa contra isso, talvez?

— Eu pensava apenas nos ratos — eu disse. — Nos ratos de nosso apartamento. Quando não houver mais judeus na Goethestrasse e na Schillerstrasse, isso não significa que vai ter muitos apartamentos sobrando?

— Caramba, é mesmo! — disse Slavitzki.

E minha mãe disse:

— Deus seja louvado!

— Bem, então mudamos para o apartamento dos Filkenstein — eu disse — e ficamos livres dos ratos.

— Sim, já não é sem tempo! — disse Slavitzki.

— Deus seja louvado! — repetiu minha mãe.

— Na verdade, eu tinha me acostumado com os ratos — eu disse. — Sempre gostei de brincar com eles. Mas isso tem que parar um dia.

— É obvio — disse Slavitzki.

— Há ratos de duas pernas também — disse minha mãe.
— Certo — disse Slavitzki.

IX

Você sabe o que acontece quando dois irmãos lutam pelo poder? Não sabe? Nem mesmo eu sei com exatidão, porque eu, naquela época ainda Max Schulz, sou filho único de minha mãe, a puta Minna Schulz. Não tenho irmão.

O que aconteceu em nosso partido foi mais ou menos uma luta entre irmãos: entre os que usavam uniforme pardo e os que usavam uniforme preto... eles lutavam pelo poder... os pardos das SA e os pretos das SS.

O meu uniforme e o de Slavitzki eram pardos... pardos e reluzentes. Um dia minha mãe nos disse:

— Cor de chocolate diluído em água. Eu gostava deles no começo, mas agora já não gosto mais.

— E daí? — disse Slavitzki.

— Tudo que se parece com chocolate vai ser devorado — respondeu minha mãe. — Tomem cuidado! Estão chegando as brigadas negras para assumir o poder!

Naturalmente minha mãe estava certa. Após o golpe de Ernst Röhm em 1934 e o assassinato do grande general pardo, os homens previdentes substituíram os uniformes pardos pelos negros. Apenas os de visão curta não o fizeram — justamente por terem visão curta.

Eu dava razão a minha mãe. O futuro da Alemanha de modo algum seria pardo — seria negro. E assim optei pelo uniforme negro. Poucas semanas depois da eliminação de Röhm, o grande Urso Pardo, eu, Itzig Filkenstein, à época ainda Max Schulz, decidi transferir-me para as SS. Também me desliguei da Associação Protetora dos Animais. Eu, Itzig Filkenstein, à época ainda Max Schulz, fiz minha escolha.

Meu ex-professor de alemão, Siegfried von Salzstange, disse-me certa vez:

— Max Schulz, qualquer bunda-suja pode entrar para as SA. Mas não para as SS!

Porque as SS, que eram a união dos Puritanos Negros, constituíam a elite da nova Alemanha. Os camundongos como Max Schulz, que não tinham aparência de super-homens, mas sim de mortais inferiores — sim, isso era o que eles pareciam realmente, falando sério — não pareciam capazes de entender a ética do genocídio... nunca a entenderiam. Para esses, o ingresso nas SS era tudo menos fácil.

O que que eu disse? Não era fácil? Exato. Dito isso, devo acrescentar que com frequência as boas relações representam um papel decisivo na vida.

Se eu tinha alguma relação? Quer saber? Claro que eu tinha relações. Meu ex-professor de alemão havia estado nas SS por algum tempo. E ele tinha algo a dizer a respeito. Porque Siegfried von Salzstange era primo em primeiro grau do general SS Helmut von Schaumbeck, um homem que ocupava um dos cargos mais importantes em Berlim.

Siegfried von Salzstange colocou-me sob sua asa — e não fui o único, porque dois ex-companheiros da Associação Protetora dos Animais estavam na comissão racial das SS em Wieshalle.

Como todos os novos candidatos às SS, eu, Itzig Filkenstein, à época ainda Max Schulz, passei pelo pente fino da investigação racial e de antecedentes. Era algo penoso e que levava tempo. Mas fui aprovado. O meu sangue era puro e meu rosto apenas vítima de alguma praga.

Slavitzki! Claro que ele também queria entrar para as SS. Apenas porque queria se pavonear, usando o elegante uniforme preto e o quepe com a caveira e ossos cruzados. Mas quem tinha ele como pistolão? Foi reprovado. Havia algo errado com sua árvore genealógica. Apesar do seu avantajado membro viril, que tinha ficado flácido. E sua bunda gorda e um chicote amarelo nada poderiam fazer para mudar este fato da vida. E não seria conosco que esta coisa tão mole e inerte iria se dar bem.

Apesar disso, Slavitzki e minha mãe estavam muito melhor do que antes. Minha mãe tinha posto um novo cartaz na porta da barbearia com os dizeres:
COMÉRCIO ARIANO — MINNA SCHULZ & CO. —
ÁRVORE GENEALÓGICA DISPONÍVEL

Como, segundo eles, o cartaz na porta não era suficiente, Slavitzki teve que dar uma ajuda e atuar como gerente de divulgação da firma Minna Schulz & CO. — às vezes ele se postava ameaçadoramente do outro lado da rua, bem defronte ao salão O Homem Mundano. Ficava ali no seu avental de barbeiro manchado e usando uma suástica no braço, um sinistro apóstolo do Terceiro Reich, gritando com voz de trovão para os fregueses que se dirigiam ao salão de Chaim Filkenstein:

— O quê?! Vocês vão cortar o cabelo com um maldito barbeiro judeu?! Querem ajudar um inimigo do povo? Estão ou não apoiando Adolf Hitler?

Os mais covardes precipitavam-se para nossa barbearia. Aqueles com um resquício de coragem mantinham-se fiéis a Chaim Filkenstein.

Quanto a mim, Itzig Filkenstein, à época ainda Max Schulz, estava me saindo bem. Estava trabalhando para Slavitzki. Agora tínhamos uma freguesia muito melhor e Slavitzki precisava de um bom barbeiro. Ele precisava de mim. Eu ganhava boas gorjetas, pois nenhum dos nossos fregueses ousava reclamar de um homem que envergava o uniforme preto das SS. Eu não tinha do que me lamentar.

X

Os judeus! Eles passaram maus bocados conosco. Nós, da nova Alemanha, mostramos aos judeus o que significa um homem cujo sangue nas veias não perdeu sua virtude. "Porque, quando o sangue perde sua força e vira água, nada resta a fazer." Nós, da nova Alemanha, começamos a remover os judeus das posições-chave e dos cargos públicos, colocando-os devidamente em seu lugar, chantageando-os, tomando pouco a pouco suas propriedades e excluindo-os da maioria das profissões. Os judeus foram expulsos do Exército, degradados publicamente com a ajuda dos jornais, rádio, filmes e outros meios de comunicação, por todos os meios disponíveis naquela época. Suas caricaturas começaram a aparecer em colunas de publicidade e na primeira página do *Stürmer*. Turbas violentas quebravam vitrines e atiravam bombas fedorentas em suas lojas. Judeus eram espancados em plena luz do dia sem a menor possibilidade de apresentar queixa. Sob qualquer pretexto, judeus eram presos e desapareciam por períodos indefinidos de tempo, às vezes para sempre. Eram tempos duros para os judeus. Mesmo assim, em nada comparáveis ao que ainda estava por vir, apenas um prelúdio. O prólogo da grande catástrofe judaica.

Quanto a mim, naqueles dias eu não passava de um peixe pequeno. Havia feito um pacto com o diabo, tinha subido na roda da história com meu corpo uniformizado e os pés calçados com pesadas botas. E o que é um uniforme, afinal? E o que representa um par de botas? Milhões de peixes pequenos... às vezes em uniforme, outras vezes à paisana... calçando botas ou mesmo sem botas... todos os peixes pequenos que naqueles dias disseram sim e junto comigo subiram na roda da felicidade — e foram eles que a puseram em movimento.

Se eu matei judeus naqueles dias? É isto que você gostaria de saber? Não naqueles dias. Isso foi depois. Na época eu não passava de um mero militante, um membro sem maior importância das SS. E assim permaneci. E as SS não me deixaram sair. Precisavam de mim tal como Slavitzki sempre havia precisado. Eles precisavam de minhas mãos. E precisavam do meu rabo para aparar o golpe que um dia chegaria quando a roda mudasse de rumo. A roda em que todos nós desejamos subir para fazer história.

Os judeus da Alemanha estavam cientes de que a corda ao redor de seu pescoço ficava cada vez mais apertada. Melhor dizendo, só os judeus inteligentes sabiam disso. Os judeus idiotas acreditavam em 1936 que nosso governo poderia ser minado a partir de dentro. Muitos judeus começaram a emigrar ou já haviam emigrado. Muitos outros, todavia, não o fizeram.

Quanto aos judeus de Wieshalle, quer dizer, os judeus da Goethestrasse e da Schillerstrasse — esses ficaram. Em outras palavras, não emigraram. Esperavam por um milagre? Não sei.

E os Filkenstein também não emigraram, portanto eu devo ter-me enganado: Chaim e Itzig Filkenstein eram judeus idiotas, que não sabiam o que nosso governo estava preparando para eles. E devo dizer a mesma coisa sobre nosso terceiro Filkenstein, Sara Filkenstein, a esposa de Chaim e mãe de Itzif Filkenstein.

Meu chefe, o sargento SS FRANZ SAUER, no momento não podia saber que eu, Max Schulz iria me tornar, dentro de poucos anos, um sargento das SS. Ele tratava a mim, Max Schulz, o peixe miúdo, com condescendência paternal.

Um dia, enquanto bebia uma cerveja, o sargento Franz Sauer me disse:

— Max Schulz! Os judeus de Wieshalle são judeus idiotas. Eles não parecem querer partir!

E eu disse:

— É mesmo, sargento.

O sargento arrotou, excesso de cerveja, fitou-me com seus olhinhos azuis astutos, sorriu, espanou um pouco de poeira e alguns fios invisíveis — sim, poeira também — de seu elegante uniforme preto, arrotou de novo e disse:

— Max Schulz! Max Schulz! O fato de você ter trabalhado faz alguns anos para aquele maldito judeu Finkelstein não tem nenhuma importância. O que passou, passou, certo?

— Certo — respondi. — Eu me demiti faz muito tempo.

O sargento Franz Sauer assentiu.

— E não importa que você fosse um bom amigo do judeu Itzig Finkelstein. O que passou, passou, certo?

— Certo — respondi.

— Sua mãe me disse que o judeu Itzig Finkelstein queria torná-lo sócio do salão, é verdade?

— É — eu disse. — Mas não deu em nada. Primeiro, porque o velho Finkelstein ainda tem uma saúde de ferro e, segundo, porque sou membro do Partido.

— Certo — disse meu sargento. — Certo.

— Certo — repeti. — É assim que é.

O sargento bebeu sua cerveja, empurrou para trás o quepe com a caveira e os ossos e alisou seu cabelo oleoso.

— Não acha, Max Schulz — disse ele então, astutamente —, que já é mais que hora dos judeus da Goethestrasse e da Schillerstrasse serem afastados de seus negócios... e que esse comércio fosse, como se diz, arianizado?

— Já é mais que hora, sargento.

— Aquelas são ruas com seus nomes em homenagem a poetas e pensadores alemães — observou Franz Sauer.

— Brindemos em sua homenagem — eu disse.

Franz Sauer concordou. Ele bebeu sua cerveja, pediu outra e bebeu-a também. Ficamos em silêncio por um instante, olhando um para o outro. Franz Sauer pediu mais uma cerveja, e mais outra. Sua sede parecia insaciável. Entre uma cerveja e outra ele se levantou e caminhou para fora. Quando voltou, gritou para mim, com voz de bêbado:

— E que tipo de casas são essas da Goethestrasse e da Schillerstrasse?

— Cheias de insetos — eu disse.

— Pouco me importa — disse o sargento, sentando-se. — Insetos não mordem um cu ariano.

— É verdade, sargento. Os insetos não ousariam. E quanto aos apartamentos dos judeus?

— Esqueça os apartamentos por enquanto — disse o sargento, exatamente como meu padrasto Slavitzki tinha dito: "Esqueça os ratos." — Temos primeiro que nos apossar de seu comércio.

— Sim, sargento — eu disse. — O comércio!

— E o primeiro da lista... é aquele do judeu Finkelstein!

— Ótimo — eu disse.

— Você é um bom barbeiro, Max Schulz?

— Sim, sargento.

— E você sabe o que o *Führer* Adolf Hitler disse sobre o barbeiro ariano?

— Sim, sargento. O *Führer* disse: "Um barbeiro ariano não é um barbeiro judeu!"

— Certo! — disse o sargento.

Franz Sauer arrotou, pediu mais cerveja, arrotou, arrotou de novo, soltou um peido sonoro, coçou-se, bateu com o punho na mesa e gritou:

— Max Schulz! Eu lhe ordeno... tome a barbearia daquele maldito judeu Finkelstein!

— Só que não é uma barbearia — eu disse. — É um salão para cavalheiros! E tem um nome: O Homem Mundano.

— Então eu lhe ordeno — gritou o sargento e bateu de novo o punho na mesa. — Tome o salão para cavalheiros O Homem Mundano!

ANOTE AÍ, POR FAVOR:
Max Schulz nunca tomou o salão para cavalheiros O Homem Mundano, na esquina da Goethestrasse com a Schillerstrasse! O sargento estava simplesmente bêbado.

Essa é a verdade. Ele estava bêbado. Não havia um mandado de prisão para os Finkelstein — pelo menos não em 1936. E eu não podia fazer nada, muito embora muito me agradasse tomar posse da barbearia, quero dizer, do salão para cavalheiros. E não podia prender os Finkelstein por iniciativa própria, porque era apenas um peixe miúdo naquela época e meu sargento também, mesmo sendo meu superior hierárquico.

Esta é a história. Deixamos o pequeno comércio judeu na Goethestrasse e na Schillerstrasse existir por mais algum tempo, ou seja: deixamos o menor peixe entre os judeus respirar um pouco.

Por quê? Você quer saber por quê? E como eu poderia saber? Eu mesmo era apenas um peixe miúdo — talvez porque nosso general SS Helmut von Schaumbeck tivesse dito: "Vão com calma! E fiquem de olho na imprensa estrangeira! É importante escolher o momento certo!" Eu realmente não sei.

Com frequência, à noite, eu jazia insone em minha cama, olhando no escuro na direção das janelas do porão... e via recortes de jornais, via artigos que pareciam escritos, na minha imaginação, com tinta fluorescente:

O BARBEIRO JUDEU — UM PERIGO NACIONAL!
INIMIGO PÚBLICO NÚMERO UM!
ABRE SEU NEGÓCIO DE PROPÓSITO NA ESQUINA DA GOETHESTRASSE COM A SCHILERSTRASSE. NA ESQUINA! JUSTAMENTE ONDE DOIS POETAS ALEMÃES SE DÃO AS MÃOS! ELE SE ACOCORA ALI NO MEIO DELES. O JUDEU! DE PROPÓSITO! FICANDO ENTRE ELES COMO HÍFEN! SEPARANDO-OS! DE MODO QUE NÃO POSSAM SE DAR AS MÃOS! DIVIDINDO A NOSSA CULTURA! OPONHAM-SE AO BARBEIRO JUDEU! HOMENS E MULHERES DA ALEMANHA: SE GOETHE E SCHILLER SIGNIFICAM ALGO PARA VOCÊS... SE AS SUAS MÃOS QUEREM SE UNIR... ENTÃO FORA COM O BARBEIRO JUDEU DAQUELA ESQUINA!

E outros:
COMPANHEIROS DO PARTIDO!
É CHEGADA A HORA!

**TODOS OS NEGÓCIOS JUDEUS DEVEM
SER CONFISCADOS SEM EXCEÇÃO!
OS NOVOS PROPRIETÁRIOS ARIANOS
SERÃO FINANCIADOS PELO PARTIDO!**

Durante o dia eu frequentemente ficava junto a Slavitzki com meu avental branco de barbeiro, olhando para o outro lado da rua, para a vitrine da concorrência, e descobria-me vendo um cartaz borrado no qual estava escrito:
NOVO PROPRIETÁRIO:
MAX SCHULZ
NEGÓCIO ARIANO
ÁRVORE GENEALÓGICA DISPONÍVEL

XI

Não há muito mais coisas a contar. O nosso porteiro morreu em 1937. Foi um duro golpe para minha mãe. Mas então veio um outro — um novo porteiro.

Esta é a verdade. Interessa-lhe? Ou devemos jogar fora o calendário de 1937? E pendurar um novo? O calendário de 1938? Por quê? Onde? Quando? Não importa nem um pouco! E por que não, em qualquer lugar e a qualquer tempo? A janela do porão punha-nos a par de tudo. Soubemos no outono. Por que no outono? E por que não?

Em novembro de 1938 houve um *pogrom*, que nós chamamos A noite dos Cristais. Foi quando realmente começamos a bater. E não parou por aí.

As sinagogas de todo o país foram incendiadas, as lojas dos judeus, saqueadas. As ruas ficaram cobertas de vidro — vidro quebrado. Um monte de vidro. Um monte de vidro quebrado. Em Wieshalle também.

A sinagoga da Schillerstrasse ardeu por toda a noite. Algumas casas vizinhas foram atingidas. Mas tudo por culpa do vento de novembro. Sim. Aquele maldito vento. O salão para cavalheiros de Finkelstein também pegou fogo. Aquela esquina da cultura alemã, a esquina da Goethestrasse com Schillerstrasse, cessou de existir. No seu lugar restou um enorme descampado. Um vazio cultural.

Se foi recuperado? Aquele descampado?

Não sei, porque eu, depois daquela noite, não permaneci em Wieshalle por muito mais tempo.

Mas estou tomando seu tempo desnecessariamente, não estou? Vcoê quer mesmo é saber quando me tornei um assassino em massa, não é?

Tudo bem: eu, Itzig Finkelstein, naquele tempo Max Schulz, tentarei ser o mais sucinto possível. Você já está perdendo a paciência. E eu também.

Bem, eis o que aconteceu: continuei a trabalhar para Slavitzki. Não posso dizer que passei maus bocados... não foi tão ruim, afinal. Então... então veio a guerra, a maldita guerra. Sim, a maldita guerra chegou!

Você ouviu falar da invasão da Polônia? Foi praticamente um passeio. Não aconteceram muitas coisas em 1939.

Se participei da invasão? Não, eu a perdi, infelizmente. As SS me mandaram para algum lugar no campo a fim de participar de um programa de treinamento intensivo antes de ser enviado para o *front*. Mas o programa não foi tão rápido... porque quando a minha unidade chegou na Polônia... foi durante o inverno de 1939... um inverno polonês... ou seja, um inverno frio de rachar... sim... bem, aí a guerra na Polônia já havia acabado.

Então o que fazia eu na Polônia... no inverno? É isso que quer saber? Bem, ficava entediado. Não havia nada para fazer! Pelo menos ali onde estávamos. Tínhamos que manter vigilância sobre um punhado de aldeias... alguns cemitérios... e um bocado de florestas... e uma estrada rural... perto da fronteira russa ou não muito longe dela. Não havia nada para fazer. Não vi *partisans* nem combatentes da resistência. E as classes governantes da Polônia tinham sido eliminadas bom tempo atrás... por unidades das SS que nos antecederam... eliminadas... eu disse... tal como outros elementos que se opunham à Alemanha... quero dizer bem lá onde estávamos, perto da fronteira russa ou não muito longe dela.

No auge do tédio, começamos a disparar nos pingentes de gelo nas árvores, e vez por outra liquidávamos alguns judeus só por passatempo, porque não havia nada melhor para fazer. Nós os matávamos na floresta ou nos cemitérios... só para manter a forma. Mal posso me lembrar de algo mais que aconteceu por lá — quase não acontecia nada — onde estávamos... na Polônia... em dezembro de 1939.

Apenas uma coisa digna de nota aconteceu. E ficou gravada em minha mente. Conduzimos alguns judeus para um cemitério a fim de matá-los. Mas era o cemitério errado. Havia cruzes nos túmulos. E lá estavam eles diante das cruzes, balbuciando, com medo até de chorar. Sobre uma daquelas cruzes, a menor e mais simples, estava Jesus Cristo. E ele estava chorando e dizia para o meu tenente. "Não era isso que eu pretendia! É verdade que os amaldiçoei. Mas queria somente assustá-los! Para que se convertessem!" Depois Jesus recomeçou a chorar, sem dizer mais nada.

Meu tenente foi tomado por uma fúria tremenda e disparou vários balaços no ventre do Cristo em lágrimas. E Cristo caiu da cruz, mas não estava morto.

Então o tenente me disse:

— Max Schulz! Feche a maldita boca desse falso santo! Você é o melhor para certas coisas!

E tratei de obedecer.

Após eu ter atirado em Cristo, conduzimos os judeus para fora do cemitério cristão, porque meu tenente disse:

— O seguro morreu de velho. A gente nunca pode saber. Um indivíduo como aquele Jesus Cristo é meio mágico. Ele poderia se levantar de repente e ressuscitar de novo!

Portanto levamos os judeus para seu próprio cemitério, onde não havia cruzes. E lá os matamos. Não eram muitos.

As coisas só começaram a mudar quando teve início a marcha para a Rússia. A Unidade Móvel de Extermínio D, seção sul da Rússia. Porém isso foi mais tarde, em 1941.

Você faz ideia de como se fuzilam 30 mil judeus em uma floresta? E sabe o efeito que causa em um não fumante? Foi assim que aprendi a fumar.

Consegue fazer as contas de cabeça? Você é bom em números? Se é, então saberá que esse tipo de coisa não é fácil.

No começo eu contava as vítimas, embora o método que usasse para isso fosse quase o mesmo que em criança eu utilizava para contar o pavimento da calçada onde jogávamos amarelinha — e é fácil errar a conta. Mais tarde este método não funcionou. Dava muito trabalho.

Sim, o que aconteceu em seguida? Tive um leve ataque cardíaco e fui transferido para a retaguarda. Quero dizer para a retaguarda ainda mais profunda, porque era a época em que o Exército alemão avançava garbosamente a cada dia, e em consequência a nossa seção no sul da Rússia já podia ser considerada retaguarda.

Fui transferido para a Polônia. De novo na Polônia, uma velha conhecida. Lá os cemitérios tinham estranhas cruzes.

Você conhece o campo de concentração de Laubwalde? Certa vez o lugar tinha um nome polonês, mas foi rebatizado. Era um lugar maravilhosamente belo, rodeado por bosques.

Havia 200 mil judeus em Laubwalde. Matamos todos eles, 200 mil! Mesmo assim era um lugar bastante pequeno, porque na maioria das vezes os prisioneiros eram mortos tão logo chegavam. Era mais prático. Significava que nunca teríamos que ficar vigiando tantos prisioneiros. Como eu disse, era um campo pequeno!

Duzentos mil. Um número com cinco zeros. Sabe como se faz para botar mais um zero? Ou dois zeros? Ou três zeros? Ou quatro zeros? Ou cinco zeros? Consegue imaginar como faz um homem para botar mais um zero? E no fim também o número dois... ainda que não seja um zero. Sabe como se faz?

Eu sei, já que naquela época fui um dos "corresponsáveis" como se diz, muito embora hoje eu não consiga lembrar exatamente em quantos prisioneiros atirei, ou espanquei até a morte, ou enforquei. Ainda assim aquele período em Laubwalde pode ser considerado bastante tranquilo, se levar em conta que outros estavam arriscando a vida na frente de combate.

Prestei serviço em Laubwalde até aquele dia memorável em que a guerra para mim, Max Schulz, mais tarde Itzig Finkelstein, acabou para sempre.

LIVRO DOIS

I

Frau Holle tinha duas pernas: uma perna ariana e outra não ariana. A perna não ariana era de pau, sendo amarrada durante o dia e depois, tarde da noite, desatada quando ela ia se deitar.

Frau Holle tinha o péssimo hábito de ler na cama à luz de vela, porque ainda não havia luz elétrica na Nietzschestrasse. Quando *Frau* Holle estava absorvida em sua leitura, ela nunca pensava sobre a perna de pau que pendia de um prego enferrujado na comprida parede do apartamento de porão... pendendo ao pé da cama. Mas às vezes, quando a luz da vela bruxuleava um pouco, ela mecanicamente olhava para cima, na verdade sem pretender, via a perna de pau, bem como sua sombra escura na parede, via a sombra escura se mover, ficava assustada e, instintivamente, começava a pular fora da cama de solteiro, mas então pensava a respeito e decidia em vez disso puxar a outra perna um pouco, ou seja, a perna ariana.

A sombra projetada pela perna de pau era uma estranha sombra. Porque ela não tinha apenas um corpo, tinha também uma face. *Frau* Holle compreendia muito bem como uma sombra podia se mover quando projetada pelo bruxuleio de uma vela. Também compreendia que a sombra podia bambolear um pouco, muito embora seus bamboleios fossem às vezes estranhos... na parede comprida... dando talvez a impressão de que a qualquer momento pularia sobre o leito, sobre a própria mulher solitária e assustada, uma mulher ariana, que durante o dia tinha duas pernas e à noite apenas uma, uma perna ariana, que se dobrava debaixo dela de puro medo — mas o que *Frau* Holle não entendia nem podia entender era que a sombra fosse capaz de sorrir, e que seu sorriso era sempre diferente.

Em 1942, quando as tropas alemãs chegaram ao Volga, a sombra da perna de pau, que afinal não era ariana — simplesmente porque a madeira não era ariana —, tinha dado um sorriso estranho... um sorriso desesperado de quem teria desejado chorar e não conseguia. Depois, após a queda de Stalingrado, o sorriso se tornara de fato mais esperançoso. E mais tarde, muito mais tarde na verdade, quando os russos estavam quase às portas de Berlim, a sombra havia exibido um sorriso malicioso, sim, um sorriso malicioso, tal como um russo ou um judeu teriam dado ao deparar com uma mulher alemã indefesa ou um bando de mulheres alemãs indefesas. Mas desde o colapso do grande Reich alemão a sombra sorria abertamente, com autêntico prazer, e parecia que estivesse rindo para si mesma.

À noite, *Frau* Holle sentia medo. Mas pela manhã, quando ficava claro e o fantasma desaparecia, seus terrores desvaneciam-se e a raiva que havia represado irrompia com toda força. Só então *Frau* Holle ousava amaldiçoar a perna de pau. E começava a xingar! E como xingava!

— MALDITOS RUSSOS! — praguejava *Frau* Holle, enfurecendo-se cada vez mais. — MALDITOS RUSSOS, ESQUECIDOS POR DEUS, ESTUPRADORES, VAGABUNDOS, PORCOS JUDEUS, ASSASSINOS DO *FÜHRER*, ITZIG, OLHOS PUXADOS, CORJA SIBERIANA!

Também naquela manhã, *Frau* Holle estava amaldiçoando a perna de pau, mas após um momento aquietou-se, engoliu em seco, cuspiu, coçou a orelha esquerda, depois a direita, coçou o traseiro com a mão esquerda, depois com a direita, saltou fora do leito, tirou a perna de pau do gancho, amarrou-a, esfregou os olhos, bocejou, depois pensou que a perna ariana teria cedido se não fosse a perna não ariana... isso mesmo. E pensou: "Que vergonha! Hoje você dormiu mais que de hábito... deve haver uma razão. Hoje é dia 5 de agosto de 1945, seu aniversário. Droga, acho que deveria celebrar. Mas como? Com quem?"

Frau Holle começou a cantarolar porque de repente sentia-se com um ânimo festivo de aniversariante. Vestiu-se preguiçosamente, pôs um lenço de cabeça preto, muito embora realmente não fosse necessário no verão. Mas *Frau* Holle disse para si mesma: "É melhor usá-lo porque meu cabelo está grisalho e sujo!" Antes de sair, ela deu uma olhada no espelho rachado preso ao pedaço de parede ao lado do velho armário arranhado. Contrariada, recomeçou com as imprecações.

— Você parece uma velha camponesa, uma camponesa com perna de pau. Um rosto que é osso puro, quadrado. E onde está a gordura? Debaixo desse lenço de cabeça preto seu rosto parece um triângulo, sem falar nesses grandes dentes amarelos protuberantes... e eles ficam cada vez mais amarelos. Mas não mais curtos!

Frau Holle fechou com cuidado a porta rangente do apartamento de porão. Ser prudente nunca é demais. Ela queria fazer compras no mercado negro. Não comera nada desde o almoço do dia anterior e começava a sentir-se fraca.

— Só me resta vender a aliança de casamento — murmurou, enquanto se arrastava degraus acima. — Não há outro jeito. Se Günther soubesse... bem, os russos certamente já devem tê-lo capturado... e talvez no mercado negro eu consiga alguns ovos, leite e cigarros... oh, como detesto esses malditos degraus de porão bombardeados... qualquer dia desses ainda vou quebrar o pescoço... é tudo que eu preciso, sofrer um acidente agora que a guerra acabou... esta maldita perna de pau... esta maldita perna de pau!

Acabara de chegar ao topo das escadas e estava a ponto de sair para o cálido sol de pós-guerra, quando ouviu um barulho atrás de si no vestíbulo, ouviu uma porta ranger, ouviu alguém assoviando suavemente, ouviu a porta bater e pensou: "Deve ser Willy Holzhammer." Então virou-se e esperou.

II

O pai de Willy Holzhammer tinha sido morto na Rússia. Ele havia deixado para trás uma pilha de boas roupas que a mãe de Willy tinha vendido. Até mesmo o terno azul no qual Willy sempre andara de olho. Agora era obrigado a circular por aí de camiseta, calça de soldado de cavalaria, boina de GI e as velhas sandálias que seu pai usava em 1938, porque as suas próprias não cabiam mais.

Willy Holzhammer estava com 16 anos, um garoto alto e sardento, cabelo ruivo cortado curto, nariz arrebitado, olhos negros, pequenos e pungentes e uma boca grande que sempre parecia estar sorrindo. Quando Willy ria, era possível notar que lhe faltavam três dentes — três dentes frontais. Ele mesmo os arrancara.

Era muito raro Willy se preocupar com alguma coisa. A única coisa que o incomodava era o fato de não ter cabelos no peito; não havia jeito de crescerem. Para reforçar sua masculinidade, Willy mandara fazer uma bela tatuagem, mais exatamente uma mulher nua de seios fartos no antebraço esquerdo.

Willy Holzhammer morava com sua mãe no andar térreo, diretamente acima do apartamento de porão de *Frau* Holle. Os andares superiores do prédio haviam sido destruídos pelos bombardeios e o térreo era agora o andar superior. Não tendo teto, o apartamento de Willy só era adequado para as estações quentes. Willy podia tomar banho de sol na cama e observar as estrelas à noite. Durante o verão era divertido. Só que quando chovia não era lá muito agradável. Então a mãe de Willy cobria os poucos móveis com lona e papel de embrulho e ela e Willy arrastavam-se para debaixo da velha barraca dos tempos de Willy na Juventude Hitlerista, que ficava a postos na sala de estar.

As paredes da enorme sala de estar eram sólidas. O piso também não parecia perigoso, não dando qualquer impressão de desabamento iminente. Havia apenas um grande buraco no chão perto da cama de Willy que realmente tinha que ser tapado algum dia. Mas Willy ia protelando, porque o buraco no chão tinha suas vantagens, como ele próprio admitiu.

Ficava situado num ponto estratégico acima da cama de solteiro de *Frau* Holle, e quando Willy vez por outra olhava abaixo para o apartamento de porão podia ver algumas coisas que muito homem pagaria para ver.

— Melhor do que no cinema — dizia Willy. — E no cinema é preciso pagar, enquanto os espetáculos no apartamento de *Frau* Holle são de graça.

Naquela manhã Willy tinha se levantado cedo. Havia sido acordado pouco depois das seis por fortes batidas na porta de seu quarto. Um forasteiro. Um homem com olhos de sapo. Perguntando por *Frau* Holle. Willy disse a ele:

— Ela morava no quinto andar. Mas ele foi derrubado pelas bombas... os outros andares também... como o senhor pode ver, não? Agora ela está morando no porão debaixo de nós! — Após o que, o homem se foi.

Willy não voltou para a cama. Não havia água na casa e Willy disse para si:

— É melhor eu ir buscar um pouco de água, antes que a fila fique muito grande!

Ele saiu para ir até a grande bomba d'água situada na Fleischerstrasse e trouxe para casa dois baldes cheios de água fresca. Sua mãe preparou-lhe um bom café da manhã: pão grudento do pós-guerra, geleia caseira e café de cevada. Como não tinha permissão de fumar na presença da mãe, logo depois do desjejum Willy escapuliu para umas rápidas tragadas do lado de fora... num Philip Morris. E tão logo saiu, sua boina de GI caída sobre a testa, as mãos nos bolsos, assoviando, ele viu *Frau* Holle esperando no portão.

— Oi, Willy — disse *Frau* Holle.
— Bom dia — cumprimentou Willy.
— Quando é que você vai tapar o buraco no meu teto?
— Quando eu tiver tempo — disse Willy.
— E quanto às batatas?
— Que batatas?
— Aquelas que me prometeu.
— Não as temos no momento.
— Bem — disse *Frau* Holle com uma careta. — A casa é minha, afinal, não é? E se vocês não pretendem me pagar o aluguel, pelo menos poderiam me arranjar algumas batatas!
— E o que me diz da chuva? — replicou o rapaz. — E onde está o teto, o telhado? Mas não se preocupe. Terá as batatas tão logo a gente consiga algumas.

Frau Holle fitou o jovem da cabeça aos pés. O que viu foi o seguinte: uma boina de GI, um rosto coberto de sardas, um pescoço sujo, uma camiseta, calças cáqui e sandálias. Pensou: quinze, talvez dezesseis? Dezesseis? Simplesmente a idade certa! Seu rosto suavizou-se.

— Muito bem. Dê lembranças a sua mãe. Diga-lhe para esquecer. As batatas, quero dizer, e desça e venha me visitar quando tiver tempo... e tome cuidado para sua mãe não perceber.

O garoto sorriu. E disse:

— Você é muito velha para mim. Além disso, já tenho uma namorada... uma garota nova.

— O que quer dizer... muito velha? — perguntou *Frau* Holle.

— Cinquenta e nove — disse o garoto.
— Quarenta e nove — disse *Frau* Holle.
O garoto riu. Observou *Frau* Holle cuspir e afastar-se. Quis gritar atrás dela: "E ontem deitei com uma virgem... apenas por um Phillip Morris." Mas de repente outro pensamento cruzou sua mente.
— *Frau* Holle! — O garoto correu atrás dela e puxou-a pela manga.
— Bem, o que quer agora? Não me acusou de ter cinquenta e nove anos?
— Estava brincando — disse o garoto.
— Brincadeira de mau gosto. Só os russos é que fazem brincadeiras assim.
— Sim — disse o garoto.
— Ou os GI — replicou *Frau* Holle. — Eles também fazem piadas desse tipo.
— Certo — disse o garoto.
— Então do que se trata? O que você quer?
— Nada demais. — Willy começou a brincar com a boina. — Bem cedo esta manhã... um homem bateu em nossa porta. Perguntou se uma *Frau* Holle morava lá.
— Ahhhhhhhhhhh — disse *Frau* Holle. — E quem era ele?
— Ele não disse o nome, mas eu falei que você morava no porão.
— Ah, bem — disse *Frau* Holle.
— Ele bateu na sua porta? — perguntou o garoto.
— Talvez — disse *Frau* Holle. — Mas hoje eu dormi mais do que de hábito. Não devo tê-lo ouvido bater.
— Era um sujeito bem estranho — disse Willy.
— Oh — fez *Frau* Holle.
— Com olhos de sapo.
— Não conheço ninguém com olhos de sapo — disse *Frau* Holle.
— E um nariz adunco, lábios carnudos. E maus dentes.
— Não conheço ninguém com tal aparência.
— Parecia um judeu — disse Willy.
— Não conheço nenhum judeu — disse *Frau* Holle.
Frau Holle queria ir, mas o garoto continuou a falar:
— Agora todos eles estão voltando dos campos de concentração.
— Você quer dizer... os sobreviventes? — perguntou *Frau* Holle.
— Sim. Não leu no jornal?
— Não leio jornais — disse *Frau* Holle. — Só contam mentiras.
— Seis milhões de judeus assassinados.
— Tudo lorota — replicou *Frau* Holle.

III

Frau Holle abriu caminho através das ruínas. A guerra tinha sido impiedosa. A Nietzschestrasse ainda não fora aberta para o tráfego. No meio da rua viam-se crateras abertas pelas bombas e entre os escombros jaziam carcaças de carros e tanques incendiados. Alguns afundados no solo, outros virados de rodas para cima, como animais mortos. As ruínas na beira do pavimento rachado pareciam estar gritando num último apelo antes de morrer. O sol pertencia aos vitoriosos, lacerava as órbitas ocas das janelas, iluminava o campo de batalha como se Deus, lá em cima, estivesse tirando uma foto com *flash*, sorrindo para as pessoas que caminhavam sem rumo, com as roupas esfarrapadas, ou cambaleando e manquejando, escarnecendo da perna de pau de *Frau* Holle.

Mas, caminhando com a cabeça ao sol, *Frau* Holle nem ligava. Ela atravessou a Adolf Hitler Platz, cheia de excrementos dos pássaros de verão, perguntando-se que nome a praça teria agora. Não viu nenhuma placa com os nomes das ruas, amaldiçoou os pássaros de verão, pensou no *Führer* morto e, engolindo as lágrimas, pensou na aliança que queria vender, no pão e ovos, no leite e cigarros. E pensou também na conversa com Willy. "Você é muito velha para mim" e "Cinquenta e nove anos". Que rapaz atrevido! E quem é o homem que a estava procurando, aquele com olhos de sapo?

Na Mozartstrasse notou grupos de voluntários que tentavam retirar entulho. Como se valesse a pena o esforço, com o mundo inteiro em ruínas! A Mozartstrasse não estava tão danificada quanto a Nietzschestrasse, e as forças de ocupação conseguiram atravessá-la com seus veículos. E *Frau* Holle, que não se incomodava com o sol sobre sua cabeça, perguntou a si mesma:

— Sim, querido Deus... por que tinha de acontecer logo na Nietzschestrasse? Não era ele também um músico?

De vez em quando *Frau* Holle cruzava com oficiais e soldados americanos, mascando chicletes ou não. Alguns estavam a pé e outros de jipe. Mas *Frau* Holle nem ligava para eles. Era uma longa caminhada da Nietzschestrasse até o mercado negro no outro extremo de Warthenau. E andar mancando através das ruas bombardeadas e cheias de entulho, com o estômago vazio e com uma perna de pau de origem questionável... não era nada divertido para uma mulher de 59 anos que tinha apenas 49.

Frau Holle tinha sido estuprada pelos russos. Havia acontecido em Berlim nos primeiros dias de maio de 1945.

Exatamente 59 vezes. *Frau* Holle tentou andar um pouco mais rápido, embora soubesse que não eram os russos que estavam em Warthenau, mas sim os americanos. Cinquenta e nove vezes! Não era de admirar que aparentasse ter 59 anos! E os porcos nem se importaram com a sua perna de pau.

No final de maio, *Frau* Holle havia se mudado aqui para Warthenau, onde possuía uma casa. Na Nietzchestrasse nº 59. Maldito número. Mas ela nada podia fazer a respeito. Só as autoridades competentes podiam alterar números. E se ela se mudasse? Não queria isso. Afinal, era sua casa. E a casa de Günther.

E Günther era seu marido. E quando voltasse da guerra ele teria que perguntar às pessoas: — Estou procurando pelo número 59. E por uma mulher com perna de pau.

"Não fique em Berlim!" Foi o que lhe escrevera seu marido, Günther Holle, da Polônia, na época em que a Polônia ainda era Alemanha. E ela lhe escrevera em resposta: "Nossa casa está sendo bombardeada. O QUINTO ANDAR foi destruído. O QUARTO também. E o TERCEIRO, o SEGUNDO e o PRIMEIRO. Só restou o ANDAR TÉRREO. Mas sem teto. E o porão continua de pé... com um buraco enorme. Mas lhe pergunto, querido Günther: gente como nós pode viver em um porão? Claro que não. Vou morar em Berlim com seus pais. O apartamento em Berlim ainda não foi bombardeado."

Então os russos chegaram e haviam-na estuprado 59 vezes. E nem se incomodaram com sua perna de pau. E certamente não foi fácil mudar-se da capital para Warthenau com uma perna ariana e outra não ariana — não quebrada, mas manquejante — com dores na bunda e na genitália, seios mordidos e unhas quebradas. Quando Günther voltasse da guerra, diria a ele:

"Günther! O QUINTO ANDAR se foi! E o QUARTO. E o TERCEIRO. E o SEGUNDO. E o PRIMEIRO. Só restou o ANDAR TÉRREO... e sem teto. E o porão, bem, é um porão, afinal! Bem, o número do imóvel precisaria ser trocado, o que acha disso, Günther? Você é das SS, um cabo das SS. Não pode fazer alguma coisa a respeito?"

O mercado negro ficava na cidade velha, nas ruas sinuosas e estreitas atrás da prefeitura e do Portão da Boa Esperança. Apesar das rondas diárias e dos cassetetes da Polícia Militar em seus capacetes brancos, o mercado negro permanecia animado como sempre. Muito embora *Frau* Holle não conhecesse quase nada das regras do mercado negro, estava convencida de que não havia nada que não se pudesse achar no mercado negro de Warthenau. A cada vez *Frau* Holle ficava pensando: Meu Deus, quanta trapaça acontece aqui! Se o *Führer* soubesse, se reviraria no seu túmulo!

Frau Holle odiava o mercado negro e, não fazia muito tempo, dissera ao jovem Willy:

— A Alemanha é um campo fértil para os trapaceiros. O mercado negro está florescendo em toda parte. Como dói pensar que estivemos combatendo contra isso. É uma vergonha.

— É verdade, *Frau* Holle — comentou o garoto.

Ela continuou:

— O povo alemão está passando fome. Todo mundo correndo para o maldito mercado negro para vender os últimos pertences que tem. É vergonhoso.

— Devemos agradecer aos judeus por isso — havia respondido Willy. — Não faz muito tempo estive no campo, hospedado com alguns lavradores. Vendiam gêneros alimentícios clandestinamente. Mas cobravam o mesmo preço que cobram os judeus.

— Sim, Willy... os lavradores alemães são um bando de velhos judeus.

— É, *Frau* Holle. É isso mesmo.

— Acha que o *Führer* sabia que os camponeses alemães não passam de velhos judeus? — disse ela.

— Como é que vou saber, *Frau* Holle?

Quando chegou ao mercado negro, *Frau* Holle estava gotejando de suor. Seu pé direito doía após a longa caminhada, e o toco esquerdo também estava dolorido, sua perna de pau enviando choques de dor por todo o seu corpo.

A cidade velha fora poupada dos bombardeios. As casas continuavam de pé, parecendo tão gloriosas como sempre, suas raízes fincadas no solo. Não pareciam estar furiosas com os céus, pareciam ronronar como gatos ao sol. Sonolentas e plácidas, elas espiavam do alto das claraboias sobre os íngremes telhados de ardósia as ruazinhas sinuosas atrás da prefeitura e da Porta da Boa Esperança. As pessoas iam e vinham à sombra daquelas velhas casas, sussurrando, e *Frau* Holle perguntou-se:

— Afinal, meu Deus, por que só os telhados podem aproveitar o sol? Por que as ruas estão sempre na sombra? Talvez seja culpa do mercado negro? E quanto a essa multidão que circula por aqui? Sim, meu Deus, é apenas um bando de vadios que não ousam sequer erguer os olhos para o sol, mostrar-se à luz! E o que estou fazendo aqui? Se Günther soubesse! E se o *Führer* soubesse!

Logo *Frau* Holle foi engolfada pela multidão, jogada de um lado para o outro, carregada. Uma velha perto dela sussurrou:

— Quer um par de meias? Uma frigideira? Troca dólares? Conhece alguém que tenha dentes de ouro? Ou que queira extrair um dos seus?

A velha bruxa tinha-a puxado por um braço e *Frau* Holle desvencilhou-se furiosamente. E pensou: Dentes de ouro? Se eu quero arrancar um de meus próprios dentes? Mas não tenho nenhum e estou faminta. Mas tenho uma aliança de casamento. Feita de ouro!

A velha havia sumido de vista. A confusão de rostos a sua volta fez a cabeça de *Frau* Holle girar. Sentia-se quase a desmaiar de fome naquele calor abafado e naquela confusão de vozes. À sombra de um portão viu uma camponesa com uma enorme cesta de vime ao lado de um homem bem vestido. Os dois estavam sussurrando. A mulher extraiu presunto e pão da cesta, enquanto o homem arregaçava a manga e exibia uma coleção de relógios no antebraço.

Meu Deus, pensou *Frau* Holle, tantos relógios num só braço! Tal como os malditos russos em Berlim!

Gostaria de parar para observar a cena, ver de perto o presunto, o pão e os relógios, mas foi empurrada para o meio-fio, do meio-fio para a rua, e da rua de novo para o meio-fio.

Da sarjeta, um homem sem as duas pernas olhou com inveja para sua única perna. Junto a ele estava uma garotinha de seus 12 anos, flertando com um major americano. Nesse instante *Frau* Holle foi empurrada por trás com tanta força que teria caído, se o major não a segurasse.

— *Sorry* — disse o major.

Frau Holle não sabia o que significava a palavra *sorry* e interpretou-a a sua maneira. Lançou ao major um sorriso que mais parecia uma careta. Ela estava de novo apoiada em suas pernas, a ariana e a não ariana.

— Quem é que não se preocupa nesses dias? — disse ela para o major. — Certo? Melhor ter preocupações com os americanos do que estar segura com os russos. Porque os russos são um bando de tarados e vadios.

O major assentiu, muito embora não entendesse uma palavra sequer de alemão. Ele disse algo para ela em sua língua, que *Frau* Holle não compreendia. Mas mesmo assim ela assentiu, para imitar o major.

O aleijado na sarjeta ainda olhava invejoso para sua perna boa. *Frau* Holle mostrou-lhe a língua. O major percebeu e riu.

— Ele não pode falar com você — disse de repente o aleijado. — É contra o regulamento deles de *não confraternização*.

— O que isso significa? — perguntou *Frau* Holle.

— Significa que ele não pode nem ir para a cama com você — disse o aleijado com uma risada alta, mostrando os cacos pretos dos dentes.

Frau Holle já ia responder que o major estava conversando com a menininha, mas não teve tempo porque a multidão a empurrou de novo. O major pusera-se a caminhar junto com a garotinha.

O major é alto, magro e sem graça, pensou *Frau* Holle. Esses americanos são todos uns idiotas que só sabem mascar chicletes! Mas esse aí parece não ter um chiclete na boca. Será diferente dos outros? Mas é velho. Sessenta, talvez? E tem também o cabelo cortado rente. Grisalho. De um cinza-gelo!

— Você quer comprar uma aliança de casamento? — perguntou *Frau* Holle e mostrou a aliança ao major. — Meu marido Günther nunca deve saber. Mas preciso vendê-la.

O major riu e nada disse. Limitou-se a mostrar sua própria aliança, olhou para o ar por um instante e depois começou a matraquear na sua própria língua. A esta altura já haviam passado pela prefeitura — na verdade foram impelidos à frente pela multidão — alcançaram a Porta da Boa Esperança. *Frau* Holle olhou em torno, procurando pela garotinha, mas não conseguiu localizá-la.

Desapareceu, pensou. Ótimo. Talvez tenha sido melhor. Doze anos é uma idade muito precoce. Na idade dela eu ainda brincava com bonecas.

O major disse alguma coisa, depois apontou para o Mercedes negro estacionado na Porta da Boa Esperança, diretamente sob o arco de pedra. Quando alcançaram o carro, a porta traseira abriu-se e *Frau* Holle entrou, embora não tivesse sido essa a sua intenção. O major entrou também e sentou-se ao lado dela. Havia outro GI ao volante, mais jovem que o major. Também usava o cabelo curto, mas o dele era louro. O major falou com o motorista, que se virou para ela e disse em alemão perfeito:

— O major gostaria de saber se você gosta de comida enlatada.

— Sim — disse ela. — Eu adoro. Você é alemão?

O motorista riu e respondeu:

— Não. Mas meus pais eram. Sou americano.

— Ah — disse *Frau* Holle —, então ele quer saber se eu aprecio comida enlatada. É claro. Eu adoro.

— O major gostaria de saber se você pode dormir com ele esta noite — disse o motorista.

— Se ele quiser... — disse *Frau* Holle. — Que tipo de comida enlatada vocês têm?

— *Corned beef*.

— Na verdade, eu queria era vender minha aliança de casamento — disse *Frau* Holle.

— Nunca se deveria vender uma aliança de casamento — disse o motorista.

— Sim, tem razão — replicou *Frau* Holle.

— Seu marido ainda é prisioneiro de guerra? — quis saber o motorista.

— Realmente não sei — respondeu ela. — Ele estava na Polônia. E não tenho recebido notícias.

— E o que fazia ele na Polônia? — perguntou o motorista.

— Não sei — disse *Frau* Holle.

Frau Holle acomodou-se, estendeu a perna de pau, cruzou a perna boa sobre ela, apoiou-se no encosto do assento estofado, sorriu para o major, e pensou: Ele não precisa saber que Günther é um assassino em massa. Não entenderia. Poderia tentar explicar-lhe que eram inimigos do povo e Günther apenas cumpria seu dever. Por ordem do *Führer*. E uma ordem é uma ordem. Mas um homem como ele não entenderia. É apenas um GI.

— Ouça — disse o motorista, desta vez em tom solene. — O major lhe dará três latas pela primeira trepada, cinco pela segunda, sete pela terceira. E assim por diante.

— Bem, OK — disse *Frau* Holle. — Mas pergunte ao major se ele notou minha perna de pau.

— Sim, ele notou — disse o motorista. — Mas ele não se importa com isso. Muito pelo contrário!

— O que quer dizer?

— A mulher dele, na América, tem duas pernas — explicou o motorista —, duas pernas de verdade. Mas ela não sabe fazer sexo adequadamente, mesmo tendo duas pernas.

— Ah — fez *Frau* Holle. — Mas que tipo de mulher ela é?

— Uma mulher americana — respondeu o motorista. — Ela lê jornal quando o major está trepando com ela.

Frau Holle assentiu.

— Não leio jornais — disse ela. — Só contam um monte de mentiras.

O motorista fingiu não ouvir. Acendeu um cigarro, soprou a fumaça contra o para-brisa, depois se voltou para ela e disse:

— Agora ouça. O major tem um complexo. Você sabe o que é um complexo?

— Não — respondeu *Frau* Holle.

O motorista sorriu.

— Bem, o major foi psicologicamente castrado pela esposa na América. Agora está com complexo de inferioridade. E ficou com medo de mulheres com duas pernas... duas pernas normais. Por isso as quer com uma perna só.

— E isso seria um complexo? — perguntou *Frau* Holle.

— Sim — disse o motorista. — Isso é um complexo.

A esta altura o major também acendeu um cigarro, balbuciando alguma coisa, como se tentasse se desculpar. Depois ofereceu um a *Frau* Holle, dizendo:

— Philip Morris!

— Philip Morris! — exclamou *Frau* Holle. — Aceito um e fumarei mais tarde. Com o estômago vazio não cai bem. — Pegou o cigarro sem agradecer e o pôs na sua bolsa. Depois inclinou-se à frente e disse ao motorista: — Perdi a perna em 1933... no dia em que o *Führer* chegou ao poder. Tinha dado gangrena, disse o médico... e tinha começado a doer muito... sim, essa é a verdade, juro. E Günther disse... que foi um feitiço dos judeus... aconteceu no inverno... e exatamente naquele dia entre tantos... mas nada podíamos fazer, foi o que disse Günther.

— Bem, o que resolveu? — perguntou o motorista. — Aceita?
— Aceito — disse *Frau* Holle.
— Quanto mais trepar, mais você come.
— Tudo bem — disse ela. — Mas ele não parece o tipo capaz de trepar tanto. Deve ter mais de sessenta anos.
— Cinquenta e nove — informou o motorista.

IV

Foram no Mercedes até a Mozartstrasse na esquina com a Adolf Hitler Platz. Lá o Mercedes teve de parar, porque a rua fora bombardeada e estava repleta de destroços.

Frau Holle disse ao motorista:
— Não fica muito longe daqui. Podemos seguir a pé o resto do caminho.

Antes de saltarem do carro, o major tirou de sob o assento uma sacola de compras. *Frau* Holle pôde ver que, além dos enlatados, havia também uísque. O major pegou-a pelo braço. Caminharam lentamente, embora *Frau* Holle preferisse apressar-se, porque seu estômago roncava como um cão raivoso e ela sentia tonteira. Mas o major seguia no seu ritmo.

— Que sorte que não deixei o abridor de latas em Berlim — disse *Frau* Holle. — Mas não, trouxe comigo.... um abridor de latas muito bom.

O major riu e *Frau* Holle disse:
— Não tenho uma cozinha verdadeira, mas tenho uma bela mesa de cozinha. E o abridor de latas está lá, dentro da gaveta da mesa. Você sabe, moro no porão. É por isso que não tenho uma cozinha de verdade, somente uma ótima mesa de cozinha. Lá onde você mora, as pessoas vivem em porões também? Como são os porões na sua terra? Como aqui, compridos? Com duas pequenas janelas de onde vemos a rua de baixo e não de cima? E por que não podemos nunca ver a rua de cima para baixo? Dizemos "janela de rua"! Gostaria de saber! De vez em quando recebo visitas. Hoje mesmo, pela manhã, um homem veio até aqui para me ver. Ele bateu na porta, mas eu ainda dormia. Ele deveria ter batido mais forte. Um homem com os olhos de sapo. Foi isso o que disse o jovem Willy. Com olhos de sapo, nariz adunco, lábios carnudos e

maus dentes — um tipo que parecia judeu. Eles são assim, os judeus? Adoraria saber quem veio me ver. E você, por acaso conhece alguém com olhos de sapo?
O major riu, balançou a cabeça, e disse qualquer coisa na sua língua.

Frau Holle não se limitou a dar duas voltas na chave da porta do porão: pôs também a tranca de ferro. Depois tapou com papel as rachaduras na porta, de modo que o homem dos olhos de sapo, se tornasse a aparecer, não pudesse espiar o interior do apartamento. Por fim, pendurou lençóis nas janelas sem cortinas.

O major parecia ter pressa agora, pois já se despira e esperava nu junto à mesa da cozinha, o membro grosso e rígido como um bastão, as pernas peludas e a barriga flácida. Tinha na mão uma garrafa de uísque e observava *Frau* Holle enquanto ela percorria o apartamento, verificando se a porta estava bem fechada, testando a chave e a tranca de ferro, o papel que vedava as rachaduras e os lençóis que serviam como cortinas.

— *What's your name, baby?* — perguntou o major.
— *Okay* — respondeu *Frau* Holle, mesmo não sabendo o que ele queria dizer.
— *How about this wooden leg of yours?* — perguntou o major.
— Talvez tenha se surpreendido por eu ter tapado as rachaduras na porta — disse *Frau* Holle —, mas não tem nada a ver com o garoto Willy, se bem que de vez em quando ele espie pelas rachaduras... mas de qualquer modo ele sempre pode ver o que acontece no meu apartamento... suponho que já percebeu... lá em cima... através do buraco no teto... mas pensei... se voltar aquele sujeito com olhos de sapo, ele certamente vai tentar olhar através das rachaduras. Sei o que estou fazendo... é preciso tomar cuidado.

A não ser por isso, *Frau* Holle pouca atenção dedicou ao major. Limitou-se a dobrar as cobertas do leito, endireitou um pouco o travesseiro, que estava todo vincado, com algumas penas do estofamento saindo. Ela pensou:

"Que belo pau tem o major, duro mas meio curto. E é com essa ferramenta que ele quer dar muitas trepadas. Bem, não é problema meu. Quanto mais ele der no couro, mais eu como. E estou faminta. Mas aposto que ele não vai dar mais de uma... com 59 anos? Duvido."

Frau Holle começou a despir-se. Dobrou seu vestido cuidadosamente, colocou-o sobre a cadeira desengonçada junto ao leito, depois despiu a roupa íntima — peça por peça, uma após outra — tirou a perna de pau e pendurou-a no lugar de sempre, no prego levemente inclinado na parede comprida, ao pé da cama, como fazia todas as noites antes de dormir. O major continuava de pé junto à mesa da cozinha, bebendo. *Frau* Holle saltitou na única perna até o outro lado do leito e sentou-se. Esfregou os ombros, sentindo um frio súbito.

— Não há muita mobília aqui — disse ao major —, como pode ver: uma mesa de cozinha, duas velhas cadeiras desengonçadas, uma cama de solteiro, um armário velho, um espelho quebrado, uma caixa com a vela e outra para o carvão, e o fogão no canto... eu mesma organizei tudo, aliás, como tudo mais aqui. Os móveis que eu tinha já não existem faz um bom tempo. Oh, bem, sou magra e talvez tenha os seios um pouco caídos, não acha? É o que meu marido costumava me dizer: que chegavam até a barriga. E também os pelos lá embaixo estão grisalhos. Mas podem ser tingidos. E se arranjar o bastante para comer, recuperarei meu peso.

Frau Holle sorriu para o major, que assentiu como se tivesse entendido tudo que ela lhe dissera. A seguir ele se aproximou lentamente, com a garrafa de uísque debaixo do braço nu. Parou diante do leito por alguns segundos, pensativo. Olhou para *Frau* Holle, que deu lugar a ele, retornou ao pé do leito, tomou um bom gole da garrafa de uísque já pela metade e de repente, com um gesto nervoso, tirou a perna de pau do gancho, colocou-a debaixo do braço — o outro, não aquele que sustinha a garrafa de uísque —, voltou e pôs a perna de pau ao lado dela na cama.

V

O dia anterior tinha sido o seu aniversário e ela se dera ao luxo de dormir até mais tarde. Em geral era despertada pelo canto dos pássaros todas as manhãs. É verdade que os pássaros deixavam uma terrível imundície na Adolf Hitler Platz — o que era uma desgraça —, mas apesar de tudo *Frau* Holle ficava grata aos pássaros, porque dizia para si mesma: acordar cedo torna a pessoa saudável, rica e sábia! E quem ousaria duvidar?

Hoje também o chilrear dos pássaros despertou-a de um sono profundo. Como de hábito, a primeira coisa que fez foi amaldiçoar sua perna de pau, embora dessa vez não estivesse pendurada na parede comprida, mas jazendo na cama entre as coxas do major. Mas, passado algum tempo, ela se acalmou, bocejou, depois puxou, lenta e cuidadosamente, a perna para longe dele.

Frau Holle amarrou a perna de pau e saltitou até o fogão. Acendeu-o, olhou para certificar-se de que ainda havia água na chaleira e começou a cantar como os pássaros. Da caixa sob a cama pegou potes e panelas tentando fazer o mínimo de ruído para não acordar o major. Mas ele nem se moveu.

Bem, ele dorme como uma pedra, pensou.

Mais tarde foi sacudi-lo e por fim o virou deitado de costas. Ao ver-se diante de dois olhos azuis arregalados, arrotou de medo e pensou: ELE ESTÁ MORTO! UM ATAQUE CARDÍACO!

Arrotou de novo, sentiu o incômodo da perna de pau e levou a mão à boca.

Frau Holle não sabia o que fazer com o cadáver. O melhor que lhe ocorreu era enfiá-lo atrás do fogão. Assim pelo menos ficaria fora do caminho.

Frau Holle pôs logo mãos à obra. Puxou o cadáver cuidadosamente do leito e o arrastou através do piso desigual. Não, pensou, ele não é muito pesado. Os americanos parecem feitos de goma de mascar.

Ela não se animou a fazer o desjejum e pensou em chamar as autoridades. Comeria mais tarde. Então pensou em telefonar. Claro. Poderia telefonar da Adolf Hitler Platz.

Frau Holle deixou apressadamente o apartamento de porão, foi até a praça, viu a cabine telefônica anterior à guerra mas que ainda estava de pé. Então leu o aviso: FORA DE OPERAÇÃO.

Desesperada, começou a correr através da enorme praça, cheia de excrementos de pássaros, dobrou na Mozartstrasse e perguntou a algumas pessoas. Mas ninguém sabia onde havia um telefone. Um homem lhe disse:

— Espere até aparecer um PM.

Frau Holle disse:

— Refere-se àqueles de capacete branco com uma faixa no braço? Mas eles não são melhores que os russos!

Assim *Frau* Holle manquejou de volta à Nietzschestrasse.

— É melhor voltar para casa e pensar com calma! É a melhor coisa a fazer. E além disso nem tomei o café da manhã. Afinal, uma mulher é humana!

Quando chegou em casa, encontrou um bilhete na caixa de correio: VOLTEI DA GUERRA! COM UM RECADO DE GÜNTHER. NÃO POSSO ME DEMORAR. PRECISO PARTIR DE NOVO. COMO VAI A PERNA DE PAU? MAX SCHULZ.

Max Schulz! O homem com olhos de sapo. O homem de nariz adunco, lábios carnudos e maus dentes! O homem que parecia um judeu mas não era!

Ah, pensou *Frau* Holle. Agora você sabe quem é. É Max! Por que não pensou logo nele? Naturalmente! O campo de concentração em Laubwalde, na Polônia ocupada! Exatamente onde Günther servia. E Max Schulz! Não foi em 1943? Güther veio visitá-la. Trouxe Max Schulz consigo e disse:

"Este é Max Schulz. Ele parece um judeu mas não é!"

Max Schulz riu e disse:

"Não sou o único!"

E Günther disse:

"Estamos em casa finalmente!"
E Max Schulz disse:
"Sim, Günther."
E Günther disse:
"É aconchegante a nossa casa, Max, e temos uma linda vista do quinto andar. É arejada no verão. Cálida no inverno. E quando *Frau* Holle joga da janela as penas velhas do colchão, parece que está nevando na nossa bela cidade alemã."
E Max Schulz riu e disse:
"Pelo menos é diferente."
E Günther disse:
"Sim, Max."
E Max Schulz disse:
"Sim."
E Günther disse:
"Quando a guerra acabar, Max, não esqueça de que você será sempre bem-vindo na casa de *Frau* Holle."

VI

Willy Holzhammer estava consertando sua velha bicicleta. Sua mãe já não aguentava o barulho das marteladas. E também não queria que a sala de estar virasse um chiqueiro, por isso Willy tivera que levar a bicicleta para área aberta, muito embora a sala de estar sem teto fosse também uma área aberta, a bem da verdade — mas aí já era outra questão.

Assim, Willy levara a bicicleta para a área aberta em frente à casa, onde desmontara e tornara a montar a bicicleta. O freio de mão estava em ordem, o farolete e o dínamo estavam funcionando, a corrente estava azeitada e o paralama dianteiro estava firme de novo. Agora só lhe faltava endireitar a roda traseira. Fora uma sorte ele ter resgatado sua caixa de ferramentas do bombardeio; ele tinha até mesmo lixa, estopa, cola e remendos redondos e quadrados.

Nas primeiras horas do dia o céu estivera bastante nublado e parecera que o entulho da Nietzschestrasse ia ganhar uma chuveirada gratuita, mas depois as nuvens se afastaram e o sol havia incluído a rua nos seus raios.

Willy Holzhammer estava trabalhando duro. Se ele conseguisse aprontar a bicicleta antes do meio-dia, pretendia pedalar até Solendorf para encontrar sua garota, Rody Schalke, cujo pai era dono de uma taverna. Sempre havia coisas boas para comer lá. Willy tirara sua camiseta e bronzeava-se, assobiando, enquanto dava tragadas ocasionais no cigarro.

Uma hora antes Willy tinha visto *Frau* Holle sair, manquejando com muita pressa, em direção à Adolf Hitler Platz. Ela não o cumprimentara. Depois ela havia retornado, parecendo um tanto agitada, deu um leve aceno de cabeça para ele e desapareceu dentro de casa.

Ele não a tinha visto de novo até aquele instante. Na mão direita ela carregava um balde, balançando-o com vivacidade. Desta vez piscou para ele e parou. Willy notou que seu rosto estava estranhamente ruborizado.

— Vai buscar água na bomba da Fleischerstrasse? — perguntou Willy.

Frau Holle confirmou.

— O que aconteceu esta manhã? — quis saber Willy.

— Nada — respondeu *Frau* Holle. — Por que acha que aconteceu alguma coisa?

— Vi o major — disse Willy. — Ele não regula bem.

Ela estava a ponto de dizer que ele é que não *regulava* bem. Mas então ocorreu-lhe que Willy, de seu lugar no buraco do teto, não podia ver atrás do fogão onde jazia o cadáver, portanto disse:

— É, ele não regula bem.

— Ele dormiu um bocado esta manhã — continuou Willy.

— Tinha bebido demais — disse *Frau* Holle.

— Ele já se foi?

— Já, já foi embora. Saiu escondido. Provavelmente tinha medo.

Willy sorriu e soprou fumaça na cara dela. E disse:

— É por causa do regulamento de não confraternização!

— Ou alguma coisa parecida — disse *Frau* Holle. Ela alisou seu vestido, olhou a bicicleta por um instante sem nada comentar, depois disse-lhe brevemente que tinha recebido um bilhete — do homem com cara de sapo — e que o sujeito queria dar-lhe um recado de Günther. Depois ela se foi, manquejando e sacudindo o balde vazio, a caminho da bomba da Fleischerstrasse.

Depois que ela havia ido embora, o homem com olhos de sapo apareceu de repente. Willy só o percebeu quando ele já estava bem na sua frente: magro, terno amarrotado, olhos de sapo — e um saco velho nas costas.

— Bem — disse Max Schulz. — Aqui estou eu de novo.

— Que tipo de saco é esse? — perguntou Willy. — Você não o tinha ontem.

— Oh, eu o deixei escondido entre os escombros — disse Max Schulz.

— O que traz dentro dele?

— Não é da sua conta — disse Max Schulz.

— Trapos velhos, suponho — sorriu Willy.
— Você não tem nada a ver com isso — disse Max Schulz.
Max Schulz foi até a janela do porão para verificar se *Frau* Holle já estava em casa, mas a janela estava com a cortina cerrada e ele não pôde ver nada.
— Ela foi até a bomba-d'água — informou Willy. — E deixou as cortinas cerradas, não sei por quê!
— Bem, isso não importa — disse Max Schulz. — Posso esperar aqui até ela voltar.
Max Schulz sentou-se na soleira, enfiou o saco velho entre suas pernas, pegou do bolso um cigarro Camel e acendeu. Willy encostou a bicicleta na parede, fechou a caixa de ferramentas, empurrou-a com o pé para junto da bicicleta, e sentou-se ao lado de Max Schulz.
— Vamos trocar? Um Philip Morris por um Camel?
— Tudo bem — disse Max Schulz. — Por que não? É tudo a mesma merda.
— *Frau* Holle me contou que você trouxe notícias de Günther. É verdade?
Max Schulz enrugou seus olhos de sapo e riu.
— Isso é apenas uma piada sem graça... de que Günther mandou lembranças. Ele está morto.
— Não acredito.
— Está. Pode crer no que digo. Está pra lá de morto. Os *partisans* o mataram.
— Como aconteceu?
— Simplesmente aconteceu.
— Ah, certamente será um choque para ela, para *Frau* Holle. E como aconteceu? O que quer dizer com "simplesmente aconteceu"?
— Esfolado — disse Max Schulz. — E castrado. Os *partisans* cortaram sua pica numa floresta polonesa coberta de neve.
— Ocorreu assim mesmo? — perguntou Willy.
— Sim, exatamente assim — disse Max Schulz.
A seguir viram *Frau* Holle dobrar a esquina, carregando um balde com a mão direita e acenando com a esquerda. Max Schulz acenou também e riu.
— Você também estava nas SS? — perguntou Willy.
— Não... não estava — mentiu Max. — Eu simplesmente servia o exército. Durante a retirada através da Polônia encontramos a unidade em que Günther servia. Ou melhor, a unidade dele juntou-se à nossa. Eu já conhecia Günther superficialmente.
— Oh, entendo — disse Willy.
— Sim, foi como aconteceu — disse Max Schulz.

VII

Max Schulz sentou-se em silêncio na caixa de carvão, à direita do fogão, enquanto *Frau* Holle fazia a cama com pressa nervosa, como se a presença dele a embaraçasse. Depois ela capengou até a mesa da cozinha para limpá--la. Max Schulz tinha apoiado seu saco junto à porta, depois tirou o paletó manchado de suor e jogou-o no saco. Por que *Frau* Holle havia coberto as janelas? Levou algum tempo para seus olhos acostumarem-se com a penumbra do apartamento de porão. Um grande leito de latão, pensou Max Schulz, onde dorme uma mulher já idosa — um leito de solteiro — e uma mesa de cozinha, uma caixa com uma vela em cima para leitura, duas cadeiras desengonçadas do lado mais comprido da mesa, duas janelas de porão baixas... um velho armário a um canto e um espelho de parede rachado. Somente quando Max Schulz virou a cabeça um pouco para trás foi que viu o corpo nu jazendo atrás do fogão. Max não demonstrou o menor sinal de reação. Limitou-se a coçar o traseiro e pensou que já não coçava tanto quanto antigamente.

Max Schulz tentou explicar a *Frau* Holle que aquela história de trazer notícias de Günther tinha sido apenas uma piada de mau gosto e que Günther estava morto. Sim, morto, morto como uma pedra, esfolado e castrado numa floresta polonesa! Não mais vivo do que uma pedra, muito embora uma pedra não pudesse ser nem esfolada, nem castrada. Mas não havia dúvida: estava morto como uma pedra!

De início *Frau* Holle não pareceu entender do que se tratava. E mesmo quando entendeu não começou a berrar imediatamente. Primeiro, abriu os olhos, arregalando-os. E depois começou a berrar.

Max Schulz consultou seu relógio. Quando *Frau* Holle começou a chorar eram exatamente 10 HORAS, 12 MINUTOS E 33 SEGUNDOS. Quando parou de chorar e a última lágrima secou eram exatamente 12 HORAS, 12 MINUTOS E 34 SEGUNDOS.

Frau Holle estava deitada na cama. Durante todo o tempo Max ficara esperando, sentado na caixa de carvão, contando os segundos e de papo pro ar. Agora Max Schulz levantou-se, sentou-se na beirada da cama, junto a *Frau* Holle. Ficou ali um pouco, sorridente, depois disse:

— Bem, agora chega! Chorar por duas horas e um segundo por um tipo como aquele já é demais, me dá até vontade de rir!

— E por que você deveria rir? — perguntou *Frau* Holle.

— Porque ele era dez anos mais novo do que você — disse Max Schulz. — E porque ele tinha outra. E ela era vinte anos mais nova do que Günther. O que dá trinta anos.
— Trinta anos o quê? — perguntou *Frau* Holle.
— A diferença de idade entre você e a outra mulher — disse Max Schulz.
— Oh, entendo — disse *Frau* Holle.
— Seja como for, Günther não voltaria mais para você!
— Oh, entendo — disse *Frau* Holle. — Então é assim.

Max Schulz balançou a cabeça, acendeu um Camel, fixa *Frau* Holle com seus grandes olhos claros de sapo, pisca, imagina flocos de neve, imagina um par de seios flácidos que caem até o umbigo, imagina um par assim debaixo do vestido de *Frau* Holle, considera, pensativo, sua perna de madeira, a parede longa, repara no prego na beira da cama de latão, o prego na parede longa.
— É para um quadro?
— O prego?
— Sim.
— É para minha perna de madeira — disse *Frau* Holle. — Quando ela me incomoda, à noite na cama principalmente, eu a penduro no prego.
— Um prego sólido.
— Quer que eu pendure a minha perna?
— Não tenho nada contra — disse Max Schulz.

Um pouco mais tarde, *Frau* Holle perguntou:
— Está vendo o buraco no teto em cima de minha cama? Bem, às vezes Willy fica me espiando por ele.
— Mas ele agora está lá fora, diante da porta — disse Max Schulz —, consertando sua bicicleta... lá fora.
E *Frau* Holle disse:
— Sim.
E Max Schulz disse:
— E agora ele não pode nos ver.
E *Frau* Holle disse:
— Sim. — E riu.

Durante as pausas de sexo, *Frau* Holle lhe contou que o cadáver atrás do fogão era de um ex-major americano que, à idade de 59 anos, conseguira alcançar o orgasmo sete vezes, depois do que sofrera um infarto fatal.
— Teremos de informar às autoridades — disse *Frau* Holle. — Ele não pode ficar aqui!

— Oh, ele pode sim — retrucou Max Schulz. — E ao mesmo tempo não pode. Em todo caso, isto está fora de questão.
— O que é que está fora de questão?
— Aquilo que você disse: chamar as autoridades.
— Por quê?
— Porque as autoridades estão me procurando.
— Oh, entendo — disse *Frau* Holle. — O que faremos então?
— Eu me livrarei dele. Tão logo escureça.
— Boa ideia — disse *Frau* Holle.
— Devemos enrolá-lo em alguma coisa. Um saco, por exemplo.
— Mas você tem um saco! Não poderia esvaziá-lo? O que leva aí dentro? Trapos velhos?
— Não posso esvaziá-lo — disse Max Schulz.
— O que poderia ter aí de tão importante?
— Isso não é da sua conta — disse Max Schulz.
— Teremos que cobrir o cadáver com alguma coisa por cima do uniforme — disse Max Schulz. — Vi um rolo de papel pardo atrás do fogão. Vou embrulhá-lo com isso. Depois, quando escurecer, eu o carregarei até a praça, onde tem alguns bancos. Eu o deixarei sentado num banco. E amanhã... sim, amanhã... você lerá a notícia no jornal:

**MAJOR AMERICANO MORTO DE ATAQUE
CARDÍACO EM PRAÇA PÚBLICA**

ADOLF HITLER PLATZ — PERTO DAS RUÍNAS
DO MONUMENTO AO *FÜHRER* —
TERÁ O MAJOR MORRIDO DE MEDO?
— TERÁ VISTO UM FANTASMA OU NÃO? —
OUTRA VÍTIMA DO NACIONAL-SOCIALISMO? —
QUANDO ISSO TERMINARÁ?

— Meu Deus — disse *Frau* Holle. — Você é mesmo louco! Se o *Führer* soubesse, se reviraria no túmulo!
— Não posso ficar aqui por muito tempo — disse Max Schulz. — Eu estava procurando por Slavitzki e minha mãe. Mas eles fugiram dos russos. Ninguém sabe para onde foram. Por isso estou aqui. Mas não posso ficar muito tempo. Preciso me esconder. Em qualquer lugar e de qualquer modo! Na América do Norte, talvez. E arranjar um outro nome. E uma nova identidade.
— Günther me contou tudo... que em Laubwalde vocês mataram duzentos mil judeus. Foi o que ele disse.

— Ele não deveria ter lhe contado. Era severamente proibido falar sobre isso. Nós todos fizemos um juramento de manter segredo... Günther também. A regra foi inculcada em nós: o mais absoluto segredo.
— Mas afinal eu era a esposa de Günther...
— Ninguém deveria saber... foi o que nos disseram... nem mesmo esposas e filhos. Ninguém!
— Então matar era proibido?
— Não — disse Max Schulz. — Isso não era proibido. Só era proibido espalhar falsos rumores... isso era proibido!
— Mas aqueles não eram falsos rumores, eram?
— Bem, cale essa boca — disse Max Schulz. — Eles eram e não eram. Não posso dizer mais que isso.
— Oh, Günther! — disse *Frau* Holle. — Ele era um homem de verdade!
— Era — disse Max Schulz.
— E Günther sempre dizia: "E Max Schulz também. Esse é um homem de verdade."
— Às vezes, talvez — disse Max Schulz.
— Ele contou-me tudo... o meu Günther... sobre as sepulturas coletivas também... como os prisioneiros caíam dentro delas, um por um... um por cima do outro... e Max Schulz, dizia Günther... Max Schulz costumava sentar-se à beira daquela comprida fossa... com o fuzil sobre os joelhos... um cigarro apagado na boca... que lhe pendia dos lábios... era o que dizia Günther... e sorrindo... Max Schulz, quero dizer... ele sempre sorria quando atirava neles.

Max Schulz assentiu. Pegou outro Camel, acendeu, tragou, acariciou o toco de perna da mulher, acariciou o triângulo de pentelhos grisalhos, puxou-os um pouco, coçou-se, coçou o traseiro, pensando que já não coçava tanto como antigamente.

— Tínhamos métodos diferentes — continuou Max Schulz. — Às vezes, para fuzilá-los, colocávamos os prisioneiros de pé diante da comprida fossa... em fila... mandávamos que olhassem para a fossa e atirávamos neles pelas costas. Outras vezes mandávamos que olhassem para nós e os fuzilávamos no peito. E também mandávamos que saltassem dentro da fossa e deitassem no fundo. E então atirávamos neles do alto. Era minha especialidade: disparar do alto, da beirada da fossa. Morto um, fazíamos o seguinte deitar sobre o cadáver do primeiro. Um depois do outro.

"Matei meus primeiros judeus em 1939, num cemitério da Polônia. Uma vez levamos os judeus para um cemitério cristão. Sobre uma das cruzes estava um pequeno Jesus. Chorando. Meu tenente não conseguiu suportar aquela visão. E, acredite ou não, ele derrubou Jesus a tiros daquela cruz. Mas nada dele morrer. Então o tenente me disse: 'Max Schulz! Tape a boca desse falso santo! Sei que você é o melhor para certas coisas!' E tratei de obedecer.

"Depois fomos transferidos para o sul da Rússia, com a Unidade Móvel de Extermínio D. Lá, capturávamos judeus como se fossem lebres. Tínhamos lá também as fossas coletivas. Em 1942, sofri um leve ataque cardíaco e fui transferido para Laubwalde."

— E foi lá que conheceu Günther? — perguntou *Frau* Holle.
— Sim — respondeu Max Schulz. — Mas isto você já sabe.
— Sei — disse *Frau* Holle. — Mas queria ouvir da sua boca. É verdade... que você já foi barbeiro?
— É sim.
— Barbeiro profissional?
— Exatamente.
— E onde foi isso?
— Em Wieshalle, antes da guerra.
— Então você poderia cortar meu cabelo qualquer hora dessas.
— Sim, poderia — disse Max Schulz —, mas não sou um cabeleireiro de senhoras.
— O que é então?
— Barbeiro. Para homens.
— E um barbeiro não pode cortar os cabelos de uma mulher?
Max Schulz sorriu.
— Bem, para mulheres como você... poderia dar-se um jeito.
— Meu cabelo está comprido demais — disse *Frau* Holle. — E duro... e eu gostaria de tingi-lo também.
— Veremos — disse Max Schulz. — Não carrego comigo os instrumentos de meu trabalho... e naquele saco... há alguma coisa mais nele. Que não tem nada a ver com meu ofício. Mas vou pensar a respeito.
— Tenho tesoura — disse *Frau* Holle. — E também um pente... sim, tenho isso. E também algo para tingir os cabelos. Também tenho.
— Ótimo, então — disse Max Schulz. — Talvez amanhã ou depois de amanhã. Ou talvez na próxima semana.
— E que tal hoje? — disse *Frau* Holle. — Não esqueça de que uma mulher se torna melhor na cama se sabe que está com boa aparência.
— Em Laubwalde... nunca pensei em meu ofício quando estava servindo lá — disse Max Schulz. — Mas depois, quando tudo chegou ao fim...
— Sim — disse *Frau* Holle.

— Um homem tem de fazer alguma coisa — disse Max Schulz. — E a guerra acabou.
— Talvez você pudesse ir para o mercado negro — sugeriu *Frau* Holle. — Tem muita gente fazendo isso hoje.
— Tentarei — disse Max Schulz —, mas isso é uma coisa que não vai durar para sempre... o mercado negro... talvez dure algum tempo... mas vai acabar algum dia.
— Você pensa em abrir uma barbearia, então?
— Você quer dizer... "um salão para cavalheiros".
— Sim. Um salão para cavalheiros.
— Com toda certeza — disse Max Schulz. — Um homem precisa fazer alguma coisa. E o ofício de barbeiro... é um ofício decente e honesto.
— Um belo ofício, eu acho — disse *Frau* Holle. — Tem muitas coisas a seu favor... é um ofício... qual é mesmo a palavra que se usa?
— Artístico — completou Max Schulz. — Um bom barbeiro é um artista. Mas um artista que ganha bem e pode sustentar sua família.
— Mas você não tem família, não é?
— Cada coisa a seu tempo — disse Max Schulz.
— Um belo ofício — disse *Frau* Holle.
— Quanto a Laubwalde... isso já é passado — disse Max Schulz. — Agora só me resta uma coisa a fazer.
— O que seria? — quis saber *Frau* Holle.
— Replantar novas raízes — disse Max Schulz. — E levar de novo uma vida decente.
— Conte-me, por favor — pediu ela. — O que leva aí nesse saco?
Max Schulz hesitou. Depois disse lentamente:
— Dentes de ouro.
Frau Holle deixou escapar um grito de surpresa, descruzou a perna boa, sentou-se ereta e fitou Max Schulz.
— E alguma roupa velha — continuou ele —, e provisões, um diário e um livro de preces. Tenho isso também.
— Um livro de preces? Um diário?
— Sim.
— E debaixo disso?
— Dentes de ouro — disse Max Schulz.
— Dentes de ouro — sussurrou *Frau* Holle.
— Sim — confirmou Max Schulz.
— E o que você quer fazer com esses dentes? — perguntou *Frau* Holle.
— Começar vida nova — disse Max Schulz.

VIII

Pouco depois das três, Max Schulz deu-se conta de que estava faminto. *Frau* Holle também parecia ter um buraco no estômago. Max ajudou-a a acender um fogo, cortou um pouco de lenha, limpou o fogão, encontrou uma caixa de papelão, encheu-a com as cinzas e brasas extintas, saiu, esvaziou a caixa no entulho atrás do prédio, ficou ali por algum tempo, urinou, olhou para a posição do sol e calculou quanto tempo levaria para escurecer, imaginou se o cadáver que deveria carregar seria muito pesado e depois pensou: Você está precisando mesmo de um banho. Está fedendo como uma cabra.

Retornando, disse a *Frau* Holle que queria tomar um banho.

Ela respondeu:

— A mãe de Willy tem uma tina. Eu poderia pedir emprestada a ela. O problema é a água. Você vai ter que ir buscá-la. Há uma bomba na Fleisherstrasse.

Max Schulz assentiu. Abriu cuidadosamente o saco, tirou uma bela peça de salame, alguns ovos cozidos, uma fôrma de pão, que deu a *Frau* Holle. Fechou de novo o saco e disse:

— Com isso aí e as latas de *corned beef* teremos um verdadeiro banquete. E temos ainda um pouco de uísque.

Enquanto *Frau* Holle preparava a refeição, punha a mesa e trazia a tina, se penteava disfarçadamente, coçava a perna ou ria para si mesma, Max Schulz foi buscar água na bomba da Fleisherstrasse. Depois de várias viagens, ele encheu as panelas de *Frau* Holle, aqueceu a água de banho na temperatura adequada, encheu a tina, despiu-se e entrou.

Frau Holle esfregou-lhe as costas com um sabão. Depois Max levantou-se, gotejante e fumegante, deixou *Frau* Holle ensaboar sua barriga e pernas e disse:

— Pode também lavar meu traseiro e minha pica comprida, se desejar.

E *Frau* Holle respondeu:

— Ela não é tão comprida, afinal. É simplesmente normal.

E então *Frau* Holle ensaboou-lhe o rosto e cabelos, feliz porque Max Schulz parecia estar se sentindo bem. E perguntou:

— E quanto aos dentes de ouro? Não vou ganhar alguma coisa?

— Vai sim — disse Max Schulz. — Mas primeiro preciso vendê-los. Não a deixarei sem algum dinheiro.

— E quando você partir para a clandestinidade? — disse *Frau* Holle. — Vai me levar junto? Eu poderia cozinhar, cuidar de você... e não sou tão ruim de cama, sou? E me contento com pouco... não seria um fardo para você... e se arranjar outra mulher mais nova... bem, eu posso entender e não vou falar nada... Mas não quero ficar sozinha... e você poderá fazer o que quiser comigo.

— Por exemplo? — quis saber Max Schulz.
— Poderá me chicotear.
— E você brincará de cachorrinha? — perguntou Max.
— Brincarei de cachorrinha — disse *Frau* Holle.
— Com uma perna só?
— Isto é problema meu — disse *Frau* Holle.
— Você não deveria ter dito a Willy que eu trazia notícias de Günther. Isso fez ele me perguntar se eu era também das SS.
— E o que você lhe disse?
— Que eu apenas servia na Wehrmacht. Que encontrei Günther por acaso na floresta polonesa e que o conhecia superficialmente de antes da guerra.
— Eu não contei mais nada a Willy sobre você.
— Ótimo — disse Max Schulz. — E se ele perguntar de novo, diga apenas isso: que eu servi na Wehrmacht e ponto final.

Mais tarde ambos comeram sua refeição como se estivessem morrendo de fome. Tiveram um verdadeiro banquete, beberam uísque e falaram um monte de bobagens, mas abordaram assuntos sérios também, em especial sobre como começar uma vida nova.
— E o que me diz sobre os seis milhões de judeus? — perguntou *Frau* Holle.
— O que saiu nos jornais. Willy também falou a respeito. Era tudo balela, não?
— Isso eu realmente não sei — disse Max Schulz.
— Teriam sido no máximo DOIS milhões, aposto — disse *Frau* Holle.
— Não sei dizer — respondeu Max Schulz.
— Ou TRÊS, ou QUATRO. Talvez mesmo CINCO. Mas certamente não SEIS!
— Não sei, realmente não sei — repetiu Max Schulz.
— Mas você acha... que poderiam ter sido mesmo SEIS milhões?
— Talvez — disse Max Schulz. — É possível. Não os contei.
Max Schulz tinha realmente comido depressa demais e sentia dores na barriga.
— Onde fica o banheiro?
— Foi bombardeado — disse *Frau* Holle. — Eu sempre vou atrás da casa.
Max apressou-se para os fundos e quando voltou disse para *Frau* Holle:
— É hora de Max Schulz tirar uma soneca.
— Descanse um pouco. Enquanto isso lavarei os pratos e depois subirei para devolver a tina. Não deixe que nada o perturbe.
— Não consegui dormir durante a noite toda — disse Max Schulz. — Passei a noite nas ruínas da Mozartstrasse com medo de que alguém roubasse os dentes.

— Sim — disse *Frau* Holle. — Repouse um pouco. Eu o acordarei quando chegar a hora de levar para fora o cadáver.

IX

Max Schulz dormiu roncando como uma serra elétrica e, quando acordou, correu cambaleando até a janela e abriu as cortinas para um lado. As ruínas lá fora pareciam uma enorme bola de fogo... mas foi só uma ilusão de ótica. Era o sol se pondo.

— Sabe, Minna — seu padrasto Slavitzki dissera uma vez para sua mãe. — Se algum dia ficarmos ricos, nos mudamos do porão. Um porão, Minna, não é o lugar certo para um barbeiro. Cai muito bem para a porra de um sapateiro. Esse tipo de gente gosta de olhar pela janela de um porão e contar os sapatos das pessoas caminhando rua acima. Gosta de olhar para os saltos e as solas. Mas isto não serve para um barbeiro. Um barbeiro, Minna, deve morar acima da rua.

Eles vestiram o cadáver.
— Acha que Willy sabe alguma coisa acerca do homem morto? — perguntou Max Schulz.
— Ele pensa que o major foi embora há muito tempo.
— E aquele buraco no teto?
— Ele não consegue ver atrás do fogão.

Quando o major ficou completamente vestido, eles o apoiaram contra a parede, não muito distante do pé da grande cama de latão.

— É melhor não deixá-lo muito perto do fogão — disse Max Schulz. — Vou acender o fogo num minuto.
— Está com fome de novo?
— Estou — disse Max Schulz.

— Sabe — disse Max quando escureceu lá fora —, estive pensando.
— E no que é que esteve pensando?
— No nosso plano... em relação ao cadáver. É arriscado, chama muita atenção. Especialmente à noite.
— Está dizendo que seria melhor carregá-lo em plena luz do dia?
— Não, nem mesmo isso. A melhor hora é pouco antes do alvorecer. Quando o sol mal está surgindo e as pessoas estão indo para o trabalho. Nesta hora um homem carregando alguma coisa nas costas não atrai tanta atenção.

— Então vai fazê-lo amanhã de manhã?
— Sim — disse Max Schulz.
— Nesse caso não precisamos enrolá-lo exatamente agora.
— Há tempo de sobra. O papel de embrulho não vai fugir.
— Ótimo — disse *Frau* Holle.
— Mas seria bom você arranjar algum barbante — disse Max Schulz — e me dar agora, para não perdermos tempo a procurá-lo pela manhã.
— Sim, tenho o barbante — disse *Frau* Holle. — Mas por que você quer amarrá-lo?
— É só para o caso de soprar um vento forte — disse Max Schulz. — Para o papel de embrulho não sair voando.

Max Schulz cortou mais lenha, recolheu as cinzas do fogão, levou a caixa com as cinzas e as brasas extintas para trás da casa, urinou no escuro, direcionando o jato entre o entulho e a parede remanescente, ergueu a vista para o céu, procurou a Ursa Maior mas sem achar, porém descobriu a Via Láctea e desejou estar bem longe dali.

X

— A guerra acabou para nós dois em 19 de janeiro de 1945 — disse Max Schulz. — Para mim e para Günther, porque ele jazia morto numa trilha coberta de neve na maldita floresta polonesa e eu estava correndo como se o próprio Stalin estivesse fungando no meu cangote, correndo sem rumo na floresta. Eu daria tudo para poder afundar debaixo da terra.

Frau Holle estava mastigando. Ela havia aquecido o que restou do salame e dos ovos, abriu mais duas latas e fritou o *corned beef* um pouco demais, porém isto não incomodou Max Schulz, porque ele parecia não notar o que colocava dentro da boca. Continuava a olhar para a janela às costas de *Frau* Holle.

— A guerra não havia realmente acabado, mas para mim e Günther, sim. E para os outros SS em Lawbwalde. E para os prisioneiros.
— Conte-me sobre isso!
— Mais tarde — disse Max Schulz. — Mais tarde lhe contarei tudo.

Estavam ambos um pouco alegres. Tinham bebido uma garrafa de uísque inteira, brindando à saúde do major, dando-se as mãos através da mesa da cozinha.

O major fitava-os de olhos arregalados, em silêncio, apoiado na parede comprida, ao pé da cama de latão.

— Teremos que fechar os olhos dele — disse *Frau* Holle. — Não consigo suportar isso.

— Nós nunca fechamos os olhos dos cadáveres — disse Max Schulz. — É algo que nunca fizemos. Além disso, o major morreu faz muito tempo. Não pode ser feito agora.

Max Schulz levantou-se, cambaleou até onde estava o cadáver e, sem tocá-lo, fitou aqueles olhos vidrados. Depois cambaleou de volta à mesa e sentou-se diante de *Frau* Holle.

— Vai me contar agora o que houve naquela floresta polonesa? — perguntou *Frau* Holle.

Com a cabeça apoiada pesadamente nos braços, Max parecia estar cochilando, mas então ergueu seus olhos de sapo, fitou *Frau* Holle, apurou um ouvido para escutar os ruídos da rua e dos apartamentos acima do porão, levantou de novo a cabeça, levou a garrafa à boca só para molhar os lábios, pareceu de repente reanimado e disse:

— Sim... foi assim que aconteceu. No dia anterior. Na floresta. Tive uma diarreia. E falei para o meu tenente: "Tenente, com todo o respeito, devo dizer que não posso atirar nos prisioneiros. PORQUE ESTOU COM DIARREIA!"

O tenente replicou:
"Então vá dar uma boa cagada. E seja rápido!"
Respondi:
"Já o fiz. E não adiantou nada."
O tenente disse:
"Que diabo há com você, Max Schulz?"
Eu disse:
"Varsóvia. Perdemos Varsóvia!"

Max Schulz lançou a *Frau* Holle um sorriso eloquente e segurou firme a garrafa de uísque, mas em vez de beber bateu com ela na mesa da cozinha, sentiu alguma coisa grudada no lábio inferior... fria... seca. Era o que restava da guimba de um cigarro. Ele a tirou, esmagou-a nos dedos e umedeceu os lábios.

— Varsóvia tinha caído. Os russos estavam nos arredores de Cracóvia, de Lodz e Tilsit. Estavam a cerca de 16 quilômetros do campo de concentração de Laubwalde, onde estávamos destruindo tudo. Os SS empacotaram seus pertences. Éramos 112 SS. E um único pensamento nos obcecava. Cair fora! Antes que os russos chegassem. Cair fora! Para a Alemanha!

Max Schulz serviu-se de um Camel, procurou por fósforos, que *Frau* Holle lhe entregou.

— Foi assim que aconteceu — disse Max Schulz. — Havia cinco caminhões esperando por nós e não podíamos levar os prisioneiros. Restavam poucos e aqueles poucos tinham de ser mortos.

"Obrigamos os prisioneiros a carregar as caixas mais pesadas para os caminhões. Não podíamos levar muita coisa: alguns víveres, um pouco de munição, um caixote de joias e outro caixote com dentes de ouro dos prisioneiros mortos, os poucos que restaram e que, por escassez de tempo, não puderam ser enviados para o Reich.

"Sim, foi assim — disse Max Schulz. — E então aconteceu aquilo... quando o último caixote estava sendo carregado... o que continha os dentes de ouro... tivemos um pequeno acidente... o caixote caiu no chão e se rompeu... e todos os dentes de ouro se espalharam, tilintando.

"Eu estava junto aos caminhões supervisionando o carregamento, embora com dor de barriga. Cerrei os dentes... meus próprios dentes... porque assim me tinham ensinado a fazer.

"E foi assim. Os dentes de ouro se espalharam pelo chão. Não encontramos outro caixote, não havia nenhum. Ordenei a um dos prisioneiros que trouxesse caixas de papelão. Os dentes de ouro foram catados, colocados em caixas de papelão de tamanho médio e levados para o caminhão.

"A seguir recebi ordem de atirar nos prisioneiros. Como disse, já não restavam muitos. Eu os havia contado: eram 89. Os últimos sobreviventes. Oitenta e nove? O que significava isso? Bastava um homem para fazer o serviço. Mas eu estava com diarreia e expliquei ao tenente. Mas ele nem quis saber.

Max Schulz soprou grossas nuvens de fumaça cinzenta.

— Ah, bem — disse —, portanto atirei neles, mesmo passando mal.

Max Schulz olhou para *Frau* Holle.

— Quando nos pusemos em marcha, começou a nevar — disse Max Schulz, falando lentamente. Na ocasião não havia vento, e os flocos de neve caíam do céu como penas brancas de pássaros. Seguimos através da floresta polonesa na direção da Alemanha. A floresta parecia uma floresta alemã de contos de fada, com aquele céu calmo, árvores altíssimas e flocos de neve que caíam como penas brancas. Exatamente como a floresta sobre a qual *Dame* Holle sacode seu edredon de plumas. Eu te digo, a *Dame* Holle dos contos de Grimm. Este era também o livro preferido de Itzig Finkelstein... quando ele era um garotinho... e quando eu era um garotinho... *Contos de Fada dos Grimm*... ele o lia para mim com frequência... gostava muito do livro... um livro alemão de contos de fada...

"Mas então o vento começou a soprar. E a floresta alemã de contos de fada se transformou, começou a desaparecer na nevasca e tornou-se de novo uma floresta polonesa... com o campo de batalha bem perto de nós. Espreitando atrás de nós na floresta, como uma salamandra infernal cuspindo fogo. Mas não ficou espreitando invisível por muito tempo. Logo a vimos rastejar atrás de nós, rastejando tão rápido quanto nós mesmos, muito embora estivéssemos motorizados e não rastejando, e nos envolvia com suas espirais de fogo.

"Eu estava de pé junto a Günther. No caminhão. O último caminhão. E ao nosso lado estava o comandante do campo, Hans Müller, de pé junto às caixas de papelão com os dentes de ouro, vigiando. Ele parecia não confiar em ninguém mais, parado ali junto a mim e Günther, de olho nos dentes de ouro.

"Estávamos congelando, encolhidos dentro de nossos agasalhos. Eu estava grudado em Günther. Os caminhões tinham as laterais baixas de madeira, mas nada de teto. Estávamos cobertos de neve.

"Alemanha!, eu disse para Günther.

E Günther disse:

"Sim, Alemanha!"

O comandante Hans Müller disse:

"O *front* está cada vez mais perto. Esta nevasca é uma maldição. Se pudéssemos seguir mais rápido! E, senhores, estou disposto a apostar que os guerrilheiros estão esperando por nós!"

"Que guerrilheiros?", quis saber Günther.

"Os *partisans*", disse o comandante Hans Müller. "No outro lado da floresta."

E Günther disse:

"Como pode distinguir um lado da floresta do outro?"

O comandante Hans Müller disse:

"Os *partisans* estão nos esperando. Apenas observem. Talvez não na extremidade da floresta. Talvez antes dela."

Eu disse:

"E nós estamos voltando para a Alemanha. Entre o *front* e os *partisans*. Passaremos no meio. Já estamos passando. Ou não?"

O comandante Hans Müller disse:

"Claro que passaremos no meio."

— Comecei a ter diarreia de novo, mas desta vez não era pela queda de Varsóvia. Agora era por causa dos *partisans*. Eles estavam a toda nossa volta e eu sabia que estávamos seguindo para uma armadilha!

"Não pedi permissão. Segui para a traseira do caminhão, baixei a tampa da carroceria, arriei as calças e deixei a bunda de fora. No ar gélido. Agarrei-me com força à lateral do caminhão, mantendo a cabeça entre os joelhos, e deixei a merda manchar a trilha coberta de neve.

"Quando o comandante me viu fez um gracejo, mas foi contagiado pelo mesmo estímulo incontrolável. Foi até a traseira do caminhão, baixou as calças muito mais rápido do que eu, agachou-se a meu lado e disse: 'Isso não é a maneira de um *Übermensch* cagar!' Mas ele grunhiu de dor e deixou um rastro escuro atrás de nós na trilha da floresta coberta de neve, deixou sua mancha ao lado da minha.

"Os outros, os nossos camaradas, se viraram para nós e riram. Estavam ali de pé no caminhão, cobertos de neve, espremidos como sardinhas. Ficaram ali rindo, fazendo piadas. Günther também.

"De repente, o primeiro caminhão do comboio parou. Bem de repente. O comboio inteiro fez o mesmo. Havia algo atravancando a trilha. Uma árvore caída. Então a fuzilaria começou. Começou também de repente. E que fuzilaria! Disparos da floresta. Os *partisans*. Suas armas eram velhas. Mas eles atiravam bem.

"Eu estava agachado junto a Hans Müller, o comandante do campo. E ele agachado junto a mim. Não fomos atingidos. Mas os outros, os que estavam de pé, rindo, na carroceria aberta, sem capacetes, subitamente pararam de rir e começaram a cair como moscas.

— Você deveria ter visto com que rapidez eu suspendi minhas calças. Nunca suspendi as calças tão rápido em minha vida. O mesmo fez o comandante do campo. Ele foi até mais rápido do que eu. Num segundo tinha as calças na cintura, e pulou para a frente do caminhão, no amontoado sangrento de mortos e feridos. Pegou um fuzil e começou a disparar, um tiro após outro, na direção da floresta.

"Claro que fiz o mesmo. Imitando-o. Eu era um bom atirador. E minha diarreia se foi. Você deveria ter visto.

— O que eu deveria ter visto? — perguntou *Frau* Holle.

— Como conseguimos pôr um feitiço na floresta — disse Max Schulz. Porque era nossa última batalha. Quando disparamos nosso último cartucho, tudo ficou totalmente tranquilo. A floresta ficou silenciosa. A frente de batalha silenciou também. Até os *partisans* ficaram em silêncio. Até mesmo o vento se aquietou, e a neve parou de cair. "Vamos cair fora!", gritou o comandante. E eu: "Sim, pelo amor de Deus!"

"Jogamos nossos fuzis entre os mortos e feridos. Hans Müller pegou uma das caixas de papelão com os dentes de ouro, ergueu-a e jogou entre os arbustos. Depois pulamos fora do caminhão, corremos e desaparecemos na floresta."

— Mas o que aconteceu com Günther? Ele morreu logo? — perguntou *Frau* Holle.

— Não sei. Günther jazia ali, no meio dos outros. Eu não o vi até o dia seguinte.

— Conte-me como aconteceu. Como você tornou a vê-lo.

— Sim — disse Max Schulz. — Mais tarde.
— E aquilo que disse da floresta? Foi realmente enfeitiçada?
Max Schulz assentiu.
— A floresta estava em silêncio. Mas quando começamos a correr, a floresta se pôs a rir.
— Acho que você está delirando — disse *Frau* Holle. — Uma floresta não pode rir.
— Oh, pode sim — disse Max Schulz. — Uma floresta pode rir. Ela voltou à vida. A luta no *front* foi retomada. Os *partisans* saíram de seus abrigos e recomeçaram a atirar em nós por trás. E as nuvens reapareceram. Os ventos uivaram através das árvores, chicotearam neve fresca em nossos rostos. Corríamos com as cuecas grudadas na bunda, de uma maneira atípica para verdadeiros *Übermenschen*.
— Perdi de vista o comandante Hans Müller. Não sei dizer quanto tempo vagueei pela floresta. Umas poucas horas, talvez. Mais tarde encontrei uma casamata abandonada e me enfiei dentro dela para passar a noite.
— A noite? — perguntou *Frau* Holle.
— Sim, a noite — disse Max Schulz.
— Dormi por algumas horas, e, enquanto estava adormecido, toda a linha do *front* passou acima de mim sem que eu percebesse. Depois acordei espantado e me perguntei o que estava acontecendo.
"Saí da casamata. Estava escuro como breu. Espanei meu uniforme com os dedos, bati com os calcanhares e gritei imprecações contra o céu:
Gritei: "QUE SE FAÇA A LUZ!"
Gritei: "QUE SE FAÇA A LUZ!"
Gritei: "QUE SE FAÇA A LUZ!"
"Mas nada aconteceu. Durante anos eu havia gritado imprecações contra o céu nas primeiras horas da manhã, e o céu sempre tinha ouvido e agora... não houve nenhuma reação. O céu não me ouviu.
"Acendi um fósforo e olhei para meu relógio. Tinha parado. Só um pouco mais tarde é que começou a clarear.

— Você é louco — disse *Frau* Holle. — Eu devia ter percebido isto no ato. É impossível saber quando você está falando sério. E mesmo agora não posso saber com certeza o que aconteceu com Günther.
— Mais tarde, quando o dia clareou, voltei ao local onde ocorreu a emboscada. Os *partisans* tinham levado os caminhões. Eles haviam liquidado todo mundo, exceto eu e o comandante Hans Müller. Jogaram todos os mortos e feridos para fora dos caminhões e eles agora jaziam amontoados na trilha da flores-

ta. Naturalmente os *partisans* mataram também os feridos. Só havia mortos na trilha coberta de neve. Retirei a neve acumulada em seus rostos... só de alguns... e de seus corpos também... e por fim o de Günther... Günther... esfolado e castrado.

— E como parecia Günther... castrado? — perguntou *Frau* Holle.

— Parecia uma mulher menstruada — disse Max Schulz —, com um buraco vermelho entre as pernas nuas.

— Estavam nus?

— Sim — disse Max Schulz. — Eles todos estavam nus.

— Você sabe como parece uma floresta polonesa em janeiro? — perguntou Max Schulz. — De manhã cedo, logo, logo após o sol nascer?

— Não — disse *Frau* Holle.

— Bem, é igual àquele quadro na sala de estar dos Finkelstein... uma paisagem de inverno. Uma paisagem estrangeira com um sol vermelho frio, árvores escuras com pingentes de gelo pendendo dos galhos nodosos como dentes de dragão... dentes pendentes exibindo suas gengivas para a terra, como se quisessem engolir o solo... tudo em torno estava coberto por um lençol branco e entrelaçado com estranhos tufos cinzentos de névoa. A única coisa que diferia do quadro dos Finkelstein era o amontoado de corpos nus jazendo na trilha da floresta.

— Quem eram os Finkelstein? — perguntou *Frau* Holle.

— Os Finkelstein eram os Finkelstein — disse Max Schulz. — Quem mais poderiam ter sido?

— E portanto eu ali estava, naquela maldita floresta polonesa, junto aos cadáveres, pensando: "Meu Deus, Max, como é que você vai para a Alemanha agora?" Naquele momento eu gostaria de chorar, mas só podia pensar que minhas lágrimas virariam gelo imediatamente. Na Polônia faz frio em janeiro. Tanto frio que a saliva congela, se um homem abrir a boca demais.

— Então foi melhor você ficar de boca fechada — comentou *Frau* Holle.

— Não tive escolha e assim fiquei ali na trilha da floresta, olhando para os mortos, congelando, sem ter dormido bem, meus dentes tiritando, o estômago vazio.

"Os *partisans*, claro, levaram tudo que podiam... inclusive a comida. Eu sabia que sem comida e sem o tipo certo de abrigo eu não poderia sobreviver. Em algum lugar eu deveria encontrar um teto sobre minha cabeça, um lugar onde houvesse fósforos, porque eu tinha usado os últimos. Precisava encontrar um lugar onde pudesse fazer um fogo e onde houvesse o suficiente para comer. E eu tinha de arranjar trajes civis para mim, jogar fora meu uniforme e tentar voltar para oeste por detrás das linhas russas, na direção da Alemanha. Era fundamental que ninguém soubesse quem eu era. Conosco, os bolcheviques não perderiam muito tempo. Não conosco. Não com os SS."

— Sim, eis o que aconteceu: antes de prosseguir, procurei entre os arbustos pelos dentes de ouro. Ainda estavam lá. A caixa de papelão estava coberta de neve. Depois de limpar a neve, botei a caixa nos ombros e comecei a caminhar ao longo da trilha, depois tomei a direita e me embrenhei no emaranhado de árvores altas e congeladas, porque era mais seguro. Após ter percorrido uma boa distância, parei, depositei no chão a caixa com os dentes de ouro e a enterrei sob a neve. Marquei as árvores próximas com meu canivete para indicar o esconderijo.

"Sabia que o comandante Hans Müller estava vagando pela floresta exatamente como eu, e de certa maneira sentia-me contente por ter me perdido dele. Com toda certeza Hans Müller voltaria ao local da emboscada para procurar os dentes de ouro. É melhor você ter esses dentes em seu poder do que ele, disse para mim mesmo. Quando chegar o momento certo, você poderá voltar para recuperá-los. Poderá desencavar a caixa antes do degelo... talvez dentro de poucas semanas... e então poderá prosseguir na sua jornada... com os dentes... até a Alemanha. Lá poderá vendê-los e começar vida nova.

— A floresta estava abarrotada de *partisans*. Eu estava assustado e pensei em Günther e no buraco vermelho entre suas pernas nuas. O medo espantou a sensação de fome. Minhas passadas faziam ranger a neve profunda e aos poucos comecei a me aquecer. Após um momento ouvi o som de motores e o guinchar das pesadas correntes dos tanques, e pensei: é o comboio de tanques russos. Há uma estrada daquele lado... tente ficar de olhos abertos desta vez! Os russos não são de brincadeira! Os russos... e os *partisans*. Eles não brincam em serviço. E os tanques estão seguindo através da Polônia. Direto para a Alemanha.

— Continuei a vagar e logo percebi que estava andando em círculos. Olhei a posição do sol e calculei em que direção ficava o ocidente. E recomecei a caminhar.

"Por volta do meio-dia vi fumaça e uma clareira. Rastejei cuidadosamente para mais perto, farejando o ar como um animal.

"Primeiro vi um teto... um teto de palha inclinado com uma pequena chaminé de barro. Uma fumaça preta saía da chaminé, volteando acima do teto de palha antes de alcançar a copa das árvores mais próximas e depois chicoteada na direção do céu por rajadas de vento. Deixei que meus olhos seguissem a trilha de fumaça, olhei para o céu e me senti aterrorizado. Porque o céu acima do teto de palha parecia um lago de gelo. Gelo azul com uma gema amarela de sol no meio.

— Eu nunca vi gelo azul — disse *Frau* Holle. — Nem um sol parecendo uma gema de ovo gelada. Mas continue com sua história!

— Sim, foi como aconteceu — disse Max Schulz. — Foi só quando cheguei mais perto que vi o resto da cabana... quero dizer, a construção que estava sob o teto. Não era grande coisa. Uma pequena cabana camponesa feita de argila prensada, esterco de vaca e cavalo e caiada de branco. Não vi nenhum estábulo, nem celeiro. Apenas a cabana. E a cabana tinha janelas estreitas, congeladas e adornadas com flores de gelo.

— Flores de gelo? — perguntou *Frau* Holle.

— Sim — disse Max Schulz. — Flores de gelo. Só florescem no inverno. Especialmente nos vidros das janelas... e em especial nos vidros da cabana de Veronja.

— Veronja?

— Sim — disse Max Schulz. — Veronja!

— De repente uma das janelas se abriu. Vi um rosto. O rosto murcho de uma mulher. Um rosto muito velho.

— Qual a idade da mulher? — perguntou *Frau* Holle.

— Não sei exatamente — disse Max Schulz. — Mas a velha bruxa devia ter pelo menos o dobro da sua idade.

— O dobro de 49 — disse *Frau* Holle — dá 98 anos.

— O dobro de 59 — corrigiu Max Schulz — dá 118 anos.

— Sim, foi assim que aconteceu. Exatamente assim: a janela se fechou tão rapidamente quanto tinha sido aberta. Por algum tempo não houve mais movimentos e comecei a pensar: que falta de sorte fodida! A mulher viu meu uniforme e deve ter se assustado!

"Então a porta se abriu. Muito lentamente. Rangendo. Rangendo de uma maneira cômica.

— Tal como na fábula de *João e Maria* — disse *Frau* Holle. — Já posso sentir os calafrios na minha espinha.

— Os calafrios também percorriam minha espinha — disse Max Schulz. — De repente ela surgiu à soleira. Uma bruxa velha. Um estranho sorriso encrespou seu rosto. Nunca tinha visto antes um sorriso como aquele.

— Como era? — perguntou *Frau* Holle.

— Era o sorriso de um vampiro — disse Max Schulz. — Uma mulher vampiro. Eu só conseguia pensar num caldeirão fervente e meu rabo nadando nele... tudo vermelho... pronto para ser trinchado pela faca... vi meus grandes olhos de sapo nadando na infusão. E meus olhos viram o rosto dela: o rosto sorridente de uma bruxa velha enrugada... inclinada sobre o caldeirão.

— Suponho que você caiu fora o mais rápido que pôde — disse *Frau* Holle.

Max Schulz sacudiu a cabeça.

— Não, claro que não. Para onde eu poderia ir? Estava faminto e com frio. E havia *partisans* à espreita na floresta. E tanques do Exército Vermelho em marcha para a Alemanha, não longe dali. Eu era um membro das SS... e não apenas um membro, mas um dos que executaram o trabalho sujo para aqueles que planejaram a Nova Ordem... era isso que eu era... Max Schulz... um assassino em massa... um fugitivo. E pior: atrás das linhas inimigas! Eles estavam a toda minha volta na floresta e nos tanques na estrada... e havia outros seguindo os tanques... com os olhos, com o pensamento ou a pé... marchando atrás dos tanques com os dedos cruzados... havia um monte de inimigos procurando por mim, Max Schulz, o assassino em massa, todos sedentos por meu sangue, e também, sem dúvida, eu pelo menos assim pensava no momento... por minha pica, para cortá-la a faca... como fizeram com Günther... e com os outros que jaziam lá com Günther... a fim de fazer o serviço completo em mim, mesmo após minha morte.

"Olhei para a bruxa velha. E vi Günther. Tal como o tinha visto da última vez. Tremi aterrorizado e pensei: 'Já que estou aqui, não há outra coisa a fazer!'"

— Segui a bruxa enrugada para dentro da casa. Tentei algumas palavras em polonês... as poucas palavras que conseguira aprender. Mas a bruxa velha limitou-se a rir e disse: 'Sei falar também alemão!'

"A cabana compunha-se de dois quartos e um sótão. A velha bruxa mostrou-me tudo. Primeiro entramos na grande cozinha, que servia ao mesmo tempo de sala de estar. Estava repleta de cadeiras e banquetas toscas, uma mesa quadrada, um banco comprido, um fogão enferrujado e um forno de padeiro com chaminé de canto e bancada. Debaixo de uma das janelas havia uma enorme caixa preta que parecia um esquife e das compridas paredes pendiam todos os tipos de estranhas xilogravuras e tapeçarias. Entre a estufa e o forno havia um grande feixe de feno. Foi onde vi a cabra. Uma pequena cabra, não maior que um cordeirinho. Quando passei pelo fogão, a cabra virou a cabeça, olhou para mim, abriu a boca e soltou um balido.

"No segundo quarto havia uma ampla cama de madeira com colchão de palha. A não ser por isso, a cabana estava vazia. A velha bruxa não me mostrou o sótão e presumi que ela provavelmente o utilizava como depósito de lenha ou feno.

"— Você veio de Laubwalde, não veio? — disse a velha bruxa para mim com voz esganiçada. — Do campo de concentração... a sete quilômetros daqui!

"— Não — respondi. — De jeito nenhum!

"— Está mentindo — disse a velha. — Posso perceber.

"A velha bruxa começou a rir. Sua risada parecia o balido da cabra.

— Sim, foi exatamente assim. No fogão ardia um bom fogo. A velha bruxa trouxe uma banqueta para perto do fogão e convidou-me a sentar, depois descalçou minhas botas, as meias também, foi até lá fora e voltou com um punhado de neve, agachou-se a meus pés e esfregou meus pés congelados com a neve. Massageou-os, soprou seu hálito neles, depois disse com voz rouca: "Estavam congelando. Mas não só os pés... você todo. Agora tire o uniforme, a roupa de baixo também... tudo."

"Obedeci e logo fiquei nu, de pé diante do fogão. A velha foi buscar mais neve e me esfregou da cabeça aos pés, massageou-me e disse:

"— Lá fora você morreria congelado. Que tipo de sangue é o seu? O sangue de um *Übermensch*? Vista-se de novo e fique aqui diante do fogão. Vou cozinhar algo. Está com fome? Por quanto tempo esteve na floresta? E faz quanto tempo que não come?"

"— Desde ontem ao meio-dia — falei. — Vinte e quatro horas."

"— Não é muito tempo — disse a velha bruxa. — Ainda assim, parece que você está morrendo de fome. Portanto, um *Übermensch* não resiste mais que um mortal comum."

— Estava claro que a velha bruxa tinha planos em relação a mim. Mas eu ignorava quais eram. Será que planejava cortar minha garganta durante a noite? Em todo caso eu tinha certeza de que ela queria me matar!

"A comida que ela fez estava boa. Era bortsch — uma sopa de beterraba —, com batatas e pão preto. A velha não comia muito. Ela apenas me observava e parecia dizer com seus minúsculos olhos aquosos: 'Você está muito magro. Terá que engordar alguns quilos!'

"Logo ganhamos alguma intimidade:

"— Você parece um judeu — disse ela. — Mas eu sei que não é.

"— Está certa — respondi.

"— Amanhã você vai ter que se virar sozinho, porque terei de ir até a aldeia. Você alguma vez já viu uma aldeia polonesa?

"— Sim — eu disse. — Aldeias polonesas... já sei o bastante sobre elas.

"— Meu último marido era mais jovem do que eu — disse a velha bruxa. — Muito mais jovem! E ele tinha uma filha do primeiro casamento. Ela mora na aldeia.

"— E o que você quer desta filha? — perguntei.

"— Víveres — disse a bruxa. — Uma vez por semana vou lá buscar batata, beterraba, pão e vodca. O suficiente para uma semana.

"— É disso que você vive?

"— Sim — disse a velha bruxa. — É disso que eu vivo."

— Então bebemos vodca e nos tornamos cada vez mais íntimos.

"— Você não pode partir agora — me disse a velha bruxa. — Durante o inverno jamais conseguirá chegar à Alemanha. Vai congelar até a morte na floresta. E onde você acha que vai arranjar algo para comer? Se ousar pôr os pés numa aldeia, será surrado até a morte. Ou poderá dar de cara com os russos. Ou com *partisans*. Ou com a polícia. É impossível você partir agora.

"— O que sugere então? — perguntei.

"— Espere até a primavera — disse a velha bruxa. — Os mantimentos semanais que recebo da aldeia são o suficiente para nós dois se dividirmos com cuidado. E quando chegar a primavera você poderá partir. Antes desse dia chegar, venderei suas botas e seu relógio para comprar comida, que dividiremos igualmente, o suficiente para mim e para você também, para durar até você chegar na Alemanha."

— Bebemos mais vodca. Apesar de tudo que ela dissera e apesar de eu ter bebido muito, continuei apreensivo. A velha tinha razão. Eu estava numa arapuca. Só havia uma coisa razoável a fazer: esperar a chegada da primavera. Até lá a guerra já teria acabado e eu poderia partir. Eu ficaria feliz em dar para ela as botas e o relógio. A velha bruxa certamente estava mentindo e apenas tentando me iludir, dando-me um senso de segurança. Por que razão deveria alimentar-me até a primavera? Uma boca inútil. Ela pretendia mesmo era cortar minha garganta qualquer noite dessas. E tomar meu relógio! As botas também! Ou teria ela mais alguma coisa em mente em relação a mim?

"Passei a noite toda em claro, de olhos abertos sobre o banco comprido da cozinha, ouvindo a velha ressonar no quarto ao lado, e de tempos em tempos me levantava e atiçava o fogo no fogão. Lá fora os lobos uivavam e o vento cantava nas árvores. Eu poderia ter facilmente matado a velha, mas se o tivesse feito quem garantiria meu sustento até a primavera? Não podia ir à aldeia por minha conta. Eu precisava da velha.

"Havia a cabra, que descobri chamar-se Katjuscha. Mas era magra e pequena como um cordeirinho. Se eu liquidasse a velha bruxa, pensei, poderia pelo menos abater a cabra e viver da sua carne. Mas por quanto tempo, sendo ela uma cabra tão pequena e magra? Não! Eu me encontrava dependente da velha bruxa, precisava dela. A velha poderia fazer o que quisesse comigo. Se quisesse poderia alimentar-me até a primavera. Poderia esconder-me debaixo da cama ou em qualquer outro lugar, se os russos ou os *partisans* aparecessem. Ela podia me proteger, mas também me matar. Eu estava inteiramente em suas mãos. Pensei nisso a noite toda."

— Na manhã seguinte a velha bruxa me disse:

"— Você poderia me matar, mas não o aconselho! — Como se tivesse lido meus pensamentos.

"— Diz isso porque é você quem fornece a comida? — repliquei.

"— Não apenas por isso — disse a velha. — Minha enteada costuma me ver chegar à aldeia uma vez por semana. Se de repente eu deixasse de aparecer, ela viria direto até aqui para saber o que aconteceu comigo. Isso seria embaraçoso para você... e se você também a liquidasse, antes que ela pudesse chamar a polícia... isso tampouco lhe serviria. O pessoal da aldeia notaria. E viria verificar.

"— Veronja — repliquei —, como pode simplesmente pensar numa coisa dessas? Por que eu iria matá-la? Ou matar a sua enteada? Ou as duas? As pessoas perceberiam de imediato! Sei disso!

"— Você poderá partir na primavera — disse a velha bruxa —, mas até lá terá de fazer o que eu mandar!

"— E o que é que você quer de mim?

"— Logo você saberá."

— Durante as refeições bebíamos muita vodca. A velha ainda tinha um bom estoque de dias melhores. Logo eu ficava de bom humor, mas ainda receoso, muito embora não o demonstrasse. Contei a ela que durante anos eu tivera o hábito de gritar imprecações contra os céus, e mostrei-lhe como:

"QUE SE FAÇA A LUZ!"
"QUE SE FAÇA A LUZ!"
"QUE SE FAÇA A LUZ!"

E a velha disse:

"— Você está bêbado!

E eu repliquei:

"— E os céus sempre me ouviram.

"— Agora também? — disse a velha bruxa.

"— Agora também.

"— Não acredito — disse a velha bruxa.

"— Posso provar.

"— Então prove.

"— Tudo bem. Quando você quiser.

"— Amanhã ao alvorecer — disse a velha bruxa. — Antes da luz do dia. Eu o acordarei. Assim poderá gritar para o céu quantas vezes quiser. Mas ai de você se estiver me enganando."

— A velha bruxa me acordou no dia seguinte antes da aurora. Vesti meu uniforme e calcei as botas. Abrimos uma das janelas e olhamos juntos para a escuridão. Bati com os calcanhares e gritei:

"— QUE SE FAÇA A LUZ!

Gritei:

"— QUE SE FAÇA A LUZ!

"Mas nada aconteceu. Então a velha começou a rir e foi até a mesa da cozinha buscar o lampião. Acendeu-o, segurou-o acima de sua boca desdentada, deu uma sonora gargalhada, deslizou até a grande caixa preta sob a janela, abriu-a, e tirou um chicote, ainda rindo, um estranho riso zombeteiro, aos poucos foi se acalmando e falou para mim em voz coaxante:

"— Posso fazer com você o que quiser. Posso denunciá-lo, posso deixá-lo morrer de fome.

E respondi:

"— Sim, você pode. Mas não o fará.

"— Oh, eu o farei sim, se você não me obedecer.

"— Farei tudo que você quiser.

"— Nunca chicoteei um deus — disse a velha bruxa — e gostaria muito de chicotear um.

"— Um deus?

"— Qualquer um que um dia foi deus.

E foi então que ela ergueu o chicote e grasnou:

"— Vamos! Abaixe as calças! Rápido!"

— A vida na casa de Veronja era tediosa. Três vezes ao dia a mesma sequência: bortsch, batatas, pão, vodca e chicote. Veronja podia ser velha como Matusalém, mas possuía a energia de um demônio. Ela dava suas chicotadas com força e precisão, rindo a cada vez que eu gritava. Jamais parecia se cansar. Deslizava com suas pernas velhas mais rápido do que eu podia correr, perseguia-me debaixo da mesa da cozinha, debaixo do banco, sob a estufa... até mesmo debaixo da cama no outro cômodo. Eu conseguia aguentar bastante, mas de vez em quando perdia a consciência.

"Depois das chicotadas. Veronja enchia uma tina com água de neve gélida. Ela insista em que as feridas abertas iriam sarar mais rápido se banhadas com essa água. Eu estava convencido de que Veronja queria me espancar até a morte e só agia assim para divertir-se por mais tempo.

— Uma noite Veronja me acordou. Estava de pé diante do meu banco, usando um avental preto e segurando o lampião. Seu cabelo cinza-gelo caía desalinhado sobre os ombros e as costas. Com um sorriso maligno ela me ordenou que a seguisse. Fomos para o quarto ao lado. Veronja me empurrou sobre o colchão de palha e depois se ajoelhou a meu lado.

"— Agora preste atenção, Max Schulz — disse ela em sua voz coaxante. — Tenho um assunto sério a falar com você. Porque foder é coisa séria.

"— O que você quer, Veronja?

"— Quero saber quanto orgasmos você pode ter em uma noite, Max Schulz!

"— Isso depende — eu disse.

"— Não tente me enganar — disse Veronja, inclinando-se ameaçadora sobre mim. Seu hálito arquejante e malcheiroso me deu engulhos.

"— Mais com uma mulher gorda do que com uma mulher magra — balbuciei. — Provavelmente porque minha mãe era gorda. — Tentei afastar-me dela, mas não pude por causa da cabeceira da cama. — E, naturalmente, a idade também influi — completei, tentando ganhar tempo. — Quanto mais jovem e mais gorda a mulher, mais eu posso gozar... quanto mais velha e magra, menos. E além disso tenho meus princípios.

"— E que raio de princípios são esses? — perguntou Veronja.

"— Só trepo com mulheres abaixo dos 75 anos."

— Veronja riu para mim. Ordenou que eu ficasse deitado de costas, foi à cozinha, atiçou o fogo, ferveu uma estranha beberagem de ervas, depois voltou e fez-me bebê-la.

Depois abaixou a mecha do lampião e colocou-o junto ao leito. A seguir aproximou-se da janela e ali ficou um pouco... com seu avental preto, murmurando para si mesma, sacudindo a cabeça grisalha no ritmo da cantilena do seu encantamento, pressionando a testa enrugada contra o vidro frio da janela, espiando a noite invernal através da flor de gelo com seus olhinhos penetrantes, parecendo ouvir o uivo dos lobos e o canto do vento na floresta. Depois, de súbito, virou-se para me encarar e lentamente voltou até a cama onde eu continuava deitado, após beber a infusão de ervas até a última gota, temeroso, uma sensação de puro nojo. E ali ela ficou, em frente ao leito, olhando para mim — olhos penetrantes fitando os olhos de sapo —, depois se jogou na cama, aconchegou-se a mim e sorriu.

E então aconteceu. Todo o meu corpo começou a tremer. Quando Veronja percebeu isso, ela arrancou as minhas calças com um único puxão, atirou-as no chão junto ao leito, perto do lampião com a luz reduzida. Ela agarrou minhas coxas, pressionando-as fortemente contra o colchão de palha, começou a tremer, emitindo um gorgolejar de sua garganta, e lambeu os lábios com a língua espessa, enquanto uma saliva pegajosa escorria da boca. Ela murmurou alguma coisa, abriu o avental preto, inclinou-se mais perto de mim, tão perto que os seios, ressecados e escurecidos de verrugas, tocaram minha pele. Ela me acariciou o joelho com mãos nodosas, depois minhas coxas e então, de súbito, alongou seus dedos, dedos com unhas longuíssimas, unhas com grandes crescentes brancos, e com aqueles dedos vetustos agarrou meu pau e começou a apertá-lo, a espremê-lo.

Lá fora os lobos uivavam. E o vento cantava nas árvores e a noite, com seus olhos ofuscados, espreitava o quarto.

"— Esta infusão — disse Veronja — é capaz de ressuscitar os mortos. Inclusive esta serpente sem vida entre suas pernas nuas. Sim, isso mesmo, Max Schulz, veja, está despertando, está se libertando de sua pele. E crescendo. Como os gênios aprisionados em garrafas.

— Fiz amor com Veronja a noite toda. E Veronja continuou a me dar a infusão para beber. Entre uma trepada e outra contei a Veronja sobre meu ataque cardíaco na Rússia... falei das execuções em massa... antes que eu chegasse a Laubwalde... na Rússia... no sul da Rússia... Unidade de Extermínio D. Eu disse a Veronja:

"— Tive um ataque cardíaco. Não estava acostumado a matar. Pelo menos naquela época. Atirar em tantos, todos juntos... mulheres e até crianças... e aqueles olhos... aqueles olhos, Veronja... era demais... e eu pensava que fosse por causa do fumo e da bebida... mas era por causa dos olhos... e aí tive um ataque cardíaco, Veronja, no sul da Rússia... e o médico da unidade dizendo: 'Não se canse demais. Vá devagar com as mulheres! Uma vez por semana já basta! Apenas uma vez, entende? Uma vez por semana é uma vez... e não duas! E não três, quatro ou cinco! E certamente não seis! E sete, nem pensar!"

— Mas Veronja estava a fim de me matar. Na vez seguinte fui novamente despertado de um sono profundo, levado para o quarto ao lado, forçado a beber o chá... a poção do amor, não uma bebida fortificante. E mais uma vez tive que cumprir meu dever... sete vezes.

"Foi essa a rotina nos dias e noites seguintes. Durante a noite Veronja me acendia um fogo nupcial, se enroscava em volta de mim como um polvo, sugando-me, rolando sobre o colchão de palha gigante, grunhindo e cheia de desejo, enquanto durante o dia fazia o papel de enfermeira, dando-me tônicos para beber, verificando minha pressão arterial, cuidando de mim, servindo vodca e engordando-me.

— Durante a sétima noite tive o ataque cardíaco que já vinha esperando. Veio pouco antes do dia raiar.

"Veronja empurrou-me de sua cama, arrastou-me até a cozinha, colocou-me no banco onde eu dormia usando como alavanca o atiçador cheio de fuligem, me fez deitar de costas, pôs o lampião a meus pés, esperou até o dia raiar, apagou o lampião, agachou-se perto do banco... e da janela... debaixo da flor de gelo... seu rosto pálido... tão pálido quanto a aurora... seus olhos penetrantes... tão penetrantes quanto espadas... e sua boca... uma fenda estreita sorridente... seus dentes enormes.

"Eu via Veronja como se através de uma névoa, deitado de costas com ânsia de vômito, meus olhos esbugalhados, pensando que ia morrer, ouvia violinos e harpas, via anjos no peitoril da janela onde a flor de gelo crescia... via os anjos sentados nas copas das flores... cantando, brincando e esperando... vi Slavitzki também... vi a mim mesmo quando bebê... vi meu traseiro... rosado e vermelho... vi minha mãe... ouvia-a latir... de alguma maneira notei Veronja se afastando... ouvi o atiçador entre as cinzas... sabia que Veronja estava acendendo um fogo... pensei no grande caldeirão... vi a mim mesmo já cozinhando... olhei para a espessa cocção... vi meu traseiro... não o traseiro de um bebê... vi o traseiro de um assassino em massa... vi meus olhos... vi milhões de olhos...

— E o que aconteceu então? — perguntou *Frau* Holle. — Por que você não morreu? Certamente teria sido melhor.

— Não me foi permitido morrer — disse Max Schulz. — Essa é a questão. Veronja não queria me matar. Compreendi isso enquanto deitado no banco... quando os anjos apareceram nas pétalas congeladas das flores de gelo. Eu estava lá para ser torturado. Nada mais. Veronja queria me dizer alguma coisa.

— O que aconteceu a seguir? — perguntou *Frau* Holle.

— Comecei a melhorar lentamente — disse Max Schulz. — Àquela altura já estávamos em março. Ou pelo menos no final de fevereiro. O sol já era forte por volta do meio-dia, o suficiente para aquecer. As flores de gelo temiam o sol, e no seu medo estavam molhando as vidraças da janela. Na floresta a neve estava derretendo. Mas de noite voltava a congelar.

"Tão logo o sol ficava alto no céu abríamos as janelas. De tempos em tempos o vento soprava até nós o som surdo e frio de machadadas, o gemido estridente de serras e o estrondo de árvores abatidas. Nesses momentos Veronja dizia:

"— São os lenhadores. Estão cortando as árvores na floresta, todas as árvores em volta do campo de concentração de Laubwalde... tudo dentro de um raio de cinco quilômetros.

E eu perguntei:

— Por que estão fazendo isso?

E Veronja disse:

"— Porque os espíritos malignos estão se aninhando nas folhas das árvores.

Eu disse:

"— Mas as árvores não têm folhas. As árvores ainda estão nuas.

"— Elas vão ganhar folhas de novo — disse Veronja. — As árvores estarão cobertas de folhagem outra vez se os lenhadores não forem rápidos.

Perguntei:

"— E onde estão os espíritos agora?

"— Dormindo nas cascas das árvores. Mas irão acordar de novo na primavera. E subir para as folhas e se aninhar nelas.

— O calor aumentou. O degelo ocorria ao redor de nós. A neve ainda circundava a cabana de Veronja, mas era como cartolina cobrindo o que a cada dia parecia aconchegar-se cada vez mais à terra, como se fosse dissolver a partir de dentro, como se quisesse sucumbir. Aqui e ali eu já podia ver largas poças, principalmente diante da porta da cabana e abaixo do telhado. Mais distante, junto à trilha que atravessava o bosque, uma cachoeira tinha-se formado. As árvores ainda estavam desfolhadas, e aqui e ali um resquício de neve pendia dos galhos, parecendo agarrar-se desesperadamente. Sim, de fato a neve estava desesperada. Mas o sol... estava rindo... rindo zombeteiramente do desespero da neve. Toda a floresta estava molhada, a cabana de Veronja também.

"Eu já estava quase recuperado. Diariamente ao meio-dia dava pequenas caminhadas, com minhas botas, claro, que eram firmes e à prova d'água. Veronja certificava-se de que eu não fosse muito longe, mas não se opunha a que eu saísse da cabana por curtos períodos.

"Um dia fiquei fora por mais de duas horas. Vagueei pela floresta na esperança de descobrir o local onde enterrara os dentes de ouro. Meu senso de direção sempre foi bom. Após ter caminhado em volta por um instante localizei as árvores que tinha marcado com meu canivete. Havia enterrado a caixa com os dentes bem fundo na neve, mas quando cheguei ao esconderijo notei horrorizado que a caixa se projetava provocante para fora da neve derretida.

"Incerto do que deveria fazer, permaneci ali indeciso, apurando os ouvidos. A floresta possuía uma linguagem toda própria. As árvores choravam docemente, espargindo lágrimas de neve... em pingos... que às vezes enrijeciam contra o vento, que não era realmente forte, que já não mais uivava nem cantava, agora sussurrava. Havia também o ruído sibilante da neve que derretia, e senti-me rodeado por todos os tipos de vida selvagem, embora não pudesse ver nada. A terra despertava do seu sono e começava a recompor-se. Eu já conseguia distinguir entre as diferentes vozes dos pássaros, mas uma coisa me deixou inquieto naquele momento... o som das machadadas dos lenhadores. E não estava distante!

"Max Schulz, eu disse para mim mesmo, se você tivesse uma pá poderia enterrar os malditos dentes no solo. Mas seria uma estupidez. Porque, quando as árvores forem derrubadas, como você reencontraria o local exato? A melhor coisa a fazer é levar os dentes com você. Apenas tome cuidado para que a velha bruxa não veja. Você pode esconder os dentes entre os arbustos atrás da cabana e depois, à noite, pode pegar a pá de Veronja, escapar sorrateiramente da cabana enquanto ela estiver dormindo... e enterrar os dentes.

— Quando eu estava a uns cem metros da cabana de Veronja, deixei a estreita trilha da floresta que conduzia à clareira, de modo a chegar por trás da cabana sem ser percebido. Queria esconder os dentes de ouro entre os arbustos. Tinha certeza de que Veronja não podia me ver da janela da cozinha, mas calculei mal: Veronja tinha-me visto. Ela estava à espera nos arbustos atrás da cabana e por pouco não esbarrei nela.

"Fiquei abobalhado, sem ação, parado ali diante dela, mudo, incapaz de dizer uma palavra, a caixa sobre os ombros, olhando embasbacado para ela.

"— Eu estava no sótão — disse Veronja, sorrindo — e vi você pela janela. O que está carregando?

"— Minhas coisas — falei e consegui lentamente me recompor.

"— Que tipo de coisas? — perguntou Veronja.

"— Minhas coisas — eu disse. — Todo homem tem alguma coisa que lhe pertence! Não é verdade?

"— Certamente — disse Veronja, sorrindo.

"— Preciso enterrar essas coisas, porque nesta caixa há também documentos que os russos não podem ver.

Veronja assentiu e disse:

"— Muito bem! Mas a caixa está molhada. Se a enterrar desse jeito tudo vai apodrecer. É melhor pôr a caixa para secar no fogão. Eu lhe darei um saco grosso para enrolar na caixa. Depois poderá enterrá-la.

"Concordei. Entramos na cabana e pus a caixa junto ao fogão.

— Naquela noite fiquei deitado insone no meu banco de dormir, imaginando o que deveria fazer se Veronja tivesse a ideia de abrir a caixa na manhã seguinte. Quanto mais eu pensava nisso mais cansado me sentia. E inadvertidamente peguei no sono. Durante a noite a cabra Katjuscha mordiscou a caixa úmida e mastigou um bom pedaço de papelão... e os dentes de ouro caíram... esparramaram-se no chão. Só acordei quando Veronja entrou na cozinha, ainda sonolenta. Levantei a cabeça, vi o que havia acontecido, vi Veronja e pensei: tarde demais!

— Quando Veronja viu os dentes de ouro espalhados no chão da cozinha, começou a gritar, revirando os olhos velhos como uma louca, arrancando os cabelos. Então ela correu até o fogão, chutou a cabra, pegou o machado embaixo do fogão, começou a gritar ainda mais alto, correu atrás de Katjuscha, o corpo inclinado, a boca aberta... os dentes enormes... gotejando saliva... os olhos flamejantes... o cabelo em desalinho... de repente começou a dar pequenos saltos... como uma cabra... apesar de suas pernas de velha... então pulou por cima da cabra, correu até meu banco e começou a me atacar com o machado.

"Eu fui mais rápido do que Veronja. Esquivei-me do golpe, derrubei Veronja no chão, agarrei o machado, que ainda estava cravado no banco, soltei-o e despedacei o crânio da bruxa com três golpes rápidos.

"Três golpes! Como diz o ditado, todas as coisas boas vêm em três. O couro cabeludo de Veronja voou sob o banco e bateu contra a parede.

"Uma parte de sua cabeça disparou na direção oposta, indo parar na porta do quarto. Mas a face... deslizou até o fogão, deslizou entre as pernas da cabra, que saltou horrorizada para trás na direção da porta do forno. Cinzas frias borrifaram a face de Veronja. Peguei a pá de carvão, recolhi a face e as cinzas, joguei tudo dentro do forno e reavivei o fogo."

— Então procurei o que restava da velha cabeça ressecada, encontrei e joguei também no fogo. Ergui no ombro o corpo decapitado de Veronja e a carreguei até o poço atrás do celeiro. O poço era profundo e joguei o corpo sem cabeça dentro dele.

"Max Schulz, disse para mim mesmo, agora você tem que cair fora! A primavera está do outro lado da floresta. Mas você não pode esperar por ela. Terá que partir agora! Terá que encontrar a primavera no caminho."

— Matei a cabra Katjuscha, cortei em pedaços e pus para cozinhar. Despejei os dentes de ouro da caixa dentro de um saco vazio, queimei a caixa, enfiei os pedaços da cabra no saco, por cima dos dentes de ouro. Enfiei também no saco vodca e o resto das provisões de batata, pão e beterraba. Tirei meu uniforme e as botas. Na caixa preta sob a janela da cozinha encontrei, além do chicote, mudas de roupas que haviam pertencido ao marido de Veronja. Escolhi as melhores: um terno domingueiro, um bom par de botas, cuecas e camisas. Troquei de roupa completamente, pus cuecas extras no saco, joguei-o sobre meus ombros e deixei a cabana.

— Caminhei ao encontro da primavera — disse Max Schulz. — O solo da floresta ia ficando cada vez mais seco. Um dia nos encontramos: eu e a primavera.

— Você sabe como parece uma floresta polonesa na primavera? — perguntou Max Schulz. — Na primavera o sol e a terra comem a neve. As árvores param de chorar. Elas bocejam e espreguiçam-se. E a terra, o sol e a chuva levam embora a colcha funérea e estendem um novo tapete colorido de grama e flores e outras coisas semelhantes. Está além de minha capacidade de compreensão... quero dizer... como isso acontece. Só sei que a cada ano a primavera chega na Polônia... quer estejam lá os russos quer esteja eu. Sempre será assim... imagino. A primavera não se detém para os russos. Nem para mim. E quando encontrei a primavera, naqueles dias na floresta polonesa, ela sorriu um pouco para mim. Aos olhos da primavera, eu, Max Schulz, nada mais era que um besouro coaxante, um besouro que havia perdido a voz por ter gritado demais.

"Sim, eis como aconteceu — disse Max Schulz. — Durante semanas caminhei através da floresta polonesa. Atravessei campos e prados. E, numa certa manhã, alcancei a fronteira.

"E quando cheguei à primeira aldeia alemã fiquei paralisado, como se estivesse enraizado no solo. As casas haviam sido incendiadas. Os habitantes tinham fugido dos russos. Vi um letreiro, a seta apontando para cima... em direção ao céu. Tentei ler o nome da aldeia, mas estava ilegível.

XI

A vela extinguira-se há muito tempo. Tudo estava às escuras no apartamento do porão.

Max Schulz não tinha notado, mas *Frau* Holle havia adormecido na cadeira. Por um bom tempo Max continuara a falar, a beber uísque, a fumar e a fitar a escuridão com olhos vidrados de bêbado. Foi só quando *Frau* Holle, sua cabeça repousando pacificamente no espaldar da cadeira, começou a roncar alto que Max se deu conta da razão de seu prolongado silêncio.

Ofendido, Max Schulz cutucou *Frau* Holle com a garrafa de uísque vazia. Ela arregalou os olhos, num sobressalto.

— O que há de errado?
— Nada — rebateu Max Schulz. — Você dormiu o tempo todo.
— Não o tempo todo — disse *Frau* Holle. — De vez em quando eu acordava.

Max Schulz levantou-se, meio inseguro, esbarrou na cadeira, seguiu cambaleando até o leito, pelejou para pegar uma vela nova na mesinha de cabeceira, acendeu-a e voltou para a mesa da cozinha.

— Você está bêbado — disse *Frau* Holle.
— Nem tanto — retrucou Max Schulz.

Frau Holle riu. Enfiou o dedo no nariz, revirou-o dentro por um instante, pensativa. Depois alisou os cabelos, olhou para as migalhas de pão na mesa da cozinha, enrolou-as em bolinhas e começou a jogá-las divertida, mirando a mão de Max Schulz.

— Você sabe, Max, gosto de ouvir você.
— Mas dormia — disse ele. — Não estava ouvindo nada.
— Oh, estava sim — disse *Frau* Holle. — Ouvi o começo da história. E fiz algumas perguntas. E falei com você. E depois... sim, depois... peguei no sono sem querer. Tentei ficar acordada... mas, como já disse... ouvi um pouco... ouvi o resto da sua história... quase até o fim.
— Então... — disse Max Schulz. — Bem, por que eu deveria me importar?
— Sabe, às vezes você fala como um poeta!
— É, às vezes sou capaz disso — disse Max Schulz —, embora nem sempre.
— Você não fala como um barbeiro — *Frau* Holle suspirou. — E especialmente não como um assassino em massa. Mas simplesmente como um poeta.

A seguir Max Schulz continuou a contar-lhe que havia evitado as estradas principais e as estações ferroviárias. Mesmo depois da capitulação da Grande Mãe-Pátria.

— Sempre a pé — disse Max Schulz. — Muito embora tendo os pés chatos como um maldito judeu. E fui até Wieshalle também. E lá procurei por Slavitzki. E por minha mãe. Mas eles tinham fugido dos russos. E fui a outras cidades também... caminhei através delas... como um civil... mas mantive os olhos abertos... fui muito cauteloso... afinal, não tinha documentos... e queria vender os dentes de ouro... sim, era isso que eu queria. Mas preferi esperar. É, foi assim. E depois vim parar em Warthenau. Para você ver como estou cansado! Tremendamente cansado!

Eles dormiram apenas umas poucas horas. *Frau* Holle não possuía despertador. Com frequência ela despertava por receio de que pudesse dormir demais, olhava para o relógio de pulso de Max Schulz, observava o mostrador luminoso, a seguir fechava os olhos, sua mente acalmada, e punha-se a dormir de novo, mas logo despertava em pânico.

Pouco antes do dia raiar, ela cutucou Max Schulz nas costelas, sacudiu-o e disse:

— Bem, chegou a hora de nos livrarmos do cadáver!

Durante a noite o major tinha caído e rolado um pouco no piso irregular. Ele jazia em frente ao amplo leito.

Max Schulz pegou o papel de embrulho, e colocou-o debaixo do corpo do morto. A seguir embrulhou o cadáver nele. *Frau* Holle ajudou-o com o barbante, dando voltas e nós fortes como se empacotasse um presente natalino.

Pouco mais tarde, quando Max Schulz deixou o apartamento do porão com seu embrulho, *Frau* Holle abriu a janela a fim de observá-lo. Mas não conseguiu mais vê-lo quando Max já ia bem distante. É nisso que dá morar num porão, ela pensou.

Com a primeira luz do dia, *Frau* Holle teve a impressão de que a aurora trazia consigo murmúrios e sussurros através das ruínas do quarteirão. As casas bombardeadas pareciam emitir maldições, suas ruínas de tijolos apontando para o céu como se fossem dedos... para um céu esvaziado, céu que os tinha traído... afastando lentamente a bandagem negra da noite e exibindo suas feridas para o novo dia. As bocas abertas das paredes formavam sorrisos desconfiados dirigidos para a aurora, enquanto os tijolos, como olhos cegos, perscrutavam o horizonte através de janelas sem vidraças.

Frau Holle esperou por Max Schulz diante da porta. Quando finalmente o viu ao longe, o sol já havia saído, banhando as ruínas da Nietschestrasse com uma nova tonalidade amarela.

Havia poucos pedestres nas ruas, todos com ar cansado e parecendo avançar à frente sem rumo. Ainda levaria um longo tempo até que as crateras nas ruas abertas pelas bombas fossem tapadas e o tráfego voltasse ao normal.

Max Schulz caminhava em passo deliberadamente lento, temendo chamar atenção. Quando alcançou *Frau* Holle ele não disse uma palavra, apenas acenou para ela, piscou com seus olhos de sapo, dando-lhe a entender que seria melhor falar com ela no porão do que no meio da rua. Desceram em silêncio para o apartamento do porão. Só depois de *Frau* Holle ter fechado a porta e verificado se o rosto de Willy Holzhammer não estava à vista no buraco do teto é que ela perguntou a Max, num sussurro:

— Onde você o deixou?
— Onde combinamos. Num banco da Adolf Hitler Platz!
— Alguém viu?

Max Schulz riu suavemente.

— Segui um grupo de operários. Vários deles estavam carregando alguma coisa nas costas. Ninguém reparou em mim. Mais tarde... na Adolf Hitler Platz... sentei-me num banco... com um embrulho, claro, que ficou junto a mim no banco. Apenas esperei pelo momento certo... e quando aconteceu de ninguém estar olhando... desfiz o embrulho, ajeitei o major no banco e caí fora.

— E o papel? E o barbante?
— Joguei fora depois.
— E o major?
— Estava lá sentado e não conseguia tirar os olhos do monumento de Adolf Hitler — disse Max Schulz.

XII

Como nenhum dos dois havia dormido direito, depois do desjejum, deitaram-se na cama de latão, caíram logo no sono e só foram acordar à tarde.

Max Schulz levantou antes de *Frau* Holle, foi urinar atrás da casa, voltou minutos depois e ocupou-se com o saco dos dentes de ouro, tirando o resto dos víveres, camisas e roupas de baixo e por fim também dois livros: um marrom e um preto.

Frau Holle observava-o.

— Você tirou tudo?
— Nem tudo. Os dentes de ouro ainda estão lá dentro.
— E que tipo de livros são esses?
— Encontrei-os no meio do caminho — disse Max Schulz. — Numa aldeia abandonada perto da fronteira. O primeiro era um diário em branco, embora, é claro, eu tenha feito algumas anotações.

— E o preto?
— É um livro de preces — disse Max Schulz. — Um livro de preces.
— Os víveres são da cabana de Veronja?
— Não. A comida que eu trouxe da cabana de Veronja já se acabou há muito tempo... bem como a cabra Katjuscha.
— E onde conseguiu esta comida?
— Foi uma barganha, por alguns dentes de ouro.
— Avulsos?
— Sim.
— Por que não vendeu o lote completo?
— Porque estou ganhando tempo antes de fazer isso. Daria muito na vista nesse momento. Se eu vender os dentes um por um, sempre posso dizer que os arranquei da minha própria boca ou que eles caíram.

XIII

Na cama, durante a noite, Max Schulz disse para *Frau* Holle:
— Sabe... eu leio todos os jornais. Desde que voltei para a Alemanha tenho lido tudo que me cai nas mãos... até mesmo as folhas de jornais encontradas em latas de lixo ou jogadas nas sarjetas... e assim sei que as autoridades estão certas de que ainda estou vivo!
Frau Holle deu a volta em torno de Max, agachou-se com a velha cabeça aninhada nos braços dele e perguntou:
— Quer dizer que elas sabem... e têm certeza disso?
— Sim — disse Max Schulz. — E também sabem que o comandante do campo, Hans Müller, continua vivo e escondido em algum lugar.
Max Schulz cuspiu nos seus dedos e apagou com eles o pavio do lampião.
— Cometemos um erro — disse suavemente para *Frau* Holle. — Quando abandonamos o campo, o Exército Vermelho estava a poucos quilômetros de distância. É verdade que sabíamos do perigo das emboscadas dos *partisans*... e Hans Müller estava especialmente apavorado com isso. Cagava nas calças só de ouvir falar nos *partisans*. No último dia estávamos inteiramente convencidos de que o Exército Vermelho não nos alcançaria e que romperíamos o cerco dos *partisans*. Como pensávamos que poderíamos escapar e voltar para a Alemanha junto com as tropas em retirada, não inutilizamos nossos documentos. Cada um de nós tinha seu cartão de identidade e outros docu-

mentos comprometedores. E tudo caiu nas mãos dos *partisans*. Também li isto nos jornais.

"Os *partisans* deram os documentos dos homens que tinham emboscado na floresta e dos companheiros que haviam morrido para as autoridades soviéticas. Depois enviaram um grupo à floresta para fotografar os cadáveres. É verdade que muitos foram castrados e vários só tinham a metade da cabeça, mas ainda assim as autoridades soviéticas e os russos... eles sabiam exatamente quem havia morrido e quem não. E tinha mais uma coisa. Tínhamos queimado a lista dos mortos... mas não a lista com os nomes dos integrantes das SS. Ela estava numa pasta no caminhão do meu tenente e caiu também nas mãos dos *partisans* e mais tarde também nas mãos dos malditos russos. E agora eles sabem exatamente que eu, Max Schulz, e Hans Müller, o comandante do campo, continuamos foragidos.

"Sim, as coisas estão nesse pé — continuou Max Schulz. — E as novas autoridades alemãs, que são aliadas dos americanos e dos russos... e todo mundo mais... também sabem. E, sobretudo, as novas autoridades polonesas sabem disso. São elas que mais gostariam de ter minha cabeça... talvez mais até do que os russos. São os polacos que, mais do que todos, gostariam de ter minha cabeça... e também a de Hans Müller, por causa de nossos assassinatos em solo polonês... se bem que para mim não fizesse a menor diferença se fosse solo polonês ou qualquer outro. Mas assim é. Nada posso fazer.

"E quer saber de uma coisa? Tenho a língua comprida. Às vezes é um pouco branca... e outras vezes não... mas ela é comprida e às vezes tento imaginar como pareceria essa língua comprida se eu fosse enforcado.

"Bem, raios me partam — continuou Max Schulz —, mas assim eram as coisas. E continuam sendo. Não tem outro jeito. E quanto aos judeus mortos de Laubwalde, eles vomitaram seus dentes de ouro para tornar minha vida mais fácil. Talvez eu consiga fazer um bom negócio no mercado negro. E talvez não. Mas um dia... sim, um dia... vou abrir uma barbearia para mim. Ou melhor, um salão para cavalheiros, um salão de verdade, com todos os equipamentos. E quando eu tiver realmente me estabelecido... e for alguém de novo... e as pessoas disserem ele é honesto... não um vagabundo... não um parasita... é um barbeiro... e ganha o sustento com o suor de seu rosto... é um bom barbeiro... bom mesmo... membro de diversas associações... sim, você sabe... e então o sol pode nascer de manhã... e se pôr à noite... e minha consciência vai estar tranquila...

— Quando eu era garoto tive um amigo judeu — disse Max Schulz. — Chamava-se Itzig Finkelstein. Tinha cabelo louro e olhos azuis. E muitas outras coisas que eu não tinha. E tive um mentor judeu também, chamado

Chaim Finkelstein. E ele foi um mentor de verdade, eu lhe garanto. Tive sorte em ter um mestre como ele.

"Com frequência eu ia à sinagoga com os Finkelstein. E nas noites do Shabbat jantava com eles. E também no Pessach. E em muitas outras festas judaicas. Eu sei orar como um judeu. E posso fazer um monte de coisas que os judeus fazem. E fique sabendo: durante meses estive pensando que posso fazer coisa melhor do que me esconder... e quanto mais penso nisso, com mais frequência digo a mim mesmo: Max Schulz! Se você vai ter uma segunda vida, seria melhor viver como um judeu. Afinal, nós perdemos a guerra. Os judeus venceram.

— A pior coisa é que vou ter de fazer um trabalho com faca na minha pica — disse Max Schulz.

Frau Holle estivera ouvindo o que ele dizia sem pronunciar uma palavra, mas de repente reagiu horrorizada.

— O que quer dizer com isso?

— Não preciso cortar fora a pica — disse Max Schulz. — Somente a pele na frente. Assim serei circuncidado, tal como Itzig Finkelstein.

— Onde está esse Itzig Finkelstein de quem você tanto fala?

— Não sei exatamente — disse Max Schulz. — Itzig chegou a Laubwalde durante o verão de 1942. Quando o vi pela última vez... isso foi em setembro de 1942... o sétimo dia do mês... ele já estava debaixo da terra. Estará ele no céu agora? Não sei dizer exatamente.

LIVRO TRÊS

I

Berlim, 1946

Eu tenho insônia. E por isso tenho lido bastante. Às vezes por quase a noite toda. Não posso fazer uma lista de todos os livros que estou lendo. Na verdade só queria lhe dizer que também ando lendo jornais... entre outros o *Stadtanzeiger* de Warthenau, muito embora seja um tedioso jornaleco de província. Só o compro por motivos sentimentais.

Há pouco tempo, li no *Stadtanzeiger* a notícia da morte de *Frau* Holle. Mal pude acreditar. Estava escrito, o preto no branco: "A viúva do cabo SS e assassino em massa Günther Holle pisou numa mina enquanto catava ferro-velho na zona interditada entre a Moltke e a Hanauerstrasse."

Uma morte tipicamente pós-guerra! Estaria ela passando fome depois que fui embora? Suponho que sim. A ponto de catar ferro-velho? Queria ela vender ferro-velho?

Quer saber o que disse para mim mesmo?

Eu disse: "Itzig Finkelstein, que já foi Max Schulz, a Mulher Alemã está faminta! A Mulher Alemã está catando ferro-velho! E a Mulher Alemã está revirando as ruínas do Reich milenar a fim de catar ferro-velho! Porque a Mulher Alemã não quer morrer de fome. Mas a Mulher Alemã não vê nenhum letreiro de aviso na zona interditada. Quando é que os aliados vão retirar a última das minas que nossos rapazes enterraram no solo... no solo alemão?

Deus é minha testemunha: eu queria levar *Frau* Holle comigo. Mas pensei a respeito e disse para mim mesmo: Max Schulz — naqueles dias eu ainda era Max Schulz —, você pode se esconder. Mas uma mulher com perna de pau não pode. Pelo menos não tão facilmente.

Afinal, eu sei como é: cedo ou tarde a polícia a teria sob vigilância por ela ser a viúva de Günther! E eu era amigo de Günther! Eles têm bom faro... aqueles que me procuram. E para eles qualquer pista é boa... qualquer pista que pudesse levar a mim... mesmo uma *Frau* Holle.

Contei a *Frau* Holle alguma coisa sobre Itzig Finkelstein. Disse a ela também que tinha a intenção de tornar-me um judeu. Tal como Itzig. Mas não disse a ela na época que nome pretendia assumir.

Bem, agora sou Itzig Finkelstein. Entre todas as pessoas... Itzig Finkelstein! Essa é a verdade. E não posso mais mudar isso. E aqui entre nós... Itzig está se saindo muito bem:

ITZIG FINKELSTEIN ficou rico!
ITZIG FINKELSTEIN vendeu os dentes de ouro... o lote todo!
ITZIG FINKELSTEIN tornou-se um atravessador e negocia no mercado negro tudo o que você possa pensar, desde cigarros a garotas virgens.
ITZIG FINKELSTEIN está vivendo como um cavalheiro. Sim... como um Homem Mundano.
ITZIG FINKELSTEIN mudou. Sua cabeça é raspada, como se ele fosse calvo. Tem uma barbicha pontuda e usa óculos. Ele se parece com Lenin, embora não tanto. Aliás: Lenin usava óculos e tinha os olhos de sapo?
ITZIG FINKELSTEIN tem o pau um pouco menor, porque retirou o prepúcio.
ITZIG FINKELSTEIN pode ter o pau menor, mas nem por isso seu desempenho sexual é pior.
ITZIG FINKELSTEIN está vivendo com uma linda mulher... com uma condessa. Detalhes mais adiante.
ITZIG FINKELSTEIN extrai prazer de coisas belas, boa música, livros instrutivos. E naturalmente a condessa o encoraja.
ITZIG FINKELSTEIN leva uma vida pródiga!

Frau Holle estivera fazendo compras no mercado negro, e quando retornou, tarde da noite, Max Schulz tinha ido embora. Havia enfiado seus pertences no saco junto com os dentes de ouro. Pusera o saco nas costas e tinha dado o fora. Exatamente assim!
Ela chorou por muito tempo?
Sim. A vida é cruel, minha cara *Frau* Holle. Nem mesmo os pássaros de verão têm vida fácil.
E não é fácil viajar na Alemanha ocupada. Especialmente para um alemão sem documentos. E ainda mais um foragido da justiça. Mas você pode confiar em Max Schulz. Ele conseguiu passar... com seu saco... com sua face marcada pela guerra... e suas roupas velhas... seguindo atalhos... sem ser notado... até chegar a Berlim.

Você sabe como um homem da raça superior, um *Übermensch*, faz a sua entrada na destroçada capital do Reich milenar? Usando sapatos cheios de buracos! Roupas fedorentas! Com a face cansada e os olhos de sapo avermelhados! E um saco velho nas costas esfoladas, um saco velho na qual os dentes de judeus mortos sorriam brilhantes!

Imediatamente após minha chegada a Berlim, enterrei os dentes entre as ruínas. No setor americano. Marquei o local. Depois procurei um lugar para morar, coisa difícil em Berlim. Encontrei um quarto no porão de uma casa bombardeada. Podia cochilar à vontade debaixo da rua. Já estava acostumado.

    Eu tinha muitos companheiros. Um deles chamava-se HORST KUMPEL. Era um homem das SS, um idealista, um fanático. Horst Kumpel não tinha uma profissão definida. Por uns tempos havia sido marinheiro, mais tarde garçom no restaurante Três Mouros. Quando havia a feira anual em Wieshalle ele fazia tatuagens, alugando um cantinho na barraca de tiro ao alvo. Horst Kumpel foi um dia um homem alto, mas teve má sorte. Um acidente de motocicleta. E no ano de 1936 havia perdido ambas as pernas. Em Berlim eu disse para mim mesmo: Max Schulz! Horst Kumpel não pôde lutar na guerra. Não tem registro e não precisa se esconder. E seus pais sempre viveram em Berlim. Eles certamente sabem onde Horst se encontra. E você pode encontrá-lo. E ele é um sujeito legal. Um sujeito que sabia até mesmo tatuar. E por certo ainda sabe. E tem algo mais que ele sabe fazer: manter a boca fechada!

    A casa onde os pais de Horst Kumpel moravam havia sido bombardeada, tal como todas as outras casas na Tulbeckstrasse. Mas o porão ainda existia!

    Encontrei os pais de Horst Kumpel. Estavam entocados no porão como dois ratos velhos. Não me conheciam. Nunca tinham me visto antes. Olharam-me com suspeita. Naturalmente não lhes disse quem eu realmente era. Contei-lhes que era um amigo de Horst e que, tal como ele, não tinha registro. Disse que devia dinheiro a Horst e que gostaria de falar com ele.

    Horst também estava morando num porão, não distante da Tulbuckstrasse. Horst Kumpel!, um homem das SS. Sem documentos. Sem pernas. Chorou quando me viu. Deslizava pelo chão, inquieto. Gesticulando com os braços.

    — Pelo amor de Deus, Max! Li seu nome no jornal. Mantive meus dedos cruzados por você e disse para mim mesmo: "Eles não vão pegá-lo!"

    — Sim, Horst, eu sabia disso... que você cruzaria os dedos por mim.

    — Bom trabalho o que você fez... em Laubwalde. Duzentos mil. Estava nos jornais.

    — Judeus, Horst! Não passavam de judeus. Inimigos do povo. Gente inferior.

    — Você fez bem em acabar com eles, Max.

    — Diga-me, Horst, onde está sua mulher? Não quero que ela me veja.

    — Não se preocupe, Max. Ela foi para o campo. Para arranjar comida. A comida anda escassa em Berlim. Mas no campo...

    — Bem, Horst, não posso demorar muito. Apenas uma noite...

    Um quarto no porão... uma cama estreita para Horst e sua mulher. De imediato pensei: ele não é maior que uma criança de quatro anos. Não precisa de muito espaço. Uma mesa e duas cadeiras de madeira tosca. Um fogão. Uma pá de carvão. Uma tina, rachada. Uma janela... e uma pequena vista do triste céu outonal...

Horst Kumpel começou a ocupar-se, deslizando de um lado para outro: acendeu o fogão, preparou uma sopa para nós dois e abriu uma garrafa de licor.

— Agora ouça, Horst: você ainda faz tatuagens?
— Claro, Max.
— Ainda tem seus equipamentos e tudo mais?
— Sim, tenho.
— Pode me tatuar, Horst?

Ele sorriu.

— O que você quer? Uma mulher com peitões? Com morangos no lugar dos mamilos? Ou cerejas? Ou sapos? Uma xoxota ou duas? Ou uma rosa?
— Um número de campo de concentração, Horst — falei: — O que eu quero é um número de campo de concentração.

Por um momento brincamos a respeito. Depois Horst disse:

— Meu Deus, Max, parece-me mesmo que você afinal é um maldito judeu. E que eles só esqueceram de lhe dar um número.

Sorri e não disse nada.

— Como isso pôde acontecer, Max, com uma cara como a sua?

Falei:

— O número é 12314. E uma letra antes do número. A letra A!
— Por que a letra A? Por que não um L? Você serviu em Laubwalde, não?
— Em Laubwalde não houve sobreviventes, Horst. Era apenas um campo pequeno.
— O que quer dizer com campo pequeno? Vocês não mataram duzentos mil lá?
— Era um campo pequeno, Horst. A maior parte dos judeus era morta imediatamente após desembarcar. Você entende? Era a maneira de não termos muitos prisioneiros para manter e vigiar.
— Oh, entendo, Max.
— Sim, Horst. Aquele era um campo pequeno, com poucos prisioneiros. E nenhum deles escapou. Éramos bem organizados.
— Acredito piamente, Max.
— Quero a letra A, Horst.
— Tudo bem, Max. Um A, então.
— A de Auschwitz, Horst! Causa melhor efeito! É mais conhecido.

Obtive meu número de campo de concentração. E Horst Kumpel também me deu o endereço de um médico... um que sabia ficar de boca fechada.

O Dr. Hugo Weber tinha 84 anos, tendo se aposentado em 1930. Velho demais para ter participado da guerra. E portanto sem registro. Mas era um nazista. Um teórico. E antissemita. Sentimental. Um idealista.
Contei-lhe francamente quem eu era. Max Schulz. Um peixe pequeno. Aquele homem não iria me trair.
A primeira coisa que o Dr. Hugo Weber fez foi remover minha tatuagem SS debaixo do braço esquerdo, quase imperceptível, e uma pequena letra indicando meu grupo sanguíneo. Depois, com as mãos pálidas e trêmulas, pôs meu pênis em posição, tentando mantê-lo firme, e cortou o prepúcio, realizando um último serviço de amor pelo *Führer* e pela Mãe-Pátria.
Tudo que disse foi:
— Max Schulz! Essa pica mutilada combina à perfeição com a sua cara feia.
Eu gostaria de ter replicado: "Meu caro doutor... tais preconceitos são antissemitas. Meu rosto não é judeu." Mas preferi manter silêncio.

Durante aquelas primeiras semanas em Berlim mudei de casa frequentemente, dormindo em diversos porões ou no que restava de porões, às vezes ao ar livre, em algum lugar entre os escombros, e até mesmo nas ruínas de uma igreja. Ficava vagabundando. Entre as ruínas. Fazendo planos. Ruminando. Inventando listas de nomes judeus, e por fim optando pelo nome de Itzig Finkelstein.
Max Schulz, filho ilegítimo porém ariano puro de Minna Schulz, nasceu no mesmo dia que o judeu Itzig Finkelstein. Conhecia o passado dele. E tinha a mesma profissão.

II

Minha história é simples: sou Itzig Finkelstein, barbeiro judeu de Wieshalle. Não viviam muitos judeus em nossa cidade. Era uma pequena comunidade. Os nazistas tinham-nos avisado. Mas não acreditávamos. Acreditávamos que todo aquele absurdo em breve passaria. Acreditávamos numa Alemanha melhor. E esperamos. Não emigramos.
E então veio a guerra. E esperamos por um milagre. E o milagre não veio. Um dia decidimos partir. Mas já era tarde.
Então um dia... eles vieram nos buscar. No ar cinzento da manhã. Todos os judeus de Wieshalle. Nenhum foi esquecido. Tivemos que subir nos caminhões. No ar cinzento da manhã.

Levaram-nos para Dachhausen, um campo de concentração na Silésia. Alguns de nós foram mortos. Mas não todos.

Em junho de 1942 o campo foi evacuado. Fomos levados para Laubwalde, um campo de extermínio na Polônia. Ninguém jamais voltou de lá.

Mas eu, Itzig Finkelstein, nunca cheguei em Laubwalde. O trem que nos levava atravessava a Polônia. Por dias e dias sem fim. Mal tínhamos o que comer e a água era escassa. No meu vagão alguns morreram. Quando chegávamos a alguma pequena estação, as portas abriam-se e os cadáveres eram descarregados. Aproveitei esta oportunidade e pulei fora do trem.

Para onde fugir? Para onde poderia fugir um judeu na Polônia? Para a floresta, claro. Eu não confiava nos poloneses porque eles eram antissemitas piores do que os nazistas alemães. Permaneci na floresta. Gradualmente me dirigi para a Rússia do sul, a Ucrânia. E lá me juntei aos *partisans*. Lutei incógnito por algum tempo. Queria vingar meus pais. Mas então — pouco depois da queda de Stalingrado — fui capturado. Minha unidade havia caído numa armadilha. Uma vez mais consegui escapar. Por um certo período fiquei sozinho, vagueando pela região. Tornei a ser capturado. Trabalhei como coveiro para uma unidade alemã. Fui condenado a fuzilamento. Mas consegui escapar de novo e voltei para a Polônia. Também ali fui capturado... e deportado para Auschwitz.

Auschwitz! Sim... lá os prisioneiros eram mandados para a câmara de gás. Mas nem todos. Eu, Itzig Finkelstein, fui designado para uma unidade de trabalho. E a frente de batalha estava cada vez mais próxima. Então, um dia, o campo de Auschwitz foi libertado pelos russos.

E fui libertado pelos russos? Não, senhores. Uma parte deste campo monstruoso de concentração para a morte foi evacuada pouco tempo antes. E mandada para onde? Para a Alemanha! Você sabe o que é uma marcha da morte? Não consigo descrevê-la. Mas eu estava em uma. Durante o percurso consegui escapar.

Fugi de volta para a Polônia. Para a floresta, naturalmente. Que outro lugar teria para ir? E um dia... sim... um dia a floresta foi tomada pelos russos. Eu, Itzig Finkelstein, estava livre. Os russos libertaram-me.

Mas eu não confiava nos russos. E não queria ficar com os russos.

Não, senhores. Eu, Itzig Finkelstein, não era tão idiota para querer ficar com os russos! Eu, Itzig Finkelstein, estou indo para Berlim! E para que lugar de Berlim? Para o setor americano, é claro!

Em Wieshalle éramos uma comunidade pequena e isolada. Meus amigos e conhecidos judeus estavam mortos. Meus pais também. Não restara ninguém que eu conhecesse. Eu tinha parentes na Polônia, mais precisamente na Galícia.

Mas nunca cheguei a conhecê-los. Onde estariam eles? Não faço a menor ideia. Fuzilados, provavelmente. Ou com os crânios arrebentados. Ou mortos nas câmaras de gás. Realmente não faço a menor ideia. E o que estou fazendo em Berlim? No setor americano? Ora, que pergunta, senhores! Como eu poderia saber? Estou mais perdido do que cego em tiroteio! E não quero ficar com os russos.

Berlim está cheia de refugiados. E sou um deles. Nós refugiados somos como formigas assustadas. Corremos às cegas entre os escombros da cidade. Todos os tipos possíveis de formigas. Formigas alemãs, originárias dos territórios ocupados do leste... ex-trabalhadores forçados da Polônia, Itália, Grécia, pessoas de todos os tipos de países. Mas eu, Itzig Finkelstein, sou uma formiga bastante especial. Uma formiga judia. Hoje posso correr às cegas pela cidade sem medo. Porque sou uma vítima do regime derrubado. E entre todas as vítimas sou aquela que foi tratada mais cruelmente. E por esta razão hoje todas as portas estão abertas para mim. Os vencedores não me amam. Porque ninguém me ama. Mas eles sentem compaixão por mim. E as portas estão abertas. Por quanto tempo ainda? Isso não sei. Mas enquanto estiverem abertas posso passar por elas.

Limpava meus óculos todos os dias... para manter uma visão nítida... mantinha abertos os meus olhos de sapo... observava como as organizações de ajuda a vítimas sobreviventes do nazismo brotavam da terra como cogumelos. Acho que elas incorporavam a consciência dos vitoriosos. Essas organizações filantrópicas nos cobriam, nós as vítimas do regime derrubado, com seu amor e seu interesse... mas muito tardios. Porque milhões estavam mortos. Mas antes tarde do que nunca.

Eu, Itzig Finkelstein, entrei em contato com os comitês judeus americanos de socorro aos judeus sobreviventes do regime nazista. Eles tinham dinheiro, podem crer. Porque os judeus americanos não haviam sido crucificados. Mas eu, Itzig Finkelstein, seu primo de sangue, havia estado na cruz. E meus primos tinham compaixão por mim... uma compaixão que era maior e mais forte do que a compaixão de todos os outros conquistadores, e sobretudo da compaixão oficial. Mas compaixão é uma forma de paixão. E paixão é uma cruz. E todo mundo quer se ver livre de sua cruz. E portanto para mim, Itzig Finkelstein, estavam disponíveis dólares banhados em lágrimas para capacitar-me a andar de novo com minhas feridas sangrentas, a ajudar a esquecer minha cruz. E ajudá-los a esquecer as deles.

E assim... ouçam o que vou dizer.

Junto com muitos outros, eu, Itzig Finkelstein, fui mandado para um campo de deslocados de guerra em Lichtenberg, perto de Berlim. Ninguém faz a um judeu perguntas do tipo: Serviu na Wehrmacht? Pertenceu ao partido?

Foi membro das SS? Um judeu está limpo. Nem sequer precisa provar que foi vítima do regime derrubado. Porque "judeu" é sinônimo de vítima do regime nazista. Claro que tínhamos de provar que éramos de fato judeus. A maioria de nós não tinha testemunhas porque as testemunhas estavam mortas. E a maior parte não tinha documentos. Claro que todos nós que estivemos pendurados na cruz tínhamos nascido em algum lugar em alguma época. Mas de que modo isso podia ser documentado? Nosso mundo tinha sido consumido em chamas, e quem ali presente ainda podia nos reconhecer?

Fomos levados perante uma comissão examinadora. Pura formalidade. Um médico examinou os homens para ver se éramos circuncidados. Deram-nos um livro de preces para verificar se sabíamos ler em hebraico. Perguntavam-nos os nomes das festividades judaicas. Cada um devia contar sua própria história.

Você pode bem imaginar que muitos de nós que não parecíamos judeus passamos por um escrutínio mais rigoroso que os outros. Eu me saí especialmente bem. Quando chegou minha vez e depois que balbuciei meu nome, um senhor da comissão desatou a rir. Um outro, um careca, disse:

— *Herr* Finkelstein, sabemos que o senhor é judeu.

Mostrei a eles meu número de Auschwitz. Eles simplesmente anuíram. Abri minha braguilha e mostrei-lhes meu passarinho. Os homens riram e o careca disse:

— *Herr* Finkelstein, não precisamos de demonstrações.

Creio que aqueles homens pensaram que eu estava louco. Não me deram um livro de preces nem me pediram para dar o nome das festividades judaicas. Também não me obrigaram a passar por um exame médico. Minha identidade como judeu ficara estabelecida para eles sem qualquer dúvida. Apesar disso, não me permiti ser aprovado com tanta facilidade. Porque não queria tratamento especial: por que não me testavam como fizeram com os outros? E assim dei a relação de todas as festividades judaicas embora não me tivessem solicitado. Entoei de cor as preces que um dia aprendera com Itzig Finkelstein. Mas, rindo, eles me mandaram parar. O careca até permitiu-se uma pequena piada. Ele perguntou:

— *Herr* Finkelstein, quantos deuses nós temos?

— Um — respondi.

O careca perguntou:

— Você tem certeza?

— Absoluta — respondi. — Só um. Nenhum filho de Deus, nenhuma Santa Virgem. E nosso Deus não é um fodedor mágico que engravida virgens inocentes sem as deflorar. Ele não se permite piadas desse tipo.

Quando ouviram isto, os examinadores pararam de rir. "Ele é louco", li nos seus pensamentos.

Todos aqueles senhores tinham os olhos grudados no meu número de Auschwitz porque agora eu havia abotoado de novo as calças. Podia ler seus pensamentos. Li o que gostariam de dizer embora ficassem de boca fechada: "Ele esteve em Auschwitz! Ficou louco! Não é de admirar!"

Por algumas semanas permaneci no Campo de Reabilitação Hebraico em Leichtenberg, perto de Berlim. Comi como um rei. A administração do campo não media esforços para deixar-me à vontade. Recebi um sortimento completo de roupas novas, me davam injeções de vitaminas. Consegui documentos ou, para ser mais preciso um cartão de identidade provisório classificando-me de *displaced person*. Eu agora não tinha mais necessidade de me esconder, porque meu cartão DP provava, por A mais B, que eu era:

ITZIG FINKELSTEIN, BARBEIRO POR PROFISSÃO,
NASCIDO EM 15 DE MAIO DE 1907, NA ANTIGA CIDADE ALEMÃ,
AGORA POLONESA, DE WIESHALLE.

Qual o tempo de validade desse cartão? Não sei exatamente. Em todo caso: até a ordem ser restaurada aqui na Alemanha... até que as ruínas desapareçam e os campos para *displaced person* também... até o dia em que tudo volte a funcionar... até que cesse a ocupação... até o dia em que se consiga tirar o carro da lama. E é certo que isso ainda levará um bom tempo.

Depois que me restabeleci por completo, voltei a Berlim para vender os dentes de ouro.

Encontrei um lugar para dormir... num porão, é claro... um quarto de porão com entrada independente. Desenterrei os dentes de ouro... e levei-os para casa.

Eu, Itzig Finkelstein, não precisava mais vender os dentes de ouro individualmente e dizer às pessoas que meu dente tinha caído. Agora podia vendê-los aos lotes porque eu, Itzig Finkelstein, estava acima de qualquer suspeita.

Naturalmente não era minha intenção vender o lote completo de uma vez só porque daria muito na vista. Concorda comigo? Mas uma dúzia de cada vez... por que não?

Você conhece o mercado negro de Berlim? Nunca o viu? Pois vou lhe contar: você não sabe o que está perdendo! Que lugar incrível! Você não pode deixar de conhecer de maneira nenhuma! O paraíso para um contrabandista! Uma área especialmente recomendada é aquela em torno do edifício do Reichstag. É o local certo para mim, o contrabandista judeu Itzig Finkelstein.

Fiz meus contatos: dentistas, ourives, intermediários, pequenos e médios receptadores (os peso-pesados eu evitava). O ouro era escasso no outono de 1945. Vendia uma dúzia de meus dentes de cada vez. Sempre contava a mesma história: sou *Herr* Finkelstein. Compro dentes de ouro. Eu os compro principalmente de homens e mulheres alemães pobres, que retiram seus dentes de ouro para trocar por alimentos. Alemães ou não, todos temos que comer!

Os contrabandistas do mercado negro não se importavam com nada. Mas os dentistas e os ourives... eles me odiavam, o judeu Itzig Finkelstein, embora nada dissessem. Eu podia ver o brilho em seus olhos, as faíscas que se traduziam em palavras: "Seu judeu imundo. Deviam ter te jogado na câmara de gás. O que está fazendo na Alemanha? Comprando ouro, não é? Dos dentes de pobres homens e mulheres alemãs!"

Eu gostaria muito de ter dito a eles: "Aqueles são dentes de judeus assassinados!" Mas não podia fazer isso. Não valeria a pena... quero dizer... discutir o assunto com antissemitas.

Vendi todos os dentes de ouro mas guardei três como recordação, enrolados num lenço. Mandei fundir alguns, para meu uso pessoal, digamos. Os meus dentes estavam ruins e eu queria restaurá-los com estilo.

Fui ao melhor dentista de Berlim e disse-lhe:

— Meus dentes estão ruins. E um homem não deveria circular por aí com dentes podres. Por favor, faça-me uma boca cheia de dentes de ouro. Quero cintilar quando rir.

Tenho a boca repleta de dentes de ouro. E ainda tenho os três enrolados no meu velho lenço. Como recordação.

Vendi todos os outros dentes e ganhei um bom dinheiro, o suficiente para abrir um pequeno negócio no mercado negro. O salão para cavalheiros teria de esperar. Chegaria o dia em que eu desejaria novamente abrir um salão por conta própria. Definitivamente. Eu queria muito fincar raízes de novo. Porque assim é a vida: fincar raízes! E levar uma vida decente, organizada. Talvez constituir família. Sim, por que não? Por que Itzig Finkelstein não deveria iniciar uma família?

Mas, como eu disse, tudo a seu tempo. E 1945 era o ano para especular no mercado negro.

Comecei com cigarros contrabandeados, depois com café contrabandeado. Mais tarde com todo tipo de mercadorias. Logo Itzig Finkelstein tornou-se conhecido em todo o mercado negro de Berlim. Realmente não tinha do que me queixar.

Berlim ainda era um monte de ruínas. À noite, deitado em minha cama, eu podia ver as aves de rapina acima das ruínas calcinadas. E me aconchegava sob as cobertas. Berlim havia desabado como um castelo de cartas. Eu não podia mudar isso. Não mais me interessava. Um dia a cidade seria reconstruída. Eu podia ver esse dia chegando. E o resto da Alemanha também. Sim. Iriam reconstruir tudo outra vez. Toda a Alemanha. E então... sim... talvez trouxessem o *Füher* de volta do céu.

III

Conhece Kriemhild, condessa von Hohenhausen? Permita que lhe apresente a condessa!
Agora dê asas a sua imaginação:
A festa de um contrabandista do mercado negro num cabaré de Berlim. Num porão, claro. O recinto está repleto de fumaça. Em algum lugar está sentado Itzig Finkelstein... o menor dos peso-pesados. Fumando Camels... este é Itzig... e em algum lugar, entre os peso-pesados, senta-se a condessa... e ela está fumando um charuto.
Luz ambiente fosca. De velas, claro. Pequenas chamas piscantes, trêmulas... lançando sombras como a pequena chama da vela no porão de *Frau* Holle. Substituem o sol, que já está dormindo. E a luz, que não chega a lançar seus raios no porão. E a luz elétrica, que foi cortada.
Faces suadas, borradas... garçons a rigor. Champanhe! Fluindo aqui de barris de cerveja alemã... ao fundo, música cigana. Russa. Romena. Húngara. Judia também. Tristeza. Lembranças.
Fumaça, música, champanhe. E a condessa.
Preciso descrever-lhe a condessa? Para mim ela é simplesmente loura. Talvez alta, também. Loura e alta, então. Não mais. Itzig não vê mais do que isso. Uma mulher loura e alta. Uma condessa.
Mas meu vizinho de mesa, um homem pio, um ex-monge, mais tarde pregador itinerante, que agora opera no mercado negro... como faziam crentes e não crentes... ele podia ver mais do que eu.
— Dê uma boa olhada, *Herr* Finkelstein — disse meu companheiro de mesa. — O que você vê?
— Uma mulher loura e alta — eu disse. — Nada mais.
— Você não vê a sua perversidade?

— Não — falei. — Não vejo isso.
— Tudo está naqueles olhos — disse meu companheiro de mesa, o monge e pastor itinerante. — Escravos negros que gritam a plenos pulmões. E escravos que riem. Chicotes. Cascos de cavalos. Sangue. Roupa de linho branco com bolinhas vermelhas. Almofadas coloridas cobertas de suor. Um traseiro ou bunda ou nádegas ou ânus ou cu... da carne mais tenra e com pele aveludada. "*Domini craeatio magnifica*!... e há alguma coisa viril e musculosa, viscosa e sem olhos, erétil, gemendo sem som. Somente os anjos podem ouvir o som que une daquele modo riso, lamento e choro. E você não vê, *Herr* Finkelstein... aqueles movimentos em espiral... a língua úmida, as longas pernas de fêmea, herança de seus antepassados, lisas, sem pelos e frágeis como as de um passarinho, e o pescoço taurino de um homem? E tudo isso envolto num abraço? E as pernas que riem das carícias da língua e quase quebram o pescoço de um homem! Enquanto a carne mais tenra e a pele mais aveludada espremem a medula dos ossos. E os ossos são os últimos elos de uma cadeia milenar, com membros danificados e desprezados! E o leito silencioso e paciente. E a abóbada do céu atrás da janela. Não vê o rosário? E o pergaminho da Torah? E Cristo sem uma cruz? Cristo libertado? Nu? Cristo, que descobriu a carne?

Eu disse:

— Raios o partam! Cale essa maldita boca! Nunca ouvi ninguém falar assim!

Mas ele continuou:

— Uma vez ela foi muito rica... fazendas, propriedades nos campos, um castelo também. Tudo no Leste. Confiscado pelos russos. Tudo passou às mãos do Estado.

— E ela agora vive do mercado negro?

— Indiretamente — disse meu companheiro de mesa. — Ela é amante de um contrabandista do mercado negro.

— Ah, entendo...

— Corrigindo: ela era a amante. Já não é mais, porque o homem morreu na semana passada. De ataque cardíaco. Por causa de um vagão inteiro de cigarros contrabandeados que caiu nas mãos da polícia militar. Isso é demais para um coração suportar.

Eu, Itzig Finkelstein, vivo em constante temor de um novo ataque cardíaco. Não obstante, não pude resistir à tentação. Tudo estava claro: eu queria tornar a condessa minha amante.

Por vários dias vagueei pelas ruínas de Berlim, como se estivesse em um sonho, e também dei longas caminhadas pelos subúrbios... que não foram completamente destruídos... observando as poucas mansões aqui e ali... vivenciei a primeira neve de outono... ao final de 1945... comecei a pensar no ano vindouro... pensei em Itzig Finkelstein... no verdadeiro, aquele que estava morto... e no falso... pensei no meu nariz adunco... e no meu membro circuncidado... pensei... como isso acabará? Eu, Itzig Finkelstein, o pequeno judeu, e a bela condessa loura... pensei em insurreição, revolução... pensei nos cascos de cavalo, no riso e no pranto dos escravos negros, nas chicotadas e na roupa de linho branco com bolinhas vermelhas... pensei na carne tenra e aveludada, pensei no traseiro dela... e na minha própria pica que estava circuncidada como tinha sido a pica de Nosso Senhor Jesus Cristo.

Escrevi uma carta para a condessa. Escrevi:

> Cara condessa,
> Eu, Itzig Finkelstein, estou fazendo bons negócios no mercado negro, contrabandeando cigarros, café, chocolate, armas e muitas outras coisas. Às vezes também negocio virgens, que em geral têm cabelos louros e olhos azuis, ou então verdes ou cinzentos. Estou galgando a escada do sucesso. Se tiver a bondade de consolar um homem solitário e dedicado e se fosse do seu agrado partilhar comigo os frutos do trabalho honesto, então eu, Itzig Finkelstein, lhe seria muito grato.
> Respeitosamente seu,
> Itzig Finkelstein

A resposta não se fez esperar. A condessa me escreveu:

> Caro *Herr* von Finkelstein,
> O sucesso o enobrece. Está negociando somente chocolate americano ou também chocolate suíço, por exemplo, chocolate alpino ao leite? É o meu preferido. Por favor, me informe! Caro *Herr* von Finkelstein, dou-lhe a minha mão para beijar (sabe como um cavalheiro beija a mão de uma dama?).
> Sinceramente sua,
> Kriemhilde,
> Condessa von Hohenhausen

IV

Creio não haver necessidade de dizer que a união entre a condessa nórdica e eu, o contrabandista judeu Itzig Finkelstein, se concretizou. A condessa queria dinheiro. E eu queria posição social. Estávamos em condição de beneficiar um ao outro. Estendemos nossos tentáculos, nos encontramos e funcionou.

Visitei a condessa em sua *villa*, uma *villa* autêntica que sobreviveu à guerra... não distante de Berlim... no subúrbio de Blankenstein... árvores frutíferas, alamedas de cascalho, um bosque bem cuidado, pinheiros... cobertos de neve, claro... surpreendidos pelo inverno... o inverno de 1945-46... um inverno pós-guerra.

A condessa recepcionou-me, sorriu como a casta Kriemhilde surpreendida por Siegfried, deixou-me beijar sua mão, conduziu-me ao seu *fumoir*, ofereceu-me um charuto, acomodou-me numa poltrona de couro, sentou-se também e imediatamente explicou-me que o dinheiro oferece mais proteção que o sangue do dragão, perguntou-me se eu poderia protegê-la, informou-se sobre cigarros de contrabando, tocou uma pequena campainha, ordenou ao mordomo que servisse chá e sanduíches, cruzou suas longas pernas aristocráticas, mostrou-me furtivamente a ponta de sua língua... sangue azul e vermelho rosado... falou de finanças, de notícias da bolsa, de música, de livros, depois, com um gesto do dedo mindinho, me fez levantar e chegar mais perto, sorriu e com dedos gentis abriu minha braguilha, pegou o meu pau, observou-o crescer, pegou uma régua, mediu COMPRIMENTO, LARGURA E DIÂMETRO e disse: "Sim, é normal! Vai se ajustar!" Depois estendeu-me uma pequena chave de ouro e disse:

— É apenas simbólica! Já leu Tagore? E Zweig? E Dostoievski? E Courths-Mahler? E gosta de Mozart?

A condessa tinha apenas alugado a *villa*. Que custa uma fortuna. Seu ex-amante era o contrabandista do mercado negro Nikolaus Wanja Stubbe, filho de uma russa branca e de um negociante de carros berlinense. Nikolaus Wanja Stubbe, apelidado "Czaréviche", era um dos pesos pesados e para ele esta despesa com o aluguel não fazia a menor diferença. Mas eu, Itzig Finkelstein, o judeu, era apenas um peixe pequeno, muito embora estivesse fazendo bons negócios e subindo a escada do sucesso. Mas, de qualquer modo, era simplesmente mais do que eu podia bancar — uma *villa* tão onerosa repleta de todas as comodidades que eu jamais teria podido, ou devido, me permitir.

Naturalmente a condessa possuía uma criadagem: mordomo, camareira, cozinheiro, cozinheira, jardineiro, secretário pessoal e chofer. Na garagem estava o carro que havia pertencido a Nikolaus Wanja Stubbe e que agora era da condessa e se encontrava, claro, à minha disposição.

Após eu ter ido morar com a condessa, logo me foi inculcada a ideia de que o sucesso tem uma estreita ligação com estilo de vida. Duas vezes por dia eu era levado ao mercado negro a bordo de um Mercedes preto. Isto não passou despercebido aos autênticos pesos pesados, que então me procuraram a fim de fazer negócios. A condessa costumava dar festas em nossa *villa* e convidava os graúdos aos quais sabia envolver docemente, garantindo comissões para mim, maiores do que qualquer coisa que eu jamais sonhara. E crédito, também. Enquanto antes eu havia trabalhado em pequenos negócios e manipulado somas que um homem comum podia fazer de cabeça, agora os números tinham tantos zeros que tive de comprar uma calculadora. Em nosso círculo ninguém falava de simples pacotes de cigarros, de simples barras de chocolate, de simples latas de café ou de simples virgens... falava-se de um carregamento de café, de um carregamento de virgens.

Se você pensa que imediatamente após me mudar para a *villa* trepei na cama da condessa como amante oficial, por assim dizer, está redondamente enganado.

Durante a primeira semana sequer tive permissão de chegar perto dela. Em vez disso tive que dividir o leito com o mordomo... um homem cheio de experiência, de ar solene, consciente e dedicado, que tinha sido expressamente encarregado pela condessa de me instruir nas artes do amor.

O mordomo explicou-me que corpo e alma são uma coisa só, e que a alma em um corpo vivo não pode ser morta, pode muito bem estar adormecida, e que a alma adormecida deve ser despertada tal como a alma adormecida do violino o é pelo toque do virtuoso. O mordomo explicou-me a diferença entre a sensação de alegria e a espera da alegria e como uma é realçada pela outra; falou-me de teatro e da arte de representar, falou da importância das preliminares para tornar mais passional o orgasmo, cujo impulso continua até o fim do ato. O mordomo explicou-me que o homem tem ou deveria ter imaginação, o que animal não tem! Que a força do amor dá asas à imaginação e lhe concede o poder de transformar as coisas terrenas: até que um dedo não seja mais um dedo, uma língua não mais uma língua, até que os dedos do pé não sejam mais dedos do pé e os narizes não mais narizes, até que um pênis não seja mais um pênis e uma vagina não seja mais vagina, um cu não mais um cu e um orgasmo não mais um orgasmo. E assim por diante!

O mordomo explicou-me que as abelhas enfiam profundamente seus ávidos ferrões nos orifícios das flores para se apoderarem do seu néctar, que a terra é fêmea, mas que o vento é macho, assim como o sol, que a mulher recebe o homem e não o contrário, que as montanhas se abrem para a brisa de primavera, que os doces passarinhos no céu são criaturas de Deus como o cavalo... e que estes doces passarinhos não se envergonham de bicar suculentos grãos entre o estrume fedido do cavalo, porque o grão é fruto de Deus e não é o homem melhor que um pássaro?

O mordomo falou sobre a arte de chicotear, sobre couro curtido e não curtido, de maçanetas duras e moles... com ornamentações em prata ou bronze... sobre capas de seda ou de veludo para aumentar o sentido do tato. Falou sobre o ferrão da urtiga, sobre o azeite, de banhos de espuma, vaselina, perfume, de onduladores de cabelo, néctar e champanhe, falou dos pescoços de garrafa lisos, redondos e alongados, falou das vaginas umedecidas com champanhe e néctar, falou de cerejas, doces, macias e polpudas, das pantufas para andar em casa, depois agitou ameaçadoramente seus dedos servis de mordomo enquanto me advertia de que sorver ruidosamente era permitido somente quando o champanhe não era bebido da taça ou da garrafa; falou da insensatez, do cânhamo e do "espírito" da vinha.

Sentia a cabeça abarrotada de tanta filosofia, e quase me pareceu um ato de salvação quando o mordomo convocou a camareira ao quarto para passar da teoria à prática. Sim... isto tomou todo o resto da semana. Aprendi uma infinidade de coisas; aprendi sobretudo as sete posições mais importantes, incluídas aquela final... a posição da "CONTEMPLAÇÃO PURA".

Deixei você curioso? Está ansioso para descobrir como o contrabandista judeu do mercado negro Itzig Finkelstein, aliás o ex-assassino em massa ariano Max Schulz, se saiu na primeira noite de teste com a bela e nobre *Frau* Kriemhilde, condessa von Hohenhausen?

Sabe o que significa "negar fogo"? Já estudou psicologia? Sabe alguma coisa sobre a natureza da claustrofobia? Conhece a expressão "exame de capacitação"? Pode pôr-se no lugar de um estudante possuído pela ambição no momento em que ele fica diante de seu examinador?

No momento do grande teste esqueci tudo que havia aprendido e, tremendo de medo, fiquei entre os braços dela com meus olhos de sapo arregalados, me vi penetrado, iluminado, trespassado, desiludido, humilhado e castrado. Só uma vez... durante a primeira noite... consegui me recuperar e, tomado por um raivoso desejo de me vingar, soltei uma assustadora blasfêmia, montei na condessa e a possuí em três segundos... ou, para ser mais exato, em três segundos e meio.

E sabe o que me disse então a condessa?

— *Herr* Finkelstein, você é um bárbaro!

— Sou judeu — respondi. — Não um bárbaro!

— Pior ainda — rebateu a condessa.

— Mas nossas raízes estão na Bíblia — eu disse.

— Certo — disse a condessa. — Mas não é talvez verdade que tiveram contato com os antigos gregos? E com os babilônios? Será possível que não aprenderam nada? Nada, afinal?

Que fique bem claro: a condessa é antissemita! Recentemente deixou cair por completo a máscara. Todo dia tenho de suportar observações cruéis, de desprezo. Somente a expressão "PORCO JUDEU" ainda não foi usada, e provavelmente nunca será, porque certas expressões não fazem parte do seu vocabulário. Em vez disso, a expressão "PORCO JUDEU" me vem endereçada de outra forma. Mas mesmo assim de modo bem claro. Por fim os criados perceberam: e nem se deram ao incômodo de rir às escondidas, pelas minhas costas. Riam abertamente... na minha presença.

Ontem a condessa disse:

— Dizem que vocês judeus foram um dia um povo orgulhoso. Um povo de fazendeiros, escritores e soldados. Dizem que nenhum povo lutou tanto pela sua liberdade quanto o povo judeu. Mas o que aconteceu a vocês?

— O que quer dizer?

— O que quero dizer é que a história mente — respondeu a condessa com desprezo. — De outro modo seu povo nunca poderia ter produzido um exemplar como você, *Herr* Finkelstein. Já se olhou no espelho alguma vez?

O que a condessa disse? *Dizem* que nenhum povo lutou tanto pela sua liberdade quanto o povo judeu. O que se queria insinuar com esse *dizem*?

A história mente, disse ela? Ela disse isso? Que impertinência! Ela quer me humilhar.

Hoje, nesta manhã — logo após o desjejum —, pedi ao mordomo que arranjasse uma história dos judeus para mim.

— Conheço a Bíblia — falei —, mas não é o bastante. Consiga-me uma verdadeira história dos judeus.

O mordomo é realmente confiável. Ele me conseguiu uma história judaica. Para ser exato, um compêndio! Um compêndio com as mais famosas citações, até mesmo trechos do historiador Graetz. Fácil e rápido de ler. E outras obras: *O Estado judeu*, de Theodor Herzl, *Roma e Jerusalém*, de Moses Hess, escritos de Max Nordau, discursos impressos de Jabotinski, literatura sionista de direita e assim por diante. A habilidade do mordomo em descobrir as coisas me entusiasma. Provarei à condessa que a história não mente.

Um homem que trabalha duro como eu não dispõe de muito tempo livre. A cada dia reuniões e encontros para o mercado negro. Depois algum trabalhinho menos importante no Mercedes ou a pé — muito embora isso não seja realmente necessário. E à noite, das seis às oito, leitura: história hebraica, história do sionismo, e por aí vai. Entre uma coisa e outra vou à sinagoga, primeiramente para orar, e em segundo lugar porque queria ser notado na sinagoga... o que só me pode fazer bem.

Finalmente, longas discussões com a condessa. Tema: A HISTÓRIA MENTE OU NÃO? Mostro-lhe meus livros com um sorriso, os nomes famosos e autênticas citações que cuidei de sublinhar com lápis azul, cuja credibilidade é indubitável. É verdade que a condessa ainda zomba dos meus olhos de sapo e de meu nariz adunco, de meus pés chatos e de minhas atividades como contrabandista do mercado negro, e me chama de raça inferior. Com frequência toca raivosamente a campainha para chamar o mordomo e pedir que lhe traga seu álbum de recortes de jornal. Mostra-me alguns do *Stürmer* e me diz:

— Olhe esta caricatura, *Herr* Finkelstein... veja como são os judeus... e você parece ou não parece assim?

Mas ela se torna cada vez mais incerta à medida que eu refuto tudo que diz com argumentos seguros, baseados em citações bem documentadas, por autores renomados.

— Olhe, condessa! Dê só uma olhada neste livro! E mais este! E este também!

A condessa diz:

— Nariz adunco! Itzig Finkelstein, *Esquire*!

Replico:

— MOISES!

A condessa diz:

— Olhos de sapo! Mesmo com óculos!

Eu digo:

— JESUS!

A condessa diz:

— Pés chatos! Mesmo com sapatos refinados!

Eu digo:

— KARL MARX!

A condessa diz:

— Cabeça pelada! Para esconder seu cabelo crespo!

Eu digo:

— SIGMUND FREUD!

A condessa diz:

— Contrabandista!

Eu digo:

— EINSTEIN! Está vendo, condessa? A base da cultura ocidental se apoia nos ombros de cabeças judias!

Rio na cara dela. Conto-lhe a respeito de Judas Macabeu, apelidado "O Martelo". Conto-lhe sobre os heróis judeus na fortaleza de Masada, sobre a

Inquisição espanhola, sobre a revolta de Bar Kochba, sobre o exílio dos judeus. Conto-lhe sobre os queimados vivos, explico-lhe que homens têm morrido pela sua fé, falo de perseverança, martírio, heroísmo, e digo a ela:
— Condessa... dois mil anos de exílio para nós não são nada. Nada mais que dois anos poderiam ser para vocês... porque nós sabemos cortar os zeros... mesmo se há vários zeros. O que os nazistas podiam fazer, nós também podemos. Sendo que eles cortavam os zeros humanos. Nós cortamos os zeros do tempo. Nada mudou para nós. E nada mudou para mim. Aqui estou e não posso fazer de outra forma! Quem disse isso? Foi Lutero! Um antissemita disse-o! Mas tudo isso é merda para mim! Porque eu, condessa, repito isso também: aqui estou e não posso fazer de outra forma! Sou um judeu. E me orgulho disso. E, se você não gosta disso, então vai tomar no cu!
A condessa limitou-se a responder:
— Isso é coisa que se faz, mas não se diz. Você não tem nenhuma finesse, meu caro *Herr* Finkelstein!

Toda manhã o mordomo põe o jornal à esquerda de meu prato. Sempre leio primeiro as notícias sobre o genocídio, recorto-os, sublinhando os nomes dos assassinos já capturados, bem como os daqueles que ainda são procurados, antes de guardá-los na pasta. Com frequência encontro o nome do comandante de campo Hans Müller, e às vezes até o meu.
A condessa observa com desprezo enquanto executo esta rotina. Ontem ela disse:
— *Herr* Finkelstein, você é louco. E tão infantil quanto um menino de seis anos. Colecionar tais absurdos! E sublinhar nomes! Aliás, por que sublinha certos nomes com linhas duplas?
Eu disse:
— Porque são nomes de criminosos de Laubwalde: Hans Müller e Max Schulz. Dois tipos realmente maléficos!
— Genocidas — disse a condessa. — Tal como todos os outros.
— Isso mesmo — falei.
— E quem é esse Hans Müller?
— Era o comandante do campo, segundo diz o jornal.
— E Max Schulz?
— Um peixe pequeno — eu disse. — Apenas peixe pequeno.

Depois de ler sobre o genocídio, passo os olhos pela seção literária e leio as notícias sobre a bolsa de valores e estudo o mercado imobiliário, leio resenhas cinematográficas e teatrais, pulo os artigos que não me interessam e leio as matérias políticas.

De especial interesse para mim é a agitação na Palestina. Parece ser uma coisa séria. A cada dia lá estão as manchetes: "TERRORISMO JUDEU! REVOLTA! NOVAS TROPAS INGLESAS CHEGAM À TERRA SANTA! JUDEUS EXIGEM AUTOGESTÃO! JUDEUS EM MINORIA! JUDEUS QUEREM MAIORIA! IMIGRAÇÃO EM MASSA DE JUDEUS APESAR DO BLOQUEIO! GRUPO STERN ATACA ACAMPAMENTO INGLÊS! BOMBARDEADO POSTO POLICIAL EM TEL AVIV! ORGANIZAÇÃO TERRORISTA IRGUN ZVAI LEUMI AFUNDA NAVIO INGLÊS! CAPITÃO INGLÊS SEQUESTRADO! ESTADO DE EMERGÊNCIA! AGITAÇÃO ÁRABE!"

— O que realmente está acontecendo lá? — perguntou a condessa.

— Os judeus querem sua terra de volta — respondo. — Já ouviu falar em sionismo?

Ela não ouvira, o que já era de se esperar.

Expliquei-lhe:

— O sionismo não é uma ideia nova. É tão velha quanto o exílio do povo judeu.

A condessa diz:

— Ah, então não é uma ideia nova.

E RESPONDO:

— Meu povo nunca desistiu da ideia de um retorno à Terra Santa. Continuamos a alimentar este pensamento através dos séculos. Até mesmo em prece: *LESCHANA HABA BA JERUSHHALAJIM*. "Ano que vem em Jerusalém"!

E CONTINUO:

— Nos livros está escrito que não há apenas um exílio. Mas estamos falando agora do último exílio. Que durou quase dois mil anos!

E DIGO:

— Você deve distinguir duas fases, cara condessa: o sionismo messiânico e o sionismo político.

DIGO:

— Durante a primeira fase os judeus esperaram pacientemente pelo Messias que os levaria de volta à Terra Santa. Mas o Messias dos judeus não tem pressa. E quanto tempo podiam os judeus esperar? Esperaram por quase dois mil anos! E o Messias não veio. Entende isso, condessa? Os judeus esperaram como ovelhas rodeadas de lobos. E cada ovelha, por medo, se transformou. E tornou-se uma avestruz. E escondeu sua cabeça na areia. E não viu as sepulturas coletivas. Nem as câmaras de gás! Entende, condessa?

— Isso eu entendo — disse a condessa.

CONTINUEI:
— Sionismo político é sionismo prático. Seu discurso é: Acabou o tempo de espera! Tentem chegar antes do Messias! Conquistem a Terra Santa por iniciativa própria! Através de negociação política, por meio da imigração em massa! E quando necessário... por meio da violência. E pela força das armas. Entende isso? Um Estado judeu! Um exército judeu! Uma pátria judia para o povo judeu! Protegida pela lei. Pela nossa lei. Não pela lei dos outros.

Então falei à condessa sobre Theodor Herzl, o fundador do sionismo político moderno com objetivos práticos, e contei sobre os primeiros pioneiros vindos da Rússia, dos primeiros esforços para construir um Estado judeu, dos novos assentamentos, falei de Trumpeldor, o herói folclórico de um só braço, que caiu na batalha de Tel Chaj, Trumpeldor, o herói incansável, Trumpeldor, que criou o Hechaluz, o movimento social dos pioneiros judeus, contei sobre a primeira onda de imigrantes, e da segunda e da terceira, contei sobre as outras ondas de imigrantes, falei de nossa batalha durante a dominação turca... e mais tarde das batalhas à época do mandato inglês, das batalhas entre judeus e árabes, do Haganah, o exército de defesa judeu, contei-lhe também sobre a Declaração Balfour e da promessa inglesa de garantir aos judeus uma pátria permanente na Terra Santa.

Tudo isso pouco interesse despertou na condessa. Não obstante, ela me escutou e de vez em quando parecia demonstrar um momentâneo respeito por mim. Ela disse:
— Eu jamais teria acreditado que vocês seriam capazes de coisa semelhante: CONQUISTA! CONSTRUIR UMA PÁTRIA! UM EXÉRCITO! TRABALHO! Pensava que vocês fossem um povo de covardes e mercadores.

Não sei por que estou tentando impressionar a condessa. Tenho um complexo de inferioridade? É um complexo tipicamente judeu? Talvez eu tenha um complexo de castração?

Mesmo assim continuei com essas discussões. Mostrei à condessa os nomes sublinhados de eruditos, médicos, filósofos, artistas, escritores, poetas ou humanistas judeus, de inventores, filantropos, políticos, revolucionários, mostrei a ela os nomes, nomes sublinhados, de ferreiros, sapateiros, alfaiates e barbeiros judeus, deixando-lhe claro que éramos um povo como qualquer outro, e acrescentei:
— Isto é o que Emile Zola tentou defender desde a época do caso Dreyfus!

Mostrei a ela também que eu, Itzig Finkelstein, antigamente Max Schulz, sabia muito bem que tudo isso não servira para nada.

Não posso mudar a condessa, não posso mudá-la. O antissemita é como uma pessoa com câncer, um mal tão profundo que não se consegue extirpar.

O mordomo nunca se envolve em nossas discussões. Quando traz o chá, conhaque ou sanduíches, ele aguça os ouvidos mas sua expressão não se altera. Comporta-se como o autêntico mordomo que nada vê e nada ouve. Um chinês esquivo e discreto.

Hoje eu o desafiei:

— Diga-me... o que você acha das nossas discussões sobre o povo judeu?

— Eu não sabia que o senhor, *Herr* Finkelstein, estava discutindo sobre os judeus com a condessa. Eu nunca ouço. Não é da minha conta.

— Não tente me enganar. É claro que você ouve.

— Eu não ouço, *Herr* Finkelstein.

— Não estou lhe perguntando como mordomo, mas de homem para homem... de um ser humano para outro.

— Nesse caso, *Herr* Finkelstein, vou responder como uma pessoa qualquer e direi que o senhor sofre do complexo de inferioridade típico dos judeus.

— E por que diz isto... quero dizer, de homem para homem?

— Porque o senhor fica se vangloriando, *Herr* Finkelstein.

— Acerca do meu povo?

— É, acerca do seu povo!

— Não tenho alternativa, tenho?

— Não é verdade, *Herr* Finkelstein. De homem para homem, lhe direi: *Herr* Finkelstein, um judeu que tivesse orgulho do seu povo não estaria na Alemanha. Não viveria aqui. E não tentaria convencer a nós, alemães... se quer mesmo que eu seja claro e direto.

— E o que faria um judeu orgulhoso?

— Emigraria, *Herr* Finkelstein.

— Para a América?

— Não para a América, *Herr* Finkelstein. Um judeu orgulhoso emigraria para a Palestina. Empunharia armas. Lutaria pela sua pátria. Demonstraria ao mundo o que significa ser judeu e ter orgulho disso!

Meu chofer está doente. Seu substituto, um homem magro, alto, com os olhinhos alegres de bêbado, lembra-me de alguma forma um dos meus cinco pais, o cocheiro Wilhelm Hopfenstange.

Não faz muito tempo, quando seguíamos no Mercedes para o centro da cidade, o chofer disse:

— *Herr* Finkelstein, tenho ouvido coisas por aí. O senhor está vivendo num covil de antissemitas.

— Sei muito bem disso.
— Ontem o cozinheiro disse ao mordomo: "Meu ex-patrão era um judeu, professor da universidade, e *Herr* Hitler mandou matá-lo." E o mordomo disse: "Sim, é uma pena." E o cozinheiro: "Os judeus decentes estão mortos e um homem como Itzig Finkelstein ainda está vivo." E o mordomo disse: "Assim é a vida. Quanto mais primitivo, maiores são as chances de sobreviver." E o cozinheiro: "Hitler mandou para a câmara de gás os judeus errados. Teria sido melhor se tivesse mandado Itzig Finkelstein e outros da mesma laia." E o mordomo disse: "Sim. Ou tê-los mandado fuzilar. Ou enforcar. Ou espancar até a morte."

Fui à sinagoga hoje. Orei com fervor. Durante os intervalos entre as preces... as preces oficiais... falei em alemão com meu novo Deus. Disse a ele: "Querido Deus. Não sei onde estás, não sei se no céu ou simplesmente aqui, dentro de mim. Mas não me importa. De qualquer modo eu gostaria de falar-te. Por favor, me ouça: eu, Itzig Finkelstein, mantenho lutas diárias com minha criadagem e minha amante, que na verdade não é minha amante e sim sócia nos negócios, porque através dela obtenho contatos fantásticos e fecho transações comerciais que valem milhões. Mas não é isso que eu queria dizer. Só queria dizer que tenho de me defender o tempo todo de ataques antissemitas. Estou em desespero. Na minha própria casa querem pisotear minha dignidade humana. Eu me tornei judeu para isso? Pensava que os judeus tinham ganhado a guerra!"

Berlim, 1947

A condessa investiu todo o meu patrimônio em um negócio insólito. Ela explicou-me isso hoje no almoço.
— *Herr* Finkelstein! Vai ser o maior contrabando de armas da história!
Perguntei:
— E se a coisa der errado?
A condessa:
— E por que iria dar errado? Viu, *Herr* Finkelstein, eu respondo sua pergunta com outra pergunta. Estou sucumbindo a sua influência hebraica! Cheguei a este ponto!
O maior contrabando de armas da história! Se esse negócio der certo — e por que não deveria dar? —, então eu, Itzig Finkelstein, poderei largar esse negócio de mercado negro de uma vez por todas porque eu, Itzig Finkelstein me tornarei um dos homens mais ricos da Alemanha no pós-guerra; minha fortuna será acrescida de tantos zeros no final como jamais aconteceu.

Hoje descobri que alguns de nossos melhores contatos são membros do governo militar das forças de ocupação aqui na Alemanha, nas várias zonas. Outros são do exterior, especialmente nas grandes cidades: Zurique, Madri, Londres, Paris, Nova York, Atenas, Cairo, Tel Aviv, Damasco.

— O maior contrabando de armas da história! — A condessa deu alguns indícios da operação: tanques desviados dos depósitos dos exércitos aliados da Segunda Guerra Mundial. Metralhadoras! Caixas de munição! Bazucas! Morteiros! Granadas de mão! E muito mais!

Perguntei à condessa:

— Não tenho tanto dinheiro para um negócio desse porte. Quem investiu além de mim?

— Gente da sua espécie, *Herr* Finkelstein.

— Todos judeus?

— Judeus e não judeus — disse a condessa. — Mas todos da sua espécie!

Mensageiros! Mensageiros! Correio sem selos! A condessa corre excitada pela *villa*, esqueceu até de trocar de roupa e está com olheiras fundas. Que idade tem realmente?

Eu, Itzig Finkelstein, faço as seguintes observações: minha pressão sanguínea sobe a cada dia. Meu futuro equilibra-se numa corda bamba. Ou multimilionário ou mendigo!

V

Ontem me mudei da *villa*. É assim que a coisa funciona. Exatamente assim. Entre outras coisas, a vida é frequentemente, de tempos em tempos, muito irônica.

Eu, Itzig Finkelstein, estou arruinado. Tenho apenas sete dólares no bolso. No bolso da calça. Porque raramente uso colete. Calças são mais seguras.

Naturalmente você gostaria de saber o que aconteceu. Foi o seguinte: O NE-GÓ-CI-O! Um maravilhoso, único e fantástico negócio! O maior contrabando de armas da história! Investi toda a minha fortuna. Deixei tudo por conta da minha amante, que na verdade não é minha amante e sim parceria comercial. Mas você sabe no que vai dar quando se deixa uma gentia cuidar dos negócios!

Foi tudo por água abaixo! E o que é que eu, Itzig Finkelstein, vou fazer com míseros sete dólares no bolso?

Aqui estou eu acocorado sem muita alternativa: num pequeno e despojado quarto de hotel do setor americano em Berlim... olhando para o céu que está negro, não só porque agora só vejo tudo negro diante de meus olhos, mas também porque em Berlim está chovendo nesse exato momento.

Você acredita que eu, Itzig Finkelstein, possa recomeçar tudo outra vez? Tenho quase 40 anos!

Tão logo acordei esta manhã pensei na condessa. Nossa despedida foi fria.
— *Herr* Finkelstein! O mordomo o levará de Mercedes até seu hotel!
— Sim, muito obrigado.
— Vá para o Hotel Mãe Pátria! É uma espelunca, mas muito econômico.
— Sim, é o que irei fazer.

Havia dois judeus no Hotel Mãe Pátria: o judeu Max Rosenfeld e o judeu Itzig Finkelstein. Diz-se que judeus podem reconhecer um ao outro instintivamente. Nós — Max Rosenfeld e eu — nos encontramos pela primeira vez no saguão do Hotel Mãe Pátria. Vimos um ao outro, piscamos o olho um para o outro, caminhamos um na direção do outro, farejamos cada um a alma do outro, depois, num impulso, nos abraçamos, apertamos as mãos, dissemos *Shalom* e perguntamos "O que faz aqui em Berlim?" e perguntamos "O que faz aqui no Hotel Mãe Pátria?"

Isto aconteceu antes do café da manhã. Mais tarde, é desnecessário dizer, partilhamos a mesma mesa, tomamos o café da manhã juntos, conversamos, trocamos nossas impressões. Tentei deixar claro para Max Rosenfeld que reconhecemos um ao outro pelo odor de nossa alma.

Odor da alma...

Hoje não consegui tirar essa expressão de minha mente. O que é, exatamente, o que nós judeus emanamos? E quando encontramos alguém de nossa própria espécie o que é que farejamos e que odor tem nossa alma? O que é esta misteriosa alguma coisa? E do que se compõe? É o nosso passado? A nossa história singular? A herança de nossos pais? Nosso elo com Deus? Os nossos sofrimentos de dois mil anos de perseguições? A nossa nostalgia de Jerusalém?

Por ocasião de nossa próxima refeição juntos, pedi a Max Rosenfeld uma resposta:
— Nós reconhecemos um ao outro pelo odor de nossa alma, não foi? Já lhe fiz esta pergunta no café da manhã.

Max Rosenfeld disse:
— Seria melhor se deixássemos a palavra "nós" fora de nossa discussão.

— O que quer dizer?
— O seguinte: não nos reconhecemos... simplesmente fui eu que o reconheci. E isto significa que você não poderia fazer outra coisa senão reconhecer a mim.
— E como me reconheceu? Pelo odor de minha alma?

Max Rosenfeld sacudiu a cabeça.

— Não pelo odor de sua alma, *Herr* Finkelstein. Apenas por sua cara feia!

Max Rosenfeld disse isto jocosamente, com uma piscadela e uma risada, mas então ficou sério de repente e disse:

— Não fique zangado comigo!

Deitei-me de novo. Tentei dormir. Mas não consegui. Tornei a levantar. Escrevi alguma coisa no diário. Pensei: Já passa de meia-noite. Você terá que mudar a data agora. Pensei: Ao diabo com a data!

Coloquei-me diante do espelho outra vez. Pensei em desespero: Será que ele te reconheceu pelos olhos? Estou procurando alguma coisa nos meus olhos... procurando a alma judia... mas não posso achá-la.

Fiquei parado por longo tempo em frente ao espelho. E disse para mim mesmo: Seus olhos, Max Schulz, não têm alma. Nem hebraica nem qualquer outra. Nem sequer alemã. Não passam de olhos de sapo!

VI

De novo no mercado negro. Por enquanto só pequenas transações como intermediário. Meu gosto pela vida cresce a cada dia e fico imaginando se serei capaz de dar a volta por cima.

O decrépito Hotel Mãe Pátria decididamente faz jus ao seu nome. Todos acham que os hóspedes deste hotel procedem de países de todo tipo. Estão enganados. Excetuando os dois hóspedes judeus, todos aqui são alemães.

Logo ficou evidente que Max Rosenffeld e eu somos judeus. Não obstante, não percebemos qualquer sinal de antissemitismo. Pelo contrário. Somos respeitados. Parecemos ter uma espécie de posição privilegiada.

Observei que todos nos tratam com muita deferência. Todos! Tanto o estafe do hotel quanto os hóspedes. O que isto poderia significar? As pessoas tiram o chapéu para nós, as garotas fazem mesuras, até mesmo as senhoras de certa idade. Durante as refeições somos servidos primeiro. De manhã, quando estamos na fila do único toalete masculino, nos dão preferência: "Por favor, *Herr* Rosenfeld... Por favor, *Herr* Finkelstein... podem passar!"

— Veja, *Herr* Finkelstein — disse Rosenfeld —, na minha opinião o Hotel Mãe Pátria é típico. No que se refere à sua relação com os hóspedes hebreus, *Herr* Finkelstein, é a personificação de uma Nova Alemanha. O que vê aqui, meu caro Finkelstein... ou melhor, meu caro *Herr* Finkelstein... é o espírito dos tempos. Nada menos que isso.

Eu queria dizer alguma coisa, mas esqueci o quê. Então me lembrei dos dentistas e ourives antissemitas no ano de 1945, pouco depois da capitulação, pensei nisso por um breve momento, depois reprimi o pensamento, decidindo que não era importante, e falei apenas sobre minha experiência com a condessa, contei-lhe sobre a *villa* e sobre meu complexo de inferioridade judeu.

Mas ele, Max Rosenfeld, riu, riu alto.

— Complexo de inferioridade, *Herr* Finkelstein! Que tipo de bobagem é esta que está falando? Que tipo de judeu sofre de complexo de inferioridade hoje em dia? Não sabe que ganhamos a guerra?

— Sim, claro que sei — eu disse.

— Bem, então que história é essa de condessa, de *villa*? Você está sonhando, imagino.

— Sonhando?

— Claro! Sonhando! Aquele tipo de *milieu*... sabe o que é *milieu*, *Herr* Finkelstein? Esse *milieu* de que está falando, na *villa*, simplesmente não existe mais! Essa condessa de uma época passada... em pleno 1947... uma condessa com um parafuso frouxo... uma doida metida a moderna... e com aquele lixo nazista na mesa do café da manhã... e esse mordomo... e esses sanduíches vagabundos de salsicha...

Repliquei:

— E o que acha de tão absurdo em sanduíches de salsicha?

Certamente não foi um sonho, muito embora eu não tivesse plena certeza. Existe algo no mundo do qual se tenha certeza absoluta?

— Não vê, *Herr* Finkelstein? Todos esses alemães tirando o chapéu e fazendo mesuras para nós? Eles se sentem culpados! Mas nenhum deles tem o poder de trazer seis milhões de volta à vida. Seis milhões de judeus assassinados! Não é tarefa pequena!

— Sim, está certo — eu disse.

— Os alemães no Hotel Mãe Pátria gostariam de pedir perdão a nós — disse Max Rosenfeld —, a nós os sobreviventes... mas eles não sabem como. E não é fácil!
— E o que eles fazem?
— Tiram o chapéu para nós, ou fazem todo tipo de mesuras e cortesias! Mas isso você pode ver por si mesmo!
— E se você estiver na fila do toalete...
— Sim — disse Max Rosenfeld. — Vê como até para ir ao toalete nós temos prioridade? Nenhum incômodo para nos agradar! Isso é importante. Pelo menos no momento. Até que a dívida tenha sido paga.

O novo espírito é o filossemitismo. Alguma espécie de fantasma com os olhos que um dia irão secar. Mas quando?
Os sonhos não me agradam. Sonhos assustam-me. Especialmente quando estou dormindo.
Na noite passada sonhei... sonhei que estava no teatro. Vendo uma peça chamada *O espírito dos tempos*. Via um palco. Via o Hotel Mãe Pátria. Via os atores movimentando-se. Via Max Rosenfeld. E Itzig Finkelstein. E pensei: Você está na plateia... e ao mesmo tempo está no palco. Como isso pode ser possível?, me perguntei.

VII

Finalmente consegui saber alguma coisa sobre Max Rosenfeld. Ele é o único sobrevivente de uma família de sete pessoas. Pôs na cabeça que os apóstolos de Adolf Hitler fizeram sabão de sua mulher e cinco filhos. Como bom barbeiro, eu gostaria muito de ter perguntado: que tipo de sabão? Porque todo mundo sabe que há muitos tipos diferentes. Mas pensei que talvez fosse aconselhável manter silêncio.

Com quem se parece Max Rosenfeld? Max Rosenfeld se parece, bem, com Max Rosenfeld, o que equivale a dizer que parece um advogado judeu que não é advogado porque nunca terminou seus estudos... e assim se tornou um contador que se considera advogado... que toma parte ativa no sionismo e que veio de Praga... cerca da mesma idade que eu, porém mais baixo... de fato eu diria que é bem parrudo e uma cabeça mais baixo que eu... tem o rosto anguloso, o cabelo já branco, usa óculos grossos de armação preta, tal como os meus, embora os meus sejam de cor marrom com lentes de vidro ordinário...

seus olhos não são azuis como aqueles de Itzig Finkelstein, o autêntico, mas de um tom castanho bem claro que às vezes parece amarelo como... como... o quê? Não sei realmente... e têm a peculiaridade de ter sempre uma expressão diferente, confundindo por completo quem os olha.

Max Rosenfeld vive dos pacotes de ajuda humanitária enviados da América. Ele gostaria de trabalhar novamente.

Falamos com frequência do futuro. Max Rosenfeld é um sionista fanático.

— Espere e verá, *Herr* Finkelstein! Quando o momento chegar... e chegará em breve... faremos brotar um exército do solo, como fez Judas Macabeu!

Falamos sempre da revolta dos macabeus e da revolta de Bar Kochba, e a cada vez Max Rosenfeld fica feliz ao ver quão bem informado estou da história judaica.

— *Herr* Finkelstein... você sabe... eu gostaria de começar uma nova vida. Mas não aqui... lá...

— Lá... onde? Na América?

— Não. Na nossa pátria.

— E o que você quer fazer lá?

— Ainda não sei. Recomeçar a vida. Iniciar uma nova família.

Max Rosenfeld costuma me acompanhar até o mercado negro, embora ele deteste aquele ambiente. Só faz isso para exercitar as pernas... e ter com quem conversar.

Ainda ontem:

— *Herr* Finkelstein: judeus como você são um alvo fácil para os artífices da propaganda.

— O que quer dizer?

— Gente do mercado negro, como você!

— Mas, *Herr* Rosenfeld...

— Em suma: vocês estão atiçando um fogo quase extinto.

— Mas lhe pergunto...

— Devia emigrar, *Herr* Finkelstein... ir para a Palestina. Empunhar um arado e um fuzil. Realizar algum trabalho pioneiro. Ajudar a libertar nossa pátria. Em vez de ficar ocioso aqui na Alemanha e inflamar de novo o antissemitismo com os seus contrabandos.

O mordomo não tinha dito algo muito similar?

Que Max Rosenfeld viesse a desculpar-se mais tarde — de fato, antes do jantar — era somente aquilo que eu já esperava. Esvaziamos juntos uma garrafa de vinho tinto, brindamos ao futuro Estado judeu, bebemos ao fim da

Diáspora, abençoamos o Nilo que engoliu os exércitos do faraó, bendizemos a cidade no vale do Volga, onde havia um cartaz em que se lia: "ATENÇÃO, EXÉRCITOS DO NOVO FARAÓ, ESTA ESTRADA NÃO CONDUZ AO VOLGA... MAS SIM AO NILO!"

Deixei claro a *Herr* Rosenfeld que ele havia cometido um erro.

— Ouça aqui, *Herr* Rosenfeld. Acha que eu, Itzif Finkelstein, por operar no mercado negro, acabarei reavivando o antissemitismo? Pode ser! Mas creia-me, *Herr* Rosenfeld, se isto vier a acontecer, não vai fazer um peido de diferença se eu, Itzig Finkelstein, for um contrabandista do mercado negro, um burocrata, agricultor, operário de fábrica, comerciante ou soldado. Mais cedo ou mais tarde, eu, Itzig Finkelstein, serei odiado! E sabe por quê? Porque sou um judeu! E basta!

Max Rosenfeld assentiu.

E disse:

— Mas não na nossa pátria! — disse ele suavemente. — Não lá!

As coisas estão melhorando. Eu, Itzig Finkelstein, estou ganhando um bocado de dinheiro. É bem verdade que não sou, ou não sou mais, olhado como um peso-pesado ou um dos grandes pesos-pesados somente como um dos peixes pequenos mas não um dos bem pequenos. Estou vivendo! Ou melhor, a gente faz o que pode. Cada qual a seu modo, como se costuma dizer.

Falando francamente: estou pouco ligando para o que os alemães pensam de mim, o judeu Itzig Finkelstein. Sou como um inseto. Não importa se dou zumbidos, gemidos, ferroadas, se rastejo, se fico parado ou agachado. Cedo ou tarde eles irão me esmagar até a morte. Eu sou o cisco no olho do meu próximo. Ou o inseto! Muito embora eu não seja um inseto! Mas eles não sabem. Só eu sei. Sou um judeu!

Ontem Max Rosenfeld e eu fomos passear no Mercedes preto. Comprei um para mim — usado, porém, porque ainda não sou um peso-pesado ou um mega peso-pesado. Fomos dar um passeio pela zona rural. Visitamos alguns campos de refugiados judeus. Eles estavam ficando cada vez mais vazios. As pessoas estavam emigrando gradualmente. Muitas delas para os Estados Unidos, Canadá, Austrália, África do Sul, mas a maioria, porém, ia para a Terra Santa.

Max Rosenfeld disse:

— O êxodo de milhões!

Não podem ser milhões, de modo algum. É possível que tenha havido tantos sobreviventes? Mas centenas de milhares sim, isto é certo! Os judeus estão emigrando. E este fato também tem seu efeito sobre o mercado negro.

O jornal *Pátria penitente* é entregue toda manhã no hotel com a impontualidade típica da nova Alemanha. Hoje só chegou depois das nove.

Duas fotos na primeira página me impressionaram. A foto de um louro gigante judeu junto à foto de um alemão baixinho de cabelo preto, pés chatos e pernas tortas. E o título:

JUDEUS! UM POVO DE CAMPONESES,
PIONEIROS E SOLDADOS!

Eu disse para Max Rosenfeld:
— Veja... eu sempre soube!
Levei o jornal para o quarto. E leio: "A Marcha de Milhões!"
Um exagero também aqui. Só sobreviveram algumas centenas de milhares. E o que significa a palavra "marcha"? Não vão fazer a travessia de navio? Continuo a ler.

MILHÕES DE SOBREVIVENTES
DO VALENTE POVO JUDEU
EM ÊXODO PARA O ESTADO DE ISRAEL!

O que pretendem dizer com isso? O Estado de Israel não existe, pelo menos por enquanto. O jornal *Pátria penitente* está um pouco apressado! E milhões de sobreviventes? Devem estar loucos! Leio:

OS PIONEIROS JUDEUS ROMPEM
O BLOQUEIO NAVAL INGLÊS!

Leio:

O MEDITERRÂNEO ESTÁ ABARROTADO
DE NAVIOS COM REFUGIADOS JUDEUS:
EMBARCAÇÕES AVISADAS PARA TOMAREM
CUIDADO COM ACIDENTES!

Leio:

A INGLATERRA ESTÁ EM ALERTA!
A INGLATERRA RECUSA AOS PIONEIROS
O DIREITO DE DESEMBARCAR... QUE DEUS OS PUNA..."

O que isto significa? Que Deus puna a quem? A Inglaterra?
Enquanto leio há uma batida na porta: Max Rosenfeld.
— Tem fósforos, *Herr* Finkelstein?

Dou-lhe alguns fósforos. Max Rosenfeld fuma nervosamente, lança um olhar às manchetes no meu jornal e pergunta:
— Sabe o que significa isto? "Que Deus os puna"?
— A Inglaterra! Está bastante claro! — digo.
Max Rosenfeld acena em concordância e diz:
— Que Deus puna a Inglaterra! Se mantivermos os dedos cruzados, certamente obteremos o Estado judeu. Botaremos os ingleses para fora! Mas não este ano. Nem os prussianos nem os judeus atiram tão rápido assim!
— No próximo ano, talvez? — digo. — Sim. Se mantivermos os dedos cruzados, você, *Herr* Rosenfeld, e eu, Itzig Finkelstein... então talvez obtenhamos o Estado judeu no ano que vem.

Ao meio-dia ouvimos as novidades no saguão do hotel, que entravam por um ouvido e saíam pelo outro, mas prestávamos bastante atenção quando ouvíamos a palavra "Palestina!"

Está chovendo novamente em Berlim. Hoje não saí do hotel. O mercado negro não está funcionando. À tarde li a edição especial do *Pátria penitente*. "Povo judeu arma-se para a batalha final!"

Então a hora chegou. Max Rosenfeld já fez as malas.
— Já está indo?
— Com toda certeza, *Herr* Finkelstein. Para a Palestina!
— Desejo-lhe boa sorte.
Max Rosenfeld olhou-me por longo tempo. Quase achei que ele estava se lamentando por mim. Então ele disse:
— Venha comigo, *Herr* Finkelstein! Não fique na Alemanha!

Não consegui dormir naquela noite. "Venha comigo, *Herr* Finkelstein! Não fique na Alemanha!" E não faço outra coisa senão repetir: "Max Schulz! Max Schulz! Se ficar na Alemanha será capturado mais cedo ou mais tarde. Apenas pense nisso, Max Schulz. Apenas pense nisso. Na Alemanha dividida os vitoriosos e seus novos aliados estão vasculhando o país, procurando por velhos nazistas. Você não está a salvo em parte alguma. Nem com os comunistas nem com os capitalistas. Você faz parte da sombra desse passado! Venha comigo, *Herr* Finkelstein! Não fique na Alemanha!"

Max Rosenfeld está certo! Você deveria ir para a Palestina! Ninguém irá procurá-lo na toca do leão!

— *Herr* Rosenfeld! Quanto custa ir para a Terra Santa?
— Nada, *Herr* Finkelstein. A viagem é paga pelas organizações de assistência aos judeus. Ou para colocar de outra maneira, *Herr* Finkelstein, a viagem lhe é ofertada pelo povo judeu!

Vendi o velho Mercedes. Minhas malas já foram feitas. Uma de couro de porco e outra de lona, que a condessa me deu como presente de despedida. De lona! Um insulto, francamente!
Estou de pé no meio do quarto e sorrio para mim mesmo. Meus dentes de ouro cintilam.

Max Rosenfeld está todo excitado. "Então, quer vir comigo?" Essa é uma pergunta com a resposta já pronta. Tipicamente judaico.

Num lenço encontrei três dentes de ouro. Havia esquecido por completo deles. Lembranças. Sim, claro. Um dente pequeno. Um de tamanho médio. E um grande.

Hoje saiu novamente alguma coisa no *Pátria penitente*. Manchetes em letras garrafais:
HISTORIADORES FAMOSOS NEGAM
A EXISTÊNCIA DE CULPA COLETIVA!
NEM TODOS OS ALEMÃES SÃO CULPADOS!

E mais manchetes:

FOI PROVADO QUE OS **SIM**
GRITAVAM MAIS FORTE QUE OS **NÃO**

E outras mais:

OS **NÃO** GRITARAM MUITO BAIXO

E outras:
UMA LAMENTÁVEL EXTINÇÃO DE VOZ

E eu disse para mim mesmo: "E daí? Homens sem voz são tão culpados quanto os outros! O que podia fazer Max Schulz, se o seu 'NÃO' não foi ouvido?"

E disse para mim mesmo: "Deixe que os 'NÂO' paguem por você, Max Schulz. Isso não vai lhe prejudicar em nada!

Hoje me perguntei: "Quem está realmente hospedado no Hotel Mãe Pátria... sem contar *Herr* Rosenfeld e Itzig Finkelstein? São aqueles que eram contra, que estão fazendo penitência? Ou aqueles que eram a favor? Ou são aqueles que, na época, eram a favor e contra?"
E disse para mim mesmo: "Max Schulz, isso é muito complicado. É querer discutir minúcias. Cansativo demais. Pense em seu cérebro avariado. Poderia ficar pior!"

— Há outro grupo partindo depois de amanhã, *Herr* Finkelstein. Para Marselha. Já estamos na lista, você e eu. Max Rosenfeld e Itzig Finkelstein. Graças a Deus não tive qualquer problema. Como antigo sionista, sou bem conhecido na organização... até mesmo pelo pessoal da *Bricha*... todo mundo conhece Max Rosenfeld... e eu tenho um bom nome lá também. E então, o que me diz? Já fez suas malas?

— Estão prontas há um tempão, *Herr* Rosenfeld. De qualquer modo não estou levando muita coisa. Sabe como é... é bom que um judeu viaje sempre ligeiro. Assim dizia meu pai, Chaim Finkelstein, o barbeiro.

LIVRO QUATRO

I

Quem matou Itzig Finkelstein? O verdadeiro Itzig Finkelstein? Naquele dia... em Laubwalde... em 7 de setembro de 1942?

O GRANDE PONTO DE INTERROGAÇÃO... no escuro... em frente ao meu leito... diante dos meus olhos... invisível... e ainda assim ao meu alcance... já o agarrei... com meus olhos... o invisível... a fantasia... eu o tenho... eu o tenho lá... poderia rodá-lo...... poderia transformar em ponto de exclamação... mas não o farei!

Slavitzki? O que é que dizia meu padrasto Slavitzki?

"Esqueça os ratos!" Era isso que ele dizia. Mas eu digo: "Esqueça a pergunta!"

Caro Itzig. Você não sabe quem atirou em você. Naquele dia em Laubwalde. Você não o viu. "Ele" surpreendeu você. Porque "ele" não queria que você o visse. E porque "ele" estava atrás de você. Dois passos atrás de você.

"Ele" atirou no seu pai também. Chaim Finkelstein. E também na sua mãe. Sarah Finkelstein. "Ele" matou os dois.

Você conhece "ele"? Sabe quem é o assassino? O seu assassino. E assassino do seu pai? E assassino de sua mãe? Deveria eu revelar-lhe o segredo?

Nem pensar! Abra seus olhos mortos! E aguce seus ouvidos mortos! De nada lhe servirá. Não vou revelar o segredo.

Caro Itzig. o que se tenta negar, dizem, é o que odiamos. Eu, Itzig Finkelstein, na época ainda Max Schulz, sempre pareci um judeu. Muito embora não seja realmente verdade. Mas as pessoas costumavam dizer isso. Sim, as pessoas diziam: "Ele parece um judeu!"

Agora pense a respeito, Itzig. Só isto já seria o suficiente para eu odiá-lo. Ser obrigado a negar aquilo que não sou... apenas porque a ideia de que também pudesse sê-lo me dava medo.

Você entende?

Muito bem, você entende. Eu também. Apesar disso eu não o odiava. É estranho... não acha? Mas é verdade. Eu, Itzig Finkelstein, àquela época ainda Max Schulz, nunca odiei os judeus.

Por que matei os judeus? Não sei. Por causa dos chicotes, talvez. O chicote amarelo e o chicote preto. E outros chicotes. Chicotes sem cor. E houve mãos, muitas mãos, que brandiam os chicotes, e cada golpe dos chicotes estalando no meu traseiro... ou no traseiro que chamam de alma... porque é também uma parte oculta e que também às vezes deve ser castigada.

E assim estavam as coisas. E eu queria que chegasse a minha vez de brandir o chicote. Ou alguma outra coisa. Mais poderosa. Pode entender isso? Vê? Você entende.

E ainda assim eu nunca teria sido capaz de brandir os chicotes tão poderosamente e tão selvagemente... se não tivesse havido uma ordem. Uma ordem que impelia a matar!

Você me entende? Sem uma ordem eu jamais ousaria fazer o que fiz. Jamais teria tido a coragem. Porque eu, Itzig Finkelstein, naquela época ainda Max Schulz, era apenas um peixe pequeno, que só podia matar porque era permitido.

Não matamos somente judeus. Matamos outros também. Houve outros que mandamos para a câmara de gás, fuzilamos, enforcamos e espancamos até a morte... outros... que não eram judeus. Mas eu costumava matar apenas judeus. Por quê? Não sei.

É verdade. Sempre me assemelhei a um judeu... pelo menos as pessoas assim achavam... por essa razão eu tinha que ser um matador de judeus mais eficiente que os outros. Precisava provar que não era judeu. Pode entender?

Quantos matei? Não sei. Não os contei. Mas creia-me, Itzig, eu não era antissemita. Nunca fui. Apenas segui a onda.

Pode me ouvir, Itzig? E pode me ver? Venha, vamos brincar! Olhe para mim! Onde estou? Onde me escondi?

Ah-ah! Seu cego idiota! Procure-me! Vamos, procure-me! Onde estou? No meu quarto de hotel? Errado! Em meu leito? Sim! Mas não em Berlim! E não no meu quarto de hotel!

Caro Itzig, não tenho quarto. Tenho somente um lugar onde dormir, um beliche... tal como naqueles dias em Laubwalde... e ainda assim é diferente. Porque eu, Itzig Finkelstein, naqueles dias ainda Max Schulz, sou um homem livre.

E então? Vamos lá! Onde estou?

Estou num navio. E o navio me engoliu. Apenas durante a noite. Estou deitado no ventre do navio. Num porão grande e escuro. Num beliche. Sim. Também há beliches aqui.

Que tipo de navio? Puxa, Itzig, você é curioso! Um navio, eu disse. Um navio de refugiados judeus! Pronto. Agora já sabe.

Eu, Itzig Finkelstein, ou o exterminador em massa Max Schulz, estou há vários dias no mar. Indo para a Palestina. Porque agora eu sou você. Sou Itzig Finkelstein.

Caro Itzig, você lembra de quando éramos crianças? A gente sempre falava sobre Jerusalém...

Caro Itzig. Esta não é uma carta. Ou melhor, estas não são cartas. Não estou nem mesmo escrevendo um diário. De fato, não estou escrevendo. Estou apenas pensando. Ou penso que estou pensando. Estou imaginando que escrevo para você. Para quem? Para você! Para o morto!
Itzig! Venha! Fale comigo! Ou me deixe falar. Escute. É assim que estão as coisas. É assim que deve ser: não pode ser de outra forma. Venha comigo para Jerusalém, deixe-me levar você comigo.

Caro Itzig. Não é tão simples quanto parece. Depois que matamos vocês todos, desmantelamos o campo. A ORDEM DO DIA: RETIRADA! A ORDEM DO DIA: JÁ BASTA!
Os russos não estavam muito longe de Laubwalde. E não queríamos que eles nos capturassem. Foi um momento difícil. Partimos em nossos caminhões através da floresta polonesa, que estava sob a neve. Em direção à Alemanha. Mas então a fuzilaria começou na floresta. Os malditos *partisans*. E como atiravam!
Não me capturaram. Não a mim. Nem a Hans Müller, o comandante do campo... você o conhece, não? Ele também não foi capturado. Mas pegaram os outros. Inclusive Günther Holle. Mas não nós dois. Nós não.
E o que acontece depois? Nada! Pulamos fora! De onde? Ora, seu idiota! Do caminhão! De onde mais? E então escapamos. Assim mesmo.
Sim, foi assim que aconteceu. E estava frio. Naquela maldita floresta. E eu corri. Ele também... Hans Müller, o comandante do campo. Corremos como se tivéssemos um estopim enfiado no cu.
E estava frio. Não é de estranhar que tivéssemos perdido a Polônia. Lá suas lágrimas congelam. E a saliva também, se você abrir a boca. Assim é a Polônia. E a floresta polonesa fica lá também. A floresta polonesa, eu disse... aquela maldita floresta polonesa.

E o que aconteceu? Não aconteceu nada. Fazia frio. E o céu achava graça. Durante a noite e especialmente pouco antes do dia raiar. E eu gritava para os céus a plenos pulmões. Mas eles apenas riam — os céus, quero dizer. Eles riam. E não me ouviam.
Estava tudo acabado. Tudo acabado. Tínhamos perdido a guerra. E vocês tinham vencido. Os judeus. Mas não você. Nem seu pai. E tampouco sua mãe. Porque vocês estão mortos.

Mal posso lembrar do que aconteceu depois. A trilha da floresta debaixo de neve ao alvorecer. Companheiros mortos. Castrados. E então... uma cabana. Uma cabana solitária. Uma cabana solitária no meio da floresta polonesa. E uma bruxa, Veronja.
Sim, meu Deus. Havia uma cabana. E na cabana vivia uma bruxa, Veronja.

Ela me torturou. E me puniu. E zombou de mim. E me chicoteou também. E só porque uma vez eu tinha sido um deus. E tive que beber infusões. E fodê-la. Quase sem parar. E eu gritava. Estava com medo. Porque tinha um coração fraco. Sim, caro Itzig. Foi uma época ruim.

Eu lhe contei sobre os dentes de ouro? Não. Nada lhe contei sobre eles. Vamos lá: os dentes de ouro. Os dentes de minhas vítimas. Uma pequena fortuna. Numa caixa de papelão. Não todos os dentes de ouro de todas as minhas vítimas. Porque mais cedo recebemos ordens de enviar a maior parte deles para a Alemanha. Os seus também. E os dentes de seu pai. E os dentes de sua mãe. Só sobrou uma caixa de papelão, meu caro Itzig, só uma. Aquela que levei comigo. E escondi na floresta. E mais tarde... levei para a cabana... e esvaziei-a... dentro de um saco. Não todos os dentes de ouro de Laubwalde. Somente o pouco que restou. Mas ainda assim... uma pequena fortuna.

Veronja eu assassinei. E do outro lado da floresta a primavera estava esperando. E eu, naquela época ainda Max Schulz, caminhei na direção de casa. Para onde? Para casa, eu disse. Para a Alemanha. Claro, para a Alemanha. Sozinho. Totalmente sozinho. Mas com meus dentes de ouro. Sim, caro Itzig. Não sem os dentes de ouro.

Não sei onde está minha mãe. E também não sei onde está Slavitzki. Minha mãe pode ir para o inferno. Bem como Slavitzki.

E então fui para Warthenau. Com meu saco. Com meus dentes de ouro. E em Warthenau vivia *Frau* Holle. Uma mulher com perna de pau.
E lá, no porão, vim a conhecer o major. Era um americano morto. Ele estava morto. E eu enchi a cara de uísque. E me empanturrei de *corned beef*. E trepei bastante. Mas não demais.
Sim, caro Itzig. Essa é a história. É essa. Não fiquei lá muito tempo... em Warthenau, quero dizer... com *Frau* Holle. Fui para Berlim. Com meu saco. E meus dentes de ouro.

Você não viu a Alemanha... depois da guerra! Um monte de ruínas! E é por culpa sua! Porque você se revirou no túmulo! Você, o barbeiro judeu! E os outros também. Todos aqueles que eram contra nós e que nós matamos! E toda vez que vocês se reviram no túmulo, as casas na Alemanha tremem... paredes desabam... vidros das janelas se racham... enviando seus estilhaços para a rua... tal como na famosa Noite dos Cristais.

Você não viu Berlim, caro Itzig... depois da guerra... se bem que seus olhos mortos estivessem em toda parte.., em toda parte de Berlim. Sim, e também em Warthenau. E em toda parte... toda parte...

O que fiz com os dentes de ouro? Eu os vendi, caro Itzig. Ou, como se diz, eu os barganhei... ou os transformei. E, por falar nisso, eu também me transformei. Fiz umas pequenas mudanças em Max Schulz. Isso mesmo. As transformações rápidas estão em moda agora.

É uma pena que você não tenha conhecido o contrabandista judeu do mercado negro Itzig Finkelstein. Itzig Finkelstein em Berlim. Itzig Finkelstein... seu Mercedes preto... Era um tipo vigoroso, pode crer. Saído direto das páginas do *Stürmer*. E quem o fez sair daquelas páginas? Os velhos nazistas. Sim, os velhos nazistas ressuscitaram o *Stürmer* no meio da naftalina. Na primeira página havia uma foto de Itzig.

Depois eles excluíram Itzig. E mandaram-no para Berlim e jogaram-no direto no mercado negro. E mais tarde na cama de uma condessa loura.

Por que fizeram isso? Os velhos nazistas? Não sei. Talvez para irritar os sionistas... ou os judeus orgulhosos... ou para espalhar veneno novamente. Não sei.

Eu vivia bem em Berlim. Não o tempo todo. Mas a maior parte dele. Sim. Por uns tempos foi bom para mim. Realmente bom. E ainda assim eu era infeliz. Quem? Max Schulz? Não, caro Itzig. O infeliz era Itzig Finkelstein, muito embora ele tivesse vencido a guerra.

Itzig Finkelstein era menosprezado na casa da condessa. Tinha que me defender porque queria provar a ela que eu, Itzig Finkelstein, era alguém. E não apenas *eu*. Meus antepassados também. Realmente me empenhei a fundo para provar à condessa que eu, Itzig Finkelstein, tinha carradas de razões para sentir orgulho de meus ancestrais. Não gosto quando as pessoas me olham de cima a baixo. Não suporto isso. E assim disse a ela que se fodesse.

E depois no Hotel Mãe Pátria não havia menosprezo. Mas era ainda pior. Eles rastejavam a meus pés com sua culpa e seus complexos. Era "pois não, *Herr* Finkelstein" pra lá e pra cá. Não. Isso não valia nada para mim. Eu me dizia: "Você não é mais Max Schulz. Você agora é Itzig Finkelstein. Não um ser inferior. Mas tampouco um *Übermensch*. Itzig Finkelstein quer ser apenas um ser humano. Nada mais. Um ser humano normal entre seres humanos normais. Não uma abjeta ovelha negra. E nem uma ovelha negra condescendente.

Não sei mais exatamente quando tomei pela primeira vez a decisão de ir para a Palestina. Seja como for, cheguei a bons termos com esta ideia, pensando que ninguém iria me procurar na cova do leão.

Foi assim. Mas não foi só por isso. Hoje sei com certeza que eu, Itzig Finkelstein, gostarei de viver entre os judeus, entre minha própria espécie. Em minha própria terra... porque eu, Itzig Finkelstein, não me sinto à vontade vivendo entre os *goyim*. Pode entender isto?

Meu caro Itzig. Em tempos recentes tenho pensado muito em você... não apenas por causa do extermínio... isto são águas passadas... mas pela sua história: a história judaica e sionista em geral. Tudo de forma resumida. E comecei a ficar entusiasmado com a causa nacional de vocês. O que estou dizendo? De vocês? Não. Minha causa, pois sou também um de vocês.

AGORA, OUÇA, ITZIG. AGUCE SEUS OUVIDOS MORTOS.

Lichtemberg é um campo para *displaced persons* judeus nas proximidades de Berlim. Ele enxameia de refugiados. De tempos em tempos o campo esvazia e enche-se de novo. Os judeus são bem organizados. Especialmente os sionistas. Qualquer um que queira emigrar para a Palestina precisa apenas entrar em contato com os sionistas. A Organização cuida de tudo. Eles trazem os judeus. Eles trazem os judeus do leste europeu para Lichtenberg... e também para outros campos de refugiados... isso depende... a fim de reuni-los... entende?... antes de a grande jornada começar... é aquela que nós também fizemos... se bem que nossos objetivos... naqueles dias... e os objetivos dos sionistas... fossem de natureza diametralmente oposta... por assim dizer.

Como primeiro passo, os judeus são reagrupados. E depois conduzidos ao setor dos aliados. Depois mais longe... através da fronteira francesa... ocasionalmente através das fronteiras espanhola ou italiana, ou grega ou iugoslava... e depois rumo ao mar. O Mediterrâneo. Mas este não é o fim da grande viagem por um longo caminho. Ela realmente só começa aí.

ENTÃO PRESTE ATENÇÃO:

Max Rosenfeld e eu — Max é um amigo meu — fomos levados para Lichtenberg com um mínimo de bagagem... mas não fomos agregados ao grupo maior... em vez disso apresentamo-nos diretamente aos organizadores. Em

Lichtenberg recebemos vistos mexicanos. Por quê? Iríamos para o México? Bobagem! Mas precisávamos deles para a viagem de trânsito até o porto francês. Sim. A França era o ponto de partida. Era uma brincadeira de crianças. Não nos custou um centavo sequer. A Organização pagou tudo. E assim entramos na França com nosso visto mexicano. Até a costa. Em que ponto da costa? Não sei. Era apenas um ponto. Algum lugar na costa. Eu não era tolo a ponto de fazer perguntas. Era um segredo. Eu, Itzig Finkelstein, estava viajando ilegalmente para a Palestina... às custas do povo judeu... a fim de perturbar os ingleses... desembarcar em meio à escuridão... para fazer história... muito embora eu já tivesse feito história uma vez... e você acha que eu teria sido tolo o bastante para fazer perguntas numa hora dessas?

Resumindo: um dia chegamos à costa. Em algum lugar na França. Os franceses foram informados. Eles eram nossos amigos. Têm as pernas curtas. E os ingleses têm pernas longas. Eles não gostam dos ingleses. É por esta razão que a França encoraja viagens ilegais para a Palestina sob o mandato inglês.

Sim. E então um navio estava à espera. Um navio de refugiados judeus! Que irá furar o bloqueio naval!

Não existe um porto. Apenas uma praia. O navio não podia atracar. Durante a noite fomos levados para o navio em quatro barcos, porque a noite é escura e os agentes secretos ingleses não enxergam bem no escuro.

O navio era de fato um deplorável caixote de madeira. Eu disse a Max Rosenfeld tão logo o vi:

— *Herr* Rosenfeld, eles pensam em nos levar para a Palestina nessa banheira? Vamos todos nos afogar, eu lhe garanto!

Porém Max Rosenfeld disse:

— Não tenha medo, *Herr* Finkelstein. Nós vamos fazer história nessa banheira de madeira!

Eis como tudo aconteceu, caro Itzig. Foi assim mesmo e não de outra maneira. O Mediterrâneo enxameava de embarcações precárias. E uma delas era a nossa... aquela carcaça deplorável chamada Exitus.

Exitus? Êxito? Fim? Morte? Por que este nome? É um navio fantasma?

Sim, caro Itzig. É um navio fantasma. E agora entendo como nasceu o *slogan* "A marcha de milhões". Porque não éramos milhões de pessoas. Era porque os mortos estavam viajando conosco. Os seis milhões! Milhões de mortos! Os enforcados! Os fuzilados! Os exterminados nas câmaras de gás! Todos viajam conosco! E para onde, caro Itzig? Ora, que pergunta! Para a pátria histórica dos judeus! Para casa!

II

Antigamente o *Exitus* chamava-se *La belle Claire*.

La belle Claire: um barco a vapor com casco rosa, a joia do rio Sena, tão simbólico de Paris quanto a Torre Eiffel, a maravilha dos turistas, e orgulho do seu capitão Maurice Dupont! E quando foi isso? Não sei exatamente. Talvez na virada do século, eu suponho.

A Organização compra tudo que pode para "A marcha dos milhões". O capitão Maurice Dupont deixou este mundo há tempos, tal como o vapor *La belle Claire*. Mas a Organização tem iniciativa. Trouxe *La belle Claire* de volta do mundo dos mortos, embora o vapor estivesse desgastado, reduzido a osso puro, um esqueleto sem olhos. E agora se chama *Exitus*.

Um navio do reino dos mortos? Sim, caro Itzig. Mas em condições de navegar.

Nosso capitão é grego. Seu nome: Tiresias Pappas. Uma garota judia que namorei no *Exitus*, a ex-bailarina Hanna Lewisohn, berlinense, explicou-me o que significa este nome. Pappas é Pappas. Não sabe exatamente o que é. Provavelmente um nome grego de família. E Tiresias? É um nome também, neste caso um prenome. Mas significativo. Tiresias — assim pelo menos disse Hana Lewisohn — era o adivinho cego em *Antígona*, uma tragédia do poeta grego Sófocles. Conhece Sófocles? Os gregos?

Tiresias Pappas não é cego. Mas é um vidente... não há dúvida sobre isto. Porque Tiresias Pappas profetizou a todos nós que ele, Tiresias Pappas, conduzirá o navio fantasma *Exitus* através do bloqueio, apesar dos ingleses... durante a noite.

— Os ingleses não nos deterão! — disse Tiresias Pappas. — O *Exitus* atracará! Com todos os seus mortos e todos os seus vivos a bordo! Eu juro, ou não me chamo Tiresias Pappas!

Sim, foi isso que ele disse.

A tripulação do *Exitus* é internacional, meu caro Itzig. A maioria é composta de gregos que falam várias línguas, como Tiresias Pappas; gente que já rodou o mundo, velhos marinheiros e caçadores de aventuras; mas temos aqui também franceses, noruegueses, portugueses, espanhóis e outros. Quando vi a tripulação pela primeira vez, fiquei quase com medo, porque parecia um bando de homens inconfiáveis e malvados: tipos selvagens, dignos de um navio pirata, ou rompedor de bloqueio naval ou para tripular aquela deplorável banheira que era o *Exitus*. Mas o nosso capitão Tiresias Pappas mantinha seus homens na rédea curta. Avisou-lhes:

— As mulheres não podem ser estupradas! Nem as crianças! O saque está proibido, bem como agredir passageiros indefesos! Qualquer um de vocês que não botar isso na cabeça será lançado no Mediterrâneo!

Tiresias Pappas não está brincando quando fala deste modo. E seu aspecto físico ajuda a realçar este ponto: baixo, pernas tortas, careca, barbudo, seu único olho parecendo uma brasa ardente. Sim, caro Itzig, ele só tem um olho. Mas não é cego.

Quem está a bordo do *Exitus* para nos proteger... exceto Tiresias Pappas? A Organização, caro Itzig... quem mais? Para ser exato, está a bordo do *Exitus* David Shapiro, um comandante do Haganah, o exército hebraico para a defesa da Palestina, um exército ilegal do ponto de vista inglês, mas legal para nós.

Além de David Shapiro há outros... soldados do Haganah... e dois representantes do Palmach... força de elite do Haganah na Terra Santa. E naturalmente alguns agentes do Mossad LeAliyah Bet, que é a organização responsável pela imigração ilegal de judeus para a Palestina. Ilegal da perspectiva dos ingleses... mas não se confunda: do nosso ponto de vista é legal! E há até mesmo um representante do Rechasch a bordo, responsável pelo aprovisionamento de armas, um homem a caminho de casa junto conosco após cumprir uma missão na Europa. Portanto você vê, Itzig... o navio está cheio de gente que trabalha para a Organização protetora ou, digamos, para o governo fantasma do futuro Estado judeu.

Se estamos armados? Que pergunta, Itzig! O pessoal do Haganah está armado até os dentes, tal como o do Palmach e dos outros. Ou você acha que Tiresias Pappas conseguiria manter sua tripulação na linha se não soubesse que tem na sua retaguarda os combatentes judeus pela liberdade?

Há algo em minha mente que está tentando tomar forma. Ah, sim... uma lata de sardinhas flutuando na água... O *Exitus* é uma lata de sardinhas. E nós somos as sardinhas. Nossos mortos também? Eles também. Estão de pé, deitados, sentados e agachados entre nós. Sardinhas incorpóreas.

Não há espaço aqui. É quase como os barracões em Laubwalde. O *Exitus* está lotado além de sua capacidade com imigrantes ilegais. São 1.600 pessoas num navio de 700 toneladas... agora entendo por que Tiresias Pappas faz o sinal da cruz três vezes por dia.

Não faz muito tempo, ele disse:
— David Shapiro, comandante do Haganah... se este navio não está sob um encantamento de vocês, judeus, então não me chamo mais Tiresias Pappas! Um passageiro por tonelada de deslocamento de água. É o máximo que uma

nave pequena pode transportar, e só em caso de emergência. Uma nave de setecentas toneladas para setecentos passageiros, não mais que isso.

— Bem, e daí? — disse David Shapiro.

— Em teoria devemos afundar. Mil e seiscentos passageiros ilegais e mais a tripulação... é um pouco demais.

— Mas não afundaremos — disse David Shapiro, o comandante do Haganah. — Antes de mais nada porque pusemos o navio sob encantamento... e por outro lado porque você, Tiresias Pappas, profetizou o desembarque de todos nós.

Sim, meu caro Itzig. Há muitos de nós, sem brincadeira. Muito embora os mortos não pesem nada. Mas nós, os vivos... pesamos bastante! E como é que não afundamos? Os mortos têm asas? São eles que estão carregando o *Exitus*?

Tive sorte com meu beliche. Aqueles que não conseguiram garantir um beliche têm que dormir no chão. Aqui no porão o ar é viciado. Fede a suor e vômito. Às vezes o *Exitus* parece oscilar como uma gangorra, e quem sofre de enjoos logo vomita, onde quer que esteja... quando alguém é acometido por um acesso de vômito não é fácil sair em busca de ar fresco... em toda parte há gente dormindo esparramada no chão... até mesmo nos corredores e nas escadas.

Eu não durmo muito... acordo com frequência num sobressalto, ouvindo gritos estridentes. O que diz você, Itzig? O que está perguntando? Por que algumas pessoas gritam durante a noite... por que elas gritam? São os sobreviventes que gritam, meu caro Itzig, os sobreviventes de nossos campos de concentração.

Sim, caro Itzig. E os bebês gritam. Eles também.

Sempre fico feliz em ver a aurora. Mal posso esperar pela luz do dia. Antes do alvorecer sempre rastejo para fora do ventre do *Exitus*, esbarrando nos vários corpos, e abro caminho até o ar livre... sentindo-me como um homem sufocado até a morte... e inspiro a brisa fresca. Mesmo durante o dia tudo está superlotado, e as pessoas no convés fazem esforços desesperados para caminhar até encontrar um lugar junto à amurada. Mas à primeira luz do dia há bastante espaço no convés. Espaço de sobra. Mesmo para mim, o assassino em massa Max Schulz. É quando posso exercitar minhas pernas.

Quando Deus desperta, abre Seus olhos e lança Seu olhar sonolento através do mar rumo aos confins no horizonte do oceano... quando o bom Deus tosse, enxotando a noite... e quando a noite diz: "Calma, calma! Não é preciso enxotar! Eu irei embora por minha livre e espontânea vontade!"... esse é o momento em que eu, Max Schulz, o assassino em massa, aliás, Itzig Finkelstein, o judeu, dou minha caminhada terapêutica entre o tombadilho superior e o castelo de proa, movendo-me livremente, enchendo meus pulmões de ar salgado, inspirando oxigênio. De pé sobre a ponte, abro meus braços e fico ali de olhos fechados... depois os descerro lentamente... como o bom Deus tonto de sono... a princípio não vejo nada... ouço... a voz Dele... porém sem vê-Lo: "Que se faça a luz!" E o oceano cinza escuro lentamente muda de cor, cintilando misteriosamente. Então vejo o primeiro fulgor do dia! Vejo o céu e a terra unindo-se ao leste... num risonho esplendor. Estamos seguindo naquela direção. Rumo ao oriente. Rumo ao risonho esplendor. Seguindo naquela direção com nossos mortos. De modo a trazê-los de volta à vida.

Tento pensar com lógica. E me digo: "Você está errado. Estamos levando os nossos mortos, é verdade. Mas são apenas aqueles seis milhões? Não estão conosco todos os mortos, todos aqueles que já morreram no exílio, desde o dia da destruição do Segundo Templo, ou até mesmo antes?"

Digo: "Tem razão, Itzig Finkelstein. Mas o *Exitus* não é a única nave de refugiados. Outras vieram antes e ainda há mais navios por vir. E portanto não é possível que o *Exitus* traga todos os mortos a bordo. Se isso fosse verdade, os outros navios ou carcaças não transportariam a sua parte".

Caro Itzig, há pouco tempo atrás vi a sua sombra. Junto à amurada. E a sombra do seu pai. E a sombra de sua mãe.

Você não se virou. Passei como se através de você. Olhei para o oceano. E observei o sol.

Seu pai disse para sua mãe: "Sarah! Creio que foi 'ele' quem atirou em nosso filho!"

E sua mãe disse: "Chaim! Creio que foi 'ele' quem atirou em nosso filho!"

E você disse a eles: "Pai! Mãe! Creio que 'ele' atirou em mim pelas costas!" E depois você perguntou: "Quem foi que atirou em vocês? Quando eu não estava presente? Foi 'ele' quem atirou em vocês?"

Consegue adivinhar quando isso aconteceu? Quando voltei para trás... afastando-me de suas sombras...?

Esbarrei em Max Rosenfeld. Estava bem atrás de mim. E disse:

— *Herr* Finkelstein!

E eu disse:

— *Herr* Rosenfeld!

— Por que tão pensativo?

— Estava pensando nos meus pais.

— Ah, sim...

— Foram fuzilados em Laubwalde.

Max Rosenfeld olhou além de mim, fitando o mar e a esteira espumante do *Exitus*, como se temesse encontrar meu olhar.
— Aqui... veja... — Tirei alguns recortes de jornal do bolso do colete e mostrei-os a Max Rosenfeld.
Os títulos:

ASSASSINATOS EM MASSA EM LAUBWALDE!
A HISTÓRIA DE UM MASSACRE!
NA POLÔNIA POR TRÁS DO ARAME FARPADO!...

Apontei o nome de Max Schulz.
— Sublinhado! — disse Max Rosenfeld.
— Eu sempre o sublinhei — eu disse.
— Por quê?
— Porque foi ele quem matou meus pais.
— Como sabe? Ele não era o único SS lá.
— Está certo — eu disse. — Creio que tem razão.

Minha coleção de recortes foi passando de mão em mão a bordo do *Exitus*. Ninguém conhece Max Schulz. É um nome. Apenas um nome. Listado na interminável documentação do horror. As pessoas estavam se tornando menos sensíveis. O horror já era um velho conhecido delas. A maioria lia os meus recortes de uma maneira entediada mas com certa simpatia por mim, porque já se espalhara a notícia de que eu, Itzig Finkelstein, era oriundo de Wieshalle, uma pequena cidade da Silésia... tal como Max Schulz. Que eu o tivesse conhecido não surpreendia ninguém. Nem o fato de que Max Schulz — o que admito abertamente — havia crescido na mesma rua que eu e até chegara a ser aprendiz no salão de meu pai, Chaim Finkelstein... não para aprender as técnicas de extermínio, mas para estudar a honrada profissão de barbeiro. E as pessoas podem entender por que eu suspeito de Max Schulz mais do que qualquer outro SS lotado em Laubwalde, muito embora não possa prová-lo. Eu digo:
— Deve ter sido ele quem fuzilou meus pais! Foi ele... e ninguém mais!
E as pessoas me dizem:
— Não pense mais nisso! Pense no futuro, *Herr* Finkelstein... não no passado!
O futuro: esta é a razão pela qual gosto de ficar na amurada, com meus olhos voltados para a Terra Prometida.

Um navio fantasma? Sim, caro Itzig. Mas alegre. Apesar dos berros noturnos. Porque não é a noite mas sim o dia que importa. O *Exitus* vem da noite. Mas avança na direção do dia. Durante o dia as pessoas sentem-se felizes. Todos a bordo parecem amar a luz do dia. E eu, o exterminador, não sou exceção. A comida é ruim. É verdade. Mas nós cantamos enquanto comemos. Para ajudar a comida a descer melhor. Há muita cantoria a bordo. E dança. Você conhece a dança nacional judaica, a *Horra*? É dançada por jovens e velhos. Até mesmo Tiresias Pappas, que é grego, dança conosco.

Sim, nós dançamos a *Horra*, e os que não dançam acompanham o ritmo batendo palmas.

E cantamos! Cantamos! Há rapazes que tocam harmônica. Você precisava ver! Seus olhos mortos iriam iluminar-se. Muito divertido, acredite.

Se os mortos dançam conosco? Sim, meu caro Itzig. Eles dançam com a gente. Você também. E seu pai. E sua mãe também.

O tempo está bom. Fomos realmente afortunados. O sol parece juntar-se à nossa felicidade. Ele brinca no convés com os bebês e as crianças maiores. E o sol sorri para nós. Está tudo acabado, Itzig. Agora podemos rir... muito embora às vezes ainda tenhamos vontade de chorar.

E o mar? O mar também parece juntar-se à nossa felicidade. Uma tempestade poderia pôr o navio a pique. Mas o mar está calmo. Talvez o mar sinta que nosso navio está sendo conduzido do alto, nas asas dos mortos? Não sei com certeza, Itzig. Realmente não sei.

O mar está calmo. Na amurada as mães seguram seus filhos pequenos — o dia inteiro — para que eles possam mijar em paz... e o mar sorri com seus olhos verdes e não diz nada, engolindo tudo com tolerância, sem maiores lero-leros.

Não faz muito tempo Tiresias Pappas disse:

— O mar está calmo. O mar poderia engolir nós todos... todos os viajantes ilegais. Mas o mar não o faz. Porque isso alegraria os ingleses. E o mar sabe disso. O mar não gosta dos ingleses porque eles foram os donos dos mares por muito tempo. Sim, meus amigos. Podem crer em Tiresias Pappas!

III

Você se espantará em saber, Itzig, — se eu escolhesse este momento para confessá-lo, — que eu, Max Schulz, estilista capilário, quase esqueci como se cortam cabelos. Afinal, já faz muito tempo. Durante muito tempo a única prática que tive foi com uma arma. Usando-a, como se diz, em alvos judeus... e deixando pentes e tesouras a pegar mofo.

Pouco antes de embarcar comprei alguns instrumentos para mim: tesouras, navalhas, creme de barbear e outras coisas. Você entende: o essencial. "Vão lhe trazer sorte", disse a mim mesmo.

Se corto os cabelos dos passageiros do *Exitus*? É claro. Alguma hora um homem tem de recomeçar! E aqui no *Exitus* tenho a oportunidade ideal para exercitar minha mão. Sou o único barbeiro nesta deplorável carcaça. Assim, pensando bem, sou indispensável.

Foi um dia inesquecível! O dia no qual eu, o exterminador Max Schulz, voltei a ser barbeiro! Um homem com um bom e sólido ofício de classe média! Se tivesse um calendário, eu assinalaria esta data com um círculo firme e perfeito.

Max Rosenfeld conversava no convés com o capitão. Ele dizia:

— Se eu fosse você, apararia essa barba um dia desses. As pessoas andam comentando: "Tiresias Pappas parece um bárbaro! Tão assustador quanto a tripulação!"

E Tiresias Pappas respondeu:

— Vou aparar minha barba em Haifa!

E Max Rosenfeld disse:

— Por que não faz isso aqui?

— Porque não conheço nenhum barbeiro a bordo!

— Pois eu conheço um! Ele é barbeiro. E dos bons! Itzig Finkelstein!

Foi assim que começou.

O capitão chamou-me a sua cabine e disse:

— *Herr* Finkelstein. Poderia aparar minha barba?

— Sim, posso — eu disse. — E posso também aparar a penugem na sua careca. E os pelos de suas têmporas!

Tiresias Pappas ficou entusiasmado:

— Mas não aqui na cabine. Suja muito. É melhor lá fora, ao ar livre!

Arranjamos uma poltrona de encosto alto que posicionamos em frente à amurada, na ponte, junto ao mastro da bandeira. Tiresias Pappas sentou-se pomposamente e permitiu que eu o envolvesse com toalhas.

Logo fomos notados por alguns passageiros. Eu nem havia começado a trabalhar e já éramos cercados por curiosos. E vinham chegando outros. Num instante Tiresias Pappas e eu estávamos rodeados por uma multidão excitada de mulheres e crianças. Pouco mais tarde os homens juntaram-se a elas. Começaram a fazer piadas acerca da barba e da careca de Tiresias Pappas, mordiscando crostas de pão e as próprias unhas. As crianças pequenas gritavam e as mais crescidas tentavam puxar a barba de Tiresias Pappas, enfiando seus dedinhos entre a tesoura e o pente, pouco ligando para meus protestos ou para o olhar feroz do capitão, todo enrolado em toalhas. Vou lhe contar, era de morrer de rir.

Sim, foi como começou, caro Itzig. No mesmo dia todo o navio sabia que Itzig Finkelstein era barbeiro. Comecei a ter um bocado de trabalho. Todos os vaidosos a bordo vieram me pedir um corte de cabelo da última moda. E então se formaram as filas: pais de família, solteiros tímidos, crianças arrastadas pelas mães orgulhosas. Vez por outra vinha uma mulher pedir:

— *Herr* Finkelstein, eu gostaria de ter um corte de cabelo ao estilo masculino. Está na moda atualmente.

Se faço barba também? Aqui a bordo do *Exitus*? Não, Itzig. Sendo o único barbeiro, não tenho tempo para isso. Cada qual que se barbeie sozinho. Eu só raspo cabeças. Mas, como sabe, isto é algo completamente diferente. Tente me entender. A demanda é muito grande. Afinal, só tenho duas mãos.

Também ganho dinheiro. Mas não muito. Aqueles que têm recursos pagam mais, os pobres pagam menos. Sou como um médico. Se sinto o cheiro de dinheiro num paciente, então eu o esfolo. Ele ajuda a pagar pelos pobres. O problema é que a maioria dos passageiros do *Exitus* é composta de pobres, por isso não tenho alternativa senão atendê-los de graça. É uma questão de honra. Vez por outra alguém tem de fazer alguma coisa pela humanidade. Concorda comigo?

O tempo está lindo, e trabalhar ao ar livre é para lá de agradável. Aqui os tufos de cabelo não caem sobre um chão estável, como o de um salão de barbeiro, mas quando a brisa é forte eles são varridos imediatamente para o mar, soprados sobre as ondas e iluminados pelos raios brilhantes do sol seguidos pelas felizes risadas das crianças, para a alegria do Senhor, mas para grande raiva dos peixes esfomeados que seguem atrás do navio de boca aberta.

IV

Max Rosenfeld também dorme no porão, mas do lado oposto ao meu. Sentamos juntos nas refeições e encontramo-nos bastante em outras ocasiões. Enquanto estou trabalhando, ele fala o tempo todo e, quando chega a hora de passear, ele caminha ao meu lado entre o convés principal e a popa.

Tiresias Pappas também gosta de falar comigo:

— Veja lá, *Herr* Finkelstein! A costa grega. E lá, no céu. Não são anjos, mas sim ingleses. Os aviões da R.A.F.... A Royal Air Force! Sim, nós hasteamos a bandeira mexicana. Terão eles notado o truque? Ainda não. São apenas pontinhos aqueles aviões, apenas pontinhos. Mas você verá, *Herr* Finkelstein, tão logo estivermos em águas palestinas... então aqueles pontinhos vão se transformar em pássaros gigantes... e vão voar em círculos acima de nós... mas não tenha medo... não tenha medo, *Herr* Finkelstein. Tiresias Pappas arquitetou um grande plano para enganar os ingleses... o maior plano de desembarque clandestino de todos os tempos!

E há o comandante do Haganah, David Shapiro. Tem cabelo e bigode vermelhos. Veio aparar o bigode comigo. E assim começamos a falar.

— É verdade, *Herr* Finkelstein, que conheceu o exterminador Max Schulz? É o que se comenta a bordo do *Exitus*!

— É verdade, comandante.

— Que tipo de sujeito era ele?

— Um caçador de ratos meio ruim da cabeça.

David Shapiro assentiu. Depois disse:

— Nós os pegaremos um dia. Os agentes secretos judeus. Um dia! E o levaremos para Jerusalém! E o enforcaremos na árvore mais alta!

— Existem árvores altas lá?

— Claro que há árvores altas — disse David Shapiro.

Sim, esse é David Shapiro, um gigante de homem, com peito de gorila e mãos de açougueiro... completamente coberto de pelos, pelos vermelhos, até as unhas, os olhos duros como aço e azuis como o céu. Circula pelo convés com quatro revólveres, dois no seu flanco esquerdo, dois no flanco direito... balançando pouco acima dos joelhos. Carregados... o terror da tripulação.

Uma vez ele me disse:

— *Herr* Finkelstein, se um dia Max Schulz cair nas minhas mãos, vou despedaçá-lo. Vou fatiá-lo em mil pedaços... e os jogarei para os chacais.

— Existem chacais lá?

— Claro que há chacais lá — disse David Shapiro.

— E as árvores altas... ou a árvore alta... em Jerusalém? Aquela em que Max Schulz deveria ser enforcado. Como poderá ser enforcado, se você o cortar em pedaços?

— Então que se dane a árvore alta — disse David Shapiro.

Assim é David Shapiro, que também muito me estima.

Meu primeiro freguês toda manhã é o juiz Wolfgang Richter. Um modesto juiz de primeira instância.

O juiz Wolfgang Richter é judeu. Um judeu alemão sem tirar nem pôr. Parece com Churchill: cabeça grande, careca, fumante inveterado de charutos. Fala somente alemão. Um alemão sem tirar nem pôr cujo odor da alma é diferente do meu e de outros judeus a bordo do *Exitus*. A alma do juiz Wolfgang Richter tem cheiro de cerveja. Sim, caro Itzig: cerveja. Cheiro de botequim, e de batata e chucrute.

Já lhe disse, caro Itzig, que aqui a bordo de *Exitus* não raspo barbas. Não tenho tempo. Só raspo cabeças. Raspar cabeças entra no âmbito do corte de cabelo. No caso do juiz Wolfgang Richter abro uma exceção. Não só raspo as penugens de sua careca como também o restolho de barba. Por que abro uma exceção para ele? Não sei.

Ele é sempre o meu primeiro freguês. É pontual como um relógio. E o atendo antes do desjejum. Ao alvorecer eu ensaboo o juiz. Enquanto o céu começa a clarear, enquanto os peixes dão saltos à primeira luz do sol, enquanto a boca da aurora se tinge de dourado, eu ensaboo a face do juiz, sem me importar se ele está cochilando.

Em geral o juiz acorda só quando acabei de ensaboá-lo e começo a raspá-la com a navalha. Ele acorda, pisca, olha para o mar, que nesse meio tempo ganhou uma tonalidade vermelho-sangue, e diz:

— Lindo... o que diz, *Herr* Finkelstein?

— Sim — digo. — É verdade, meritíssimo.

— Vermelho-sangue — diz o juiz —, como se as sereias do mar estivessem menstruando todas juntas. Todas de uma vez!

— Sereias não menstruam — eu digo. — Está enganado, meritíssimo. É apenas o mar que está com medo.

— Medo de quem? — pergunta o juiz. — Dos ingleses?

— Não — digo. — Do sol.

— Ah — responde o juiz. — Do sol, você diz. E como então explica a cor vermelha, *Herr* Finkelstein?

— É o rubor da timidez — eu digo. — As sereias não existem. Somente o mar. O mar é como uma virgem. Uma virgem casta. E se assustou porque o sol a surpreendeu durante o sono.

— É um poeta, *Herr* Finkelstein? Um poeta inibido, talvez? — O juiz ri. Mas isso não me incomoda. Sua alma cervejeira não compreende a minha. E quem poderia crer que o seu país é o mesmo de Goethe e de Schiller?

Um dia ele me falou de Max Schulz.

— O caso me interessa. Quer dizer que o conheceu realmente?

— Sim. E muito bem.

— E ele desapareceu sem deixar rastros?

— Nenhum rastro!

— É simplesmente impossível. Ele deve ter deixado pistas em algum lugar. O fato é que não o rastreamos direito, esse é que é o problema!

— O caso lhe interessa mesmo?
— Sim. Muitíssimo.

Itzig, eu já lhe apresentei o rabino? Não, ainda não. Ele não é meu freguês. Mas acontece que ele dorme no beliche acima do meu. Portanto, é meu vizinho de sono!
Com frequência, antes de dormir, trocamos alguns sussurros:
— *Herr* Finkelstein! Ainda está acordado?
— Sim, rabino.
Ele não é de fato um rabino, mas sim um homem extremamente religioso. Tente imaginá-lo: um tipo grande, bastante corpulento, vestido num roupão preto de mangas compridas que chamam de "caftan". Possui olhos brilhantes e aguçados, que têm sempre algo levemente sarcástico, porém nunca malicioso. Tem uma barba estriada de grisalho, grisalho e negro, a face pálida, emoldurada por um chapéu de pele que mantém sempre na cabeça, mesmo quando faz sol. Se ele tira o chapéu à noite? Não sei. Ele dorme no beliche acima do meu, e no escuro posso apenas ouvir sua voz. Presumo que ele não durma com seu chapéu de pele, mas simplesmente com o seu solidéu negro.
— Rabino! Como pôde sobreviver à guerra vestido desse jeito? Como alguém pode passar despercebido usando um "caftan"?
— Sobrevivi à guerra na floresta, *Herr* Finkelstein. Na floresta polonesa.
— Entendo... um judeu da floresta?
— Sim, um judeu da floresta.
— E a barba?
— Lá, eu podia muito bem mantê-la.
— Que tipo de esconderijo você teve?
— Eu me escondi num *bunker*.
O rabino era originário de Kolomeija, na Galícia. Uma vez eu disse a ele:
— Meus pais viviam na Galícia antes de irem para a Alemanha. Não muito longe de Kolomeija.
— Onde?
— Em Pohodna — eu disse. — Meus pais me falavam muito de Pohodna.
— Conheço Pohodna. Oh, sim... os Finkelstein de Pohodna. Eu os conhecia.
— Chaim e Sarah Finkelstein?
— Não. Não os conhecia. Já não estavam lá quando cheguei em Pohodna. Mas conheci Moishe Finkelstein. E ele tinha um irmão, Chaim Finkelstein, que supostamente tinha ido para a Alemanha.
— Esse era o meu pai. Então conheceu meu tio Moishe Finkelstein?
— Sim, conheci.

— Eu não o conheci. Nós nunca nos visitamos. E o que aconteceu com Moishe Finkelstein?
— Os alemães o mandaram para a câmara de gás. E também sua esposa, Rifka Finkelstein. E seus doze filhos. E os filhos dos filhos. Uma família grande.
— Sim — falei.
E o rabino disse:
— Sim.
E eu disse:
— Sim.
E o rabino disse:
— Mas sobrou um... um dos Finkelstein... exceto você, naturalmente... há outro... seu primo, Ephraim Finkelstein... as pessoas o chamavam de Froike. Froike Finkelstein.
— O filho de Moishe Finkelstein?
— Sim, o filho de Moishe... e de Rifka Finkelstein.
— Então eles devem ter tido mais do que doze filhos. Tiveram treze filhos?
— Sim, treze — disse o rabino. — Treze.
— Treze — repeti. E pensei: Um número de má sorte. Como sete! — E onde está meu primo Froike Finkelstein agora? A caminho da Palestina?
— Não. Ainda está na Polônia. Em Pohodna. Encontrei-o lá depois da guerra. E falei com ele.
Eu disse:
— Espero que ele venha para a Palestina. Somos os últimos. E gostaria muito de conhecê-lo.
O rabino disse:
— Sim. Mas ele é um comunista. Tem um bom emprego lá.
Você pode imaginar o meu profundo suspiro de alívio quando soube que meu primo Froike Finkelstein era comunista e não viria para a Palestina. A questão é a seguinte: por quanto tempo o filho de um Finkelstein continuará sendo comunista? Seu coração judeu não começará um dia a bater como um autêntico coração judeu? Bater mais uma vez daquela maneira? E não terá nesse caso a vontade de voltar? Não virá para cá? Para viver conosco em terra judaica? Por que eu deveria esquentar minha cabeça com isso agora? No momento Froike Finkelstein é um comunista, vive na Polônia e não tem a menor intenção de seguir o meu caminho.

Com frequência converso com o rabino acerca da história judaica. E ele fica espantado e ao mesmo tempo muito feliz que eu seja tão bem informado. Admiti para ele abertamente que esqueci o modo adequado de orar e que estive reaprendendo depois da guerra, mas com pouco progresso, embora tenha melhorado. Disse que raramente ia à sinagoga, mas me programei para comparecer a todas as festas importantes e que pela manhã nem mesmo punha os meus filactérios... meus *tefilin*.

— *Herr* Finkelstein — disse ele —, você não é o típico judeu assimilado, como por exemplo o juiz Wolfgang Richter, mas sim semiassimilado. Isso é o que você é: um judeu semiassimilado! Mas ainda possui um resíduo de tradição. Naturalmente: como poderia ser de outra forma, sendo filho de Chaim Finkelstein e sobrinho de Moishe Finkelstein? Uma família devota, muito respeitada... os Finkelstein... mas, por outro lado, você não é melhor que os outros, todos os outros judeus que esqueceram o espírito da Torah.

Não, caro Itzig, não quero dar na vista. A maioria dos judeus a bordo do *Exitus* é tudo menos devota e pensa pouquíssimo ou quase nada em Deus, muitos deles declaram guerra aberta a Deus, e sua atitude em relação a Ele, o protetor que fracassou, é de desafio.

Deus é um grande fracasso, uma autêntica desilusão. O que fez Ele quando Seus filhos foram jogados nas sepulturas coletivas? Que exército Ele mandou para socorrê-los? Vermes! Vermes, caro Itzig! E o que fez Ele por aqueles que subiam aos céus pelas chaminés? Só as nuvens tiveram piedade deles, e talvez a chuva, que os enviava de novo para baixo, de volta para nós aqui na Terra.

Não. A maioria dos judeus a bordo do *Exitus* não acredita mais em Deus. Estamos indo para casa, para a terra dos nossos ancestrais, para ter um chão sob os nossos pés, a fim de fundar um Estado e um exército, para evitar que isso volte a acontecer. Nós a bordo de *Exitus* não queremos ser embarcados nunca mais. Não nos deixaremos mais ser transportados passivamente para o matadouro. É isso que pensamos. Nós a bordo do *Exitus*... judeus patriotas, é o que somos. Mas não religiosos.

Foi o que deixei claro para o rabino. E ele compreendeu. Mas o rabino não perde a esperança. Quer saber o que ele disse?

— *Herr* Finkelstein — disse ele. — Entendo sua amargura. E a amargura dos outros. Um dia você encontrará o caminho de volta para Deus! Você e todos os outros!

Lembro com exatidão do seu Bar Mitzvah, um dia tão importante para sua família quanto o dia de sua circuncisão. Você foi com seu pai para a sinagoga. E quando voltou você me disse: "Agora sou um homem. Agora sou maior de idade." E ainda assim você tinha apenas 13 anos. Mas na fé judaica o dia do Bar Mitzvah é o dia de se responsabilizar perante Deus.

A partir do seu Bar Mitzvah você teve que colocar seus filactérios a cada manhã e repetir para si mesmo a longa prece matinal, tal como seu pai, Chaim Finkelstein, tal como um homem de fé. E na sinagoga... lá se apresentava diante da Torah com seu verdadeiro nome hebraico: Yitzchak ben Chaïm!, como chamamos um home de fé.

Você sabe, Itzig? Pedi emprestado ao rabino os seus filactérios! E o livro negro.

— Que livro negro? — perguntou o rabino.
— O *Sidur* — falei.
— E os *tefilin*?
— Sim, os *tefilin*... os filactérios.
— Ainda sabe como usar os *tefilin*? — ele me perguntou. — E a maneira adequada de colocá-los?
— Uma vez eu soube — falei.

O rabino mostrou-me como devia fazer... segundo os regulamentos... mostrou-me tudo que eu já havia esquecido, ensinou-me e disse:
— Isso é um *mitzvah*... uma boa ação diante de Deus.
— Sim.

O rabino quer salvar minha alma. Emprestou-me seus filactérios, emprestou-me seu livro de preces, muito embora eu tivesse o meu... um livro de preces preto... na minha mala. Mas não me animava a abri-la... sim, tenho um livro de preces... mas não filactérios... e então peguei ambos emprestados... e o rabino ficou a meu lado para ver se eu fazia tudo direito... para assegurar-se de que eu pusesse os filactérios adequadamente... até mesmo escolheu a prece curta... do livro negro... a longa prece matinal que é murmurada lentamente. A princípio eu fiz errado... mas depois acertei.

E sabe o que aconteceu a seguir? Tente adivinhar, meu caro Itzig!

O rabino me deixou sozinho. Foi ao toalete e deixou seu "caftan" pendurado no beliche junto ao chapéu de pele. Foi ao toalete apenas com o *yarmulke*, ou seja, semivestido. Aproveitando a chance, vesti rapidamente o "caftan" negro. Pus também o largo chapéu de pele. E lá permaneci assim: com os filactérios, o "caftan", o chapéu e o *sidur* em minha mão, murmurando a prece matinal, balançando ritmicamente para a frente e para trás, tal como fazem os judeus devotos.

Enquanto estava ali, completamente imerso em minhas preces, capturei a atenção das crianças no dormitório... e elas me rodearam e disseram: "Rabino!"

Assim é o rabino. Já o apresentei a você. É ele. Ou bem que poderia ser eu, também.

Tiresias Pappas já lhe foi apresentado. E também David Shapiro. E Max Rosenfeld. E Wolfgang Richter... o juiz! Outros eu apenas mencionei. Mais tarde apresentarei os outros. Você deve ter paciência.

V

Todas as crianças a bordo do *Exitus* deverão tomar injeções de vitamina. O anúncio foi feito com grande poupa pelo alto-falante.

Injeções de vitamina, injeções, injeções letais? Lembra?

Às vezes, em nosso campo em Laubwalde, as injeções eram dadas em casos especiais. Fenol! Letal!

Eu me lembro: por um tempo servi no hospital do campo de concentração, porque um dos enfermeiros estava doente. Trabalho fácil.

Uma vez matamos cerca de 100 crianças. Elas eram trazidas uma a uma para a sala de exames. Lá havia uma cortina e atrás dela uma cadeira. E atrás da cadeira ficava o enfermeiro Zaleski, um polonês. Ele segurava firme a criança — a criança da vez, entende — e diante da cadeira estava este seu amigo, Max Schulz.

Eu sentava numa banqueta diante da criança. Diante da criança da vez. Na minha mão estava a seringa com o fenol letal. Em que mão? A esquerda. Sou canhoto, caro Itzig.

De repente, com um golpe fulminante, eu enfiava a agulha no coração dos meus pacientes, as minhas crianças. Morriam no ato. Pequenos anjos, mortos.

Depois do anúncio do médico de bordo, o Dr. Steiner, eu, o exterminador Max Schulz, fui de imediato ao ambulatório e ofereci meus serviços como voluntário.

Eu disse:

— Dr. Steiner, hoje as pessoas que quiserem cortar o cabelo terão de esperar. Se precisar de ajuda, estou ao seu dispor. Já trabalhei como enfermeiro no passado.

O Dr. Steiner ficou visivelmente feliz. Não fez quaisquer perguntas. ONDE? QUANDO? Provavelmente ele pensou: com os *partisans* ou algum lugar semelhante. A única coisa que quis saber foi:

— Sabe aplicar injeções?

— Sei — respondi.

— A propósito, não tenho um único assistente, nenhum. É extremamente gentil de sua parte, *Herr* Finkelstein.

Caro Itzig. Apliquei as injeções nas crianças a bordo. Enquanto o fazia senti-me como um santo, um exterminador purificado e transformado. Porque nenhum de meus pacientes infantis caiu morto da cadeira!

Desde que lhes apliquei as injeções as crianças me querem bem. Antes elas costumavam me chamar de *Herr* Finkelstein. Ou simplesmente "barbeiro". Agora dizem apenas "*Chaver* Itzig". Sabe o que significa *chaver*? Significa amigo, ou companheiro. As crianças estão sempre ao meu redor, onde quer que eu esteja. Mal posso me esquivar de sua estima. "*Chaver* Itzig! Quero outra injeção!" E seguem assim o dia inteiro. Ou: "*Chaver* Itzig! Você é um rabino?" Ou: "*Chaver* Itzig! Corte meu cabelo, por favor!"

Cinco beliches, um por cima do outro. O rabino dorme naquele de cima. Ele é o número 1 ou, se preferir, o número 5. Eu sou o número 2, ou o número 4. Depende de se você contar a partir de baixo ou de cima.

Debaixo de mim está um homem. Não sei como se chama. É apenas um homem. E debaixo do homem está uma mulher. Não sei o nome dela. Apenas uma mulher.

Mas tente adivinhar quem dorme no beliche do fundo, o número 1 ou número 5.

No beliche mais baixo dorme HANNA LEWISOHN, a bailarina clássica de Berlim. Já a mencionei antes. Foi ela quem me explicou quem era Tiresias, o vidente cego da tragédia *Antígona*.

Hanna Lewisohn insiste ter sobrevivido em Berlim quando a cidade foi incendiada porque flutuou dançando por cima das chamas... porque as bailarinas clássicas não apenas dançam: elas flutuam.

Hanna Lewisohn faz parte da minha clientela feminina. Foi a primeira mulher a obter de mim um corte de cabelo.

Ela pediu:

— *Herr* Finkelstein! Um corte de cabelo ao estilo masculino para uma bailarina!

Agora já somos bons amigos, tratamo-nos com mais intimidade. Ela tem um parafuso frouxo, que nem eu... mas de uma maneira diferente. Eu a considero decididamente louca. Mas nos damos bem. Sim. Excelentemente bem. Às vezes tenho a impressão de ser a única pessoa com quem ela poderia falar. Você sabe como é: uma questão de empatia.

Uma noite senti-me mal. O *Exitus* sacudia todas as suas juntas, tinha pressão alta, seus olhos espectrais reviraram-se, seu casco batia raivosamente contra as ondas sorridentes, enquanto seu ventre lamentava-se na noite. Vez por outra o *Exitus* arqueava-se como uma baleia ferida e, saltando fora das águas noturnas, parecia querer pular para as nuvens, para cair de volta fracamente e, pairando entre as ondas enfurecidas, girava em torno de si mesmo.

Então desci do meu beliche, passei pelos dois desconhecidos, passei pela bailarina Hanna Lewisohn. Passei por cima daqueles que dormiam no chão, tentando chegar ao ar livre, mas não consegui e vomitei enquanto subia a íngreme escadinha. Após esperar que meu estômago se aquietasse e tendo limpado a boca, caminhei de volta vacilante, tateando no escuro à procura do beliche de Hanna Lewisohn, e pensei: é aqui que você tem de subir, três vezes um dá três, o quatro é o seu. Já ia subir quando duas mãos me agarraram!

— É você, Itzig?
— Sim, sou eu — falei.
— Meu corte de cabelo se desmanchou!
— Tolice — eu disse. — Não é possível.
— Desmanchou mesmo — rebateu ela. — É possível, sim!

Ela me puxou da escada, agarrou-me firme e me aconchegou debaixo da sua coberta.

No escuro eu não podia ver seu rosto, mas já o conhecia bem. O rosto da bailarina Hanna Lewisohn tem uma expressão infantil: é o rosto de uma menina de seis anos com a pele de uma velha. Você deveria ver seus olhos, caro Itzig! São redondos como bolas de gude... olhos negros... olhos que podem sorrir como lábios, de um sorriso delirante... e ainda assim luminoso. E seu cabelo também é preto, preto demais para não ser tingido, isso foi algo que percebi de imediato com o olho clínico de um barbeiro. Mas é um cabelo macio como seda, que cai à perfeição para um corte masculino. Adequa-se a ela, com a nuca e os lados sob medida para a cabeça... e certa vez eu lhe disse:

— Hanna, só existem três barbeiros no mundo capazes de fazer um corte estilo masculino de primeira ordem: Chaim Finkelstein, meu pai, e eu. E também o assassino em massa Max Schulz.
— Ele também?
— Ele também — eu disse.

Eu conhecia seu rosto. E conhecia a cabeça à qual este rosto pertencia. Sim. Eu conhecia seu rosto. Mesmo assim o tateei com minhas mãos de assassino, fingindo que não o conhecia. Tateei o seu rosto como um cego o faria. Ou como um exterminador cego. E Hanna Lewisohn não disse nada, manteve os olhos fechados, ofegante. Na escuridão, ela arfava contra a minha mão, contra o meu rosto, que estava sobre o dela, no escuro.

Seus seios tinham o odor de *corned beef*, caro Itzig, como o *corned beef* que eu tinha comido com *Frau* Holle... porque aqui, a bordo do *Exitus*, comíamos quase exclusivamente *corned beef*, éramos maníacos por *corned beef*, porque nosso estoque de provisões está cheio até o teto de comida enlatada. Picadinho de carne em molho de lágrimas. Que espécie de lágrimas? As mesmas lágrimas, caro Itzig, da mesma fonte que produziu os dólares-lágrimas da Organização Judaico-Americana de Socorro que nos abasteceu com *corned beef*.

Hanna Lewisohn tem o nariz estreito e ossudo, mas sua boca é larga. Enquanto eu lhe tocava o rosto ela permaneceu imóvel, apenas a respiração denunciando a sua excitação. De repente ela me abraçou, me fez deitar de costas, lançou-se em cima de mim, enfiou em si meu membro endurecido, deixou-o desaparecer em seu útero, sentou-se em cima de mim como um besouro, mas então se abaixou, segurou de repente minha cabeça entre suas mãos e pressionou os lábios contra os meus.

Foi nosso primeiro beijo.

Deixei você curioso, meu caro Itzig? Quer saber se ela teve um orgasmo? Quando me beijou. Teve vários. Depois me afastou, virou-me as costas e não me deixou mais tocá-la. É meio louca.

— E depois eu corri — disse Hanna.
— Para onde? — perguntei.
— Não sei — disse Hanna. — Apenas corri por uma rua escura. Estava tudo escuro. E eu corria sem parar.
— Onde? — perguntei.
— No escuro.
— O que aconteceu então?
— Havia uma casa.
— Só uma?
— Não sei — disse Hanna. — Só vi aquela. A porta estava aberta e entrei. E subi as escadas. Até em cima. Até onde não podia mais prosseguir.
— Continue — pedi.
— E lá em cima... bem no topo... havia uma porta... só uma porta... e bati.
— Alguém abriu?
— Sim — disse Hanna.

— Quem?
— Um corcunda — disse Hanna. — Um anão. Um homem de perninhas magras e cabeça enorme. E braços compridos... segurando um lampião... nas mãos enormes.
— Tinha presas, suponho?
— Sim, presas longas!
— Um vampiro?
— Sim. — Hanna estremeceu. — Um vampiro de verdade.
— Ele mordeu você?
— Não — disse Hanna. — Não me mordeu.

— Eu disse a ele:
"— Sou judia. A Gestapo está atrás de mim. Se me pegarem, me matam.
"— O anão me olhou por longo tempo, depois, de repente, me agarrou, me puxou para o quarto e sibilou:
"— Entre. Vou escondê-la!
— Uma mansarda — disse Hanna. — Com uma cama, uma mesa, uma cadeira. E um banco comprido.
— E uma janela — eu disse.
— Sim. E uma janela — disse Hanna.
— E da janela você podia ver Berlim, não? Um panorama dos telhados de Berlim?
— Sim — disse Hanna. — Como é que sabe?
— E o que aconteceu então, Hanna? Ele fez de você uma refeição?
— Não — disse Hanna. — Apenas me amarrou. No banco comprido.
— Quantas vezes, Hanna?
— Só uma — disse Hanna.
— E por quanto tempo?
— Um tempo muito longo — disse Hanna.
— Quanto tempo, Hanna? Por quanto tempo ficou ali amarrada daquele jeito?
— Por três anos — disse Hanna."

"— Oh, claro, ele cuidou de mim. Me alimentava. Me banhava. Trazia o urinol para mim.
— Durante três anos?
— Três anos.
— E nunca a desamarrou?
— Nunca me desamarrou.

— Ele batia em você?
— Não — disse Hanna. — Nunca me bateu.
— Ele a estuprava?
— Nem mesmo isso.
— O que ele fazia então?
— Não fazia nada, exceto olhar para mim.
— O que aconteceu em seguida, Hannah?
— Aí eu comecei a dançar — disse Hanna.
— Mesmo estando amarrada?
— Sim — disse Hanna. — Afinal sou uma bailarina. Preciso dançar.
— Sim, claro que sim — eu disse.
— E então dancei — disse Hanna. — Dancei por três anos. Você deveria ter-me visto.
— Você era magnífica, imagino.
— Sim, eu era — disse Hanna. — E a cada dia fico melhor. Muito melhor. Melhor do que a Pavlova. Melhor! Muito melhor! Um triunfo após outro. Os mais famosos coreógrafos trabalharam comigo. Com Hanna Lewisohn! *Prima ballerina* absoluta! Você precisava ter ouvido os bravos e aplausos após cada apresentação! E aquelas luzes brilhantes...
— Sim, Hanna.
— E as labaredas — disse Hanna.
— Que tipo de labaredas, Hanna?
— Berlim estava em chamas. Todas as casas em torno de nós estavam queimando. Menos a nossa.
— Sim, Hanna. E você não podia descer para o porão quando as bombas caíram? É o correto, não é? Como os outros fizeram?
— Sim — disse Hanna. — É o correto. E o fogo...
— Como foi, Hanna?
— Apenas voei dançando para fora da janela. Como uma borboleta. E flutuei para baixo, dançando em meio ao fogo.
— E queimou suas asas?
— Sim — disse Hanna. — Caí morta no chão. Mas então um dia — disse Hanna —, um grande dia...
— O que aconteceu nesse dia, Hanna?
— Um dia ressurgi das cinzas dançando. Você precisava ver!"

Ouviu essa, Itzig? Como ela ressurgiu das cinzas dançando? Ela é maluca, estou lhe dizendo... até eu às vezes falo besteiras... mas é diferente. O que é que você está dizendo, Itzig? Que ela nunca contou realmente essa história?

Que essa conversa entre mim e Hanna Lewisohn nunca aconteceu? Que eu simplesmente a inventei?

Se Itzig Finkelstein fosse maluco... quem falaria esses absurdos então? Eu ou você? Cuidado, Itzig! Não me provoque! Temos que nos dar bem um com o outro! Nós dois! Você e eu!

Então vamos supor... que ela me contou essa história. Vamos supor que eu entendi mal, o que não seria culpa minha, ou não deveria ser. Vamos presumir o seguinte:

O anão corcunda não é um anão corcunda. O anão corcunda é um homem qualquer, um homem absolutamente normal... ou uma mulher... uma mulher, por que não? Ou qualquer pessoa afinal... digamos, alguém que a protegeu até o fim da guerra. Suponhamos que a mansarda fosse um apartamento, um apartamento espaçoso, arejado: até aconchegante. E que o banco comprido não seja um banco comprido, mas um sofá... digamos, um sofá de veludo. E vamos supor: tudo aconteceu de modo diferente. Especialmente a história de ficar amarrada. Na sua fantasia ela bem podia imaginar as paredes do apartamento transformando-se em cordas. E mantendo-a cativa por três anos. Ou então as cordas fossem o homem. Ou a mulher. Ou o anão corcunda, um anão que não era anão. Vamos supor: sua alma queria voar para fora com as pernas da bailarina mas não pôde, porque isso era desaconselhável ou perigoso.

É possível portanto que eu tenha entendido mal. E que ela contou sua história intencionalmente, tal como a entendi, para torná-la mais vívida. Talvez ela pense que eu, um barbeiro, de outro modo não entenderia a verdade... isso é possível, não é?

VI

A cada noite o *Exitus* muda de rota. Ninguém sabe o que Tiresias Pappas tem em mente em relação a nós. Ontem estivemos navegando rumo à costa africana, ao amanhecer viramos e retornamos pela mesma rota. Os olhos do *Exitus* estavam arregalados de puro terror. De tempos em tempos Tiresias Pappas fazia sua deplorável banheira navegar em círculos, como se o navio fosse um dos meus ratos, caçando seu próprio rabo.

Falei com o comandante do Hagahah, David Shapiro, e perguntei-lhe o que estava acontecendo.

— É uma manobra evasiva — disse David Shapiro. — Você não notou que mudamos de rota a cada noite? E a bandeira também. Preste atenção da próxima vez.

Isso foi ontem. Andei pela ponte até onde ficava o mastro e notei que estávamos navegando sob bandeira JAPONESA.

— Anteontem era a bandeira PORTUGUESA. E três dias atrás era a SUECA. E quatro dias atrás, MEXICANA. E cinco dias atrás era a bandeira da UNIÃO SOVIÉTICA — disse David Shapiro com uma risada, quando nos reencontramos no convés. — E então, o que me diz, *Herr* Finkelstein?

— Absolutamente nada — respondi. — E quanto ao nome *Exitus* pintado no navio?

— Isso pode ficar, por enquanto — disse David Shapiro. — Em todo caso, o nome está muito borrado e não pode ser lido com exatidão.

Max Rosenfeld acha que Tiresias Pappas é um charlatão. Ou um homem que gosta de se enganar. Não faz muito tempo, Max Rosenfeld disse:

— O maior desembarque ilegal de todos os tempos! É isso que Tiresias Pappas está dizendo a todos os passageiros. É um absurdo, *Herr* Finkelstein! Se tivermos sorte, passaremos pelo bloqueio sem sermos notados. E se não tivermos sorte, não passaremos.

Às vezes a voz de Tiresias Pappas chega ribombando através do alto-falante:

— Desçam todos os passageiros que estiverem no convés! Só a tripulação pode ficar no convés!

A este aviso sempre começa uma corrida para as escadas que levam para baixo. Uma medida de segurança, nada mais. Necessária somente quando aparece um barco estrangeiro ou quando há pontinhos suspeitos no céu. Ninguém deve saber quem somos!

E ainda assim eu, Max Schulz, o assassino em massa, aliás, Itzig Finkelstein, o judeu, estou convencido de que os ingleses sabem exatamente quem somos. Sabem que estamos para desembarcar ilegalmente. Os ingleses nos esperam pacientemente. Tão logo entremos em águas palestinas, eles nos cercarão com seus navios e aviões. Depois nos internarão, provavelmente em Chipre. Ou teremos que entrar em combate para desembarcar.

Ontem David Shapiro me disse:

— Será como tiro aos pombos! Derrubaremos os ingleses como se fossem pássaros. E também temos coquetéis molotov! Lutaremos! Como lutamos em Varsóvia!

— E desembarcaremos? — perguntei.

— Claro que vamos desembarcar — disse ele.
— E depois?
— Depois os ingleses que se fodam!

Quanto mais nos aproximávamos da costa palestina, mais inquietos todos ficavam. Esta manhã armas foram distribuídas: revólveres, velhos fuzis, molotovs e umas poucos submetralhadoras. A voz do comandante do Haganah veio através do alto-falante:
— Todo aquele que souber usar armas apresente-se a mim!
Claro que ofereci meus serviços imediatamente. E disse para David Shapiro:
— Quantas submetralhadoras seu pessoal obteve?
— Cinco, Sr. Finkelstein.
— Então me dê uma!
— Sabe usar uma arma dessas, Sr. Finkelstein?
— Claro.
— Onde aprendeu?
— Com os *partisans*.
Recebi minha submetralhadora. E alguns coquetéis molotov. Estou excitadíssimo. Uma pena que eu não esteja mantendo um diário agora. Senão, teria feito a seguinte anotação:
"Eu, o exterminador Max Schulz, sou a partir de hoje um combatente pela liberdade do povo judeu."

Corto o cabelo das pessoas com a submetralhadora a tiracolo. E mantenho alguns coquetéis molotov debaixo da improvisada cadeira de barbeiro. Como antes, fico cercado de mulheres e crianças tagarelando enquanto trabalho, e vez por outra aparecem alguns homens sem nada melhor para fazer, mas ninguém mais fica soltando piadinhas. Sou respeitado. Hanna Lewisohn ficou empolgada desde que me tornei um soldado. E não só à noite. Durante o dia também. Ela nunca sai do meu lado e me beija a cada oportunidade.

Afora isso, não acontece muita coisa no *Exitus*. Ninguém sabe se Tiresias Pappas pretende tocar a costa palestina hoje ou amanhã à noite ou se pensa em protelar ainda mais o desembarque. Talvez esta noite estejamos navegando na direção da África, ou apenas navegando em círculos ou ziguezagueando.

O tempo continua bom. Uma chuvarada breve até que não faria mal para o *Exitus*. Deus poderia ter decidido dar uma lavada na deplorável carcaça antes do desembarque. E com este sol a nave logo se enxugaria. Mas evidentemente, Ele não pode fazê-lo, já que durante o verão não chove neste canto de mar. Questão de clima.

O tempo está bom e o céu azul. As pessoas no convés tagarelam nervosamente, e os bebês mijam da amurada com toda tranquilidade, sem choro ou lamento, como se cientes da natureza devocional do momento. Porque cada um aqui sente isso na carne: a Terra Prometida está próxima!

Estranho. Toda vez que o rabino olha para mim tenho a impressão, eu, Max Schulz, o exterminador, de que existem dúvidas em seus olhos, como se perguntassem se deveriam me abençoar, ou não. Que conclusão devo extrair disso?

Evito seu olhar. Por outro lado, reúno-me frequentemente com o juiz Wolfgang Richter, e não apenas ao alvorecer, quando faço sua barba. Não é fácil me livrar dele, e seu interesse por Max Schulz cresce a cada dia. Ele me pede que lhe conte todas as fofocas, me faz perguntas. E sempre me assegura:

— *Herr* Finkelstein! O caso me interessa! É claro que o sujeito caiu na clandestinidade. Mas ele tem que estar em algum lugar, não é? Ou não está? Aposto que cedo ou tarde descobrirei seu esconderijo. Quer apostar?

— Muito bem — eu disse. — Vamos fazer uma aposta.

— Que tal uma garrafa de champanhe, *Herr* Finkelstein?

— Aceito — eu disse. — Uma garrafa de champanhe!

Conseguimos! Pelo amor de Deus, Itzig, abra seus olhos de morto! Esta noite desembarcamos!

Primeiro falou Tiresias Pappas. Muito brevemente. Disse apenas:

— Esta noite desembarcamos!

Depois foi a vez de David Shapiro. Ele falou mais demoradamente. Disse que íamos desembarcar porque era nosso direito histórico: desembarcar na pátria de nossos ancestrais.

— E o desembarque não é ilegal! Ele é legal! — A voz no alto-falante parecia gritar aos céus. — Quem é ilegal na Palestina? Os ingleses! E quem permaneceu lá dois mil anos como hóspedes, enquanto nos ausentamos? Todos os tipos de gentios! E os árabes também! E a quem a terra pertence por direito? E quem a concedeu a nós? TU!

Caro Itzig. Não consigo lembrar exatamente o que mais disse David Shapiro. Só recordo uma palavra em especial: uma única palavra. David Shapiro disse: "Ressurreição".

O que quis dizer com isso? Estamos realmente próximos de uma ressurreição? E qual ressurreição? A ressurreição dos mortos? Ou a ressurreição do povo judeu? E poderia ser talvez que os mortos não ressuscitem? Que só o povo ressuscite? E somos nós o povo? E, com o povo, toda a sua história? E com sua história... os mortos até sua última geração?

Não sei, caro Itzig. Só sei que as pessoas no *Exitus* perderam a cabeça com a palavra ressurreição. Alguém gritou:
— Nosso navio não deve mais chamar-se *Exitus*. Tem que se chamar *Ressurreição*!
E outro gritou:
— Teremos de trocar o nome!
E a multidão bradou:
— E a bandeira! Abaixo a falsa bandeira!
Tiresias Pappas gritou:
— Não! Não!

Ninguém deu atenção aos "não" do grego Tiresias Pappas. À noite, antes do desembarque, o navio foi rebatizado, tendo sido raspado o nome *Exitus*. Agora chama-se *Ressurreição*! A palavra enche nossos olhos, para onde quer que olhemos... em cada língua... o navio todo está pintado com ela... para que o céu possa vê-la também... e talvez também... o mundo inteiro... e no mastro, caro Itzig... tremula agora a bandeira azul e branca ostentando a Estrela de Davi.

Foi esse o nosso último dia no exílio. Ou melhor: a nossa última noite.

Pode me ver... Itzig Finkelstein? Estou de pé junto à amurada, minha submetralhadora a tiracolo.

LIVRO CINCO

I

De pé junto à amurada, verifiquei minha arma, pendurei-a de novo a tiracolo e olhei para o mar. Vi o mar que bebia o sol, vi como a última luz foi agarrada pelas ondas, intuí os gritos mudos dos peixes, vi esguichos de luz do sol sacudidos por jatos saltitantes de espuma, e pensei: agora nosso momento chegou! Fechei os olhos, mantive-os fechados por um longo tempo, depois pisquei, abri os olhos, os olhos de sapo — os meus, não os seus — e notei que a noite havia emergido do mar.

Junto a mim, no lusco-fusco do crepúsculo, estava David Shapiro. Perguntei:

— Já chegamos?
— Ainda não — disse David Shapiro.

Ele tossiu levemente.

— Às três da manhã — disse David Shapiro. — Às três o *Ressurreição* irá...
— O quê?
— ... alcançar a costa palestina.
— Às três?
— Às três.

Assenti e olhei para o céu.

— Espero que Ele esconda a lua quando chegarmos lá — disse David Shapiro, como se estivesse lendo meus pensamentos.

Perguntei:
— Quem? Tiresias Pappas?
— Não — disse David Shapiro. — ele não.

Os ingleses não viram o navio.

Às três da manhã Tiresias Pappas conduziu nosso *Ressurreição* através do invisível limite de três milhas. Mantivemos nossas armas prontas para combater o inimigo, que estava de atalaia em algum lugar na escuridão. Pouco antes do alvorecer os barcos de pesca usados pelo Haganah nos alcançaram. Fomos transferidos para eles, como negros besouros na noite, descendo pelas escadas de corda do *Ressurreição*, armas e bagagens às costas.

Deixamos a noite para trás. À medida que pisavam a terra, o novo dia estendia seus braços para nós. Mas muito cuidadosamente. Como um homem despertando do sono que não ousa abrir os olhos. A praia ainda estava às escuras.

Todos tiraram os sapatos e mal desceram dos barcos começaram a chorar, caminharam na água rasa, caminharam tropeçando e chorando... caminharam os últimos poucos metros descalços... tropeçando e chorando... tinham os pés molhados... e subitamente começaram a correr. E então pisaram em solo seco. Lá eles caíram de joelhos e agradeceram ao Senhor, em quem subitamente, naquele momento, acreditavam de novo. E beijaram a terra santa.

Uma praia escura, muito embora já fosse dia claro. Por toda a minha volta, homens de joelhos procedendo como se não houvesse nada mais importante no mundo do que beijar a areia.

Você pode provavelmente imaginar que eu, o exterminador Max Schulz, sentia-me um tanto confuso. O que eu deveria fazer? Beijar o solo sagrado? Ou não beijá-lo? Chorar ou não chorar? Agradecer ou não ao Senhor?

E então também caí de joelhos, a fim de não chamar muita atenção, beijei a terra santa, chorei e agradeci ao Senhor.

Já é dia claro. E ainda assim a praia está escura. O sol está ganhando tempo. O sol deseja nos proteger até que estejamos em segurança.

Um comboio de caminhões aguarda à beira da estrada. Por todos os lados soldados armados do Haganah, homens e mulheres jovens em uniformes cáqui. Sombras em alerta na escuridão.

Eu, o exterminador Max Schulz, beijei o solo. Minha boca está cheia de areia. Levanto-me, cuspo a areia, percebo Hanna Lewisohn de pé junto a mim, também cuspindo areia. De súbito, ela se volta, me enlaça o pescoço com os braços e diz:

— Itzig... agora estamos em casa de novo!

Hanna ainda está chorando. Choro também. Mais uma vez. Por fim, Hanna diz:

— Itzig, chega! Não chore mais!

Eu digo:

— Sim, Hanna. Já choramos o bastante. É a última vez.

Hanna concorda. Vejo o movimento, no escuro. Uma sombra que move a cabeça. Uma sombra que faz um gesto de assentimento. Hanna diz:

— Os soldados do Haganah cercaram a praia.

— Sim, Hanna — digo. — Se os ingleses chegarem, teremos que combater.

E olho ao meu redor mas só vejo sombras. Penso: As sombras são de cor cáqui. Com submetralhadoras. Soldados judeus armados.

Não sei quanto tempo tudo levou: a chegada, o abraço ao solo, a prece, o despertar, a jubilosa corrida através da praia sagrada até a estrada, o cerco aos caminhões. Sei apenas que Hanna e eu alcançamos o comboio de caminhões, que mãos prestimosas nos ajudaram a subir, que Hanna ficou junto a mim quando o motor deu partida, que de repente a aurora começou a romper a paisagem, que o deserto revelou seus contornos, que o sol começou a espiar por detrás das dunas, e que o céu se abriu.

Havíamos perdido um bocado de tempo. Estivemos esperando por este momento por quase dois mil anos. Agora tínhamos que nos pôr em marcha antes que os ingleses aparecessem.

Partimos. Só a retaguarda do Haganah permaneceu na praia, a fim de dar cobertura à nossa retirada.

Ou, melhor dizendo: cobrir o nosso avanço.

II

Pastores árabes haviam observado nosso desembarque e naturalmente avisaram os ingleses. Mas só depois, ao final da tarde, *Baruch Hashem* — que significa: bendito seja teu nome —, não antes do final da tarde, depois que nós, imigrantes legais ou ilegais, tínhamos há muito desaparecido de vista ou encontrado um esconderijo entre as dunas do deserto. É verdade que os ingleses entraram em ação — raivosamente porque tinham dormido no ponto — e desfecharam uns poucos golpes com a mão frágil do império decadente... mas era tarde demais.

Você pode bem imaginar que a imprensa soube de tudo com a maior rapidez, e de fato os detalhes da aventurosa jornada do navio fantasma tornaram-se conhecidos depois que alguns tripulantes de Tiresias Pappas — de licença em portos gregos na viagem de volta — deixaram escapar nosso segredo sob o efeito de bebedeiras.

A imprensa mundial gritou a notícia de nosso desembarque em letras garrafais. Recortei alguns artigos, fiz umas poucas correções com rápidos golpes de caneta e, é claro, guardei-os. Essas manchetes lhe interessam, caro Itzig?

Manchetes:

................*RESSURREIÇÃO* APORTA NA PALESTINA! .... EM 14 DE JUNHO DE 1947, 1.600 IMIGRANTES ILEGAIS ROMPEM BLOQUEIO INGLÊS!....... INGLESES CHEGAM TARDE DEMAIS! .... IMIGRANTES ILEGAIS ESCAPAM EM CAMINHÕES!......... CORRIDA SELVAGEM ATRAVÉS DO DESERTO!................. UNIDADES DO EXÉRCITO CLANDESTINO JUDEU COBREM SUA RETIRADA!................ CAMINHÕES

TRANSPORTANDO IMIGRANTES ILEGAIS DESAPARECEM AO ALVORECER SEM DEIXAR RASTROS!.......... INGLESES VASCULHAM A TERRA SANTA À PROCURA DE IMIGRANTES ILEGAIS!
Outras manchetes:
IMIGRANTES ILEGAIS CONSEGUEM
DOCUMENTOS FALSOS DO GOVERNO
FANTASMA JUDEU!
DOCUMENTOS FALSIFICADOS TORNAM-SE DOCUMENTOS LEGAIS!

Mais manchetes:
PRISÕES EM MASSA EM HAIFA, TEL AVIV E JERUSALÉM!
PRISÕES EM MASSA EM TODAS AS PRINCIPAIS CIDADES!
PRISÕES EM MASSA NÃO LEVAM A NADA!
IMIGRANTES ILEGAIS NÃO SE ESCONDEM EM CIDADES, MAS EM ASSENTAMENTOS COMUNITÁRIOS JUDEUS!

E tem mais ainda! Mais manchetes!
NUMA ENTREVISTA COM O ESPECIALISTA EM ASSUNTOS PALESTINOS, SIR EDWARD HUNTER, O AUTOR DESSAS LINHAS DESCOBRIU QUE OS JUDEUS DA TERRA SANTA, ESPECIALMENTE AQUELES NOS ASSENTAMENTOS COMUNITÁRIOS, SÃO DE TEMPOS EM TEMPOS CEGOS E SURDOS. NENHUM DELES ADMITIRÁ TER VISTO OU OUVIDO ALGUMA COISA!

Os judeus trouxeram Itzig Finkelstein de volta à terra de seus ancestrais. Sua chegada, após um exílio de dois mil anos, foi um momento histórico. Por esta razão, portanto, os combatentes judeus da liberdade protegeram a praia sagrada: a fim de dar cobertura a Itzig Finkelstein, o exilado de volta, para garantir sua integridade na Terra Santa... para que Itzig Finkelstein não caísse de modo algum nas mãos dos ingleses, pois seria deportado... de volta ao exílio.

Os caminhões separaram-se e afastaram-se em direções opostas. Aquele que transportava Itzig Finkelstein correu por três horas em velocidade vertiginosa através de um deserto de areia e pedra que Itzig Finkelstein até então só havia visto em cartões postais.

Itzig Finkelstein passava mal do estômago. Sentia ânsias de vômito. E por quê? Porque o caminhão passava por cima de todos os tipos de lombadas ou porque Itzig estava passando por uma transformação.

Itzig Finkelstein sofrera transformações com muita frequência. Do inocente bebê que uma vez levara o nome de Max Schulz tinha crescido um pequeno caçador de ratos, e do caçador de ratos evoluíra um jovem culto, e do jovem culto surgira um barbeiro. E do barbeiro brotara um homem das SS, e do homem das SS um assassino em massa. E do assassino em massa um contrabandista judeu peso médio do mercado negro. E daí passara para Itzig Finkelstein, o pioneiro, o exilado de volta, um combatente da liberdade.

Sim, droga, eu sentia ânsias de vômito, me sentia mal. Eram transformações demais... todos os pequenos e grandes Max Schulz e Itzig Finkelstein remoíam em minhas entranhas, nasciam, transformavam-se subiam degraus e caíam, cresciam e morriam.

O caminhão corria aos solavancos através do deserto. Eu estava ali amontoado entre outros imigrantes ilegais, fitando o sol da manhã, fitando o brilhante céu azul e a paisagem de livro ilustrado. Corríamos em meio a uma nuvem de poeira sagrada, distantes da rodovia principal... a rodovia principal que ainda pertencia aos ingleses. De vez em quando passávamos por imundas aldeias árabes. Passamos também por alguns acampamentos de beduínos, porém mal os notei, entrevendo-os apenas através do véu que me enevoava os olhos. Imagens subliminares, formadas na poeira pelo novo sol, surgiam adiante: figuras mumificadas, tendas de pelo de camelo e cabra, cães sarnentos que, ao passarmos, brotavam dos *wadis* — leitos de rio secos — latindo para nós, camelos e jumentos que mal nos lançavam olhares indiferentes, rebanhos de ovelhas cinzas e sujas e estranhos cabritos pretos.

Adentramos o interior, longe da costa de Gaza, tomando as rotas de caravanas no deserto, depois rumamos para o norte e finalmente descrevemos um amplo arco e seguimos de volta para o litoral.

Sim, assim foi. Por volta das sete da manhã alcançamos o primeiro assentamento judeu: campos no meio do deserto! Plantações! Bananais e laranjais! Casinhas reluzentes com tetos planos, rodeadas de árvores e canteiros de flores! Canais de irrigação! Aspersores espalhavam seus borrifos debaixo do sol amarelo! E eu disse para mim mesmo: Max Schulz, é um milagre! Os judeus conquistaram não somente a nós, eles conquistaram também o deserto!

Na mesma velocidade prosseguimos através do deserto transformado, alegres pela visão dos campos coloridos, os olhos parecendo querer saltar das órbitas pelo estupor. Hanna Lewisohn, que estava de pé um pouco à frente no caminhão, abriu caminho até mim, pôs o braço em meu ombro e disse:

— Itzig Finkelstein! Seus olhos de sapo estão maiores e mais redondos agora!

Tentei rir e disse:

— Porque o deserto foi transformado!

— Veja — disse Hanna. — Lavradores judeus! Lá! No campo! Eles estão acenando!

Hanna acenou de volta. Fiz o mesmo. E os outros. Todos nós acenamos!

Chegamos a uma estrada de fazenda. Por toda parte havia sentinelas do Haganah, que nos sinalizaram que o caminho estava livre. Nada de bloqueios ingleses na estrada. Por algum tempo seguimos ao longo da rodovia Tel Aviv—Haifa. Na encruzilhada Haifa—Natania tomamos a bifurcação direita, seguimos ao longo de uma fileira de eucaliptos, chegamos a uma estrada de fazenda, vimos de novo plantações de banana e laranja, seguimos através delas, o caminhão sacolejando de puro prazer, primeiro saltando lentamente, depois mais rápido, e por fim parando por completo. Tínhamos chegado ao *kibbutz* Pardess Gideon.

Imediatamente após sua chegada ao *kibbutz* Pardess Gideon, Max Schulz recebeu roupas novas: um uniforme cáqui, um par de sapatos marrons rústicos, um pequeno e redondo chapéu cáqui para proteger a cabeça do sol inclemente — medida preventiva para seu cérebro avariado. Além disso, Max Schulz, aliás Itzig Finkelstein, ganhou cuecas novas, cigarros, um lugar para dormir e, claro, documentos novos.

Não, eu não tinha medo. Nem dos judeus nem dos ingleses. Para os judeus eu era um deles, retornado do exílio. Para os ingleses eu era um homem com documentos em ordem. E intocável, um cidadão do protetorado britânico da Palestina.

Nome: Itzig Finkelstein. Profissão: barbeiro.

III

Já estou no *kibbutz* Pardess Gideon por alguns dias agora. Já aprendi umas poucas palavras em hebraico. Nossa saudação, *Shalom!*, que significa "Paz!" E outras palavras: *Kibbutz*... significando "ASSENTAMENTO COMUNITÁRIO" ou "ALDEIA COLETIVA". O plural desta palavra é *kibbutzim*. *Chaver*, que significa "COMPANHEIRO" ou "AMIGO", uma palavra que eu já tinha aprendido a bordo do navio. O plural desta palavra é *chaverim*.

TOMEI NOTA MENTAL DESSAS PALAVRAS: *Shalom. Kibbutz. Kibbutzim. Chaver. Chaverim.* Os membros de um *kibbutz* são chamados de *kibbutzniks*, e cada *kibbutznik* é ao mesmo tempo um *chaver*. É muito complicado para você?

Um *kibbutz* é um assentamento comunitário sem um salão para cavalheiros. Pelo menos este é o caso aqui no Pardess Gideon. Não há o menor sinal

de uma barbearia. Em parte alguma. Logo perguntei a mim mesmo: onde é que os colonos cortam o cabelo? Onde? E quando? E com quem?
Em breve descobri: uma vez ou outra. Só quando é necessário. E geralmente... atrás dos chuveiros... com tempo bom... ao sol... e com Nathan Herzberg, o serralheiro, um homem esperto, que sabe fazer todo tipo de coisas... inclusive cortar cabelo.
Um *kibbutz* não é o lugar para um barbeiro de verdade!
O *kibbutz* Pardess Gideon: um pequeno paraíso, um oásis no deserto.
Hanna gosta daqui. Sente-se feliz. Ela está trabalhando no galinheiro e eu no estábulo das vacas. Encontramo-nos somente em nosso tempo livre. E o que fazemos então? Todo tipo de coisas. Principalmente damos caminhadas. Sim. Só isso.
Quando saímos para caminhar, Hanna e eu damos as mãos. Ela gostaria de dar pequenas escapadas, não muito longe, só aqui por perto, esvoaçar aqui e ali, mas não permito. Eu a mantenho na rédea curta. Passeamos ao longo dos pés de banana e laranja, claudicamos sobre os campos de batata com nossos sapatos rústicos. Aqui há pradarias também, mas pradarias de verdade. Só não tem um salão de barbeiro.
As casas são pequenas. Mas a maior entre as pequenas é aquela a que serve de refeitório comunal. Em hebraico chama-se *Chadar Ochel*. É onde ocorrem comícios e também reuniões sociais, por exemplo o *Oneg Shabbat*, uma espécie de festival do *shabbat* com canções e danças folclóricas. Você devia tomar nota: *Chadar Ochel*, o refeitório de um assentamento comunitário, de uma aldeia coletiva ou de um *kibbutz* e que serve para os mais diversos tipos de reuniões.
Lembro muito bem da tina de banho no porão de *Frau* Holle. Ela a pedia emprestado à mãe de Willy Holzhammer, para que eu, Max Schulz, o exterminador, pudesse tomar banho pelado. Aqui não existem tinas de banho para adultos. Em vez disso há um chuveiro! Ou melhor, um banheiro com um monte de chuveiros. E água quente — e não gás — esguicha dos chuveiros... quando se gira a torneira, naturalmente.
Há até uma biblioteca aqui! Uma biblioteca com muitos livros instrutivos! Esses judeus são agricultores estranhos. Agricultores que leem livros, falam sobre livros e têm discussões filosóficas. Acredito que cada um deles foi alguma outra coisa no passado.
Eles ganham muito dinheiro aqui no Pardess Gideon? Eles não ganham absolutamente nada. Cada um faz o que pode e recebe o necessário para viver. É assim que funciona. O indivíduo não ganha nenhum dinheiro. Somente a comunidade. E a comunidade constrói novas casas, compra novas terras a fim de criar espaço vital para aqueles que ainda vão chegar.

Aposto que você está pensando que ninguém é tão idiota a ponto de trabalhar de graça, especialmente judeus. Terei eu cometido algum equívoco? Eles não são judeus? Mas eles são. São, e como!

Deverei descrever como é viver num *kibbutz*? O que acontece num dia normal de trabalho? Do início ao fim? A partir do primeiro toque do sino no *Chadar Ochel* até o último? Uma refeição comunal? A equipe de trabalho? Como são os quartos nas casinhas de teto baixo? Como é a vida em tendas? E por que ainda existem tendas, já que existem também casas? Se há problemas de espaço? Você quer saber se as camas são grandes ou pequenas? Confortáveis ou desconfortáveis? E se dormimos aqui com ou sem travesseiros? Em colchões duros ou macios? Como é o cheiro do solo? E o céu? E o sol? O céu e o sol têm cheiro? Se eles são diferentes aqui? Você quer saber o que distingue a noite do dia aqui? Se é apenas luz e escuridão? Você quer saber se temos telas nas janelas? Ou mosquiteiros? Quer saber como parece a lua vista através da janela ou da fissura na tenda? E como é o uivo de um chacal? Ou de muitos chacais? Se o deserto atrás da plantação sussurra à noite? Ou ele é silencioso? Você quer saber tais coisas?

Se eu fosse descrever em detalhes o que é um *kibbutz* e a vida que se leva nele teria que escrever vários volumes. Mas eu, Itzig Finkelstein, aliás, o exterminador Max Schulz, não tenho tempo para isso. Pois não estou escrevendo um livro documental sobre a Palestina e sobre o *kibbutz*. Entende? Esse tipo de coisa me aborrece. Vá para o inferno! Ou vá perguntar a Deus. Consulte a biblioteca Dele. Peça um livro documental. Olhe no catálogo. Sob a letra 'P', para Palestina. Ou 'K', para *kibbutz*.

Não me sinto bem. Eu diria ainda que, como um barbeiro de classe obrigado a trabalhar no estábulo das vacas, me sinto realmente mal.

Resumindo: cheguei aqui em 14 de junho. No *kibbutz* Pardess Gideon. E naturalmente precisava de um repouso. Pode imaginar isso? Depois de uma viagem tão exaustiva no navio fantasma! Então o que fizeram? Puseram-me imediatamente para trabalhar no estábulo de vacas!

IV

Trabalhei lá por uma semana inteira. Arrancaram-me o couro! Então pensei: Itzig Finkelstein, aliás Max Schulz, isto não é lugar para um barbeiro de verdade. E além do mais você precisa descansar. É melhor sair numa espécie de viagem. Não fará mal algum. E ainda lhe restam alguns dólares do mercado negro.

Deixei as malas para trás. Por algum tempo. Viajei sem bagagem. Mas com meus documentos novos.

O serralheiro Nathan Herzberg, meu rival, que de tempos em tempos brincava de ser barbeiro, levou-me na carroça de burro até o ponto de ônibus mais próximo. Além de tudo, ele ainda era cocheiro!

— Pegou a febre de viagem, *chaver* Itzig?

— Sim, *chaver* Nathan.

— Posso entender — disse *chaver* Nathan. — Vá e dê uma boa olhada no seu país.

— Sim.

— Faz dois mil anos que não o vê.

— É verdade — eu disse. — Estou curioso.

O ponto de ônibus mais próximo ficava a cinco quilômetros do *kibbutz*. Percorremos a distância sem pressa, através das plantações e do deserto. E conversamos.

— É sempre assim — disse *chaver* Nathan. — Os recém-chegados trabalham alguns dias como teste. Nós lhes damos roupas e novos documentos. E então cada qual segue o seu caminho. Muitos preferem viver na cidade, uns poucos vão para outro *kibbutz*, alguns ficam aqui.

— Eu gostaria muito de permanecer com vocês, *chaver* Nathan — eu disse. — Mas sou um barbeiro. E preferiria trabalhar na minha própria profissão.

— Ora, vamos — disse *chaver* Nathan. — Você poderia cortar cabelos também aqui. Poderia me ajudar. Porém não necessitamos de um barbeiro fixo.

— Mas a profissão de barbeiro não é uma que se possa exercer no tempo livre, *chaver* Nathan. É uma coisa que absolutamente não posso aceitar.

— Ah, bem — disse *chaver* Nathan. — Se pensa assim, permita que lhe diga: trabalho é trabalho. Se não há cabelos para cortar, há sempre o que fazer no estábulo ou nos campos. Ou no laranjal e no bananal, ou na cozinha, ou em qualquer outro lugar. Aqui há sempre trabalho a fazer.

Eis como foi. Nós conversamos. Fumamos. Suamos. O burro fedia. Dois homens numa desengonçada carroça puxada por um burro, uma carroça com pneus de automóvel por causa da areia. Dois homens em uniforme cáqui sentados num assento de madeira sem estofamento, um deles com 40 anos de idade, chamado Itzig Finkelstein, o outro com mais de 60, um homem cuja face coriácea estava sulcada pelo tempo, de cabelo branco e o corpo parecido com um galho seco.

— Quando cheguei aqui, 45 anos atrás — disse Nathan Herzberg —, só havia areia, pedras e lodo. Retiramos as pedras e a areia. E secamos o pântano. Aquilo é que foi realmente um trabalho pesado. E os malditos mosquitos! Não tinha a menor graça.

— Posso imaginar — falei.
— Éramos trinta homens e nove mulheres. Foi assim que começou. Depois chegaram outros. Hoje somos quase quatrocentos. Ainda é um *kibbutz* pequeno. Contudo...
— Sim, *chaver* Nathan — eu disse.
— Os primeiros vieram da Rússia. Hoje há judeus de todos os países. E há judeus alemães, como você. É realmente um judeu alemão, *chaver* Itzig?
— Meus pais vieram da Galícia.
— Então você é da Galícia. Um *galitzianer* — disse Nathan. — Foi o que pensei. E tem algum dinheiro?
— Dólares do mercado negro — eu disse.
— Dólares do mercado negro — disse *chaver* Nathan. — Então você é um daqueles. Terá que mudar seu comportamento aqui, *chaver* Itzig!
Não. Não houve dificuldades. O motorista do ônibus Haifa—Tel Aviv não quis aceitar os dólares do mercado negro, mas deixou-me viajar quando lhe sussurrei que havia desembarcado fazia muito pouco tempo. E os ingleses? Eles não criaram quaisquer dificuldades. De tempos em tempos deparávamos com bloqueios na estrada. Malditos *tommies*! Paravam todo ônibus judeu. Mas não tive dificuldades. Nenhuma. Meus documentos estavam em ordem e minhas roupas não chamavam atenção. Eu era apenas Itzig Finkelstein, um homem viajando com documentos em ordem, um homem com calças, camisas e chapéu cáqui, um homem com sapatos rústicos, um *kibbutznik*.

V

Quando marchávamos na Rússia o país parecia sem fim: a terra arqueava-se até o infinito sob o céu silencioso, comia a sola de nossas botas e ria de nossos pés estropiados. Mas aqui tudo é estreito e limitado.

Estive viajando por aqui por alguns dias, andando em círculos. Estava curioso. Acredito que qualquer um seja curioso quando chega aqui pela primeira vez, especialmente um judeu e muito especialmente um velho nazista como eu. E quando um homem vem a ser as duas coisas, como eu, então dois olhos não são o bastante.

Meus olhos de sapo fotografaram todos os tipos de coisas, e transmitiram as imagens ao meu cérebro avariado para que ficassem registradas na memória do judeu Itzig Finkelstein ou do exterminador Max Schulz.

As aldeias e cidades estavam entulhadas de sujeira, e a miséria que presenciei quase me fez sentir pena, logo eu, o exterminador.

Estava em uma aldeia árabe sem nome e lá vi um garoto parado na sarjeta. Sob o sol abrasador! Com os olhos meios cegos exalando pus! Moscas negras pousavam nos seus olhos, zumbindo.

Fechei meus olhos, horrorizado. Quando os reabri vi outras crianças, meninos e meninas... e até adultos... muitos deles ainda jovens, outros nem tanto, e até idosos. De pé onde o garotinho havia estado. Com os mesmos olhos. E as mesmas moscas pousando neles.

Depois vi um café, numa rua lateral. Alguma coisa se agitou em minha cabeça... um martelo golpeava minhas têmporas: um café! E um rádio que berrava! O sol quente! E o fedor! E uma aldeia sem nome! E casas de argila. E casas encravadas na rocha. E areia. Montes de areia. Areia do deserto. E solo moribundo. E burrinhos famintos zurrando. E cabritos famintos balindo. E pele e ossos. E sol. E areia. Senti-me mal do estômago. O que você me diz?

Nunca vi olhos doentes nas aldeias judias. Nem moscas negras zumbindo e pousando nos olhos. E durante o dia nunca ouvi rádio a todo volume. E jamais vi homens, num café, contemplando tranquilamente as moscas. Nas aldeias judias que eu tinha visto... eu, o assassino em massa Max Schulz... tudo que se nutre de imundície ou suga o sangue ou zumbe... foi causado pela última batalha perdida, a batalha contra o judaísmo. Nas aldeias judias o pântano foi violentado e grita por socorro da maneira como um bebê grita por socorro quando sua mãe está trocando as fraldas molhadas... os gritos do pântano têm o som dos gritos de um bebê, pois os judeus o estão enxugando. O atraso está sendo combatido. E os camponeses judeus estão trabalhando impiedosamente com suas picaretas e enxadas, abrindo o ventre da terra moribunda para dar-lhe nova vida.

E nas cidades... nas cidades... não vi mendigos... eles haviam fugido. Presumo: fugiram dos sindicatos. Asfalto cobriu as estradas de terra e escolas, fábricas e hospitais convivem em paz com conjuntos residenciais e avenidas arborizadas e parques para dominarem juntos, por um estranho pacto, o horizonte da cidade.

VI

Às primeiras horas da manhã de 14 de junho, na praia, havia 1.600 de nós, invasores ilegais. Não sei onde eles estão. Uns poucos vieram para Pardess Gideon. Eu também. E Hanna.

Hanna continua trabalhando no galinheiro. Hanna adora tudo que tem asas. Voltei ao Pardess Gideon para buscar minhas malas. Tendo chegado no final da tarde, não tive alternativa senão passar a noite no *kibbutz*. Dormi na tenda de Hanna. A bem da verdade, não gosto realmente de dormir com Hanna. É magra demais para meu gosto. Prefiro mulheres gordas. Tão gordas quanto minha mãe. Você devia ter visto *ela*! Aquilo sim era mulher!

Estava escuro na tenda. Não podia ver Hanna, somente podia sentir a pressão de seu corpo magro. Dormimos num leito de campanha. Estreito demais... estreito demais para vítima e executor. Mas isso... não parecia perturbar Hanna.

— Você não viu nada, Itzig Finkelstein. Esteve viajando por aí por quatro dias... e não viu absolutamente nada.

Hanna ri tranquilamente na escuridão. Na minha opinião, está querendo apenas me provocar. Quer coagir-me a falar. Mas eu não quero.

— Vi muita coisa, Hanna. Mas tenho que pensar a respeito primeiro.
— Você viu Jerusalém?
— Vi.
— E o Muro das Lamentações?
— Também. Até rezei minhas preces lá.
— Você crê em Deus?
— Às vezes sim, às vezes não, Hanna. O mesmo se dá com muitas pessoas. Não O levo muito a sério.
— Então por que rezou suas preces no Muro das Lamentações?
— Tradição, Hanna.
— Tradição?
— Sim, Hanna. Tradição.
— E o que fez lá... no Muro das Lamentações?
— Chorei, Hanna.
— Por que, Itzig?
— Tradição, Hanna. Tradição.

— Pense um pouco, Hanna. Outros judeus antes de mim rezaram e choraram lá. Durante séculos ou mais. Eu me lembro, Hanna... quando ainda era um garoto... eu ficava de pé junto a meu pai na pequena sinagoga da Schillerstrasse. Ele rezava. Nossos olhos voltados para o leste. Pensávamos em Jerusalém e nas ruínas do Grande Templo... no Muro das Lamentações, que simboliza tudo para nós... tudo, Hanna... nosso passado singular... liberdade... exílio... agonia... a morte aparente... e a vontade de renascer.

— Você fala bem, Itzig Finkelstein. Conte-me agora sobre Jerusalém.
— Há duas cidades lá. A nova e a velha Jerusalém.
— Como elas são?

— Não sei descrever, Hanna. A cidade nova parece bem diferente da cidade velha. Mas a cidade nova vive à custa da cidade velha.
— Chegou a ver a Igreja do Santo Sepulcro?
— Claro que vi.
— E a Mesquita de Omar?
— Também.
— E o Jardim do Getsêmane?
— Também.
— E a Via Crucis?
— Sim, Hanna.
— E o que fez em Jerusalém?
— Circulei, Hanna. E tirei fotografias.
— Com quê?
— Com meus olhos de sapo.

Pode nos ver? Pode ouvir Hanna rindo? Acendo um cigarro para mim. Hanna diz:
— Não vá pôr fogo na cama. E na tenda.

Deito fumando.
— E você viu Mea Sharim... onde vivem os judeus ortodoxos? E é verdade que os judeus que vivem lá usam "caftans" e chapéus de pele e têm barbas compridas, como costumavam ter no gueto?
— Sim, Hanna. É verdade. Eles ainda vivem como se estivessem no gueto. Em Mea Sharim. E ainda trabalham duro nas suas pregações. É um mundo diferente, Hanna. Estão ali, em meio ao mundo dos pioneiros, de pé como um monumento, Hanna, para evitar que esqueçamos Deus.

Continuo fumando. Espio pela fissura da tenda e vejo uma única estrela. Ela permanece nos céus acima de Jerusalém.
— Esteve no Mar Morto, Itzig?
— Sim. Estive.
— E como é que é lá?
— Quente, Hanna. É muito quente.
— E o que você fez?
— Fui nadar, Hanna. E engoli água salgada. Ninguém pode se afogar lá. Nem mesmo um assassino em massa.
— Pare de falar besteira! Você tem mesmo um parafuso frouxo. E aí: você viu o rio Jordão? E o rio Jarkon? E esteve no Mar Vermelho?
— Sim, Hanna. Mas me deixe em paz.
— Esteve no Neguev?
— Claro que estive no Neguev.
— E como parece o Neguev?

— Parece uma paisagem lunar, Hanna.

Eu não queria continuar falando, mas fui em frente. Falei de Cafarnaum, e sobre Belém e Nazaré e nos caminhos de Cristo, que se julgava um Deus. Falei do Jordão e das peregrinações de João Batista. Deixei meus pensamentos vaguearem e falei de Cesareia e das estátuas romanas cagadas pelos pássaros de verão, tal como no monumento do *Führer* na Adolf Hitler Platz, em Warthenau. Falei-lhe dos pântanos drenados, da terra vermelha e preta, do céu e do sol, da areia amarela do deserto e das rochas brancas de calcário, das aldeias judias e dos *kibutzim* mais para o interior, todos iguais ao Pardess Gideon e ainda assim diferentes.

Você pode ver Hanna? E pode me ver? Está escuro na tenda. Hanna tem olhos de criança. É um pouco estrábica. Uma vez foi amarrada. Por três anos. Num banco. E um dia ela escapou voando. De repente podia voar.

— Deve ser lindo, Itzig. Lá no topo do Monte Carmelo.

— Sim, Hanna. E também há bosques lá. E gnomos vivem nos bosques. Tal como na Alemanha. E mesmo assim os bosques lá são diferentes. Até os gnomos são diferentes.

— E a baía?

— Fica bem abaixo. E se você estiver no cume do monte... e olhar abaixo para a baía... lhe vem o desejo de voar. Como as borboletas.

— Como as borboletas?

— Sim, Hanna. Exatamente como as borboletas.

— Devo tentar isso algum dia.

Assenti num gesto de cabeça e disse:

— Sim, Hanna. Você pode voar. Pode planar sobre a baía. A única coisa com que deve tomar cuidado é com a esquadra inglesa.

— Não tenho medo de navios — diz Hanna.

— Ótimo, então, Hanna.

Rastejo para fora do leito estreito. Penduro alguma coisa na abertura da tenda, porque o brilho das estrelas me perturba, depois fecho meus olhos de sapo e tento dormir.

Hanna me pergunta de repente:

— O que mais o impressionou?

— O que quer dizer?

— Aqui na Palestina.

— As árvores jovens, Hanna — digo. — As árvores jovens que os judeus plantaram no deserto.

Hanna diz:

— Árvores!

— Sim — eu digo. — As árvores jovens. Cada árvore jovem é a alma de um homem morto.
— De um judeu? De uma judia? De nossos mortos?
— Sim, Hanna.
— Isso é realmente verdade, Itzig?
— Sim, Hanna. É realmente verdade.
— E quantas árvores jovens você viu?
— Não as contei, Hanna. São muitas.
— Milhões?
— Eu não diria isso, Hanna. Mas a cada dia outras são plantadas. O número aumenta sempre.
— É esta a ressurreição dos mortos?
— Sim. Eles todos estão voltando.
— Todos?
— Sim. Todos aqueles que morreram no exílio.
— E os outros? Aqueles que morreram aqui?
— Eles já estão aqui. Não precisam voltar.
— E eles ressurgirão também?
— Sim, Hanna. Lenta e gradualmente.
— E quanto a nós, Itzig?
— Já ressurgimos. Há duas ressurreições. A ressurreição dos mortos e a ressurreição dos mortos-vivos.
— Então estamos entre os mortos-vivos?
— Sim, Hanna. Todos os judeus no exílio são mortos-vivos. Eles vivem sem raízes firmes. Isso não é uma vida adequada.
— Como assim, Itzig?
— Os mortos-vivos vêm para cá, Hanna... para fincar raízes.
— Como árvores?
— Sim, Hanna. E ainda assim é diferente.
Eu digo:
— Hanna, existe uma terceira ressurreição. David Shapiro me disse uma vez. A ressurreição do povo judeu! Esta começa onde as duas outras se unem... elas se dão as mãos e giram numa estranha dança.

O que foi que eu lhe contei? Da minha última noite? No Pardess Gideon? Na tenda de Hanna?
Conversamos. Fizemos amor. E depois fui dormir.
Dormi mal. Tive um sonho estranho... em que eu tinha me transformado de volta e era de novo Max Schulz.

E Max Schulz, o assassino em massa, foi para Jerusalém... para mijar três vezes simbolicamente...

Uma vez na Igreja do Santo Sepulcro...

PORQUE AQUI JAZ O CORPO DE CRISTO! AQUI ELE SE ERGUEU DE ENTRE OS MORTOS!

E uma vez na Mesquita de Omar...

POIS DESTA ROCHA DO AL-SAKHRA MAOMÉ ASCENDEU AO CÉU! NO SEU CORCEL BRANCO EL BURAQ!

E uma vez mais em frente ao Muro das Lamentações...

POIS AQUI, NAS ÚLTIMAS RUÍNAS DO TEMPLO DE SALOMÃO, ERA O LUGAR MAIS SAGRADO DOS JUDEUS!

Diante do Muro das Lamentações os judeus choravam. Velhos judeus e jovens judeus. E ali de pé entre eles eu mijava. E nenhum deles percebeu. Porque eu, Max Schulz, sou um mijador escolado.

Mas o choro é contagiante. Descobri isso muito tempo atrás. Quando vi os outros chorando, comecei a chorar também. E de súbito eu não era mais Max Schulz, era novamente um judeu. Eu era Itzig Finkelstein.

E Itzig Finkelstein ficou envergonhado de ter mijado, muito embora ele soubesse exatamente que não tinha mijado como Itzig Finkelstein... mas sim como o exterminador Max Schulz. E assim Itzig Finkelstein enxugou o mijo do Muro e chorou amargamente.

E Itzig Finkelstein, que era de novo Itzig Finkelstein, retornou à Mesquita de Omar e enxugou o mijo lá... depois voltou à Igreja do Santo Sepulcro e fez a mesma coisa.

Já é o final da tarde. Estou sentado no refeitório. No *Chadar Ochel*. Estou escrevendo. De vez em quando sublinho alguma coisa. Este é o meu último dia no *kibbutz* Pardess Gideon.

Hoje estou indo embora. Devo ir para algum lugar, não é? Preciso fincar raízes em algum lugar! Em algum lugar deve haver um salão de barbeiro onde eu, o exterminador Max Schulz, possa trabalhar como um autêntico barbeiro!

VII

Voltei a Jerusalém. Mas essa não é a cidade para um barbeiro. Não arranjaria trabalho ali. A seguir tentei Petah Tiqwa, Rishon Le Zion, Haifa e por fim Tel Aviv. Resultado: zero.

Tel Aviv é uma cidade para barbeiros. Há muita atividade por lá. É repleta de barbearias e salões para cavalheiros. É uma cidade de verdade. Mas não consegui trabalho, até que vi um anúncio no jornal.

Estava sentado num café em Tel Aviv. De manhã cedo. Tomando um bom café da manhã. Havia trocado e convertido alguns dos dólares. Estava pagando minha conta na moeda correta... quando vi o anúncio no jornal! "Precisa-se urgentemente de barbeiro! Exigem-se referências! Salão de luxo para cavalheiros de Schmuel Schmulevitch! Beth David!

Parti imediatamente. Para Beth David. Com minhas duas malas. E meus dólares do mercado negro. E libras locais e piastras. O salão de Schmuel Schmulevitch era o único de Beth David!

Há gente que logo se precipita para satisfazer sua curiosidade. Mas sou diferente. Usufruo de minha curiosidade. Prolongo a agonia intencionalmente, o máximo possível. Disse para mim mesmo: Você deveria procurar imediatamente este Schmuel Schmulevitch! A concorrência é grande! E outros barbeiros poderiam apresentar-se antes de você... e ficar com o emprego bem debaixo de seu nariz.

Mas refleti e disse comigo: Itzig Finkelstein. Dê primeiro uma boa olhada na cidade. Porque não faz sentido pegar um emprego numa cidade se esta cidade não é do seu agrado, mesmo se Beth David, à primeira vista, pareça com Tel Aviv, ou uma Tel Aviv em miniatura... mas primeira vista não é segunda vista... como no amor. É preciso estar duplamente seguro.

Eu, o exterminador Max Schulz, vagueei por duas horas... em Beth David... simplesmente vagueei sozinho pelas ruas. Dei uma boa olhada na cidade. Ouvi as pessoas conversando. Fiz algumas perguntas. Passeei. Ninguém parecia achar nada de estranho em mim. Eu não dava na vista. Ninguém se arrepiava ao me ver. Ninguém teve um choque. Nem mesmo o sol piscou.

Sim. Quando já tinha visto o bastante, disse para mim mesmo: Bem, já é hora de procurar Schmuel Schmulevitch. É hora de me apresentar no Salão para Cavalheiros de Schmuel Schmulevitch, na avenida do Terceiro Templo, 33-45.

VIII

Schmuel Schmulevitch era a imagem cuspida e escarrada de Chaim Finkelstein: baixo, um ombro caído — o esquerdo — sim: o mesmo ombro... como se dois mil anos de sofrimento e perseguição pesassem sobre esse único ombro, o esquerdo, o mais próximo do coração, seu nariz respingando um pouco, cabeça calva, olhos grandes expressivos, ar sábio, de bom caráter, bem versado na Bíblia, como Chaim Finkelstein.

Você pode bem imaginar o choque que recebi quando vi Schmuel Schmulevitch pela primeira vez. Soltei um peido de puro espanto, mas Schmuel Schmulevitch fingiu não perceber.

A loja... perdão... o salão... estava cheio. Dez cadeiras de barbeiro, cabeleireiras tagarelas, aprendizes fingindo estarem ocupados, garotos engraxates com sorriso estampado no rosto, manicures elegantes com cabelo preso. Um ambiente azafamado, refletido e multiplicado nos espelhos caros. Sons familiares: retalhos de conversa, o tique-tique de tesouras, raspagem, farfalhar, zumbidos.

O ar tinha um cheiro familiar, o cheiro que um salão de classe deveria ter. Era o tipo de ar que convidava a ser cheirado.

Alguns cavalheiros esperavam pacientemente em confortáveis poltronas de couro, vários de cabeça calva, fumando charutos ou folheando revistas ilustradas; outros, com cabelo, fumavam cigarros ou não fumavam: uma clientela mista.

Soltei outro peido, mas Schmuel Schmulevitch apenas disse:

— Infelizmente todas as poltronas de espera estão ocupadas. Mas uma logo ficará vaga.

Balbuciei:

— Não sou um freguês... vim por causa do emprego.

Schmuel Schmulevitch levou-me para a sala adjacente, uma sala estreita que imaginei ser um vestiário, ou assim parecia — para os funcionários trocarem de roupa ou fazer café. Havia cabides de roupa, um fogareiro a álcool e um toalete.

Falei:

—Meu nome é Itzig Finkelstein. Li o seu anúncio no jornal.

— Hã-hã — disse Schmuel Schmulevitch. — Itzig Finkelstein?

Confirmei com a cabeça e disse:

— Talvez já tenha ouvido falar de meu pai... Chaim Finkelstein... um barbeiro de renome... autor do manual *Um corte de cabelo para cada cabeça*.

— Nunca ouvi falar nele — disse Schmulevitch. — Chaim Finkelstein? Nunca ouvi falar. Mas o livro... sim, de alguma forma o título me parece familiar.

— É um título bem conhecido — eu disse.

E Schmuel Schmulevitch disse:

— É o que acontece com a literatura hoje em dia... com a literatura moderna.

— E o que acontece? — eu disse.

Schmuel Schmulevitch disse:

— O seguinte, veja só: as pessoas lembram dos títulos. Mas não dos autores. *Um corte de cabelo para cada cabeça*? Sim, eu me lembro. Mas não lembro absolutamente de Chaim Finkelstein. Não lembro dele.

Foi assim que aconteceu. Sentamos num banco bamba perto dos cabides. Contei a Schmuel Schmulevitch minha história. Um tanto rapidamente e um pouco lamentosa demais, e mostrei-lhe o meu número de Auschwitz.

Schmulevitch ouviu pacientemente. Quando terminei apenas acenou com a cabeça calva gentilmente e disse:

— Sim, você passou maus bocados. Mas tenho a impressão... de que você ainda é um bom barbeiro.

— Sim, sou.

— Seu pai foi um famoso autor.

— Sim ele foi.

— Agora recordo. Um livro extraordinário. Escrito por um barbeiro extraordinário.

— Sim. Isso mesmo.

— Então você teve um bom professor.

— Sim. Isso mesmo.

— Alguns barbeiros já se apresentaram... antes de você... mas nenhum deles era grande coisa.

E eu disse:

— Assim é a vida.

E Schmuel Schmulevitch disse:

— É. Assim é a vida.

Naturalmente fui contratado. Comecei a trabalhar no dia seguinte. Mais precisamente no dia 5 de julho de 1947.

Permita que lhe apresente meus novos colegas: Isu Moskowitz, Joine Schmatnik, Sigi Weinrauch, Max Weizenfeld, Lupu Gold, Michael Honig, Benjamin Yakobowitz e Itzig Spiegel. Como você vê, há nove barbeiros. Eu sou o último.

Dez cadeiras e apenas nove barbeiros? Isso mesmo. Nosso patrão, Schmuel Schmulevitch, trabalha pessoalmente na décima cadeira.

Como pode ver... tudo é bem organizado.

Esqueci de mencionar os nomes dos dois aprendizes, das manicures, e dos engraxates. Perdoe-me. Os dois aprendizes são Franzl e Motke; as duas manicures são Rita e Irma, e os engraxates são Amos e Raphael.

Confundi você? São nomes demais? Sua mente preguiçosa empacou? Muito bem: então por enquanto lembre somente o nome do meu colega Itzig Spiegel — louro como o verdadeiro Itzig, mas com bigodes: bigodes retorcidos para cima para formar duas pontas petulantes e perigosas. Olhos: não azuis. Não como os olhos de Itzig Finkelstein. Os olhos de Itzig Spiegel são verdes. Ou: cinza-esverdeados. Voz: um tanto estridente. Provavelmente um não fumante. Como eu, Itzig é solteiro. Seus pais são da Galícia, tal como os meus. Logo no primeiro dia ele me disse:

— Sr. Finkelstein. Dois Itzigs são um pouco demais para um único salão. Daqui em diante você vai se chamar Yitzhak!

Eu disse a ele:

— Nem pensar. Não vou trocar meu nome.

— Muito bem, então — disse ele. — Nesse caso, a partir de hoje meu nome é Yitzhak!

Eu disse a ele:

— Como quiser, Sr. Spiegel. Está tudo bem para mim. Só não entendo por que não pode haver duas pessoas com o mesmo nome... neste salão.

— É por causa da esposa "dele" — disse ele. — Ela não suporta judeus orientais. E ter dois empregados com um nome desses... não iria agradá-la, tenho certeza.

— De que mulher está falando, Sr. Spiegel?

— Da mulher de Schmuel Schmulevitch.

— Ele não é talvez também um judeu oriental?

— Claro que é. É exatamente por isso!

Uma maldita personagem! A esposa de Schmuel Schmulevitch! Esqueci por completo de apresentá-la a você. Ela é a verdadeira chefe aqui. Verdade. Não Schmuel Schmulevitch. Você entendeu, não é mesmo? Esqueci dela. Mas ela está aqui. De fato. Sempre aqui. Sentada na caixa registradora. E servindo no balcão. Na verdade está em toda parte. Mesmo que apenas com seus olhos.

SRA. SCHMULEVITCH: o rosto de uma múmia. Calculo sua idade em 90 anos. Mas não pode ser possível. Achava que Veronja, a bruxa na floresta polonesa, tivesse 118 anos. Mas nem mesmo isso era possível.

Não. Ela não pode ser tão velha. Porque os olhos em seu rosto mumificado são estranhamente vivos. Olhos cintilantes de passarinho que transfixam os barbeiros, aprendizes, manicures, engraxates e até mesmo o patrão, nos seus locais designados de trabalho com um poder hipnótico. Há um ditado aqui na loja... perdão... no salão: "Quando ela olha, nós trabalhamos". A todo vapor e sem perda de tempo. Sim, quando a Sra. Schmulevitch olha, ninguém ousa enfiar o dedo no nariz, coçar o traseiro ou mesmo fumar. O ensaboamento, a massagem, a raspagem, o corte de cabelo são realizados em alta velocidade. Resumindo: *trabalho* é a palavra de ordem aqui.

Não faz muito tempo, Yitzhak Spiegel me disse:

— Se você pensar bem, são duas pessoas muito diferentes: Schmuel Schmulevitch é um homem com um coração de ouro... e sua esposa é uma serpente venenosa!

O cabelo dela é tingido de louro reluzente. Geralmente usa onduladores, como se quisesse nos mostrar que ela, apesar da idade, ainda está muito longe de entregar os pontos.

Usa um colar de prata. Com alguma coisa pendente dele, uma joia escondida, balançando entre as tetas murchas sob o vestido que traja... abotoado até o pescoço.

Perguntei a Yitzhak Spiegel:

— Que tipo de joia é?

— Ninguém jamais a viu — disse ele. — Circulam certas histórias...

— E o que dizem essas histórias?

— Que é uma espécie de medalha alemã.

— Ela é uma judia alemã?

— Sim, é. Da Prússia.

— E Schmuel Schmulevitch?

— Um russo.

— Ah, entendo.

— Sim, você entende...

— E que tipo de medalha é?

— Dizem que é a Cruz de Ferro de Primeira Classe. Seu primeiro marido foi um oficial prussiano.

— Um judeu?

— Sim. Um judeu.

— Uma recordação? A Cruz de ferro?

—Sim. Uma recordação.

Uma judia prussiana que não consegue esquecer da Prússia. Era só o que nos faltava! Especialmente aqui na Terra Santa!

Sabe o que Schmuel Schmulevitch me disse não faz muito tempo? Ele disse:

— Sr. Finkelstein, somos companheiros na dor. Eu sou um russo e você é um galiciano... um *galitzianer*, se não estou enganado. Teremos que tomar cuidado com minha mulher.

Respondi:
— Meus pais eram da Galícia, mas eu nasci em Wieshalle, uma velha cidade alemã.
— Isso não faz qualquer diferença. Continua sendo um *galitzianer*, Sr. Finkelstein.
Eu lhe perguntei:
— Sua mulher votou, naqueles dias?
Ele, por sua vez, me perguntou:
— Votou em quem?
— Em Adolf Hitler — respondi.
Não. Até agora não tive problemas com a Sra. Schmulevitch. Às vezes ela me olha torto, quando converso em iídiche com os fregueses, mas não diz nada. Ela sabe que sou bom. Um bom barbeiro. Faço meu trabalho.

IX

Eu disse para mim mesmo: Itzig Finkelstein! Você terá que tomar cuidado! Deve ficar em guarda! Por enquanto ela o deixa em paz. Mas nunca se sabe... você parece um judeu. Parece demais um judeu, com essa cara que lembra uma caricatura do *Stürmer*.

Pela manhã sou o primeiro a chegar na loja... perdão, no salão... e à noite sou o último a sair... minha dedicação é proverbial. Trabalho até mesmo na hora do almoço, nunca perco tempo, não meto o dedo no nariz, não coço o traseiro e não fumo.

Ontem Schmuel Schmulevitch deu-me uma chave. E disse:
— Sr. Finkelstein. Minha esposa está impressionada. Já que é sempre o primeiro a chegar e o último a sair, de agora em diante está encarregado de abrir o salão de manhã e de fechá-lo à noite.

O que foi que eu lhe disse?

Ontem à noite, chegou um freguês depois que todos já tinham ido embora. Até mesmo a Sra. Schmulevitch. Somente eu e Schmuel Schmulevitch permanecíamos no salão. Schmuel Schmulevitch aproximou-se de mim e disse:
— É um judeu americano. Um turista. E ele terá que ser atendido. Não se pode mandar embora um judeu americano. Afinal, nosso futuro Estado vai precisar de um monte de dinheiro. Não se esqueça disso!

— Pode ir para casa, Sr. Schmulevitch. Não deixe sua esposa esperando. E quanto ao horário extra, não se preocupe... não tenho nada para fazer, de qualquer modo.

Ficamos sozinhos. O freguês e eu. Conversamos em iídiche. O freguês disse:
— Vim aqui para escrever um artigo. Sobre a Palestina.
— Você é jornalista?
— Não. Sou presidente de uma organização assistencial hebraica. Publicamos um pequeno jornal. De vez em quando preciso escrever alguma coisa. Um editorial.
— Muito interessante. Você é jornalista amador.
— Cheguei ontem. Já estava escuro. Não pude ver nada. Fui então visitar minha tia. Em Beth David. Dormi lá. Acordei com lombalgia. Fiquei na cama o dia inteiro. E à noite recebi um telegrama de Nova York. Minha esposa em trabalho de parto. Prematuro. Inesperado. Tenho que voar de volta hoje mesmo.
— Meus parabéns. Vai querer um menino, imagino.
— Sim, gostaria muito.
— É uma pena. Você veio especialmente para escrever um artigo sobre a Palestina... e não viu nada!
— Não vi absolutamente nada!
— E o que vai ser do artigo sobre a Palestina?
— Terei de escrevê-lo.
— Mesmo sem ter visto nada?
— Sim.
— E como vai fazer isso?
— Não sei.
— Talvez eu possa ajudá-lo.
— Você?
— Sim. Por que não?
— Como pode ajudar-me?
— Posso obter-lhe algum material.
— Não é má ideia.
— É verdade que cheguei aqui há poucas semanas e não vi muita coisa. Porém vi mais do que você. Porque... você não chegou a ver nada, afinal!
— Conte-me sobre o que viu... talvez seja o bastante para um artigo.

Ficamos sozinhos no salão: eu e o freguês. Pus o avental em torno dele segundo as regras, com destreza. Ajustei a cadeira com mãos hábeis e firmes de um barbeiro de grande categoria, colocando o encosto e amoldando seu corpo na inclinação correta; acomodei o apoio de cabeça e o apoio de pés, mostrando ao freguês que sabia o que estava fazendo.

Primeiro as compressas quentes! Isso é muito importante! Para amaciar a barba. Não basta apenas ensaboar. Fiz tudo com calma.

O freguês ficou confortavelmente acomodado, com os olhos semicerrados. Repassei na minha mente o que podia contar-lhe. O que eu tinha visto? Sim, iria contar-lhe isto. Porém mais tarde. Não agora. Primeiro eu tinha de falar sobre história. Pois o que é este país sem sua história?

Comecei falando do nosso patriarca Abraão e sua esposa Sara, explicando ao freguês que os hebreus nunca sustentaram que Sara, nossa primeira mãe, esposa de Abraão, tivesse sido fecundada pelo próprio Deus, como se diz de Maria, mãe de Jesus Cristo... muito embora se afirmássemos algo similar estaríamos bem justificados: porque tal afirmação, que não fizemos, teria sido perfeitamente lógica, teria parecido como se fosse óbvia, porque a gravidez de Sara foi um milagre, porque Sara já era uma mulher entrada em anos, para não dizer velha, anciã, ao passo que Maria, mãe de Jesus Cristo, ainda era jovem e poderia ter engravidado de uma maneira absolutamente natural, ou seja, de uma pica masculina. De uma pica entre duas pernas.

— Entende — eu disse para o meu freguês —, poderíamos facilmente ter afirmado que o próprio Deus fecundou Sara. Assim, nós, judeus, teríamos sido todos descendentes diretos de Deus!

Sorri para meu freguês e disse:

— Mas não fizemos tal afirmação! Seria uma vergonhosa presunção de nossa parte!

Depois das compressas comecei a trabalhar com o pincel de barba, ensaboando-o com muita atenção e com cuidado óbvio. Falei sobre os descendentes de Sara e Abraão. Falei sobre o Egito, sobre os anos de vacas magras e vacas gordas, da escravidão; falei de um neonato que flutuou sobre as águas, entre os juncos, e que mais tarde veio a se tornar líder do povo; falei sobre a sarça ardente, falei do êxodo do Egito, o êxodo dos filhos de Israel, falei sobre o maná e sobre o movimento das entranhas — porque o maná é laxativo —, falei sobre o Monte Sinai, sobre Moisés — que não era mais um bebê flutuando nas águas, mas um homem feito —, sobre os Dez Mandamentos, falei dos 40 longos anos, falei do bezerro de ouro e da Terra Prometida.

Não sei quanto tempo passei ensaboando o freguês, só sei que, quando cheguei ao nosso primeiro rei, o sabão havia-se tornado duro como cimento e, para melhor ou pior, tive de raspá-lo fora da face do freguês e ensaboá-lo outra vez, com sabão novo e espuma nova.

Contei-lhe sobre muitos reis, sobre a divisão do Grande Reino, sobre inimigos vitoriosos e derrotados, sobre ocupação e libertação, sobre pequenas e grandes guerras, falei sobre a destruição do Primeiro Templo, sobre o exílio na Babilônia, sobre desejo e nostalgia e citei: "Se eu te esquecer, ó Jerusalém, faz minha mão direita esquecer sua habilidade. Faz com que minha língua me rasgue o céu da boca, se eu não me lembrar de ti..." Falei sobre o Talmude e a volta ao lar, falei sobre o Segundo Templo.

Quando cheguei aos romanos, tive de raspar de novo o sabão e recomeçar. Retomei a sequência correta só quando estava contando sobre a destruição do Segundo Templo. Barbeei meu freguês rapidamente, enxaguei-lhe o rosto usando água de alume e água de colônia, fiz-lhe massagem facial, enxaguei-o, borrifei-o com talco, espanei e disse:

— Pronto! Cabelo também, senhor?

Claro que o cliente quis. Enquanto lhe cortava o cabelo, falei sobre o exílio e da maldição de Jesus, dizendo:

— Não que Ele pretendesse realmente isso... não pelo menos naquele sentido, mas Ele disse o seguinte: "Filhas de Jerusalém, não chorem por mim, mas chorem por si mesmas e por seus filhos. Pois ouçam, chegará o dia em que eles dirão: benditos sejam os estéreis e os úteros que nunca procriaram e os seios que nunca deram leite."

Falei sobre os sofrimentos do povo judeu, falei sobre o diabo com uma falsa cruz, falei sobre o derramamento de sangue em nome do Senhor, que não sabia de nada, falei sobre um Senhor que era um Senhor mas não o filho de Deus, muito embora ele acreditasse que fosse, ou talvez não acreditasse... pois como saberia eu, Itzig Finkelstein, alguma coisa do gênero ou até mesmo tentaria discuti-la? Falei sobre o primeiro e o último *pogroms*, embora não soubesse que o último iria ser o último... pois como saberia eu, Itzig Finkelstein, tal coisa com certeza ou mesmo ousaria fazer tal afirmação? Falei de números. Citei o número 2.000 e disse: "Este número poderia significar anos... anos longos e anos breves... anos de exílio..." E disse: "Esse é um número!"

Eu disse: "NÚMEROS SÃO NÚMEROS!" Disse: "Não gosto de contar. Não conto os milhões! Em suma!" Disse: "NÚMEROS SÃO NÚMEROS!" Disse: "ANOS SÃO ANOS!" Disse: "Apenas anos!" Disse: "Anos de agonia!" Disse: "E às vezes o homem moribundo piscava os olhos e contraía o coração, às vezes arqueava as costas: sim, e não conseguia morrer."

Falei de delitos graves e delitos menores, de delitos premeditados e delitos não premeditados, falei de corvos negros, de madeira de carvalho e de telas, de cachos de cabelos na testa e bigodes, de olhos patéticos, de chicotes de muitas cores, das técnicas de matar com gás e com fogo. Disse: "Não é fácil." Disse: "Exige uma certa habilidade também." Falei de sepulturas coletivas. E de como eles estavam ali... e depois caíam dentro, de costas. Disse: "Assim mesmo, sim, assim mesmo. Foi assim que aconteceu."

Eu havia cortado demais o cabelo do meu freguês e eu, Itzig Finkelstein, ou Max Schulz, o exterminador, não podia fazê-lo crescer de novo. O que estava feito, estava feito. Meu freguês chegou à mesma conclusão.

Aparei um pouco mais aqui e ali, para tranquilizá-lo, e falei sobre a árvore frutífera erradicada, que fez crescer em si raízes internas de modo que seus frutos pudessem maturar uniformemente, depois falei de raízes espirituais, falei da terra, falei de solo estrangeiro e de solo pátrio, de sangue e terra e da volta ao lar, falei dos judeus espalhados por todo o mundo que se reuniram para a última peregrinação rumo ao lar, falei do presente, não falei mais do passado e disse:

— É isso! Não queremos continuar a morrer! E se não pudermos morrer... então vale a pena viver!

E o freguês também chegou à mesma conclusão.

Quando havia terminado e meu freguês anotado tudo cuidadosamente, desejei repetir algumas coisas para dar ainda mais força expressiva a certos pensamentos meus... assim eu, o exterminador Max Schulz, ditei para o judeu americano Jack Pearlman — que não é tão bom judeu como eu, porque eu vivo aqui e ele vive lá! — ditei a seguinte frase:

— Por favor, tome nota:

O trabalho de construção dos judeus na Palestina me impressionou profundamente. Fiquei impressionado não apenas com a canalização do esgoto, com aquedutos, usinas elétricas, estradas, cidades, escolas e hospitais, mas impressionado acima de tudo com os campos no deserto e com as árvores novas que os judeus plantaram na terra ressecada.

Caro Leitor: Diz-se que em cada uma dessas árvores recém-plantadas vive a alma de um judeu morto. Dos nossos mortos. Vi muitas árvores. E várias outras sendo plantadas. Dizem que chegarão a milhões!

Caro Leitor: Eu me pergunto: e como ficam os judeus vivos? São eles na realidade mortos-vivos? Os mortos-vivos da Diáspora? Que voltam a ser realmente vivos apenas quando chegam aqui? Têm eles que viver na Terra Santa a fim de ressuscitar? E fincar raízes? Como árvores? Ainda que de outro modo?

Caro Leitor: O que deveremos fazer? Nós, judeus da América? Não ressuscitaremos também? Isso é o que me pergunto. Eu, o seu presidente Jack Pearlman!

Acompanhei meu freguês até o ponto de táxi mais próximo. Claro que antes de fazer isso apaguei as luzes do salão... e fechei a porta. Um homem tem de conhecer suas obrigações.

X

Esta manhã um inglês morto pendia diante de minha janela.

Sou uma pessoa que acorda lentamente e com dificuldade. Tem algo a ver com minha pressão sanguínea. Ou com meu cérebro avariado. Primeiro bocejei, semiadormecido, me espreguicei, massageei a cabeça no ponto certo, alonguei minhas costas e meus braços, depois as pernas, finalmente meus pés chatos, pisquei primeiro o olho esquerdo e depois o direito, olhei para o teto e pensei: É o teto de um quarto de hotel.

E então vi o inglês!

Se você acha que pulei como se tivesse sido eletrocutado, que pulei como fiz no caminhão na floresta polonesa, quando os *partisans* começaram a disparar... e eu pulei fora do caminhão... e corri... como se tivesse um estopim enfiado no cu... bem, se pensa assim, está cometendo um grande erro.

Em certas situações eu me mantenho calmo e composto. Levantei-me preguiçosamente, esfreguei os olhos para espantar o sono, aproximei-me devagar da janela, espiei o inglês por instantes, mas não muito, e disse para mim: Itzig Finkelstein! Você não tem nada a ver com isso! Não podem acusá-lo. Você não o enforcou. Além disso tem um álibi. Nenhum assassino penduraria sua vítima diante da própria janela! É mais que óbvio!

Vesti-me e saí. Minha janela dava para o pátio dos fundos. Provavelmente por isso o inglês ainda não tinha sido descoberto. Ainda era muito cedo e nos outros quartos do hotel que davam para o pátio tudo estava quieto e adormecido. Minha janela ficava no térreo. Muito prático para o enforcador. Nenhuma necessidade de subir. Quem poderia ter feito aquilo? Terroristas judeus? Claro. Quem mais? Eu nada tinha a ver com a coisa.

Ao atravessar a rua ocorreu-me que era sábado. Nesta cidade tudo fecha no sábado. Inclusive o nosso salão. E então eu não teria que ir trabalhar. Decidi fazer meu desjejum no Café Trumpeldor, na rua Ben-Jehuda.

Escolhi uma mesa na varanda, famosa por ter uma boa vista. Por exemplo: o terminal de ônibus pode ser visto daqui, da varanda do Café Trumpeldor. Trata-se de um terminal da empresa Egged, e atrás dele há uma rua cheia de bangalôs onde vivem os novos imigrantes. São bangalôs decrépitos de madeira com telhado de ferro corrugado, tendo por janelas desoladoras frestas que olham com inveja reprimida as belas casas novas de Beth David... as casas do outro lado do terminal. Por sorte não sou obrigado a morar ali, porque eu, Max Schulz, o exterminador, tenho ainda alguns dólares do mercado negro na mala. E um trabalho fixo.

Continuam a construir na parte sul da cidade. Beth David está se expandindo. Um dia superaremos Tel Aviv. Um dia os imigrantes deixarão os bangalôs e mudar-se-ão para os novos prédios de apartamentos. Quando será? Um dia. Quando os ingleses partirem. Após o estabelecimento do Estado Judeu.

Hoje é sábado... ou, como se diz em hebraico, *Shabbat*. Os canteiros de obras cochilam. Os andaimes estão desertos. A atmosfera do Shabbat prevalece. As lojas estão fechadas. Até os ônibus do terminal estão descansando.

No Shabbat a cidade acorda mais tarde do que de hábito. Ainda é cedo. As ruas estão ali, como que sem vida, embora não inteiramente, porque os olhos das ruas já começam a se abrir.

Na esquina da rua Ben-Jehuda noto dois tanques ingleses... soldados fumando cigarros nas torretas... e um pouco mais tarde um jipe. Saberão eles alguma coisa sobre o meu inglês?

Sou o primeiro freguês no Café Trumpeldor. O garçom parece sonolento. Ele me conhece.

— Café com creme, Sr. Finkelstein?

— Não — digo. — Sem creme.

— E suco de laranja? Dois ovos? Torrada?

— Me traga apenas um desjejum alemão comum, sem muitas vitaminas e proteínas: café, pão, manteiga e geleia!

Forçando meus olhos de sapo — com o olhar de sapo — perscruto à distância, na direção das palmeiras e do oceano, vermelho do sangue do meu inglês. O oceano deveria realmente ser azul, e digo para mim mesmo: Itzig Finkelstein! Os ingleses têm sangue azul.

O garçom traz café, pão, manteiga e geleia. Enquanto estou comendo o oceano muda de cor. Azul tingido com vermelho. Azul e vermelho que se fundem.

Digo para mim mesmo: uma pena que desta varanda não se possa ver o Bosque dos Seis Milhões de Almas.

O garçom tinha esquecido o açúcar. Ele retorna mais uma vez, mas eu já havia bebido o café.

— Acha que vai acontecer alguma coisa de novo esta noite, Sr. Finkelstein?

— É possível. Há tanques na praça Herzl. E vi alguns bem cedo esta manhã na rua Rei Davi, na rua Jabotinsky e na avenida do Terceiro Templo, e não somente nos cruzamentos. E mais que de hábito. Há tanques até mesmo aqui na rua Ben-Jehuda.
— Os terroristas devem ter atirado em algum outro inglês.
— É possível.
— Ou enforcaram mais um.
— Pode ser também.
— Afinal, os ingleses também enforcam judeus, não é?
— Naturalmente.
— Não faz muito tempo os ingleses enforcaram Moishe Kaplan. E Ben Gideon. E Ben Amos! E Schloime Suppengruen! Quatro terroristas! Quatro heróis do povo!
— É verdade.
— É isso. Para cada judeu enforcado... nós enforcamos um inglês. Pagamos na mesma moeda!
— Isto não é exato. Nós estamos matando muito mais. Abatemos ingleses como se fossem coelhos. Não leu no jornal ontem? O ataque ao Camp Zion? Foram mortos 154 ingleses!

O garçom sorriu e disse:
— Mortos em combate. Isto é diferente. Mas não enforcamos tantos. Apenas uma vez ou outra. Só quando eles enforcam um do nosso povo! A forca é uma punição!

As ruas de Beth David começam a acordar. Já se pode ver alguns madrugadores. Três dos eucaliptos da rua tornam-se visivelmente mais brilhantes à medida que o sol risonho lança seus raios. As casas brancas no centro emergem das sombras e expõem seus corpos ao sol. Peço ao garçom que me traga jornais palestinos em alemão e iídiche e ele sai, enquanto termino meu desjejum.

As organizações terroristas mais notórias na Terra Santa são o Grupo Stern e o de Irgun Zvai Leumi. Mas existem muitos grupos menores. Em Beth David a organização dominante é o Grupo Schwartz — assim chamado em homenagem a seu líder Yankl Schwartz, apelidado Yankele.

Quando o garçom volta e coloca a pilha de jornais em minha mesa, pergunto a ele:
— Você acredita que Yankl Schwartz seja capaz de enforcar um inglês num pátio de fundos?

O garçom diz:

— Impossível, Sr. Finkelstein. Yankl nunca faria tal coisa. Se ele precisa enforcar alguém, faz isto na rua principal, com toda certeza.
— Na avenida do Terceiro Templo?
— Sim, e no eucalipto mais alto!
— E por que não num pátio de fundos? E por que na rua principal, entre tantos lugares? E por que na árvore mais alta?
— Para que a imprensa divulgue — disse o garçom. — Para que a notícia alcance o grande público nos quatro cantos do mundo... entende, Sr. Finkelstein? É disso que se trata. Para que as Nações Unidas levantem o cu da cadeira pelo menos uma vez... e tomem uma decisão!

Você sabe o que é isso? A opinião pública de todo o mundo? Representa bilhões de ouvidos tapados! E sabe o que eu disse para mim mesmo? Eu disse: Itzig Finkelstein, a imprensa mundial fará a maior gritaria! Do contrário a opinião pública não ia ouvir nem a porra de um peido. O garçom está certo. O seu inglês não poderia ter sido enforcado no pátio dos fundos! Deveria ter sido na avenida do Terceiro Templo! Você deve ter-se equivocado.

Folheei a pilha de jornais. Notícias sobre os extermínios do passado não interessam mais. Agora estão relegadas à última página. Mesmo aqui... como em qualquer lugar. Fiz os recortes habituais, guardei no meu bolso os artigos, percorri as primeiras páginas com as mais recentes reportagens sobre revoltas e sobre terrorismo na Palestina... e a seguir levantei.

Fui até a casa de meu patrão Schmuel Schmulevitch a fim de discutir o caso do inglês enforcado.

Schmuel morava na rua Scholem Aleichem, um famoso poeta, um judeu da Europa oriental. Caminhei lentamente. Tinha tempo de sobra, pois era o Shabbat. O inglês permanecia em minha mente. E pensei também nas histórias sobre Scholem Aleichem, que Itzig Finkelstein tinha uma vez lido para mim, entre outras coisas. Parei por um instante em frente à estátua que havia no cruzamento: o monumento a Tevye, o leiteiro, e me perguntei: por que os pássaros de verão não o emporcalharam? Depois prossegui.

Schmuel Schmulevitch recebeu-me vestido em seu penhoar. Sua esposa ainda estava dormindo. Aceitei seu convite para um segundo café da manhã e enquanto comíamos contei-lhe brevemente sobre o inglês e também sobre minha conversa com o garçom do Café Trumpeldor.

Schmuel Schmulevitch pensou por um longo tempo, depois disse:

— O garçom está certo, Sr. Finkelstein. Yankl Schwartz não enforcaria um inglês num pátio de fundos.

— Mas eu vi o inglês, Sr. Schmulevitch. Até mesmo o cutuquei um pouco.

— Então só há uma única explicação possível, Sr. Finkelstein.
— E qual seria?
— Havia ganchos, grandes ou pequenos, em sua janela?
— Sim, Sr. Schmulevitch. Faz pouco tempo coloquei dois ganchos sólidos fora da janela para estender a roupa.
— E a sua janela é a única no pátio dos fundos que tem ganchos?
— Acho que sim, Sr. Schmulevitch.

Schmuel Schmulevitch ofereceu-me outro pãozinho com manteiga e geleia, serviu-me mais café, observou-me devorar o pão com manteiga e geleia, e o modo como bebia o café.

— Desjejum alemão? — perguntei.
— Sim. Foi minha esposa quem o introduziu.

Schmuel Schmulevitch ofereceu-me um cigarro, mas recusei.

— Não fumo no Shabbat, senhor.
— Oh, não sabia que era religioso, Sr. Finkelstein.
— Não sou religioso, Sr. Schmulevitch.
— Então por que não fuma no Shhabat?
— Por tradição, senhor.
— Então suponho que também não ande de carro no Shabbat.
— Geralmente não. Só quando necessário. Numa emergência. Fumar não é indispensável. É uma questão de disciplina e nada mais.

Schmuel Schmulevitch assentiu com a cabeça. Pude notar que queria acender um cigarro... mas ele reprimiu sua vontade... suponho que por piedade. Não queria me magoar.

— Presumo que seja oriundo de um lar religioso, Sr. Finkelstein.
— Sim. Meus pais eram muito religiosos.
— Os meus também — disse Schmuel Schmulevitch. — Mas sua religiosidade em nada os ajudou.
— Auschwitz? — perguntei.
— Não. Eles eram velhos demais para Auschwitz. Perderam a vida em 1903. Na Rússia. Num *pogrom*. Mas voltando ao seu inglês, Sr. Finkelstein. Eis como imagino a coisa: Yankl Schwartz capturou o inglês pouco antes do dia raiar... quero dizer, ele e seus homens. Levaram-no para a avenida do Terceiro Templo para pendurá-lo lá, segundo o plano... como o seu garçom disse corretamente: na árvore mais alta. Mas não funcionou, Sr. Finkelstein... com tantas patrulhas inglesas circulando pelas ruas.
— Sim. Posso imaginar.
— Ele e seus homens toparam com uma patrulha inglesa. Só se salvaram no último minuto enfiando-se num pátio, no pátio de fundos mais próximo.

— O meu pátio?
— Certo. O pátio dos fundos do Hotel Beth David. Eles decidiram esperar lá até que as coisas se acalmassem. Então viram sua janela com os dois ganchos. E penduraram o inglês lá temporariamente.
— Muito lógico, Sr. Schmulevitch.
— Deixaram-no lá por algum tempo. Digamos... meia hora. E então aconteceu de você acordar, Sr. Finkelstein. Viu o inglês, aproximou-se da janela e até deu-lhe uma leve cutucada. Sim. Deve ter sido assim. E você não tinha como saber que o inglês só estava ali provisoriamente, não podia saber disso.
— Não. Não poderia saber.
— E agora o nosso inglês está na avenida do Terceiro Templo. Já se encontra lá há um bom tempo.
— Não entendo.
— Mas é muito simples — disse Schmuel Schmulevitch. — Recomecemos do princípio. Yankl Schwartz e seus homens penduraram o homem provisoriamente no pátio. Então... quando o caminho estava livre... eles o desengancharam e carregaram até a avenida do Terceiro Templo, onde o penduraram novamente.
— Na árvore mais alta?
— Na árvore mais alta.
— Por causa da imprensa mundial? Para que o fato não passe despercebido?
— Correto.
— Quer dizer que ele não está mais pendurado na minha janela?
— Pode apostar nisso. Ele já foi levado há um tempão.
— Então não preciso mais esquentar minha cabeça com isso?
— Não. Não precisa, Sr. Finkelstein.

Após o desjejum, Schmuel Schmulevitch e eu fomos investigar no pátio. O inglês fora-se. Mais tarde fomos até a avenida do Terceiro Templo, onde vimos pessoas aglomeradas. Não pudemos ver muita coisa. A avenida estava repleta de gente à cata de emoções, jipes, policiais e soldados. Perguntei a uma mulher o que estava acontecendo.
A mulher disse:
— Um inglês estava pendurado naquela árvore. Um inglês com um cartaz no peito.
— O que dizia o cartaz?
E a mulher disse:
— Schloime Suppengruen está vingado!

XI

O que faz um solteiro que já passou dos quarenta anos? Um que no sábado não fuma, não viaja de trem e não dirige automóvel, exceto quando não há alternativa? Um homem que chegou aqui recentemente e que não tem namorada? O que faz esse homem no seu tempo livre?

Ele podia ir ao jogo de futebol: Macabeus de Tel Aviv contra o Hakoa de Beth David no estádio Max Nordau, atrás do Parque Herzl. Podia ir à praia, nadar, paquerar coxas gordas e magras, talvez tocar uma delas se desse sorte enquanto estivesse na água, furtivamente, é claro, ou poderia simplesmente ficar observando o sol. Poderia sair a passeio, por exemplo, no Bosque dos Seis Milhões de Almas, a dois quilômetros daqui. Mas este é um bosque sem sombras, porque as árvores recém-plantadas ainda estão baixas... ainda têm que crescer... crescer bastante... ele poderia ir ao Café Trumpeldor, conversar com o garçom, tomar café, empanturrar-se de creme batido.

A caminho do Café Trumpeldor comecei a pensar em Hanna Lewisohn. E de repente senti dores lancinantes no estômago. E não conseguia afastar a ideia de que algo havia acontecido com Hanna!

Dei meia-volta e segui na direção do terminal de ônibus.

Senti calor. Minhas calças cáqui e camisa branca estavam grudados em meu corpo. Minha barbicha estava úmida, meus óculos embaçados, os olhos de sapo ressecados e vermelhos, eu tinha brotoejas sob as axilas e nas coxas. Mesmo sem vê-las eu sentia os pontos inflamados, que comichavam.

Eu, Itzig Finkelstein, caminhava rumo ao terminal de ônibus, dizendo para mim mesmo: Itzig Finkelstein! É verdade que você não viaja no Shabbat... mas esta é uma emergência. Aconteceu alguma coisa com Hanna!

Então ocorreu-me que os ônibus não estavam circulando... porque nós, aqui em Beth David, tínhamos feito um pacto com o bom Deus: nenhum ônibus circulará nem profanará o santo Shabbat! Apenas carros particulares e táxis, porque é uma questão pessoal!

Fiz meia-volta de novo e segui na direção do ponto de táxis. Perto do Parque Herzl.

Em dia de jogo de futebol não é fácil encontrar um táxi. É preciso ter sorte. Encontrei um táxi. Embarquei e disse:

— *Kibbutz* Pardess Gideon, na rodovia Haifa-Tel Aviv. E rápido!

O que foi que eu lhe disse? Aconteceu algo com Hanna! Cheguei ao *kibbutz* e recebi a seguinte informação:

— Ela ficou louca!

— Ela sempre foi — respondi.
— Mas nunca desse jeito!
— Como assim?
— Completamente pirada. De repente começou a gritar. Dia e noite.
— E onde ela está agora?
— Foi levada para a Clínica Guggenstein. Em Tel Aviv.

Segui para lá imediatamente, claro. Mas não me deixaram entrar. Um dos atendentes foi bastante amável e deu-me a informação:
— Você não pode vê-la.
— Meu nome é Itzig Finkelstein. Ela me conhece!
— Não pode vê-la, Sr. Finkelstein. Ela está em camisa de força!
— Camisa de força?
— Exatamente — disse o atendente.
A esta altura, nossa conversa tornou-se mais íntima.
Eu disse:
— Durante a guerra Hanna ficou amarrada num banco... por três anos.
E o atendente disse:
— Isso era apenas na imaginação dela. Hanna simplesmente era mantida escondida. Como muitos outros.
— Ela ficou amarrada por três anos! E agora está em terra judaica... e é amarrada de novo!
— Não há nada que eu possa fazer, Sr. Finkelstein. Veja só, ela queria sair voando!
— Voando para onde?
O atendente disse:
— Do alto do telhado da Clínica Guggenstein até a alfarrobeira em frente aos portões.
— Como um passarinho? — perguntei.
E o atendente disse:
— É, como um passarinho.
O táxi me aguardava diante da clínica. Eu disse ao motorista:
— Leve-me até o bordel mais próximo!
— Foi tão mal assim? — disse o motorista.
Eu assenti e disse:
— Sim, foi.
O táxi abriu caminho no tráfego de Tel Aviv, avançando através de nuvens de poeira e luz do sol, parando com freadas estridentes atrás de carros particulares e pedestres inconsequentes que preferiam passear no meio da rua.

A cidade sufocava sob o sol do Shabbat, as casas que flanqueavam as ruas refletiam a luz do sol, e as árvores à beira da rua pareciam transpirar. Seguimos pela rua King George, enfiamo-nos na praça Mugrabi, alcançando pouco depois a rua Dizengoff, repleta de cafeterias e graciosos cãezinhos na coleira.

Não conseguia tirar a imagem da cabeça: Hanna em uma camisa de força. Tentei pensar nas coxas magras de Hanna... e senti-me mal.

— Quero uma dona com bunda gorda — eu disse ao taxista. — Hoje quero foder com uma assim!

— Então estamos indo na direção errada — disse o taxista. — O Hotel Rainha de Sabá só tem garotas magras.

— Só magras?

O taxista assentiu.

— Sim, magras, isso mesmo. Eu ia recomendar-lhe a Zippora. Já trepei com ela uma vez. Quando ela se mexe... seus ossos chocalham.

— Não faz meu gênero — repliquei. — Não conhece outro bordel onde haja garotas com alguma carne em cima?

— Não em Tel Aviv — disse o taxista. — Talvez em Jaffa.

Seguimos para Jaffa. Hotel Abdulla!

— Fatma Gorda lhe agradará — disse o taxista. — Já estive com ela, uma ou duas vezes.

— Bunda gorda?

— E como! — disse o taxista. — Redonda como a lua cheia. E moreninha. Duas verrugas de bom tamanho, uma do lado esquerdo e outra do direito. Nada lhe falta. E tem peitos compridos, gordos e suados. Você pode fodê-la entre os peitos, se é o tipo de coisa que lhe agrada!

Nos sábados Tel Aviv cheira a luz do sol, flores, árvores, poeira, *villas* e casas luminosas, bom e mau perfume, cãezinhos recém-banhados, café, creme batido, pastelarias de fama mundial, água salgada, suco de fruta, suor de garçons, pés empoados, axilas empoadas, coxas empoadas e partes íntimas empoadas, capitalismo e socialismo, Mediterrâneo e maresia. E, é claro, loção de barba. Sapatos de homens e mulheres e muitas coisas mais. Em suma: cheira como Beth David. Muito embora Beth David seja menor.

Em Jaffa os cheiros são diferentes. Aqui o ar puro marinho mistura-se com o fedor de lixo. Aqui o cheiro é de gatos doentes, cadelas no cio, casas decadentes, peixe e carneiro fritos, café turco e araca, pimenta, nozes, pés suados, sífilis, moscas, cuecas sujas, bebês, privadas e muitas outras coisas.

Quando chegamos ao Hotel Abdulla eu estava me sentindo mal. Não saltei do carro imediatamente. Meus olhos de sapo avistaram um beco estreito com casas altas e decrépitas, portões com arcadas redondas, uma velha fonte no meio do beco... até mesmo aqui um turbilhão de gente: crianças esfarrapadas, mulheres com véu e outras sem, homens com roupas leves e escuras. Árabes. Em frente ao Hotel Abbulla, homens sentados num semicírculo fumavam narguilé e bebiam café turco em pequenas xícaras redondas. Alguns deles usavam *kefiah* na cabeça, outros usavam gorros de crochê coloridos. Viraram-se para olhar o táxi. Acendi um cigarro e espiei pela janela. Observei que o sol era idêntico ao de Tel Aviv. Só que ali seus raios tinham cores diversas.

Meu taxista disse, pigarreando:
— Ontem assassinaram dois judeus em Jaffa. Não leu no jornal?
— Sim — falei.
— Você tem um revólver?
— Não.
— Então eu o aconselharia a não entrar sozinho no Hotel Abdulla.
— Você acha que alguma coisa poderia me acontecer? Alguma coisa de ruim?
— Uma punhalada nas costas — disse o taxista. — Ou ter sua garganta cortada. É difícil dizer exatamente. Ou uma coisa ou outra.

O taxista pediu-me um cigarro. Eu lhe dei. E disse:
— Mas nada lhe aconteceu... quando esteve aqui com a Fatma Gorda...
— Já faz muito tempo. Na época a situação política era diferente.

Eu não via a hora de estar com Fatma Gorda, já permitia que meus pensamentos se enfiassem na sua bunda gigante e nos seus peitos suados... e também minha própria espada, minha pica normal, que se excitava e ficava rígida e pulsante. E já dizia para mim:

Itzig Finkelstein! Você não tem mulher há muito tempo! E hoje é o Shabbat. E no Shabbat os judeus não dirigem carros, só o fazem quando é absolutamente necessário. E esta parada em Jaffa era necessária. Porque foder é uma questão urgente!

Mas depois refleti:

Itzig Finkelstein! É melhor estar vivo em cima da esquelética Zippora no bordel judeu em Tel Aviv... do que receber uma punhalada nas costas ou ter a garganta cortada montado na Fatma Gorda no bordel árabe em Jaffa!

Portanto, disse ao taxista:
— De volta para Tel Aviv!

Voltamos para Tel Aviv. Paramos em frente ao Hotel Rainha de Sabá, entrei no hotel, dei uma olhada nas damas, inclusive na esquelética Zippora, achei todas elas muito magras, fiz meia-volta e retornei ao táxi. Disse para o taxista:

— Não consigo me decidir. De volta para Jaffa.

Para ganhar coragem, falei para mim mesmo:
Itzig Finkelstein! Tudo é muito exagerado! Decididamente, ninguém vai lhe apunhalar pelas costas! Muito menos cortar sua garganta!

Mas tão logo chegamos em Jaffa e paramos em frente ao Hotel Abdulla, senti que toda a coragem me fugia.

Repetimos mais umas vezes essas idas e vindas entre o Hotel Abdulla e o Hotel Rainha de Sabá sem que eu tomasse uma decisão. Sentia-me como aquele proverbial burro que, incapaz de se decidir, acabou morrendo de fome entre dois montes de feno... embora esta não seja uma boa comparação porque eu, Max Schulz, não sou um burro e uma bunda não é um monte de feno. E não morri de fome porque encontrei uma saída, no final. Um assassino em massa é autossuficiente.

XII

Comprei para mim uma gramática da língua hebraica. Estou fazendo grandes progressos. Estou aprendendo também inglês, uma língua relacionada com o alemão.

Estou praticando jogos excitantes. Na semana passada contei árvores. Contei todas as árvores na avenida do Terceiro Templo, e aquelas das ruas Jabotinsky, Scholem Aleichem, Ruppin, Ansky e Peretz. E queria contar também as árvores da rua Rei Davi bem como aquelas na rua próxima a ela e aquelas do Parque Herzl e as palmeiras na praia. Cheguei até a pensar em contar as do Bosque dos Seis Milhões de Almas, mas não o fiz.

É um jogo perigoso. Contagens não me agradam. Você sabe disso. Não gostava de contar nem mesmo naquela época. Perguntei a mim mesmo: Por que as conta então, se não gosta de contagens?

E disse a mim mesmo: Isso vai lhe dar nos nervos!

E disse a mim mesmo: Se existir mesmo um juízo final... e se alguém puder escolher sua própria punição... então você dirá a Deus: aceito qualquer punição que me der... só não me faça contar árvores. Isso me dá nos nervos!

Por favor, não pense que eu, o exterminador Max Schulz, aliás Itzig Finkelstein... tenha esquecido de fazer considerações práticas... quero dizer:

durante meus passeios. Não faz muito tempo estive imaginando onde eu deveria abrir meu futuro negócio ou salão para cavalheiros. Você entende o que quero dizer! Não quero ser um empregado a vida toda! Quero tornar-me independente algum dia!

Procurei em todas as ruas de Beth David por um ponto adequado. O salão tem que ser de esquina, uma vez que O Homem Mundano, o salão de meu pai, era de esquina, e na esquina certa!

Disse a mim mesmo: Itzig Finkelstein! Primeiro trate de conhecer melhor o país e seu povo. Aprenda a língua. Faça indagações. Mantenha olhos e ouvidos abertos. Pese os prós e os contras. Cuidadosamente. E leia os jornais. Vá com calma. Os ingleses em breve vão-se retirar. E então haverá guerra aqui. E se você tiver que ir para a guerra... isso não vai ser bom para um novo negócio.

No salão de Schmuel Schmulevitch tudo continua como sempre. Uma mina de ouro. É o bastante para deixar um homem de olhos arregalados. A Sra. Schmulevitch, da Prússia, vive perturbando o pessoal, sendo temida por todos nós, inclusive Schmuel Schmulevitch.

Schmuel continua popular como sempre. Não vive a se vangloriar. É basicamente um homem digno de pena. Será que ela o açoita à noite? Não sei. Naturalmente somos leais a ele.

Tudo continua como sempre, eu disse. Nada mudou. As duas manicures são arrogantes, os barbeiros tagarelas, os engraxates passam o dia todo sorrindo, os dois aprendizes são ineptos e preguiçosos.

Ninguém desconfia de mim. Quando falo iídiche, sou um galiciano, embora meu iídiche não seja muito bom, já que nunca vivi na Galícia. É compreensível. Não sou um galiciano autêntico. Só me chamam de *galitzianer* como chacota. Quando falo alemão, sou um judeu alemão. E quando uso palavras fortes do vocabulário das SS, então sou uma vítima dos campos de concentração. Ainda me resta um pouco daquele jargão. Ora, por que não? O que posso fazer? Não estive lá por livre e espontânea vontade!

No salão para cavalheiros de Schmuel Schmulevitch tudo continua como antes. Até mesmo as discussões políticas. Meu mais recente freguês, Daniel Rosenberg, dono de uma fábrica de tecidos — dizem que será o futuro prefeito —, me faz a mesma pergunta todas as manhãs.

— Sr. Finkelstein! Qual sua opinião sobre a situação política?

Minha resposta é sempre a mesma:

— E você, Sr. Prefeito?

Ao que ele costuma responder:

— Ainda não sou prefeito.
Minha réplica, claro, é:
— Mas em breve será, Sr. Prefeito. Eu tenho certeza!

A situação política é séria. Eu até me atreveria a dizer: muito séria! O terrorismo aumentou. Recentemente dois navios ingleses foram afundados por terroristas judeus. Um general inglês foi assassinado. Nove tanques ingleses foram explodidos com coquetéis molotov, bem como um comboio de provisões e um depósito de armas.
Na última noite as casas de Beth David tremeram. Houve uma terrível explosão. Pulei fora da cama e desci até a rua. Não pude ver muita coisa, somente chamas. O céu estava vermelho. Só esta manhã descobri o que estava acontecendo. Yankl Schwartz e seus homens em ação.
TROPA DE ASSALTO A: ataque à prisão de Beth David. Explodido o edifício. Todos os terroristas presos anteriormente pelos ingleses foram libertados. Durante a missão diversos criminosos comuns escaparam. Não pôde ser evitado.
TROPA DE ASSALTO B: limpeza das ruas. Destruídos tanques ingleses nas esquinas das ruas. Patrulhas de rua inglesas alvejadas. Palavra de ordem: esta é uma cidade judia!
TROPA DE ASSALTO C: ataque ao posto policial na esquina da rua Scholem Aleichem com a rua Pinsker. Vinte e cinco mortos.
Foi declarado estado de emergência em Beth David.

Mas isso é o de menos. Novas tropas inglesas estão desembarcando a cada dia. Isso me dá vontade de rir! A Inglaterra está falida! Custa muito caro combater uma guerra de guerrilha! Os ingleses não podem se dar ao luxo de permanecer aqui. Eles vão se retirar em breve! E o que acontecerá então? Haverá uma terra de ninguém bem no meio da Palestina. E dois grupos populacionais um contra o outro: judeus e árabes. Guerra. Haverá uma guerra aqui em breve!
Sim, maldição. A situação política é grave. Claro que teremos de levar em conta os árabes. Eles já estão afiando suas facas e municiando as armas. Estão se exercitando neste exato momento. Simples assim.
Já deu uma olhada no jornal? Está lá, preto no branco: "Judeus massacrados em Jaffa!" Ainda bem que não fiquei lá com a Fatma Gorda!
Sim, está tudo nos jornais. Manchetes:

"ÔNIBUS JUDEU ALVEJADO POR ATIRADORES ÁRABES
EM ESTRADA PARA JERUSALÉM!"

"SINAGOGA INCENDIADA!"
"ATAQUE ÁRABE AO KIBBUTZ QUAR JOSEPH BEN NATHAN!"

Os porcos botaram fogo em nossos campos! Queimaram os bananais. Isso foi ontem. E na semana passada? Na semana passada aconteceu a tragédia das três aldeias judaicas. Você leu? Árabes armados entraram em nossas aldeias. Levaram duas mulheres, queimaram casas, saquearam...
Não tenha medo. Assim que os ingleses forem embora, ajustaremos contas com eles. Vão levar uma surra. E eu, Itzig Finkelstein, aliás o exterminador Max Schulz, ou vice-versa, não pretendo assistir de camarote. Vou entrar na luta. Pode ficar certo disso!

Três dias de estado de emergência! Agora acabou. Parece que os ingleses estão dispostos a negociar com Yankl Schwartz. Mais detalhes não sei.
Novas tropas inglesas chegaram a Beth David.
Se eu sei onde está Yankl Schwartz? Não faço a menor ideia. Nem mesmo Schmuel Schmulevitch sabe. E ele é um famoso barbeiro!
Ninguém sabe onde Yankl Schwartz está escondido. Nem como se parece. Imagino que seja um gigante. Um gigante judeu! Talvez se pareça com o Sansão bíblico.

XIII

Entre meus colegas há dois judeus alemães: Sigi Weinrauch e Max Weizenfeld. Pessoalmente eu, o assassino em massa Max Schulz, considero Max Weizenfeld um bom judeu. Se é um homem religioso, não sei. Mas é um sionista... isso ele certamente é. Eu diria: um idealista! Um membro ativo do Haganah. Ele foi também um *kibbutznik* e plantou as primeiras árvores no Neguev.
Mas o outro... Sigi Weinrauch, é um inimigo do povo. Faz piadas sobre o sionismo — costumávamos chamar esse tipo de coisa de "corrupção da verdade" —, insulta nossos líderes — costumávamos chamar esse tipo de coisa de "difamação do Führer" —, e está sempre falando sobre a causa perdida — que chamávamos "disseminação de propaganda inimiga e derrotismo" —, mas o pior de tudo é que Sigi Weinrauch adora a Alemanha!
Pode entender isso? Um judeu que adora a Alemanha! Apesar das seis milhões de almas! Ele não é melhor que a esposa do meu patrão... aquela que

tem a Cruz de Ferro... a Sra. Schmulevitch... Cruz de Ferro escondida entre as tetas velhas.

Os dois estão mancomunados. Isso é óbvio. Conversam abertamente sobre o belo Reno e o Mosela, sobre cerveja e *sauerbraten*, bolo de carne e salsichas brancas. Aqueles dois não gostam daqui.

Não muito tempo atrás eu disse a Sigi Weinrauch:
— Se não gosta daqui, Sr. Weinrauch... por que não volta para a Alemanha?
Ele disse:
— Estou esperando a Alemanha se recuperar.
E a Sra. Schmulevitch meteu seu nariz na conversa. Ela disse:
— Eu também. Espero a recuperação da Alemanha.
E meu patrão, Schmuel Schmulevitch, disse para a mulher:
— Você não está realmente pensando em voltar!
E a Sra. Schmulevitch disse:
— Claro que quero voltar!
— Sem mim? E o salão?
— O salão... nós o vendemos!

Quanto a Sigi Weinrauch, ele se limitou a sorrir sem dizer nada; apenas sorria. O que me deixava fervendo de raiva!

É o tipo de coisa que não posso entender! Nenhum resquício de idealismo! Eu disse cobras e lagartos para aqueles dois. Esqueci completamente que tinha de ser discreto por causa de meu emprego! Mas a Sra. Schmulevitch não disse uma palavra. Apenas riu com desprezo.

A discussão durou o dia inteiro. Eu, o exterminador Max Schulz, defendo que a nossa pátria é a Palestina, ao passo que os dois judeus alemães, Sigi Weinrauch e a Sra. Schmulevitch, insistem que sua pátria é a Alemanha.

Um bom barbeiro deve entreter seus fregueses. Falo o dia inteiro sobre história, nossa história, a história judaica. Fico repetindo que eu, o exterminador Max Schulz, dei uma aula a um freguês — o judeu americano — sobre nossa história. Falo em alto e bom som, de modo que todos no salão possam entender... inclusive a Sra. Schmulevitch e Sigi Weinrauch.

Fiz para mim a seguinte agenda: aos domingos — porque domingo é um dia útil aqui — falo do exílio dos filhos de Israel do Egito. Às segundas, sobre a conquista da terra de Canaã. Terças: sobre a divisão do reino. Quartas: sobre a revolta dos macabeus. Quintas: sobre os heróis da fortaleza de Massada. E às sextas: sobre a revolta de Bar Kochba.

Esta semana mudei a agenda... a fim de irritar ainda mais Sigi Weinrauch e a Sra. Schmulevitch. Ela já não me intimida mais porque... é uma questão de honra!

Domingo falei sobre o exílio dos judeus, bastante brevemente.

Na segunda falei sobre a reviravolta decisiva, de um homem escrevendo um livro, inspirado pelo caso Dreyfus... e de um homem chamado Theodor Herzl e de seu livro: *O Estado Judeu*. Uma ideia nasceu... ou não nasceu, meramente se transformou, ganhou vida. Ahasver pula na fonte da juventude... uma chama se acende... a revolução começa.

Na terça falei sobre os primeiros assentamentos judeus na Palestina, mencionei a Primeira Guerra Mundial e os feitos heroicos do recém-criado Corpo Tropeiro de Sion e da Legião Judaica, que combateram ao lado dos ingleses contra os turcos, no final forçando a retirada otomana. Falei sobre a Declaração Balfour e a promessa inglesa de uma pátria judaica na Palestina.

Na quarta falei sobre extermínio em massa e disse: "Filhos de Ahasver!" E perguntei: "Por que eles não vieram mais cedo? O que estavam eles esperando?" Sim, eis como foi. Na quinta falei sobre o presente. E hoje... no último dia da semana... falei sobre o futuro.

XIV

Fiquei calado por toda a manhã. Reunindo forças. Deixando a conversa por conta de meus colegas, que são um bando de tagarelas.

À tarde meus colegas tinham falado até a exaustão. Era o que eu estivera esperando.

Então falei em detalhes sobre o êxodo dos ingleses, enquanto executava vários estilos de cortes de cabelo, todos de alta qualidade. Mais tarde barbeei vários fregueses, enquanto falava da fundação do Estado judeu e das guerras com os árabes... guerras futuras. Barbeei bem e habilmente, sem cortar ninguém e sem deixar qualquer restolho, um trabalho de mestre.

Quanto mais eu falava, mais excitado ficava. Parecia-me que havia martelinhos golpeando um lado da minha cabeça, exatamente no ponto em que meu cérebro tinha sido lesionado. Um véu de névoa ofuscava meus olhos de sapo. Depois de terminar outro corte de cabelo com a classe habitual, atendi um novo cliente e a partir daí comecei a cometer erros, enquanto as palavras me saíam da boca cada vez mais raivosas e ásperas. Tive visões, falei de milhões de criancinhas, falei de bombas atômicas, falei do expansionismo, falei da minúscula terra da China, falei da dominação do mundo! Senti meu traseiro começar a comichar, meu membro a enrijecer. Tirei os óculos, olhei-me no espelho e vi dois gigantescos olhos de sapo, vi um cacho de cabelo cair sobre minha testa e vi o bigode, falava cada vez mais alto, intoxicado por minha própria voz... a qual... soava muito como... ou exatamente como... a voz no Monte das Oliveiras atrás do altar.

Terminado meu discurso, tudo no salão tremia, ou seja, tudo que não estivesse aparafusado ou pregado. Os espelhos reluzentes banhavam o salão com luz refletida. Eu não sabia se os fregueses, a equipe, Schmuel Schmulevitch e sua esposa haviam realmente entendido a última parte de meu vibrante discurso, mas tinha certeza de que o tom de minha voz não falhara ao exercer seu efeito hipnótico. Porque, quando parei de falar, fez-se um completo silêncio no salão, tão completo quanto naquele dia no Monte das Oliveiras após aquela poderosa oração. Então, de repente, todos os fregueses levantaram-se de suas cadeiras e, sem se preocuparem com tesouras e pentes, barbeadores e navalhas, pincéis e sabão, gritaram como loucos:

"AMÉM! AMÉM! AMÉM!"

A equipe também gritava "Amém!", inclusive Schmuel Schmulevitch e sua esposa.

Realmente não me importa se você acredita em mim ou não. Aceite ou esqueça. Pretendo contar tudo. Sem deixar nada de fora.

A notícia espalhou-se. Afinal nós somos... o salão para cavalheiros de Schmuel Schmulevitch... a única barbearia de Beth David. Todo mundo vem aqui! Aqui todas as classes sociais estão representadas. Resumindo: o povo!

Desde o meu discurso têm-se formado longas filas no salão. Homens que antes só cortavam o cabelo uma vez por mês vêm agora com mais frequência. Muitos fazem duas barbas por dia ou aparecem por qualquer pretexto, para tratamentos a quente ou massagens, para alisamento, aplicação de xampu anticaspa ou para fazer as unhas! O negócio vai de vento em popa e a Sra. Schmulevitch está adorando. Ela não tem a menor intenção de me despedir.

Não faz muito tempo Schmuel Schmulevitch me disse:

— Sr. Finkelstein... não percebeu nada?

— Percebi o quê? — perguntei.

— O pessoal de Yankl Schwartz! Os terroristas!

— O que tem eles?

— Estão rondando por aqui... espreitando o meu salão. Olhando através da vitrine. De olho em Itzig Finkelstein.

— Isso é maravilhoso, Sr. Schmulevitch!

Schmuel Schmulevitch olhou para mim seriamente. Muito seriamente. E disse:

— Tenho a desagradável sensação de que eram os homens de Yankl Schwartz. E mais: acredito que o próprio Yankl Schwartz esteve aqui não faz muito tempo para dar uma olhada em você.
— Realmente acredita nisso? Reconheceria Yankl Schwartz? Conte-me a verdade! Sabe realmente quem ele é?
— Não, Sr. Finkelstein. Mas não consigo me livrar da sensação de que Yankl Schwartz esteve aqui na loja... ou melhor no salão para cavalheiros.

Uma noite... ao sair do Café Trumpeldor a caminho de casa, fui bloqueado por dois homens.
A iluminação pública aqui é fraca... embora seja uma cidade moderna. Meus óculos estavam um pouco embaçados. Mal me dei conta do que estava acontecendo. Pude entrever uniformes cáqui, rostos bronzeados de sol, casas adormecidas de cujas janelas saía apenas uma luz fosca... vi lanternas diante da entrada do Parque Herzl e perguntei a mim mesmo: O que fez você tomar este caminho? Vi um tanque inglês seguindo na direção oposta... depois eu, o exterminador Max Schulz, fui arrastado sem cerimônia e jogado num táxi... no assento dianteiro... o homem sentado atrás de mim agarrou-me, pôs uma venda nos meus olhos e enfiou um lenço em minha boca. É o fim, pensei. Agora eles me pegaram!
Durante o trajeto comecei a pensar mais claramente: quem poderiam ser? Agentes do Serviço Secreto judeu na Palestina? Ou homens de Yankl Schwartz? O que queriam? O que eles queriam de mim? Saberiam talvez alguma coisa? Ou não saberiam nada?
O táxi seguia lentamente. Provavelmente para não chamar atenção. E por que haviam me colocado no assento dianteiro? Nos filmes é diferente. Nos filmes a vítima de sequestro é sempre colocada no banco de trás... espremida entre seus captores! Que diabo tinham eles em mente? Fuzilar-me pelas costas? Tal como "ele" tinha fuzilado Itzig Finkelstein?
Eu me sentava rigidamente. Permaneci calmo, porém alerta. Disse para mim: Pronto. Acabaram de contornar o Parque Herzl. Pensam que me enganam. E agora... seguem para o sul! Para os canteiros de obras! Ah-ah! Aqui a estrada é cheia de buracos. Não tem mais asfalto. A área dos canteiros de obras. Será aqui o seu quartel-general?
Impeliram-se para fora do táxi. Terreno acidentado. A noite tinha cheiro de luar, cimento, andaimes de madeira, de vergalhões, areia, de crianças não nascidas. Havia degraus em algum lugar. Levaram-me na direção deles. Descemos os degraus. Aqui o cheiro era de porão.
Retiraram a venda de meus olhos e puxaram o lenço de minha boca. Eu já podia falar. E ver de novo. Mas não disse nada. Apenas olhei a minha volta.

Um porão, como supus. A luz aqui também era fraca. Mas diferente. Uma corda comprida. Não, não para enforcar alguém. Apenas um longo pedaço de corda pendendo do teto baixo de porão, com algumas lâmpadas atadas na extremidade. Luz brilhante. Sim. Mas não elétrica. Era mesmo um canteiro de obras, como eu havia imaginado.

Meus olhos de sapo... enquadraram uma ampla escrivaninha. E o homem... sentado atrás dela. Havia outros em frente à escrivaninha. Sentados em semicírculos, como os árabes em Jaffa que vi diante do bordel de Fatma Gorda. Mas eles não eram árabes... muitos deles vestiam roupa cáqui. Outros, não. Dois deles eram carecas. Mas não os outros. Um deles usava chapéu. Vi também uma mulher usando um vestido leve de algodão estampado. Um colar em volta do pescoço. Mas não a Cruz de Ferro. Vi a Estrela de Davi.

Alguém enfiou uma cadeira sob meu traseiro.

O quartel-general de Yankl Schwartz! Yankl Schwartz não parecia como Max Schulz, o exterminador, havia imaginado. Yankl Schwartz tinha uma cabeça enorme e usava óculos com armação de chifre, olho esquerdo escuro e míope — o olho do gueto — e o olho direito visionário e luminoso — o olho da liberdade.... um olho fitava numa direção... o outro noutra... passado e futuro por trás dos mesmos óculos... e onde está o presente?

Não posso descrever seu corpo, porque só via sua cabeça e seus olhos... quanto aos pés, estavam escondidos sob a escrivaninha. E eu não queria me inclinar para vê-los, pois isso podia ser perigoso.

Ele estava sentado atrás da escrivaninha. O homem atrás da escrivaninha era ele: Yankl Schwartz!

Sua voz soou um tanto rouca. Imagino que o passado ainda estava entalado em sua garganta, como um caroço que ele não cuspiu fora.

Ele me disse:

— Sr. Finkelstein, não faz muito tempo você proclamou a conquista do mundo pelo judaísmo!

Eu disse:

— Proclamei como uma profecia!

Yankl Schwartz sorriu. Olhou direto nos meus olhos de sapo. Com o olho do passado e com o outro olho do futuro. Seus olhos pareciam perfurar-me, muito embora fosse um simples olhar.

Yankl Schwartz disse:

— Não é isso que queremos, Sr. Finkelstein.

— Não entendo — repliquei.

— Conquistar o mundo — disse Yankl Schwartz.

— Então o que vocês querem, Sr. Schwartz?
— Dar uma porrada nos ingleses! Expulsá-los!
— E o que mais?
— Estabelecer o Estado judeu!
— Onde, Sr. Schwartz?
— Aqui, Sr. Finkelstein. Dentro dos limites de nossas fronteiras históricas.
— E depois. Sr. Schwartz?
— Nada, Sr. Finkelstein. Depois queremos viver em paz.
— E as portas, Sr. Schwartz?
— Permanecerão abertas.
— Para os milhões?
— Para todos... que quiserem vir.

Yankl Schwartz poliu seus óculos, tirando-os fora por alguns segundos e depois recolocando-os.

Perguntei:

— E os árabes?

— Não sei o que será deles — disse ele, sempre sorrindo, embora sua voz parecesse tensa. — Nós pintamos os bancos do Parque Herzl de azul e branco. E pusemos um cartaz em árabe, dizendo: "Sentem-se nos bancos dos judeus!" Quando chegar o momento, todos os bancos de praça, dentro dos limites de nossas fronteiras históricas, serão pintados de azul e branco. E colocaremos o mesmo cartaz em todos os lugares. Este é um convite muito generoso, Sr. Finkelstein.

— Sim, é — eu disse. — É verdade. Mas suponhamos que os árabes não queiram sentar-se. O que faremos então?

— Ainda não sei — disse Yankl Schwartz.

— É um problema?

— Sim — disse Yankl Schwartz. — É um grande problema.

— Então é isso.

E Yankl Schwartz disse:

— Sim, é isso.

Subitamente notei meu aprendiz Motke entre aqueles sentados no semicírculo. Não o havia notado antes. Ah! Ele também! Um terrorista!

— Seus sermões sobre história judaica são puro diletantismo — disse Yankl Schwartz. — Mas você prega com entusiasmo, Sr. Finkelstein! Isso me impressionou!

Vi Motke sorrindo. Ele piscou para mim. Uma impertinência de aprendiz!

— Esteve num campo de concentração, Sr. Finkelstein?

— Sim.

— Também no sul da Rússia?

— Sim. Mas isso foi mais cedo.
— Já sabemos. Na barbearia... quer dizer, no salão para cavalheiros do Sr. Schmulevitch... você já assinalou este ponto: as suas incursões no sul da Rússia. Em simples conversas. E se dava ares de importância. Não estou certo?
— É possível. Não posso lembrar tudo que digo quando estou trabalhando. Sabe como é. Muita conversa fiada...
— Então é verdade? Esteve mesmo no sul da Rússia?
— Sim. Estive lá.
— E o que fazia lá, de verdade?
— Treinava para atirar de fuzil!
— Então é verdade!
— Claro. Adquiri muita prática.
Yankl Schwartz sacudiu a cabeça.
— Foi o que Motke nos contou. Então é mesmo verdade.
— Sim.
— Quantas pessoas matou, Sr. Finkelstein?
— Não sei. Não as contei.
— E que tipo de armas usava, Sr. Finkelstein? Fuzis de fabricação russa?
— Não. Armas alemãs!
— Ótimo — disse Yankl Schwartz. — Isso é excelente.
Gotas de suor frio brotaram em minha testa, como pode bem imaginar. Mas eu refletia. Conseguia pensar.
Era óbvio que Yankl Schwartz me considerava um ex-*partisan* que combatera com armas roubadas dos alemães... do lado certo... não do lado errado.
— Ainda é um bom atirador, *chaver* Itzig?
Notou a mudança de tom? O novo tratamento? *Chaver* Itzig?
Respondi:
— Sim, sou, *chaver* Yankl.
— Ótimo — disse *chaver* Yankl. — Isso é bom.

XV

Poderia facilmente alongar-me sobre o que aconteceu no porão, mas prefiro fazer apenas uma breve anotação.
Depois da conversa com Yankl Schwartz foi servido café. Tivemos uma agradável e descontraída conversa. O assassino em massa Max Schulz apertou

muitas mãos, foi apresentado a todo mundo exceto a Motke, a quem já conhecia. Após o café foi servida bebida forte. A seguir espetinho de carne. Depois novamente café. Todos fumavam alegremente. Lá não havia não-fumantes. Ou vegetarianos. São todos normais. Ou assim me parece. Ou foi a impressão que tive.

Se eu me tornei um membro? Você gostaria de saber? Eu, um membro do notório grupo terrorista de Yankl Schwartz? Não cabe a mim decidir. Yankl Schwartz é quem toma a decisão final. Ninguém mais.

Naturalmente eu, Itzig Finkelstein, aliás o exterminador Max Schulz, sou membro do grupo.

Durante as semanas seguintes não tive notícias de Yankl Schwartz. Não até a noite de meu casamento!

O que foi que eu disse? A minha noite de núpcias. Mas estou com a carroça adiante dos bois. E não quero fazer isso. Portanto deixe-me contar a história na ordem cronológica.

O que aconteceu foi o seguinte:

No final de agosto as duas manicures, Rita e Irma, foram despedidas sem aviso prévio. MOTIVO: arrogância.

A Sra. Schmulevitch disse:

— Isso é algo que não posso permitir. Arrogância! Porque eu estou na caixa. Mas quando um cavalheiro confia sua mão, e especialmente suas unhas, a uma mulher... ou seja, aquela parte do corpo que, como todos bem sabem, pode revelar a índole de uma pessoa... então esse cavalheiro se torna suscetível.

Sim. Foi isso que aconteceu. Então um dia houve uma grande altercação... e uma coisa leva a outra, como diz o ditado.

Quando criança fui uma vez ao circo. E lá eu vi a mulher mais gorda do mundo. Chamava-se Johanna. Eu me apaixonei loucamente por ela. Mas isso já faz muito tempo.

A nova manicure chama-se Miriam, ou Myra. E ela é até mesmo mais gorda que minha própria mãe. E mais gorda que Johanna, a mulher mais gorda do mundo. E, se não me engano, mais gorda que Fatma do bordel Abdula, muito embora eu não a tenha visto.

Por alguns dias ficamos sem manicure. E a Sra. Schmulevitch estava nervosa. E Schmuel também. Eles começaram a discutir. E o Sr. Schmulevitch disse:

— Não há nenhuma manicure em Beth David!

E a Sra. Schmulevitch disse:

— Não há nenhuma manicure aqui!

— Então só me resta ligar para o *Histadrut* em Tel Aviv!

— *Histadrut*? O que é isso?
— Já é hora de você aprender hebraico! É o nosso sindicato!
— Não quero nada com sindicatos!
— Então teremos que tentar a agência Mankelevitch!
— Pior ainda! Foram eles que indicaram Rita e Irma!

Resumindo, eles não chegavam a um acordo. Desta vez a Sra. Schmulevitch foi também contra pôr anúncio no jornal. Só restou uma alternativa: Myra!

Meu patrão Schmuel Schmulevitch pensou a respeito por um instante e depois disse:

— Muito bem, então. Chamaremos Myra!

Myra? Uma sobrinha de Schmuel Schmulevitch do *kibbutz* Degania. Não longe daqui.

Na mesma noite, após ter sido tomada a grande decisão de chamar Myra... eu, o exterminador Max Schulz, fui convidado a jantar na casa de Schmuel Schmulevitch.

Tivemos uma agradável conversa:

— Ela já trabalhou no salão — disse Schmuel Schmulevitch. — Na primavera... e até que trabalhou bem. Mas depois ela saiu. Foi para o *kibbutz*.

— Por que, Sr. Schmulevitch?

— Porque lá tem fartura de comida.

— Ela come muito?

— Sim — disse Schmuel Schmulevitch. — Ela come demais.

Naquela noite na casa de Schmuel Schmulevitch vim a saber um bocado de coisas sobre Myra. Se não, tudo.

Myra veio de uma pequena cidade da Ucrânia chamada Wapnjarka-Podolsk. Em 1941, juntamente com outros judeus da cidade, ela foi levada ao cemitério para ser fuzilada. Qual cemitério? O cemitério judaico!

Não, ela não morreu!

— Ela está vivinha da Silva — disse Schmuel Schmulevitch. — Mas ficou muda. De choque.

Portanto, muda.

Miriam, ou Myra, conseguiu rastejar para fora da sepultura coletiva.

Nota: Deduzo que os SS eram maus atiradores.

Continuando a história: Myra não escapou sozinha. Com ela havia outra mulher. Uma velha.

E a velha, que está agora na Palestina e conhece Schmuel Schmulevitch, contou-lhe o seguinte:

— Não queríamos ficar nas vizinhanças do cemitério. Então nos afastamos. Para algum lugar. A pé. E Myra estava muda, não podia falar. Mas era uma boa andarilha. Melhor que eu. Porque eu era velha. E Myra era jovem.

"Um dia fomos capturadas, em algum lugar, não me lembro qual. Fomos para um campo de concentração. E lá ficamos. Não nos fuzilaram. Nem nos mandaram para a câmara de gás. Só que lá não havia nada para comer. Ou quase nada.

"E quando saímos, em 1945, Myra estava magra como um esqueleto: um monte de osso com olhos... olhos que às vezes se moviam.

"E então Myra começou a comer. Comer da manhã à noite: até dormindo sonhava que comia! Uma máquina de comer muda."

Perguntei a Schmuel Schmulevitch:
— E como vai lidar com este "fenômeno" vindo de um *kibbutz*... no seu salão para cavalheiros?
Schmuel Schmulevitch me disse:
— Com uma promessa, Sr. Finkelstein. E disse a ela: "Myra, minha criança. Naturalmente você pode morar conosco de novo. Seremos bons com você. E no que se refere à cozinha de minha mulher: de agora em diante teremos um bolo por dia, tanto bolo quanto você possa comer!

Quando Myra chegou para trabalhar pela primeira vez... um pouco atrasada... meu choque foi tal que deixei a navalha cair no chão. Eu nunca tinha visto nada parecido! Schmuel Schmulevitch estava certo: máquina de comer. Gigantesca. Muda. Uma boca condenada ao silêncio. Uma bunda gorda que se desforrava dos anos de fome.

Myra adaptou-se à equipe. Vinte e oito anos, pensei. Ou trinta, não mais que isso. Um rosto bonito com covinhas. Mas os olhos... como os de um peixe, pensei. Um peixe morto com olhos que se moviam.

Não dediquei outro pensamento sequer a Yankl Schwartz. Só conseguia pensar em Myra. Durante o dia na loja... perdão, no salão para cavalheiros... obviamente senti dificuldades para me concentrar. Quero dizer, no meu trabalho importante e repleto de responsabilidade. Ao meio-dia almoçava qualquer coisa, mal sabendo o que estava ingerindo. E o mesmo acontecia no café da manhã. E também à noite. Pois eu comia três vezes por dia.

Os alimentos não mais me apeteciam. Não sentia mais seu aroma nem paladar.

À noite eu ficava desperto pensando em Myra, revirando-me na cama... porque de repente eu me sentia solitário.

Desde que Myra entrou na minha vida... com toda a sua gordura e seus gritos mudos... eu me masturbava dia e noite. Mal consigo me manter de pé. Durante o dia me masturbo no banheiro do salão para cavalheiros de Schmuel Schmulevitch, à noite na minha cama de solteiro.

Como pode ver, para mim Myra personifica alguma coisa. Creio saber o que é, mas não posso dizer com certeza. Toda vez que penso nela, me vem a vontade de esmagar o mundo a minha volta, de engolir pedaço por pedaço, até fazê-lo correr junto com meu sangue e engrossar minhas veias, expelir sêmen fartamente e, após expeli-lo, queria reabsorvê-lo, acumulá-lo e depois afagá-lo, reconciliar-me com ele... não deixá-lo sair, mantê-lo pronto para recomeçar do princípio.

Como você vê, tornei-me uma pessoa diferente... e ainda assim... quando penso em Myra... quero passar por tudo... de alguma forma... novamente... o passado... só que de modo diferente, entende... passar por tudo com Myra... não de outra maneira!... Vivenciar eu mesmo como era e como não sou mais, ou talvez ainda seja, só que diferente. Entende isso? E também gostaria de percorrer o presente com ela. E todos os nossos amanhãs!

Sabe você o que é o amor? Eu não sei exatamente. Mas creio que o sentimento que eu, o exterminador Max Schulz, tenho por Myra... deve ser, creio... quero dizer... é o amor!

Estava eu lá? Em Wapnjarka-Podolsk? Naquele lugar onde todos os judeus foram fuzilados... exceto dois... uma velha e uma jovem... muito embora elas estivessem entre aqueles fuzilados... mas não atingidas para valer?

Não sei. Vi muitas florestas e muitos cemitérios na Polônia e na Ucrânia. E certamente nós estávamos também naquela área. Quero dizer, na área de Myra. Mas na verdade eu só anotava os nomes das grandes cidades. Wapnjarka-Podolsk era um lugar sem importância... um buraco insignificante. Não sei nada mais. Talvez eu estivesse lá. Talvez não. Nunca ficávamos muito tempo em um lugar. Por umas horas ou um dia... em cidades pequenas e sem importância... fazíamos nosso trabalho... cumpríamos nosso dever, não ficávamos muito tempo e íamos embora.

XVI

Ontem tive um encontro com Myra. Fomos ao Café Trumpeldor! O garçom fitou-nos de boca aberta e olhos esbugalhados.

Para mim, o exterminador Max Schulz, pedi uma fatia de bolo, e para Myra pedi dez fatias... cinco tortas de maçã, três fatias de bolo de chocolate, uma fatia de bolo de passas e uma bomba de creme.

Como Myra não podia falar, coube a mim sustentar os dois lados da conversa.

O que fizemos depois? Você quer mesmo saber? Fomos ao cinema. Para ver um filme de Ingrid Bergman.

As poltronas eram estreitas demais para Myra. Mas o dono do cinema, o Sr. Mandelstamm, foi gentil o bastante para trazer uma ampla poltrona de couro da sala de espera, que colocou junto à saída de emergência. Ficamos de mãos dadas. Não ousei mais que isso. Estamos em Beth David! Não em Wapnjarka-Podolsk!

Myra é uma ótima manicure, mas não muito rápida. Porque ela fica se empanturrando enquanto trabalha. Sem parar. E leva tempo para se empanturrar!

O avental branco que Myra usa para trabalhar tem bolsos grandes. E sempre repletos — a ponto de romper — de todos os tipos de guloseimas: figos, tâmaras, nozes, passas, torradas e bolinhos... um estoque de guloseimas para satisfazer o apetite de Myra constantemente.

Os fregueses já conhecem Myra e trazem para ela doces e chocolates, bem como pedaços de pão dormido, sobras, restos de ração canina, porque sabem que ela gosta de tais coisas. Eles também estiveram em campos de concentração... muitos deles, pelo menos.

Todos os sobreviventes dos campos de concentração são igualmente ávidos por se empanturrar? Não, nem todos. A maioria deles superou o trauma da fome. Obtiveram sua desforra de modo diferente. De alguma forma.

Quanto ao estafe do salão, temos grande simpatia por Myra e sempre deixamos algo para ela comer de nossas pausas para o café de manhã... núcleos de maça, farelos de bolo, caroços de ameixa ou de pêssego quando ainda sobrou alguma coisa: nós simplesmente depositamos essas sobras em qualquer lugar, cuidadosamente — assim parece — em geral em algum canto, porque Myra só extrai real prazer por estas coisas quando não são oferecidas abertamente e são difíceis de encontrar. Quando elas precisam ser caçadas, por assim dizer.

Hoje, mais uma vez, parei por um bom tempo diante do espelho, olhando para meus dentes de ouro. O que diria minha mãe se soubesse que eu pretendia casar com Myra? Ela certamente iria dizer:

— Anton, venha cá! Max quer se casar! Aos quarenta! O que acha disso?

E Slavitzki certamente diria:

— Aos quarenta anos nem todas as bundas são iguais. É quando um homem se torna sofisticado.

Minha mãe diria:
— É verdade, Anton.
E Slavitzki diria:
— Deve tratar-se de uma bela bunda.
E minha mãe responderia:
— Uma bunda judia! Além disso, maior que a minha! É isso que atrai o meu Max!

A sorte está lançada. Propus casamento a Myra. Ela sacudiu a cabeça, aceitando.

Minha futura esposa: Miriam Schmulevitch! Filha de Joseph Schmulevitch... fuzilado em 9 de julho de 1941. No cemitério de Wapnjarka-Podolsk.

XVII

Não tenho parentes aqui. Mas Myra tem. Schmuel Schmulevitch e sua esposa. Claro. Mas tem outros. Não o pai. Que morreu fuzilado, como eu lhe disse! E tampouco a mãe. Nem seus cinco irmãos. Nem suas seis irmãs. Foram todos fuzilados. E também seus tios, tias e primos, primos de ambos os sexos, de Wapnjarka-Podolsk. Foram todos fuzilados por nós. Mas a família Schmulevitch é numerosa. Ainda sobraram alguns parentes de Myra, além de Schmuel Schmulevitch e esposa. Tem outros tios e tias, outros primos, homens e mulheres. E onde moram eles? Em Mea Sharim, o bairro dos judeus ortodoxos de Jerusalém. São judeus religiosos.

Não tenho parentes aqui, é verdade. Mas Myra tem. E em breve a família dela será a minha. Convidamos toda a parentela para o casamento. Todos eles.

Myra e eu fomos unidos pelo matrimônio em 3 de setembro de 1947, em Beth David, sob o rito hebraico, pelo rabino Nachum Nussbaum. Meu pai, Chaim Finkelstein, casou-se no mesmo tipo de cerimônia, com Sarah. Sob o baldaquim.

O rabino Nachum Nussbaum mal havia começado a cerimônia quando meus novos parentes começaram a soluçar. E quando pronunciei as palavras decisivas, tal como meu pai Chaim Finkelstein as havia pronunciado um dia para minha mãe Sarah Finkelstein, o soluçar dos meus parentes tornou-se mais forte ainda. Eu disse:

— Ouve! Com este anel tu foste confiada a mim de acordo com a lei de Moisés e Israel!

Após o rabino Nussbaum ter lido em voz alta o contrato de casamento e cantado as Sete Bênçãos, bebemos goles da taça de vinho cerimonial, como meu pai Chaim Finkelstein e minha mãe Sarah Finkelstein tinham feito. Depois peguei a taça de vinho e joguei-a no chão, estilhaçando-a em mil pedaços, pois assim mandava o rito e meu pai Chaim Finkelstein fizera o mesmo.

Quando saímos debaixo do baldaquim — um novo casal recém-casado — fomos parabenizados por meus novos parentes e por diversos fregueses do salão que eu havia convidado, bem como pelo corpo de funcionários. Todos nos apertaram as mãos, desejando: *Mazel Tov*: A paz esteja convosco.

A recepção teve lugar — em consideração aos meus parentes devotos — num hotel estritamente *kosher*, o Hotel Cohen, na esquina da rua onde ficava o Café Trumpeldor. Havíamos alugado o salão de banquetes para a recepção.

Imagine só: mesas compridas cobertas com toalhas brancas. Um cardápio *kosher*: *gefilte fish*, sopa de talharim, bife de panela com purê de batata e cenouras doces — minha mãe Sarah Finkelstein chamava-as de *tzimmes* — e de sobremesa: maçã assada com passas, *strudel* de nozes, *strudel* de cereja, tâmaras, figos e, claro, café e chá.

Tente imaginar: um bando eclético de convidados. Nós, os judeus emancipados, sentados à esquerda, com os judeus ortodoxos de Mea Sharim à direita.

Tente imaginar: Uma orquestra como naqueles velhos dias, não como a nossa em Wieshalle, mas como a de Wapnjarka-Podolsk, tocando canções iídiches. E tocando música cigana.

Imagine: a orquestra tocando música dançante. Os judeus ortodoxos de Mea Sharim, em longos "caftans" pretos, de solidéu e chapéus de pele, dançando entre si — formando círculos, estalando os dedos, as barbas agitando-se — a *Mitzvah Taenzel*.

Num gesto cordial, os judeus ortodoxos arrancaram-me da cadeira, a mim, o assassino em massa Max Schulz, e convidaram-me a dançar com eles.

Estamos todos já de pilequinho. Os judeus ortodoxos riem, estalam os dedos, agitam as barbas e dançam alegremente em círculo. Arrastando-me junto. Danço com eles. Sinto-me bêbado. Alguma coisa me parece diferente. Eu inclusive: vejo-me com o saco de dentes de ouro às costas. Vejo-me a dançar. Vejo as minhas vítimas, que estão se juntando à dança.

Uma dança da morte. E nós, os vivos, estamos no meio. E a música soa para nós.

Não! Nenhum cadáver vai fazer-me parar. Se os mortos querem dançar comigo, não tenho nada contra.

Volto rodopiando e desabo em cima de minha cadeira, seguro a cabeça nas mãos. Um dos meus parentes dá uma risada alta. Não posso suportar uma risada como essa. Qual o motivo para rir?

Ouço vozes:
— Ele dançou bem!
— É assim que deve dançar um noivo!
— Mas ele está bêbado!

Maldição! Não estou bêbado!

Estava eu lá? Ou não estava? Em Wapnjarka-Podolsk?

E o que aconteceu com a imprensa? Meu nome não é mais mencionado? Em parte alguma? Mas continuo guardando os recortes sobre extermínio em massa! E vejo outros nomes. O meu, nunca. Não tenho mais importância?

Não. Não estou bêbado. Não realmente bêbado. Mas por que não? Por que não deveria estar?

Esvaziei várias garrafas de vinho... bom vinho... adocicado. Acabei debaixo da mesa. Queria dormir para curar meu porre.

Myra então levou-me para casa.

Schmuel Schmulevitch aconselhou-nos a morar temporariamente em meu quarto de hotel, até que os novos conjuntos residenciais no sul da cidade ficassem prontos, e Myra e eu seguimos seu conselho ao pé da letra. Meu quarto tinha espaço suficiente. Só que a cama era estreita demais!

Quando Myra e eu chegamos da festança, uma feliz surpresa nos aguardava: uma cama nova! Entregue em segredo durante a tarde. Um presente de Schmuel Schmulevitch e sua esposa. Uma cama gigante. Nunca se viu uma coisa igual. Havia um cartão: "Para Itzig e Myra, com os mais sinceros votos do Sr. Schmuel Schmulevitch e esposa."

Naturalmente você desejará saber se Myra era virgem e, em tal caso se eu, o exterminador Max Schulz, desvendei este importante segredo durante a noite nupcial.

Tentei desvendar. Tentei sete vezes. Mas sete é um número que traz má sorte.

Disse para mim: Itzig Finkelstein! Você está bêbado! E sua espada está adormecida! Em sono profundo! Não dá sinal de vida! Nem mesmo a mulher mais gorda do mundo conseguiria despertá-la agora!

Caí no sono. Às duas da madrugada houve uma batida na porta. Primeiro, muito leve. Depois um pouco mais alta. Furioso, fui atender. Quem poderia ser?

Eram os terroristas!

XVIII

Falei para os homens de Yankl Schwartz:
— Vocês tinham que aparecer logo na minha noite de núpcias!
Eles disseram:
— Vista-se, Itzig Finkelstein! Esta noite é a noite!
Eu disse a eles:
— Vocês querem saber? Estive pensando a respeito. Não quero mais saber disso. Não tenho prática em tiroteios. Estou fora!
E sabe o que eles me disseram? Disseram o seguinte:
— Vamos logo com isso! Vista-se! Não comece a criar caso agora!
— E se eu não quiser ir?
— Uma ordem é uma ordem!
E eu disse a eles:
— Isso é o que eles também diziam!

Não é a mesma coisa, pensei. Os terroristas são combatentes. Genuínos combatentes da liberdade. Naqueles dias vocês matavam os indefesos! Mulheres, crianças e velhos!

Vesti-me. Despedi-me de minha esposa com um beijo. Disse a ela:
— Myra, a pátria me chama!
A seguir, saí.

Deixamos a cidade fazendo rodeios. Por trás dos canteiros de obras ao sul da cidade começava o deserto. A noite estava úmida, quente e silenciosa. Os chacais uivavam no Bosque dos Seis Milhões de Almas.

Eu marchava ao final de uma fila de homens e mulheres. Notei o aprendiz Motke. Ele diminuiu o passo, esperou-me e passou a caminhar a meu lado. Eu disse a ele:

— É, *chaver* Motke. Desta vez realmente me meti numa enrascada!
— Você sempre foi um grande falador, *chaver* Itzig!
— Sim, *chaver* Motke. É verdade.

Atravessamos o leito seco de um rio. Uma lua pálida pairava sobre a paisagem. Animais estranhos espreitavam por entre as rochas calcárias, nós os enxotamos, eles saíram de nosso caminho e desapareceram. Topamos com uma infinidade de esqueletos — se de animais ou homens... era difícil dizer na escuridão. Gaviões grasnantes batiam suas asas contra as paredes de ravina.

Eu disse para Motke:
— Nenhum de nós está carregando uma arma!
— Nós as pegaremos mais tarde — disse Motke.
— Onde?
— No *wadi* El Bakar — disse Moltke. — Yankl Schwartz está nos esperando com o resto de seus homens. É um vale do rio mais para o sul.

Motke riu suavemente.
— Receberemos também uniformes ingleses, para ficarmos parecidos com eles.
— Parecer com ingleses?
— Exatamente. Para podermos chegar até o quartel.
— Que quartel?
— O quartel inglês — disse Motke. — O Quartel do Império, perto de Tulkarem.
— E como entramos lá?
— Em caminhões.
— E o que faremos no Quartel do Império?
— Vamos roubar armas. Encher alguns caminhões com elas, assim esperamos. Vamos precisar delas.
— Para a guerra do nosso futuro?
— Exatamente — disse Motke.

Meu aprendiz tropeçou e eu o agarrei antes que caísse.
— Mantenha os olhos abertos, garoto!
— Sim, *chaver* Itzig.
— Quando iremos atacar, Motke?
— Não antes do alvorecer.
—Por que não no escuro?
— Não sei, *chaver* Itzgig. Mas acho que é porque entraremos no quartel com uniformes ingleses, como se fôssemos um comboio normal.

Um pouco mais tarde, enquanto marchávamos através do Bosque dos Seis Milhões de Almas, senti-me inundado por suor frio.

No Bosque dos Seis Milhões de Almas parecia-me ouvir as árvores antigas rezando... embora não houvesse árvores antigas ali. Eu podia vê-las e podia ouvi-las. Podia ver seus olhos frondosos voltados na direção do céu e podia ouvir as palavras: "SHEMA YISRAEL, ADONAI ELOHENU, ADONAI ECHATH!" (Ouve, ó Israel: o Senhor nosso Deus, o Senhor é um só!).

Não havia mais criaturas rastejantes como no leito de rio seco, mas vi pássaros negros gigantes, maiores do que aqueles no leito do rio. Pássaros que voavam em círculos acima da copa das árvores, os pescoços inclinados e os bicos escancarados, como se com falta de ar. Eles voavam em círculos e grasnavam sua canção na direção da lua amarelada.

As árvores antigas do Bosque dos Seis Milhões de Almas abençoavam seus irmãos, alongando-se acima das outras árvores, alargando seus galhos nodosos. Vi como as árvores masculinas mais jovens pressionavam as árvores fêmeas de encontro ao seu peito de cortiça, como as árvores fêmeas acolhiam e acariciavam seus machos... com apenas uma das mãos... enquanto a outra não folhosa beliscava gentilmente as pequenas mudas que cresciam debaixo delas, suas faces de ramos entrelaçados escondidas sob os aventais floridos de suas mães.

Vi tudo isso enquanto continuávamos a marcha e senti também o fedor que pairava sobre a floresta. Um estranho odor que me dava náuseas e acidez na garganta. Não tenho certeza do que era, mas creio que fosse odor de gás e pólvora e livros de prece molhados, mas também o cheiro de medo, o medo sufocado na prece, o cheiro de um medo diferente do outro medo que todos nós conhecemos... e era também o cheiro de nosso querido e amado Deus.

Falei para meu aprendiz Motke:

— Não me agrada nada esse odor que se sente por aqui, *chaver* Motke.

— É o odor das árvores jovens, *chaver* Itzig.

— Não viu árvores velhas?

— Não, *chaver* Itzig. Plantamos este bosque faz apenas dois anos.

— E você viu os Seis Milhões?

— Nem mesmo eles — disse Motke. — Ainda não plantamos tantas assim. Isto é só o começo. O começo, *chaver* Itzig.

Yankl Schwartz atacou o Quartel do Império com 200 homens. Combatemos com o sol nascente às costas, abatendo os ingleses com nossas submetralhadoras enquanto eles estavam ofuscados pelo sol e sem dar-lhes tempo de se recuperar do estupor e se fazer a crucial pergunta: "O que está acontecendo?"

Combati com a Tropa de Assalto C. Nossa unidade chegou um pouco mais tarde, depois que as unidades A e B tinham penetrado no acampamento e nos pátios do quartel e aberto uma passagem através do arame farpado, explodido o amplo portão de entrada com santas granadas e santa dinamite, e fazendo voar pelos ares as três guaritas de vigilância da terra santa.

Nossas baixas foram insignificantes. E nosso butim foi farto: dez caminhões cheios de armas e munição para a guerra do nosso futuro.

XIX

Depois de sua primeira missão, o assassino em massa Max Schulz tomou parte em mais seis missões: EXPLODIU uma ponte, DESCARRILOU um trem, ASSALTOU um banco, ATACOU dois acampamentos militares e um comboio inglês de tanques e caminhões na rodovia Tel Aviv — Jerusalém.

Circulam rumores a meu respeito. Mas ninguém sabe nada com certeza. Especialmente no salão de Schmuel Schmulevitch. Não porque eu fique "doente" frequentemente... mas pela negligência do meu aprendiz Motke, que deu com a língua nos dentes não faz muito tempo. Dele próprio ninguém suspeita. Mas de Itzig Finkelstein, sim!

No salão de Schmuel Schmulevitch já é notório que Finkelstein é um terrorista... muito embora não possam dizer com certeza.

A Sra. Schmulevitch tem medo de mim. Ela não usa mais o colar com a Cruz de Ferro e no seu lugar pôs uma enorme Estrela de Davi. E que ela não esconde entre os seios idosos. Usa a Estrela de David aberta e ostensivamente. Não faz muito tempo ela disse:

— Sr. Finkelstein! Toda noite eu rezo pela vitória final!

A velha bruxa — só está querendo é me impressionar. Eu disse a ela:

— Eram essas as palavras que o *Führer* usava, Sra. Schmulevitch!

Imediatamente ela se corrigiu e disse:

— Rezo pela liberdade do povo judeu! E pela ressurreição!

Na rua ninguém deixa de me cumprimentar. Até mesmo o garçom do Café Trumpeldor tem-me dedicado ultimamente uma atenção exagerada, quase embaraçosa. Separa para mim os jornais e recorta os artigos sobre extermínio, a fim de que, em suas próprias palavras, "o Sr. Finkelstein possa tomar o seu café em paz, café com creme!"

Eu já notei: quando o garçom me serve o café, suas mãos tremem.

Não. Aqui não temos traidores. Os ingleses ainda não sabem de nada.

O tempo voa. É verdade. Já estamos em meados de outubro e já participei de seis missões. Agora estava na sétima. E sete é um número funesto.

Durante o sétimo ataque... o ataque ao comboio inglês na rodovia Tel Aviv — Jerusalém, nossos homens foram dizimados. E Yankl Schwartz acabou morto.

A partir daí, o grupo Schwartz desintegrou-se. Alguns juntaram-se ao grupo terrorista de Irgun Zvai Leumi, outros ao grupo Stern, mas a maioria, inclusive eu, ingressou no Haganah, o exército judeu clandestino.

Eu disse para mim: Max Schulz! Em 1933 você fez uma escolha errada! E perdeu! Homem nenhum pode suportar ser duas vezes perdedor! Ou fazer duas escolhas erradas! Você continuará a lutar pelo Estado judeu. De corpo e alma. E se não existir isso que chamam de alma, então só com seu corpo! Max Schulz! Esses judeus podem contar com você!

A batalha decisiva do futuro ainda está por vir. Mas as manobras militares continuam. O Haganah promove treinamentos todas as semanas, às vezes num lugar, às vezes em outro, geralmente nas montanhas da Judeia.

Meus novos companheiros do Haganah são em média mais jovens do que eu. Mas aqui todo homem é necessário. E sou um bom atirador. Ótimo. Não se pode desprezar uma habilidade como a minha.

XX

Itzig Finkelstein quebrou as duas pernas em 1º de novembro de 1947, durante uma manobra.

O pessoal do Haganah levou-o para o Hospital Hadassah, em Beth David.

E mais: ele ficou internado até 27 de novembro.

Em 27 de novembro Myra levou-o para casa, isto é, para o hotel.

Em 29 de novembro a porta de seu quarto estava aberta. A porta do quarto de seu vizinho também, o vizinho que possuía um rádio, coisa que Itzig Finkelstein não tinha.

Em 29 de novembro o vizinho de Itzig Finkelstein havia ligado o rádio bem alto. Por causa disso, Itzig Finkelstein soube da decisão das Nações Unidas... mesmo antes que sua gorda esposa Myra lhe trouxesse a feliz notícia... porque por acaso ela não estava lá, quer dizer, não se encontrava em casa.

Em 29 de novembro de 1947 Itzig Finkelstein ouviu, do seu leito... através das portas abertas... a sua porta e a porta do vizinho... que "o plano para a divisão da Palestina tinha sido aprovado pela sessão plenária das Nações Unidas com 33 votos a favor, 13 contra e 10 abstenções!
E mais: isso significava que os ingleses iriam embora!
E mais: isso significava... dois Estados independentes na Palestina. Um Estado árabe! E um Estado judeu!
Finalmente! Um Estado judeu! Mesmo sendo um Estado pequeno, fatiado e encurtado, e não tão comprido e amplo como Itzig Finkelstein e Yankl Schwartz haviam esperado, ou seja, seguindo as linhas demarcatórias das fronteiras históricas... mas, não obstante, um pequeno Estado! Melhor um Estado pequeno do que nenhum! Afinal, não seria talvez possível torná-lo maior?
Assim que Itzig compreendeu plenamente as implicações de tudo que ouvira pelo rádio, saltou da cama, pulando de alegria. Mas estava se precipitando. Porque, por enquanto, o Estado judeu só existia nos registros das Nações Unidas.
E mais: Itzig Finkelstein quebrou de novo uma das pernas. Porque as fraturas ainda não haviam se consolidado totalmente.

Voltei para o Hospital Hadassah. Lá permaneci até janeiro de 1948.
Em 22 de janeiro de 1948, minha gorda esposa Myra levou-me para casa. Tive de ficar acamado até 14 de maio. E tive de esperar até 14 de maio antes de poder pular de alegria de novo. Pulei fora da cama com um só impulso.

Em 14 de maio de 1948, para ser mais preciso, em 5 Iyar 5708, pelo calendário judaico, as últimas tropas inglesas retiraram-se... e o Estado judeu foi oficialmente proclamado: o Estado de Israel!
Quando pulei da cama com um só impulso, no início da manhã, tudo isto estava apenas no papel. Mas eu sabia: hoje é o grande dia! O sol já se havia levantado e ninguém podia nos privar deste dia! Desta vez eu não estava pondo a carroça adiante dos bois!
Schmuel Schmulevitch tinha fechado o salão... às três da tarde: queria chegar em casa a tempo de ouvir o rádio. Myra e eu o apanhamos no salão, já que tínhamos sido convidados para jantar.
Minhas pernas ainda estavam fracas... tal como estava nosso jovem país... mas não o demonstrei. Seguimos em passo tranquilo ao longo da avenida do Terceiro Templo. A multidão na rua estava excitada, mas ainda não começara a festejar, esperando pela grande "proclamação histórica" que em breve viria pelos alto-falantes.

— Hoje é a noite do Shabbat — disse Schmuel Schmulevitch, enquanto dobrávamos na rua Jabotinsky. — No Shabbat sempre temos *gefilte fish*, sopa de talharim e bife de panela, cenouras doces, maçã assada e *strudel* de nozes e maçã. Insistimos nisso.

Myra assentiu e eu disse, por ela:
— Sim. Myra adora essas coisas.
— Eu também — disse Schmuel Schmulevitch. — Mas não minha esposa.
— Então... — eu disse.
— Hoje não temos escolha — disse Schmuel Schmulevitch. — Ela não quer cozinhar aquilo de que eu gosto. Por isso preparou *sauerbraten* e nhoque de batata. Não pude evitar.
— Não é um cardápio adequado — eu disse. — Justamente hoje que o Estado judeu acabou de ser proclamado.
— É porque hoje tivemos uma discussão — explicou Schmuel Schmulevitch. — É o modo de minha mulher fazer pirraça.
— Fazendo *sauerbraten* e nhoque de batata?
— Sim — disse Schmuel Schmulevitch.

Perguntei:
— É isso que comeremos esta noite? Depois de acendermos as velas do Shabbat?
— Não — respondeu Schmuel Schmulevitch. — Minha mulher não almoçou hoje. Por isso jantaremos mais cedo.
— Antes de acendermos as velas do Shabbat?
— Esta tarde.

Realmente lamentei por Schmuel Schmulevitch. Por sorte eu, o exterminador Max Schulz, não havia casado com uma mulher desse tipo.

Evidentemente a Sra. Schmulevitch tinha caprichado: O *sauerbraten* era de primeira, assim como o nhoque. Comemos com vigoroso apetite, embora ainda não tivesse anoitecido.

Quando a voz no rádio começou a ler as primeiras palavras da Declaração de Independência, Myra baixou cansadamente sua cabeça maciça. Pude ver um pedaço grande de nhoque grudado em sua boca. Ela não conseguia engoli-lo nem cuspi-lo fora.

Todos nós olhamos para Myra. O rádio continuava a falar. O mundo inteiro estava ouvindo junto conosco. Era um grande momento histórico.

De repente me adiantei, puxei o nhoque da boca de Myra... e pus de volta no seu prato. Myra olhou-me com seus estranhos olhos fixos.

A voz no rádio continuava, imperturbável. De repente Myra começou a chorar. Eu nunca tinha visto Myra chorar. Nós três nos sentamos transfixados, como se pregados em nossas cadeiras. E Myra chorava. E a voz no rádio nos falava, contando-nos que tudo agora era passado. Finalmente o eterno judeu errante havia pousado o seu bastão de peregrino. O judeu errante agora podia descansar. E Myra continuava a chorar. Vi o entorpecimento no seu olhar tornar-se aquoso, derretido, fluir por seus olhos abaixo, fluir do espelho de sua alma, sobre as faces e o queixo, pingando no nhoque agora esquecido no seu prato.

A princípio Myra havia chorado sem emitir qualquer som. Mas ela queria chorar alto. Escancarava a boca, mas nenhum som saía. Um pensamento atravessou-me a mente: que quantidade de nhoque ela deve ter no estômago! E ela quer cuspi-lo fora!

O invisível nhoque, pensei. É esse o verdadeiro nhoque de batata. E enquanto olhava fixamente para Myra, mantive a esperança de que ela iria cuspi-lo fora!

O corpo todo de Myra tremia. Seu rosto gordo brilhava de suor. Eu quis inclinar-me para abraçá-la, mas Schmuel Schmulevitch puxou-me para trás.

A voz no rádio falava para Myra. E Myra estava chorando. Chorando de boca aberta. E cuspindo fora o nhoque. E a voz no rádio prosseguia falando, imperturbável.

De repente, uma emoção forte envolveu-nos... pois Myra soltou um grito... depois de uma só vez... Myra... a muda... começou a falar!

XXI

Durante a primeira noite de nossa independência, não consegui dormir. Por culpa de minha esposa Myra, porque ela falou sem parar, tentando recuperar o tempo perdido. Permaneci ali, desperto, mantendo abertos meus olhos de sapo cansado e observando Myra cuspir o nhoque a noite toda.

Ao amanhecer recebi o chamado às armas.

Guerra! Por todas as ruas alto-falantes berravam: cinco exércitos árabes em marcha através de nossas novas fronteiras!

Lembra-se da minha previsão de que um dia começaria a maior guerra do nosso futuro?

Uma guerra menor contra os árabes começara muito tempo atrás. E eu a perdi por causa de minhas pernas quebradas. Mas essa guerra não teve nenhuma importância para mim. Foi meramente uma espécie de guerra civil, entre judeus que eram a favor e árabes que eram contra os planos para dividir a Palestina, uma guerra que aconteceu debaixo dos olhos raivosos dos ingleses durante os últimos meses do seu mandato. Os enormes exércitos árabes, reunidos além das fronteiras do mandato, não se envolveram diretamente, e nem poderiam, enquanto os ingleses estivessem ainda presentes. Mas os enormes exércitos árabes simplesmente se mantiveram prontos para marchar num determinado dia... no dia chave!... para destruir nosso novo Estado e lançar os judeus no oceano... inclusive eu, o barbeiro Itzig Finkelstein.

A ampla guerra oficial do nosso futuro, com a qual eu tinha contado e pela qual havia esperado, era uma guerra pelo nosso futuro, e portanto era lógico que começasse na aurora do novo futuro.

Os grandes exércitos árabes estavam todos sobre nós, com seus pesados blindados e seus aviões mais velozes do que o *hamsin*, o vento traiçoeiro do deserto que até mesmo os antigos profetas tinham temido.

Eu disse para mim: Itzig Finkelstein! Os judeus deveriam fazer o sinal da cruz!

Durante as primeiras semanas de guerra nossos comboios de tanques consistiam, em sua maior parte, de ônibus velhos... um pouco camuflados, é claro... protegidos por placas de aço e equipados com perigosas vigias e metralhadoras apressadamente montadas; e além disso tínhamos caminhões, carros particulares, táxis — tudo protegido de modo similar — e, naturalmente, à frente de nosso comboio de blindados, os simbólicos carros de leite e mel da empresa Nudelman & Cia. O leite e o mel tinham sido as coisas a nos atrair para cá antigamente, e quando os símbolos são trazidos para a frente de batalha, então é chegada a hora mais amarga.

Durante as primeiras semanas de guerra não estávamos muito melhores no quesito aviões. O Haganah havia conseguido alguns, não se sabe bem onde. Na minha opinião pegaram-nos de coleções de aviões mofados de algum traficante antissemita, que esperava que quebrássemos o pescoço voando neles. Claro que eles podiam voar, porém não mais alto que as nuvens acima de Beth David na estação chuvosa... e não mais rápido. Tínhamos também bombas: caixotes de madeira cheios de dinamite. Os caixotes eram mais pesados do que o ar e caíam, seguindo a lei da gravidade, sempre voltados para baixo, que era o que queríamos.

E tínhamos também canhões. Até alguns modelos novos, mas a maioria era antiquíssima. Os canhões faziam-me recordar os livros de história que havia lido na infância: a batalha de Waterloo! Os famosos canhões de Napoleão!

Foi exatamente assim que aconteceu, e não de outra maneira!

Claro que tínhamos pistolas e fuzis, além de outras armas, até mesmo bazucas e morteiros, submetralhadoras e metralhadoras leves e pesadas. Mas não bastava. Essa é a verdade: não tínhamos armas suficientes!

Onde não havia bazucas, havia o espírito dos macabeus! Nossos rapazes pulavam sobre os tanques inimigos com granadas e coquetéis molotov. Unidades do Haganah sem morteiros de verdade atacavam o inimigo com o "Davizinho", um morteiro artesanal carregado com dinamite que provocava um estrondo tão infernal que — pelo menos diziam — fez tremer as paredes da Mesquita de Omar. E não só as paredes, mas também os altares no seu interior, a Pedra Sacra e até os fios das barbas dos profetas que lá eram mantidos.
Estávamos combatendo um inimigo muito superior em armas e equipamentos. Mas mantivemos nossa posição. Lutamos bravamente. Porque sabíamos pelo que estávamos lutando!

Então navios atracaram em nosso porto. Mais armas foram entregues e distribuídas às pressas. Nossas primeiras unidades de blindados de todos os tamanhos — desta vez tanques de verdade — dirigiram-se para a frente de batalha. Novos canhões abasteceram nossas unidades. Novos morteiros e outros tipos de armas. E bem alto no céu apareceram novos aviões — aviões exibindo a Estrela de Davi, voando mais alto e mais rápido que as nuvens, até mais rápido que o vento *hamsin*.

Certamente você quer saber se eu, Itzig Finkelstein, aliás o assassino em massa Max Schulz — um homem com o coração fraco —, estava apto para o serviço militar.
Estive escondendo algo de você. Fiz um exame médico algum tempo atrás... realizado pelos médicos do Haganah. Riram na minha cara... os médicos quero dizer... quando lhes falei de meus problemas cardíacos no passado. Eles simplesmente disseram:
— Isto é fruto de sua imaginação! Você está forte como um touro, Itzig Finkelstein! Naturalmente tentei explicar meu caso, e não porque eu quisesse escapar de alguma coisa... pelo contrário... eu queria lutar. Queria somente estabelecer relações claras com eles, os médicos do Haganah, e fazê-los entender que eu, Itzig Finkelstein, um homem com problemas cardíacos, estava pronto a qualquer hora, apesar de minha doença, para partir para a guerra. Disse-lhes:
— No passado... senhores... por causa de meu coração... fui transferido para o interior, para a retaguarda, para o mais longe possível... por ordem do médico de nossa unidade.

Eles assumiram uma expressão vazia. Não entendendo aquilo que eu tentava dizer, não sabendo que tipo de interior, nem de que médico e nem de qual unidade eu estava falando. Limitaram-se a dizer:

— O médico de sua unidade só queria lhe fazer um favor, Itzig Finkelstein. Por isso o registrou como doente.

Repliquei:

— E as minhas vertigens? E minha anemia? Eu tive tudo isso à época!

— Deve ter sido por outros motivos.

— E o ataque cardíaco na cabana de Veronja?

— Não foi um ataque cardíaco — disseram os médicos do Haganah, embora não fizessem a menor ideia do que eu estava falando.

— Poderia talvez ser atribuído ao meu cérebro avariado?

Eles riram e disseram:

— É possível.

Nas primeiras semanas da nossa grande guerra pelo futuro, eu, Itzig Finkelstein, aliás Max Schulz, o assassino em massa, lutei no "Corredor de Jerusalém". A cidade de Jerusalém estava sitiada. Tivemos que romper um corredor através das linhas inimigas circundantes a fim de podermos estabelecer uma linha de socorro à cidade. Então, depois de cumprida a missão, fui transferido para a frente egípcia, conquistei uma aldeia após outra, uma cidade após outra, e finalmente, num dia de outono lindamente claro e ensolarado, marchei para Beersheba.

Durante os primeiros meses da estação chuvosa expulsamos os egípcios do Neguev e permanecemos diante da península do Sinai com nossas tropas vitoriosas. Mas não nos foi permitido ir mais longe. Recebemos ordens estritas de ali ficar, muito embora nossos rapazes bem que teriam gostado muito de ir até o Cairo ou mais além.

Durante o verão de 1948 nosso exército foi transformado. Do Haganah, basicamente um bando de civis arregimentados com o intuito de combater, desenvolveu-se nesse meio tempo o exército israelense, o Zahal, plenamente equipado e uniformizado. Eu, Itzig Finkelstein, aliás o exterminador Max Schulz, era um sargento recém-promovido e tremendamente orgulhoso de minha patente.

Assim estavam as coisas. Mas você sabe como é: quanto melhor vão as coisas, mais exigências aparecem. O mesmo deu-se com nosso exército. Os oficiais começaram a lançar um olhar crítico... para os meus pés. Havia alguma coisa que não lhes agradava nos meus pés, embora eu fosse um sargento... e dos bons!

Por volta do final de dezembro de 1948, fui mandado para a retaguarda, para o serviço de aprovisionamento. Por causa de meus pés chatos. Nada podia ser feito.

Então ocorreu o incidente:

Recebi ordens de levar provisões para a linha de frente. Não havia sobrado muita coisa. Na linha de frente, quero dizer. Estava desmantelada e embaralhada. Era como uma cortina, clara de dia e escura à noite, entre nossas tropas vitoriosas e o exército egípcio derrotado.

Parti com meus homens para levar as provisões. Sentei-me no jipe ao lado do motorista, a submetralhadora apoiada nos joelhos, o cinturão cheio de munição, granadas de mão no meu quadril esquerdo, observando pelo espelho retrovisor os caminhões sob meu comando que vinham atrás... com meus rapazes. Meu motorista guiava tranquilamente, acreditando que seguia para o interior... mas tinha partido na direção errada.

Foi culpa minha, pois havia perdido a bússola. A verdade era essa.

Seguíamos direto em frente, continuamos a avançar e, quando nosso comboio finalmente parou... topamos com o Canal de Suez.

Eu disse ao motorista:

—Diga-me, Yankl (ele também se chamava Yankl), você não acha que este é o rio Jordão?

E Yankl, meu motorista, disse:

— Não, Itzig (ele me chama simplesmente de Itzig), não acho.

— Então o que você acha que seja?

— O Canal de Suez!

Saltei do jipe, tirei os sapatos, lavei meus pés chatos no Canal de Suez, depois voltei e subi no jipe.

Fiquei ali sentado no jipe, pensando. Não havíamos encontrado tropas egípcias em parte alguma. Não houve oposição. Eu estava a ponto de ordenar que meus homens cruzassem o Canal de Suez e seguissem em direção ao Cairo.

Mas o que aconteceria depois? Comecei a avaliar as consequências políticas. No momento o Egito ainda estava sob a esfera de influência britânica. A península do Sinai também. Uma invasão judaica a esses territórios forçaria a Inglaterra a intervir. Poderíamos nós — um país pequeno recém-nascido — manter uma guerra com a Inglaterra?

Falei de minhas dúvidas com o motorista. Ele disse:

— No caso de uma intervenção inglesa, eu telegrafaria para meu tio na América. E ele solicitaria uma audiência na Casa Branca.

— Quer dizer que conseguiria envolver os americanos no nosso lado?

— Isso.
— Os americanos não o fariam. Não contra a Inglaterra.
— Creio que tem razão — disse Yankl.
— Você tem um tio na França também, não é, Yankl?
— Sim... mas não acho que os franceses se envolveriam na guerra.
— Escute aqui, Yankl. No caso de uma intervenção inglesa, nosso ministro da Defesa não teria alternativa senão apelar para os russos. E você sabe o que isso significa?
Yankl assentiu.
— A Terceira Guerra Mundial!

Irresponsabilidade! Para mim chega, para Max Schulz, o exterminador. Agora eu era Itzig Finkelstein! Por isso dei a meus homens a ordem para um "retorno tático", para não ser confundido com "retirada estratégica".

Voltamos de novo às nossas próprias linhas e fomos presos. Motivo: "Avanço contrariando ordens!" Levaram-nos perante o Conselho de Guerra. Fomos absolvidos. Motivo: "Um engano!"

A imprensa noticiou o incidente em manchetes. Claro que com uma maquiagem diplomática. O texto dizia: "Chefe do Estado-Maior Ordena Pessoalmente o Retorno do Sargento Barbeiro Itzig Finkelstein."

Isto causou boa impressão na opinião pública estrangeira. Li diversos jornais e encontrei manchetes como a seguinte:
"ITZIG FINKELSTEIN, O GUERREIRO COM OLHOS DE LOBO!" OU: "UM HERÓI JUDEU!" OU: "JUDAS MACABEU RESSUCITADO!" OU:
"JUDEU DO GUETO É COISA DO PASSADO!"

Pouco depois desse incidente, eu, Itzig Finkelstein, fui desmobilizado. Quando voltei a Beth David, a cidade inteira vibrava com a vitória. Bandeiras azuis e brancas estavam em toda parte. Em janelas, sacadas, em cima dos telhados. As bandeiras tremulavam alegremente ao vento, estendendo-se acima na direção do sol, que, cansado e exausto, olhava por detrás das nuvens, já que ainda não terminara a estação chuvosa. Nuvens pesadas pairavam sobre a cidade.

Isso foi só o começo. Muito mais estava por vir.

Quando cheguei em casa fiquei atônito. Myra havia emagrecido! Beijamo-nos longamente com paixão!
Myra perguntou:
— Como foi a guerra?
— Vencemos!

— Os árabes assinaram?
— Vão assinar.
— Um tratado de paz?
— Não.
— O que, então?
— Um acordo de armistício.
— E quanto à paz?
— Ainda teremos de esperar por ela, Myra.

XXII

Schmuel Schmulevitch morreu. Ataque cardíaco!

Fui ao seu funeral e até comprei um solidéu preto, embora não fosse o costume aqui.

Descansei por algumas semanas. Só no começo de março, poucos dias após a assinatura do armistício entre nós e os árabes, eu, Itzig Finkelstein, voltei a trabalhar no salão de Schmuel Schmulevitch, que ainda levava seu nome.

Fiquei estupefato com as mudanças ocorridas com o falecimento de Schmuel Schmulevitch. Números enormes foram pregados nas poltronas. Número um, número dois, número três, número quatro, e assim por diante. Havia poltronas com números extras no vestiário, e duas cadeiras de barbeiro sem números foram colocadas cada qual em um lado da grande vitrine.

Perguntei ao meu colega Jizchak Spiegel:

— O que se pretende com tudo isso?

— Estamos apenas seguindo uma nova ordem da Sra. Schmulevitch, Sr. Finkelstein.

— Um novo regulamento?

— Sim, Sr. Finkelstein. Dê uma olhada: cadeira de barbeiro número 1, aquela junto à vitrine, a melhor do salão, bem junto à janela, entende... está reservada para os judeus alemães!

— Ah, entendo! E a número 2?

— É para os judeus oriundos de países da Europa Ocidental.

— E a número 3?

— Para a elite dos judeus europeus orientais.

— E quem seriam eles?

— Os russos e os lituanos.
— E a número 4?
— Para judeus do resto da Europa Oriental, exceto a Romênia.
— E onde sentam os judeus romenos?
— Na última cadeira reservada para judeus da Europa Oriental, a número 5.

Olhei horrorizado para Jizchak Spiegel. Pensei no número de endereço do salão — 33/45 — e falei para mim: Ah, é assim que estão as coisas!

Jizchak Spiegel explicou-me que a cadeira de barbeiro número 6 estava reservada para a elite dos judeus orientais: os iemenitas. Depois vinham os outros. Na última cadeira reservada para os judeus orientais sentavam-se os marroquinos.

Jizchak Spiegel encolheu os ombros com ar conformado e depois explicou-me o resto da sequência que ia até o vestiário.

Então perguntei:
— E as duas cadeiras sem número perto da vitrine?
— Uma está reservada para os *sabra*, Sr. Finkelstein. Os judeus nascidos aqui. Não podemos classificá-la.
— E a outra, Sr. Spiegel?
— É para os não judeus. Os novos cidadãos do Estado que não são judeus. Para estrangeiros também. Nós os deixamos sentar junto à vitrine num gesto de cortesia.

Eu disse para mim mesmo: Itzig Finkelstein! Nem tudo aqui está em ordem! Mas por que deveria ser de outra forma? Não se pode fazer tudo às pressas. É preciso tempo. E paciência. Sim, paciência acima de tudo. Ahasver engoliu muita poeira. Afinal, passou dois mil anos na estrada. Dois mil anos!

Simplesmente dê tempo ao tempo. Tenha paciência. Podemos operar milagres. Já conseguimos o Estado. Podemos também conseguir o Estado modelo!

Pense nos pássaros voando em círculos sobre as árvores novas. Eles não deram tempo ao tempo? Até as árvores crescerem? Não tiveram que esperar que ganhassem folhas? E frutos?

Estamos apenas no começo!

LIVRO SEIS

I

1950: Mudança de endereço. Para o apartamento do Sr. Daniel Rosenberg, o futuro prefeito de Beth David. Porque ele tinha um apartamento grande mas passava por problemas financeiros.

1951: Mudança para outro endereço! Para nossa casa nova! Na recém--concluída zona sul de Beth David. Uma casa com uma enorme varanda. Entrada paga com os dólares do mercado negro. Uma casa muito bonita. Mobília inteiramente nova, não muito cara, mas de bom gosto.

1952: Herdado algum dinheiro. De um tio de Myra em Mea Sharim. O tio Abraham Rabinsky, irmão de sua mãe, que tinha emigrado há tempo. Morto em 1952 após breve enfermidade.

1953: Comprado o salão de Schmuel Schmulevitch da viúva dele.

Não. Ela não voltou para a Alemanha. Era uma mulher idosa e cansada. Foi morar com seus parentes ortodoxos em Mea Sharim.

Eu, Itzig Finkelstein, aliás o exterminador Max Schulz, tornei-me em 1953 proprietário daquilo com que sempre sonhara. Claro que dei à loja... perdão, salão... outro nome. Batizei-o de O Homem Mundano.

Se é de esquina? Claro! Está situado numa esquina, e na esquina certa!

1954: Remobiliado o salão. Poltronas de couro confortáveis para os fregueses à espera. Mesas baixas. Cinzeiros em suportes em pé. Paredes decoradas com quadros.

Por causa da concorrência? Acertou! Não éramos mais o único salão para cavalheiros da cidade. Beth David expandiu-se depois da nossa grande vitória. Havia novas casas e novos comércios.

Concorrência? Não me faça rir! Quem na cidade pode concorrer com Itzig Finkelstein? Um homem respeitado! Um idealista! Grande orador! Um terrorista! Soldado do Haganah! Um homem que lutou na frente de batalha! Um homem que lavou os pés no Canal de Suez sob o signo da Estrela de Davi! Um herói do povo! E, acima de tudo, um bom barbeiro, de primeira classe, um verdadeiro artista!

Os números! Os números nas cadeiras? Retirados. Não fui eu quem os retirou, embora fosse contra os números. Meus empregados cuidaram disso. O que você acha?

Aqui entre nós, aquilo não podia durar! As pessoas são contra cadeiras de barbeiro numeradas! Existem salões e barbearias que ainda as usam, mas estão rareando, desaparecendo uma atrás da outra. Ainda não temos um estado modelo. Mas estamos trabalhando para isso. E fazendo progressos. Estamos no caminho certo.

Após a grande vitória de 1948-9, depois que abrimos as portas da Terra Santa para os judeus, o fluxo de imigrantes começou a aumentar... o primeiro milhão... o primeiro dos muitos milhões com que havíamos contado e pelos quais tínhamos esperado e rezado nos dizendo que eles acabariam vindo.

Havia muitos idealistas entre os recém-chegados, pessoas semelhantes a Yosef Trumpeldor, o herói de um só braço de Tel Chai. Mas havia outros também, que não conseguiam se adaptar, que não possuíam vontade nem energia. Essas pessoas queriam ir embora, voltar para a Europa ou mesmo para a América.

Sou do tipo que vira uma fera quando um judeu me diz que não gosta daqui. Mas chego a compreender quando se tratam de sobreviventes de campos de concentração. Muitos, a exemplo de Myra, são capazes de se recuperar, mas outros não conseguem. Nós os havíamos maltratado, espezinhado. Matado suas almas. O que se pode esperar de tais pessoas? Podemos esperar que se entusiasmem com alguma coisa? Que absurdo!

Muitas dessas almas mortas vêm ao meu salão. Eu as abrigo sob minhas asas, falo com elas sobre história, sobre nossa missão, sobre o grande trabalho de construção que espera o povo judeu. Digo-lhes:

— Aqui precisamos de cada mão, cada braço e cada cabeça. Aqueles que voltarem para a Europa são traidores! E aqueles que vão procurar seus tios e tias na América são piores ainda!

Não consegui convencê-los. Mas eu os hipnotizava. Eles ficariam e ajudariam na construção.

Sim. Eis como estavam as coisas. E um dia... um dia o futuro prefeito Daniel Rosemberg me disse:

— Sr. Finkelstein! Circulam muitas novidades! Inclusive de boas ações! Você fez um bom trabalho!

Depois acrescentou:

— E da próxima vez que eu for tomar café com o ministro da Cultura... não esquecerei seu nome!

Um certo anúncio no jornal foi para mim o evento mais importante do ano de 1954. É compreensível que um elegante salão seja citado em jornais estrangeiros. E o que foi que descobri naquele dia? Um anúncio! Um anúncio especial no *Münchener Beobachter*!

SALÃO PARA CAVALHEIROS DE ANTON SLAVITSKI
HUBERT ROSNERSTRASSE 20
PERTO DO STACHUS, MUNIQUE

O que posso dizer? Então ele estava em Munique! E minha mãe também, por certo!
Se escrevi para ele? Ou se fiz outros tipos de tentativas para entrar em contato com eles? Não, eu não sou tão tolo! Os dois certamente estavam vigiados pela polícia. Que não esperava outra coisa: que eu, o exterminador Max Schulz, caísse nessa armadilha um dia.

II

Depois da grande vitória de 1948-9, a vitória da vontade mais forte, nosso minúsculo país começou a desenvolver-se a passos rápidos. O deserto fora finalmente libertado do domínio dos *goyim*. E de novo requeria nossa atenção. Sem esperar mais, começou a revirar com raiva os seus poeirentos olhos de areia, a mostrar os dentes rangentes e a nos chicotear com seus ventos quentes. Resumindo: estava enciumado da estreita faixa de terra que se tornara arável.

Assim estava a situação. Você deve entender que com o deserto não se brinca. E nosso governo percebeu isso. Foram elaborados projetos ambiciosos: um novo programa de construções, capaz de ofuscar tudo aquilo que os velhos pioneiros tinham feito antes da fundação do Estado. O governo construiu novas ruas, melhores que as ruas construídas pelos velhos pioneiros, e novas aldeias e cidades, melhores que as aldeias e cidades novas construídas pelos velhos pioneiros. Novos nomes começaram a aparecer como pontos no mapa e nossos novos *chalutzim* conseguiram trabalhar com sistemas melhores que aqueles utilizados pelos velhos pioneiros. O deserto reclamava coisas de todo tipo, principalmente mais árvores porque, presumo, árvores atraem chuva.

Era assim. O deserto gritava. E nossos novos *chalutzim* ouviram os gritos.

Eu via tudo isso, mantinha meus olhos de sapo bem abertos. Via como aqui tudo estava mudando, florescendo e crescendo, sentia-me feliz com as novas cidades e aldeias, com os novos prados e campos... e sobretudo com as árvores recém-plantadas.

Não. Parei de contar as árvores. Não tentei mais fazê-lo. Há árvores demais agora. E quem é que quer ficar louco tentando contá-las? Eu não, claro!

1955: Um acontecimento importante: fundação de uma associação protetora dos animais, a APA! Presidente: Itzig Finkelstein.

Em prol deste projeto humanitário, eu, Itzig Finkelstein, aliás o assassino em massa Max Schulz, havia dedicado todas as minhas energias durante o ano de 1955. E meu ensaio — um ataque às granjas modernas — apareceu no maior jornal de Beth David sob o título:
"EXIGIMOS LIBERDADE DE MOVIMENTO PARA NOSSAS GALINHAS!"
Assim estavam as coisas. Em 1956 nada de importante aconteceu, exceto uma curta guerra que só durou alguns dias. Dela não pude participar, infelizmente — estava gripado —, pois quando me levantei da cama já tinha acabado.
Guarde bem este nome: a campanha do Sinai.

III

Em 1957 pus um letreiro enorme na vitrine do salão O Homem Mundano, com as seguintes palavras:

Itzig Finkelstein, inventor da novíssima loção para crescimento dos cabelos Sansão V-2.
Para promover uma antiga invenção junto com a nova, pus um segundo letreiro, naturalmente menor e não tão chamativo. Tratava-se de uma receita de creme noturno outrora famosa mas inócua. Estava escrito:
Creme noturno para homens de Itzig Finkelstein, a partir de uma fórmula genuína e testada:
200g de cera de abelha
300 de espermacete
500g de lanolina
500g de azeite de oliva
10g de bórax
10g de extrato de rosas
Durante os dois anos seguintes o exterminador Max Schulz plantou um pequeno canteiro de flores, e no minúsculo pedaço de terra nos fundos de sua pequena e aprazível casa cultivou tomates, cebola, rabanetes e salsa. Além disso, Max Schulz adquiriu uma coelheira e um galinheiro. Aqui devo mencionar, porém, que as portas do galinheiro e da coelheira estavam sempre abertas, deixando os animais soltos para circularem a seu bel-prazer.
A não ser isto, nada de muito importante aconteceu, quero dizer, durante os dois anos seguintes... até 1960.... quando tive encrencas... na questão de reparações de guerra.

Um dos meus fregueses, o advogado Dr. Franz Bauer, um judeu alemão, começou a falar nisso um dia, enquanto eu lhe cortava o cabelo. Ele disse:

— Sr. Finkelstein, está sabendo que o governo da Alemanha Ocidental, que se encontra em pleno milagre econômico, está pagando reparações aos judeus?

Eu disse:

— É claro que sei.

O Dr. Bauer replicou:

— Os alemães estão desembolsando um monte de dinheiro para reparar as cremações, saponificações, distúrbios mentais de campo de concentração, diarreia, medo da morte e assim por diante... e também perda de propriedades, carreiras prejudicadas, danos à saúde, aprisionamento e por aí vai. Portanto o senhor, Sr. Finkelstein, como ex-prisioneiro de Auschwitz, poderia por certo ganhar um bocado de dinheiro. Se quiser, posso cuidar do seu caso.

Senti calafrios me percorrerem a espinha. A última coisa que eu desejava eram investigações. Não queria preencher formulários, revelar dados, produzir papelada, procurar testemunhas, requerer documentos. Era exatamente tudo que eu não queria.

— Dr. Bauer, como um judeu orgulhoso não posso aceitar esse dinheiro. Como se pode calcular em dinheiro o preço do medo da morte que penetra até a medula dos ossos? Não quero falar disso. Nem mesmo sobre perda de propriedade ou dano profissional. Esse dinheiro fede a forno crematório! Vamos deixar que meus pais descansem em paz!

Eu tinha erguido a voz de propósito. E, como acontecia com frequência, nossa conversa logo se espalhou.

No próprio dia seguinte, um de meus fregueses abordou-me:

— Sr. Finkelstein. Como presidente da APA de Beth David, estaria também disposto a presidir uma associação pela recusa de reparações?

Parecia uma boa ideia e respondi, com pompa:

— *Noblesse oblige.*

E o freguês exclamou:

— Muito bem, Sr. Finkelstein. *Noblesse oblige!*

Em 3 de fevereiro de 1960, eu, Itzig Finkelstein, ou o assassino em massa Max Schulz, fundei a Associação pela Recusa de Reparações.

Uma vez que o quadro de sócios era infelizmente muito limitado, pus um anúncio em nosso jornal diário local para sair uma vez por semana. E a fim de tornar a associação mais atraente, especialmente para jovens damas, criei o corte de cabelo "antirreparações" para senhoras.

A ideia não deixou de fazer efeito. Jovens damas — inclusive, é claro, algumas da geração mais velha — juntaram-se ao nosso movimento, afluindo ao meu salão para pedir o corte "antirreparação" executado pessoalmente pelo presidente da Associação pela Recusa de Reparações. Um achado brilhante para os negócios!

Infelizmente o advogado Franz Bauer mudou de barbeiro, não sem antes escrever um carta, onde dizia:

"Sr. Finkelstein! O senhor recusou aquele dinheiro! E agora tem a desfaçatez de capitalizar em cima da indignação dos membros da associação que o senhor fundou!"

UMA OBSERVAÇÃO: Raspei minha barba! E joguei fora meus óculos! Sob o pretexto de que não preciso mais deles: minha vista melhorou. Deixei meu cabelo crescer de novo. Está com a cor cinza-gelo, embora eu só tenha 53 anos de idade. Mas assim é a vida. Não posso mudar mais nada. E também engordei. E ganhei queixo duplo. Quem poderia agora me reconhecer?

Em 1961 chegou meu primo da Polônia, Ephraim ou Froike Finkelstein, um ex-comunista, agora sionista, único filho sobrevivente de Moishe Finkelstein, irmão de meu pai, Chaim Finkelstein. A mulher de meu primo e seus dez filhos foram mortos nas câmaras de gás. Mas meu primo casou de novo e agora tem outra mulher e outros dez filhos.

Você pode imaginar como eu e Myra estamos contentes. No mesmo mês chegou outro primo, este da América. Ele estava aqui por acaso, como turista, e tinha visto meu anúncio no jornal, tal como meu outro primo Froike, que havia lido o anúncio embora não fosse turista.

Claro que tivemos uma grande comemoração, como você bem pode imaginar. Uma reunião de família, tal como em Pohodna.

Meu primo Froike disse:

— Vi um retrato seu uma vez, quando era garoto. Na época você era louro e tinha olhos azuis.

E eu respondi:

— Ora, vamos, meu caro Froike! Os anos não passam sem deixar traços! O nariz se altera, quando recebe uma pancada... e levei algumas pancadas nos campos de concentração. E o cabelo fica grisalho com o tempo, mesmo se algum dia foi louro... e quando um homem viu o que já vi, caro Froike, os olhos azuis tornam-se facilmente olhos de peixe. — E acrescentei jocosamente: — Ou olhos de sapo.

Isso pareceu razoável para meu primo.

IV

Se ao menos tivéssemos paz aqui! Sim, se ao menos tivéssemos paz! Mas não temos!

Não sei se já lhe contei sobre os refugiados árabes... sobre as multidões que fugiram... durante a grande e decisiva primeira batalha.

Nós não os expulsamos. Pelo contrário. Pintamos nossos bancos de azul e branco. Queríamos que eles se sentassem junto a nós. Mas muitos deles não quiseram.

Muitos permaneceram. Muitos fugiram. Por que fugiram? Não sei. Talvez porque temessem pessoas como Yankl Schwartz, muito embora Yankl Schwartz não se opusesse ao cartaz... você sabe o que quero dizer... o cartaz escrito em árabe que os convidava a sentar-se junto a nós, nos bancos azuis e brancos!

Mas agora não podem voltar. Não os queremos mais. O que você deve entender. É uma questão de bancos azuis e brancos.

Ora, eles querem voltar a fim de pintar nossos bancos nas suas próprias cores. Sabemos disso. E eles sabem também. E isso não podemos permitir. Reflita por um momento: somos um povo pequeno. E vagueamos por muito tempo. E os bancos azuis e brancos devem ficar em algum lugar! Porque deve haver um lugar em que nós decidamos se temos ou não o direito de sentar... pode entender isso?

E eu nunca lhe disse nada sobre os distúrbios nas fronteiras. Ou sobre os terroristas árabes que atravessam nossas fronteiras à noite. Ou sobre ser alvejado pelas costas. Não há mais tranquilidade aqui. Ainda assim o lugar é belo. Tenho visto a nação crescer. E adoro esta terra. E adoro os bancos azuis e brancos.

Na primavera de 1967 o cheiro de guerra já estava presente. Ainda não havia dobrado a esquina, mas havia alguma coisa no ar. Eu podia sentir.

Os grandes Estados árabes estão tramando alguma coisa, eu me dizia. E os pequenos também. Eles estão se alinhando atrás dos campos de refugiados. Querem tomar nosso país. Usam as tendas dos refugiados como pretexto. E por trás disso, e dos Estados árabes grandes e pequenos, está a União Soviética. Esperando para nos engolir todos. Isso não me agrada. Não me agrada nem um pouco.

Eu também tinha outras preocupações. De repente, minha mulher Myra ficou grávida. O que acha disso? Depois de tantos anos de matrimônio sem filhos!

Fomos ao médico. Ele me perguntou:

— Qual a idade de sua mulher?

— Cinquenta — falei. — Ou quarenta e oito! Não sei ao certo!
E Myra disse:
— Quarenta e cinco.
E eu disse ao médico:
— Oh, que diabo! Por que pergunta a uma mulher a idade que ela tem? O que importa isso? Ela está grávida e ponto final!
Para Myra e eu não havia dúvida. Só podia ser um macho! E decidimos de comum acordo chamar nosso filho de Judas, em homenagem a Judas Macabeu, o grande combatente pela liberdade hebraica. Myra então disse:
— Ou então Jehuda! Soa melhor!
— Tudo bem então — eu disse. — Jehuda!
Rindo, contei a Myra do anúncio de 1907, quando eu, Itzig Finkelstein, vi a luz do mundo pela primeira vez, contei-lhe sobre aquele singular anúncio de nascimento que meu pai, Chaim Finkelstein, publicara no jornal local e disse a Myra:
— Devemos fazer a mesma coisa! Em homenagem a meu filho Judas ou Jehuda! Vamos tratar disso agora!
— Não é um tanto prematuro, Itzig?
— Não. Coisas importantes têm que ser preparadas logo!
Eu me pus logo a trabalhar, cheio de expectativa, já sentindo a emoção de ser pai, e esbocei um anúncio similar àquele de 1907, e que ficou mais ou menos assim:

> Eu, Itzig Finkelstein, barbeiro e proprietário do renomado salão para cavalheiros O Homem Mundano, ex-membro do grupo terrorista Schwartz, soldado do Haganah, sargento do Exército de Israel, veterano da guerra de 1948, primeiro judeu a alcançar o Canal de Suez à testa de seus homens, em 30 de dezembro de 1948, presidente da Associação Protetora dos Animais de Beth David, presidente da Associação pela Recusa de Reparações local, inventor do famoso tônico para crescimento capilar Sansão V-2, tenho a honra de participar o nascimento do meu filho e herdeiro
> **Judas ou Jehuda Finkelstein**.

Depois esbocei a resposta dos cidadãos de Beth David, que eu já entregara com antecedência ao prefeito, Daniel Rosenberg — pois nesse meio-tempo ele se tornara prefeito.

> Nós, cidadãos de Beth David, temos o prazer de congratular o barbeiro Itzig Finkelstein, ex-membro do grupo terrorista Schwartz, soldado do Haganah, sargento do Exército de Israel, veteramo de guerra de 1948, primeiro soldado judeu a alcançar o Canal de Suez à

testa de seus homens, em 30 de dezembro de 1948, presidente da Associação Protetora dos Animais de Beth David, presidente da Associação pela Recusa de Reparações local, inventor do famoso tônico para crescimento capilar Sansão V-2, pelo nascimento de seu filho e herdeiro
Judas ou Jehuda Finkelstein.

V

E então explodiu a guerra. Uma guerra que acabou tão rápido quanto aquela de 1956. Antes que você pudesse contar de 1 a 10 já era coisa do passado.

Claro que eu queria ir para a frente de combate. Disse a mim mesmo: Itzig Finkelstein! Sua esposa está grávida. Ela lhe vai dar um filho de presente. E ele deveria se orgulhar de você. Porque desta vez... Itzig Finkelstein... é uma guerra importante. Você tem que entrar nela. É a terceira batalha decisiva. E todas as coisas boas vêm em três. E há muito mais em jogo. Os bancos azuis e brancos estão em jogo. E as velhas fronteiras históricas estão em jogo: fronteiras que vão muito além dos limites atuais. E Jerusalém está em jogo. A cidade velha está em jogo. Porque o Muro das Lamentações fica na cidade velha — as ruínas do Templo de Salomão, a mais sagrada relíquia do judaísmo!

E continuei dizendo para mim: Itzig Finkelstein! Um dia seu filho será capaz de dizer: "Meu pai, Itzig Finkelstein, foi o primeiro soldado judeu a alcançar o Muro das Lamentações."

Mas não me aceitaram. Muito velho, disseram. Então abri o armário e tirei meu velho uniforme roído de traças e esquadrinhei em busca dos salvo-condutos que à época me eram entregues pelo general. Depois fui pegar a submetralhadora e a munição no esconderijo no porão. E meu capacete de aço e granadas de mão. E peguei provisões na despensa. E também retirei da garagem o velho jipe esburacado de balas.

Myra estava em Tel Aviv com meu primo Froike Finkelstein. Em visita. Myra de nada sabia. Não sabia que eu, Itzig Finkelstein, queria dar minha contribuição para a guerra.

Mandei revisar o jipe às pressas e parti no dia seguinte, plenamente aparelhado para a guerra e com os salvo-condutos do general no meu bolso, depois de ter trocado suas datas.

Parti para Jerusalém de manhã bem cedo. A cabeça erguida. Acima, voavam aviões em esquadrilha. Jatos novos portando a Estrela de Davi. Eles eclipsavam o sol, escureciam o céu. Aqui embaixo as ruas estavam bloqueadas pelos comboios de tanques. Mas eu passei!

Quando atravessava o Bosque dos Seis Milhões de Almas um pneu estourou.

Eu disse para mim: "Mas você não acabou de mandar revisar este jipe? Depois que ele for rebocado e consertado, a guerra estará acabada!

"E o Muro das Lamentações reconquistado!

"Este maldito bosque! E estas malditas árvores! É tudo culpa delas!

"Seis milhões de almas!

"E quem irá reconquistar o Muro das Lamentações?

"Um judeu! Nenhum outro pode reconquistá-lo.

"Você não é um judeu?

"Eu sou... mas não do ponto de vista destas árvores... destas seis milhões de almas!

"Porque só elas conhecem a verdade!

"Você não pode enganá-las. Muito embora esteja circuncidado. Elas sabem exatamente quem você é.

"Sim, maldição! Sabem que minha circuncisão não vale nada! Sabem que a circuncisão é um elo com o Senhor, o único e eterno Deus, e Deus nunca formou um elo com você Max Schulz!

"Então Deus também sabe a verdade?

"Deus que se dane!

"E quem é você? Se não é um judeu de verdade?"

E ouvi a resposta das árvores:

"Você é o último. O último dos últimos. Entre os circuncidados. E entre os não circuncidados.

Perguntei às árvores:

"E por que sou o último?

As árvores disseram:

"O último dos últimos!

Perguntei às árvores:

"E por quê? Eu talvez matei de maneira diferente, enforquei de maneira diferente e espanquei até a morte de maneira diferente... diferente do último dos últimos?"

"É porque você não reconhece sua culpa! Porque você nega essa culpa! E se esconde! No meio de suas vítimas, entre tantos lugares que poderia escolher no mundo... no meio de suas vítimas sobreviventes e suas vítimas mortas!"

Aposto que você gostaria de saber se Myra teve um filho homem.
Sim. Era um menino. Sem braços nem pernas. Tampouco tinha corpo ou rosto. Tinha somente olhos. Olhos de sapo gigantescos. E eles se fixaram em mim uma vez. Depois se fecharam para sempre.

VI

O navio fantasma! O *Exitus*. O *Ressurreição*! Você se lembra? Um fantasma, aquele navio irreal. Como a vida. Existe ou não existe? Aconteceu ou não? Foi tudo um sonho?

Nunca mais visitei Hanna Lewishon, e quanto a Tiresias Pappas — vez por outra leio alguma coisa nos jornais sobre ele, e nunca mais voltei a ver Max Rosenfeld, nem qualquer um dos outros... exceto um!

Sim. Um dos passageiros do *Exitus* ou do *Ressurreição* deu sinal de vida... de novo... depois da terceira guerra decisiva... em dezembro... dezembro de 1967.

Lembra-se do juiz Wolfgang Richter? O pequeno juiz de província procedente da Alemanha, um judeu sem odor de alma, cheirando a cerveja, botequim, batata e chucrute? Ele se interessou por mim à época. E pelo caso de Max Schulz.

Como ele era? Mas não lembra mesmo dele? Aquele que se parecia com Churchill. E que também fumava charutos!

Um dia, sem aviso, ele apareceu no meu salão.

O juiz Wolfgang Richter é um homem velho e cansado. Oitenta anos no mínimo. Ou mais! Mora não muito longe de nós. Vive da sua pensão e das reparações de guerra. Mudou-se para Beth David porque parece um pouco com Tel Aviv, mas é menor e não tão úmida e barulhenta. Lógico que não demorou a descobrir meu salão... é impossível não vê-lo. Viu também o meu nome... na porta e nos cartazes expostos na vitrine. E pensou — ou imagino que tenha pensado: "Itzig Finkelstein!"

O juiz Wolfgang Richter. Um homem velho e cansado. E solitário. Muito solitário.

Myra com frequência convida-o para jantar: sente pena dele. É isso. Solteirões não costumam ser populares, mas quando são tão velhos como o juiz Richter, além de cansados e solitários, então as pessoas se apiedam deles.

Uma vez, durante a ceia, Myra lhe disse:
— Você viu as coleções de Itzig?
E o juiz Wolfgang Richter disse:
— Não. Mas me interessa vê-las.
— Itzig é um colecionador. Comprou um armário de arquivo e tem fichas de todas as cores imagináveis. Tem uma coleção de selos. E uma coleção de borboletas. E outras coleções. Todos os tipos possíveis de coleções.
Eu disse, brincando:
— Coleciono cartas também. Mas não as mostro. É muito pessoal.
— Não estou interessado em cartas — disse o juiz.
— As importantes estão em código — eu disse. — Ninguém pode lê-las, de qualquer modo.
— Não estou interessado em cartas — repetiu o juiz.
Myra riu e disse:
— Às vezes Itzig é um pouco esquisito.
Depois da refeição fomos para a sala de estar, já que não tínhamos um *fumoir*. O juiz fumou um charuto, enquanto eu fumava um dos meus Camels de sempre.
— Agora me lembro — disse o juiz. — No navio você já era um colecionador. A menos que eu esteja enganado, você à época não colecionava artigos sobre extermínio em massa?
— Exato — respondi. — Ainda os coleciono.
— Naquela ocasião você me falou de um certo Max Schulz...
Assenti com a cabeça e disse:
— Isso mesmo. Um assassino em massa que conheci pessoalmente.
— Ele nunca foi capturado?
— Nunca foi.
Fumamos e bebemos conhaque. Myra estava na cozinha e não nos perturbava.
— Em 1945 — eu disse lentamente — descobri um artigo e o recortei. — Nele havia todos os tipos de coisas sobre Max Schulz!
— E o que havia nele?
— Todos os tipos de coisas — eu disse. — Todos os tipos de coisas. Mas você já sabe! Eu costumava carregar o artigo em meu bolso... no navio.. em 1947... mostrei-lhe o artigo. Você o leu.
— É possível — disse o juiz. — Mas, afinal, isso faz mais de vinte anos. Não posso lembrar o que tinha nele.
O conhaque era bom. Conhaque francês. O juiz Wolfgang Richter ficou surpreendido ao encontrar um conhaque tão bom na casa de um barbeiro.

Contei-lhe tudo que havia no artigo: dos primeiros delitos na Polônia, depois nos fuzilamentos em massa no sul da Rússia, do suposto ataque cardíaco de Max Schulz, da sua transferência para a retaguarda... e de novo no interior da Polônia, embora naqueles dias até mesmo o sul da Rússia fosse considerado interior, e contei-lhe sobre Laubwalde, o campo de concentração sem câmaras de gás... e os fuzilamentos em massa lá, que eram muito similares àqueles ocorridos no sul da Rússia e ainda assim um pouco diferentes. Contei-lhe sobre os documentos que haviam encontrado a respeito de Laubwalde... contei-lhe o que estava escrito no artigo, contei-lhe sobre as primeiras tropas do Exército Vermelho... e sobre a fuga dos SS através da floresta polonesa. E sobre os *partisans*. E sobre a última emboscada. E sobre como os soldados das SS foram massacrados. Exceto por dois que escaparam: Hans Müller e Max Schulz. Contei-lhe tudo que estava escrito no artigo.

Disse:

— Mais ou menos no início, os nomes dos dois criminosos procurados costumavam aparecer de tempos em tempos... nos jornais... então sumiram de repente.

O juiz deu uma baforada e bebeu seu conhaque.

— Hans Müller não me interessa. Só estou interessado em Max Schulz!

— Eu também. Apenas em Max Schulz!

Myra voltou da cozinha e sentou-se junto a nós, mas notou que não queríamos ser interrompidos e deixou-nos de novo a sós.

— Lá no navio você se interessou muito pelo caso — eu disse. — Pelo caso de Max Schulz. Realmente não lembra de mais nada? Até me prometeu que um dia solucionaria o caso!

— Não consigo lembrar — disse o juiz. — Já se passou muito tempo.

— Como não lembra? Fizemos até uma aposta! Uma garrafa de champanhe!

— Não consigo lembrar — repetiu o juiz. — Já se passou muito tempo.

O velho não mentia. Muito tempo se passara. Só recordava um nome. E o nome era Max Schulz... e também o fato de eu ser um colecionador, um colecionador de artigos sobre o extermínio. Nada mais. Eu havia refrescado sua memória.

A conversa começava a me divertir. Esperei um pouco antes de revelar-lhe inteiramente o meu segredo, por ora falei-lhe apenas da infância de Max Schulz e de como ela parecia aos olhos de seu companheiro de folguedos Itzig Finkelstein. Após contar tudo sobre a infância de Max Schulz, eu disse:

— Caro juiz. Faz muitos anos eu lhe disse que Max Schulz havia fuzilado meus pais. Ao menos dei-lhe indícios. Lá no navio, durante nossas conversas. Está lembrado?

— Não — disse o juiz.
— Meus pais também estavam em Laubwalde.
— Ah — fez o juiz. — Então continua convencido de que Max Schulz fuzilou também seus pais?
— Continuo — eu disse. — Tal como antes!
— Mas você não pode saber com certeza! — disse o juiz. — Você não estava lá!
— Mas presumo — repliquei.
— Max Schulz não era o único SS em Laubwalde!
— É verdade — falei. — Mas mesmo assim eu presumo.

E então revelei-lhe o meu segredo.
— Ouça — disse para o juiz. — Imagino a cena do seguinte modo: um carregamento de judeus chega a Laubwalde, são desembarcados dos caminhões debaixo de chicotadas e cães latindo. Meus pais estão entre eles. E entre os SS está Max Schulz. Meus pais veem Max Schulz! E Max Schulz vê meus pais!
"Meus pais sabem o que os aguarda. Antes eles não sabiam. Ou pelo menos não com muita certeza. Mas agora... atrás do arame farpado... agora estão de olhos abertos. Eles veem os cães. E os SS. E as compridas sepulturas abertas. E aqueles que já tinham sido mortos jazendo nas sepulturas. Sentem o odor e entendem tudo.
"Meu pai é o primeiro a descobrir Max Schulz entre os outros SS. Segue na direção dele, ajoelha-se diante dele. Suplica. Não. Não pela sua própria vida. Suplica pela vida de minha mãe.
"Minha mãe vê meu pai. E vê Max Schulz. Corre até os dois. E cai de joelhos. Suplica. Não. Não pela vida dela. Meramente pela vida de meu pai.
"Meu pai chora. Grita: 'Max Schulz! Você foi meu aprendiz! Fomos bons com você?'
"Os SS riem. Observam Max Schulz. Max Schulz já prevê a pergunta: 'Conhece esses judeus? Eram seus amigos?'
"Max Schulz quer sair limpo dessa. Não pode negar que conhece os judeus, porque eles sabem seu nome. Eles eram simplesmente judeus. Nada mais. De nenhuma importância para ele.
"Max Schulz aponta sua arma para as cabeças dos dois judeus ajoelhados.
"Max Schulz atira neles.

— Bem, é possível — disse o juiz. — Sua versão quase me convenceu.
Ficamos em silêncio por um instante. Ofereci ao juiz alguns biscoitos caseiros feitos por Myra. Mas ele recusou.

— Ele teria matado também Itzig Finkelstein — eu disse para o juiz.
— Talvez — disse o juiz. — Porém não poderia fazer isso, já que Itzig Finkelstein não estava lá. Afinal, você está aqui.
Eu disse.
— Sim, estou. Mas poderia ter sido como estou dizendo.
O juiz sorriu. E eu disse:
— Apenas imaginei: e se Itzig Finkelstein tivesse chegado com outro carregamento de judeus?
— Nesse caso a mesma coisa teria acontecido com ele?
Sacudi a cabeça, dizendo:
— Não. Seria errado pensar assim. Itzig Finkelstein jamais se poria de joelhos.
— Então não teria acontecido.
— Não do mesmo modo — repliquei.
— Como foi então?
— Mais ou menos como se segue — eu disse. — Veja bem, é mais do que sabido que Laubwalde não era um campo de trabalho forçado, mas um campo de extermínio. Mas a mão de obra era necessária mesmo num campo de extermínio! Para cavar sepulturas, queimar cadáveres, limpar latrinas nos barracões e uma infinidade de outras tarefas, entende? E eles precisavam também de ajudantes de cozinha!

"Max Schulz de repente vê Itzig chegando numa leva de novos prisioneiros. Max Schulz chama a atenção de seus superiores para Itzig Finkelstein, dizendo-lhes: 'Ele parece forte! Ainda pode trabalhar!' E um dos oficiais diz: 'Sim. Separe-o daquele grupo!'

"Itzig Finkelstein é designado para trabalhar na cozinha do campo. Max Schulz visita-o com frequência. Afinal, eram amigos de infância.

"Os outros soldados SS percebem. Um dia, um dos seus camaradas diz-lhe: 'Cuidado, Max. Não converse muito com o judeu. Quem confraterniza com judeus é mandado para a frente de combate.'

"Max Schulz quer sair limpo. Precisa fazer alguma coisa!

"Max Schulz atira em Itzig Finkelstein. Não pela frente, mas pelas costas!

— E por que pelas costas, *Herr* Finkelstein?
Eu disse:
— Porque tinha medo de fitá-lo nos olhos!

O juiz pensava que estivesse falando com um idiota tagarela. Continuamos a conversar até que o juiz adormeceu. Mais tarde Myra veio até a sala de estar, acordou-o e disse:

— Já passa das dez, juiz Richter. Nós somos pessoas burguesas e normais. Dormimos cedo. E meu marido tem que abrir o salão bem cedo amanhã.

Acompanhei o juiz até metade do caminho. Por cortesia. Ao nos despedirmos o juiz disse:

— Chegamos mesmo a apostar uma garrafa de champanhe no navio... vinte anos atrás?

— Sim. Se você desvendasse o caso de Max Schulz.

— Estranho que eu tivesse esquecido disso. Estou ficando velho.

— Assim é a vida.

— E a aposta continua de pé?

— Claro — falei.

VII

O juiz ficou sem dar as caras por um bom tempo. Então, um dia, ele entrou triunfantemente no salão, dizendo:

— *Herr* Finkelstein! Vim cobrar minha garrafa de champanhe. Resolvi o problema!

— Que problema? — perguntei.

— O paradeiro de Max Schulz. E por que a imprensa ficou calada por todos esses anos!

Eu estava barbeando o prefeito Daniel Rosenberg e precisava estar muito atento. Não podia permitir que minhas mãos tremessem, mas não consegui. Todo o meu corpo tremia e acabei cortando o prefeito debaixo do queixo — felizmente não foi na veia jugular —, deixei a navalha cair no chão, apanhei-a, pedi desculpas e disse:

— Alguma coisa anda errada com minha pressão sanguínea.

Era muito simples.

O juiz Wolfgang Richter é um homem que fica entediado facilmente. Está aposentado, não tem o que fazer, vive da pensão e do dinheiro das reparações. Em suma: um homem com tempo de sobra para escrever cartas tediosas... cartas para as autoridades competentes... cartas para as autoridades que se ocupam em caçar assassinos em massa foragidos!

O juiz Wolfgang Richter conseguiu alguma coisa? Claro que ele conseguiu alguma coisa.

Ele elucidou o caso!

Eis os resultados das investigações do juiz Richter:

Max Schulz está morto! Seu corpo foi encontrado em 2 de junho de 1947 pelos poloneses. O juiz Richter conseguiu até desencavar um artigo num jornaleco provinciano alemão, o *Warthenauer Stadtanzeiger*, evidentemente o único que deu alguma importância a minha morte, pelo menos digna de um artigo.

Li o artigo. Eu, Max Schulz, congelei até a morte durante o inverno de 1945 na floresta polonesa. Meu corpo foi achado por camponeses num trecho da floresta onde, a poucos quilômetros do antigo campo de concentração de Laubwalde, ocorreu uma emboscada dos *partisans* a um comboio de caminhões, levando soldados das SS em fuga. Os camponeses que me encontraram cortaram-me a cabeça e minha genitália. Depois tiraram minhas botas, bem como dinheiro, documentos e outras coisas que eu levava, queimando tudo de que não precisavam, mas deixando incólume meu uniforme!

Monstruoso, não é? Os camponeses nem sequer reportaram o incidente. Não até junho de 1947, quando alguns lenhadores acharam meu corpo já em estado de decomposição. E sem cabeça e sem genitália. E sem botas. E sem documentos. Mas com o uniforme!

Pode acreditar no que digo. Não estou sendo caçado em parte alguma por quaisquer autoridades do mundo inteiro.

O mundo esqueceu-se de mim. E quem eu sou? Max Schulz, um sargento! Eu fui um sargento do Exército de Israel. E fui sargento nas SS. Não é a mesma coisa. Mas sou um sargento. E um sargento não conta! Um peixe pequeno tampouco é importante. Eu era somente um peixe pequeno entre tantos outros peixes pequenos. Havia milhares como eu, assassinos como eu, assassinos em massa eventuais, agora escondidos em algum lugar. Naturalmente havia peixes grandes, muito grandes, também entre os exterminadores, cujos nomes ganharam manchetes nos mais importantes jornais ou ainda estão dando manchetes.

O mundo me esqueceu. E o juiz Wolfgang Richter ficou bem informado. Com toda sua obstinação de bom e velho alemão. Apenas um jornal noticiou minha morte. Nenhum outro. Não era importante o bastante. Isso é triste.

Eu disse para o juiz:

— Uma pena que eu tenha perdido o artigo do *Warthenauer Stadtanzeiger*. E o juiz disse:

— Datado de 10 de junho de 1947. estávamos em alto-mar à época, e não havia jornais com as últimas notícias!

Eu disse para o juiz:

— Como podem as autoridades afirmar que o cadáver era realmente o de Max Schulz?

— Porque tudo foi verificado cuidadosamente. Momento da morte, local, uniforme, e assim por diante. Como ex-juiz eu poderia lhe contar muito sobre esse tipo de coisa, mas afinal já se passaram mais de vinte anos. Não tem mais importância agora. Esqueça.

— Mas naqueles dias havia outras unidades SS na floresta polonesa — continuei, teimosamente. — Em marcha através da floresta polonesa na retirada para a Alemanha. Não poderia tratar-se de outro homem das SS?

— Mas era Max Schulz — insistiu o juiz.

— Poderia ter sido também Hans Müller — repliquei. — O comandante do campo, que conseguiu escapar junto com Max Schulz naquele dia. Sim. Por que não poderia ter sido Hans Müller? Ele estava lá também.

— Não sei — disse o juiz. — Mas confie na palavra de um ex-juiz: as autoridades têm provas de que o morto era Max Schulz e não Hans Müller. Você precisa ter fé no julgamento das autoridades!

— Não era Max Schulz! — insisti.

E o juiz replicou:

— Mas isto ficou comprovado! Você quer saber mais do que as autoridades?

VIII

Meu julgamento teve início em março de 1968. Uma quinta-feira!

Nós — quero dizer, Myra e eu — temos visitas frequentes. Principalmente vizinhos. Poderia até descrevê-los, e o farei. Mas acho-os tão chatos!... E eu, Itzig Finkelstein, no momento não ando com paciência para descrever gente chata. Os únicos entre nossos visitantes que não são chatos são Jizchak Spiegel, o barbeiro, com o qual partilho interesses profissionais, e Daniel Rosenberg, o prefeito, que é um homem importante... mas não preciso descrevê-los, uma vez que já os conhece.

Aos domingos vêm os Ruckenstein, proprietários de uma drogaria, e às segundas os Blumenthal, donos de uma loja de *lingerie*. Moishe Lewi, o mecânico que consertou meu velho jipe, vem às terças. Nas quartas recebemos Jizchak Spiegel e sua esposa e nas sextas Daniel Rosenberg, o prefeito, que traz a família inteira.

Sim, você tem razão. Deixei de fora o sábado e a quinta-feira. E de propósito. No sábado, o Shabbat, Myra e eu temos o hábito de sair em excursão. E nas quintas Myra, minha mulher, reúne suas amigas para o chá, que começa à tarde e vai até as dez da noite.

Eu, Itzig Finkelstein, aliás o exterminador Max Schulz, estou excluído dessa. O chá é só para mulheres! Algumas magras, algumas gordas, algumas bonitas, outras nem tanto, algumas ainda jovens, outras não tão jovens... essas são as amigas de Myra.

Nas quintas, eu jogo cartas: *gin rummy* com o juiz Wolfgang Richter. Uma vez que homens não são bem-vindos em minha casa às quintas-feiras — por causa do chá — nós jogamos no salão O Homem Mundano.

Eis como aconteceu:

Estávamos jogando cartas. Paramos por volta das 21h50, porque vou para a cama às dez... e assim paramos de jogar, pus as cartas de volta na caixa, que deixei sobre a mesinha de jornais e revistas, e já íamos embora quando o juiz fez uma observação que me deixou, o barbeiro pequeno-burguês que vai para cama cedo, perdido no tempo. O juiz disse:

— Eles o enterraram castrado e decapitado! Ele não merecia outro fim!

— Quem? — perguntei.

— Max Schulz! — respondeu o juiz.

Não sei por que o juiz começou dessa maneira. Era óbvio que o juiz não tinha nenhuma vontade de ir para casa, para seu quarto solitário, sua cama de solteiro, não tinha nenhum desejo de ficar olhando para quatro paredes nuas e um teto vazio, queria conversar um pouco, sabia que eu, Itzig Finkelstein... esqueceria a hora, esqueceria que eram quase dez, que eu era um simples homem caseiro e que minha mulher estava esperando em casa... ele sabia que eu ficaria para conversar com ele... se começasse a falar sobre aquele assunto. Começou a falar sobre Max Schulz... ele sabia que... ele sabia que este assunto era meu ponto fraco... e tirou vantagem disso.

O juiz começou a fazer piadas sobre Max Schulz, especialmente sobre o corte de sua cabeça e o corte de seu membro, fitando-me com olhos divertidos, provocando-me, induzindo-me por fim a fazer uma observação impensada. Eu disse:

— Ele não está morto. Está vivo! Está tão vivo e esperto como uma carpa do Shabbat que não foi capturada.

— E como afirma isso com tanta segurança?

Explodi, com raiva:

— Eu sei e ponto final!

— Posso entender, *Herr* Finkelstein! Você está à caça dele. Caçando-o na sua mente. Não está satisfeito por Max Schulz ter morrido sem um julgamento. Posso entender por que, *Herr* Finkelstein, você deseja que ele esteja vivo, para ser caçado, condenado e executado. Você ocupa sua mente com ele. Posso entender isso. Pois afinal você acredita que ele matou seus pais. E acredita que o teria matado também, se você estivesse lá, naquele campo de concentração... em Laubwalde. Mas ele está morto! Morto como uma pedra! Ele congelou até a morte na floresta polonesa. E foi encontrado. Sem a cabeça! E sem a genitália!

Às vezes a falta de imaginação me diverte, se é encontrada em uma mulher como *Frau* Holle. Mas, para ser inteiramente honesto, eu teria esperado mais de um homem como o juiz Wolfgang Richter. Eu estava aborrecido. E disse:

— Para você as coisas são simples. Você quer se poupar do trabalho de pensar. É típico de um juiz de província. Max Schulz congelou até a morte. Caso encerrado. Mas vou lhe dizer, juiz, as coisas são muito mais complicadas do que isso, muito mais complicadas do que imagina que sejam as coisas complicadas!

Sentamo-nos de novo à mesa de carteado e continuei:

— Na floresta polonesa faz um frio dos diabos durante o inverno. E era inverno à época. Fazia frio à época. Tão frio que o cuspe congelava na boca. E as lágrimas nos cílios. Para onde podia ir Max Schulz? A floresta enxameava de *partisans*. E o Exército Vermelho já havia chegado. Na noite anterior. Haviam ocupado a floresta ao raiar do dia. Então para onde Max Schulz poderia ir? Procurar os camponeses locais, talvez? Eles o comeriam vivo em suas cabanas!

Tomei uma profunda respiração e prossegui:

— É verdade que Max Schulz poderia ter morrido na floresta. Porque a floresta polonesa é uma floresta polonesa. Um homem naquelas condições não poderia sair vivo. Não naquelas circunstâncias, não naquele período do ano. Porque se pode facilmente presumir que não levava alimentos... que não tivesse tido tempo de levar comida consigo... porque pulou fora do caminhão... tal como Hans Müller... isso é bem notório... ou pelo menos era notório... pulou fora e correu! Sem comida! E sem um lugar para onde ir. Naquele frio dos diabos! Congelado! Morto de fome! Acabado! Caso encerrado! Mas as coisas não são assim tão simples, meritíssimo!

Dei uma risada escarninha e prossegui:

— Max Schulz correu pela floresta, procurou por uma trincheira, um *bunker* abandonado, encontrou um por acaso e teve de rastejar para entrar. E lá estava quente. Ou melhor: não quente, mas não tão frio quanto lá fora.

Está me acompanhando? E então... na manhã seguinte... Max Schulz rastejou para fora do *bunker*... vagueou pela floresta... tropeçou nos mortos... seus próprios camaradas... mas não se demorou... junto aos mortos, quero dizer... e continuou a vaguear... procurou e encontrou uma cabana quente de camponeses!
    O juiz riu.
    — Você tem uma imaginação fértil, *Herr* Finkelstein! Sem a menor dúvida! E o que ele encontrou na cabana? Um camponês polaco, hã? E o espancou até a morte, certo?
    Eu disse:
    — Errado. Não havia nenhum camponês naquela cabana. Apenas uma velha. Ela viu Max Schulz. E pensou que ele fosse um deus. Um deus que tinha perdido o seu poder. E ela o acolheu na cabana para espancar aquele deus sem poder. E para violentá-lo! E humilhá-lo!
    — Está delirando, *Herr* Finkelstein. Está indo longe demais. Esse tipo de coisa é pura fantasia.
    Continuei, mais cauteloso.
    — Estou dando rédea solta a minha imaginação, só para lhe demonstrar que há possibilidades, ou havia possibilidades... para Max Schulz, quero dizer... possibilidades!
    — De sobreviver?
    — Sim, meritíssimo!

Contei ao juiz minha história. Contei-lhe sobre o inverno. E sobre a primavera. E sobre como vagueei pela floresta polonesa... com o saco de dentes de ouro às minhas costas... e caminhei... na direção da Alemanha. Contei-lhe sobre minha circuncisão. Contei-lhe sobre Max Schulz, que mudou de nome. Contei-lhe sobre seu novo nome. Contei-lhe sobre Itzig Finkelstein. E do Hotel Mãe Pátria. E do *Exitus*. E do *Ressurreição*. E sobre a condessa. Contei-lhe tudo. E quando cheguei ao fim, disse:
    — Meritíssimo, eu sou Max Schulz!
    O telefone tocou.
    Claro que eu tenho um telefone. Dois, na verdade. Um em casa. E um na loja... perdão, eu queria dizer salão para cavalheiros O Homem Mundano! Não estou tão mal, graças a Deus!
    Ao primeiro toque, o juiz levantou, pegou o receptor e gritou:
    — Oh, Sra. Finkelstein! Sim, ainda estamos aqui! Seu marido ficou louco! — Depois continuou, um pouco mais calmo: — Não, não há necessidade de vir. Melhor não. Eu cuidarei dele.

IX

Eu disse:
— Vamos simplesmente imaginar que eu seja realmente Max Schulz! E vamos imaginar que este salão seja um tribunal! E imaginemos... que eu seja o acusado e você o meu juiz!

Estou convencido de que o juiz pensou de fato que eu estivesse louco... e continuou com o jogo meramente a fim de não me provocar mais... poderia ser também, claro, que ele estivesse apreciando o jogo, porque eu, Itzig Finkelstein, aliás o exterminador Max Schulz, o havia colocado pela última vez numa tribuna, ele, um velho vivendo da aposentadoria. Mas, acima de tudo, eu, Max Schulz, oferecia a ele, modesto juiz de província, um processo importante... um processo criminal!

O juiz perguntou:
— Onde está o júri? E onde está o escrivão? E onde estão as testemunhas? E os promotores? E onde está seu advogado? E onde está o médico do tribunal? E a polícia? E o público? E todos os outros?
— Não precisamos deles — eu disse.
— Por que não, *Herr* Finkelstein?

Falei:
— *Herr* Schulz. Por favor, chama-me de *Herr* Schulz!
— Por que não, então, *Herr* Schulz?

Por um instante não desviei os olhos do juiz. Vi os finos pelos em seu nariz e orelhas e pensei: "A qualquer horas dessas eu deveria cortá-los." E depois pensei: "Por que não agora?"

E assim o peguei — o juiz —, levantei-o do seu assento e o fiz acomodar-se na primeira poltrona junto à vitrine, peguei a tesoura, cortei os pelos do seu nariz e orelhas e sentei-me junto a ele na segunda cadeira de barbeiro e disse:
— Viu? O acusado não está de pé diante do juiz! Está sentado junto a ele! Estão sentados juntos: juiz e acusado!
— E o que significa isto, *Herr* Schulz?
— Um procedimento judicial insólito. Renunciaremos aos procedimentos habituais e iremos adiante sem promotor, sem defesa e sem todos os outros aparatos. Trabalharemos juntos como parceiros!
— Parceiros?
— Sim, meritíssimo. Vamos fazer de conta que eu, Max Schulz, tenha o mesmo objetivo que o senhor!
— E qual seria?

— Encontrar uma punição para mim que satisfaça minhas vítimas.

Já lhe contei sobre minha nova geladeira? No vestiário. Sim, tenho uma geladeira nova lá.

Tirei dela uma garrafa de vinho. Vinho branco. Gelado. Refrescante. Depois peguei duas taças. Voltei ao salão. Servi o vinho. Bebi com o juiz. E disse:

— Vamos fazer tudo de uma maneira anticonvencional. A fim de enfatizar nossa parceria. Do início ao fim.

— Anticonvencional?

— Sim. Podemos até nos tratar pelo primeiro nome. Eu sou Max. Você é Wolfgang. Entendeu?

O juiz bebeu seu vinho e acendeu um charuto. Convidou-me a sentar e disse:

— Bem, Max, sente-se junto a mim. Nunca presidi um processo como este em toda a minha vida!

Um salão de barbeiro! Dois homens! Em um salão para cavalheiros!

Veja, diante de você: um comprido espelho de parede. Quatro olhos. Os olhos do juiz. E os olhos do acusado.

— CULPADO!

— Eu só seguia a onda! Simplesmente seguia a onda! Outros fizeram o mesmo. Naquele tempo era legal!

— CULPADO!

— E além disso tenho o cérebro avariado, Wolfgang, não esqueça disso. Sempre tive.

— CULPADO!

— Sim, culpado! É uma questão de opinião. Mas se lhe agrada, Wolfgang, vamos prosseguir. Então sou culpado!

— Neste caso... minha sentença é: morte por enforcamento!

— Quantas vezes, Wolfgang?

— Seis milhões de vezes!

— Mas não sabemos se eram seis milhões, Wolfgang. Poderia ter sido um pouco mais, ou um pouco menos. Além disso, não matei eles todos. Quero dizer, nem todos os seis milhões. Simplesmente fui envolvido.

— Quantos você matou com suas próprias mãos, Max?

— Não sei exatamente. Não os contei.

— Aproximadamente, Max.

— Uns dez mil. Talvez um pouco mais. Ou um pouco menos. Mas para lhe dar um número redondo, dez mil!

— Vamos concordar nisso, Max!

— Ótimo, Wolfgang.
— Então, dez mil!
— Sim, Wolfgang!
— E minha sentença é: morte por enforcamento dez mil vezes!

— Escute aqui, Wolfgang. Como é que vai me condenar à forca dez mil vezes?
— Oh, claro que vou, Max!
— Mas é impossível, Wolfgang! Só tenho um pescoço!

— É verdade, Max. O que vamos fazer então?
— Não sei, Wolfgang.
— Então vamos enforcá-lo apenas uma vez!
— Isso também é impossível, Wolfgang.
— E por que seria impossível, Max?
— Porque começamos com uma certa premissa, Wolfgang.
— E qual é ela, Max?
— Encontrar uma solução que satisfaça minhas vítimas.
— E daí?
— Elas não ficarão satisfeitas com essa punição.
— O que quer dizer, Max?
— Minha morte será apenas uma morte. Uma morte por dez mil mortos. Seria injusto.
— É um problema, Max.
— Sim, Wolfgang. É um problema.
— Vamos presumir, Wolfgang, vamos presumir que eu tivesse dez mil pescoços. E que você pudesse mandar me enforcar dez mil vezes. Você acha que minhas vítimas se satisfariam?
— Não sei, Max. Terei que pensar a respeito.
— Estou certo de que não, Wolfgang. As minhas vítimas não ficariam satisfeitas.
— Por que não, Max?
— Que prazer tirariam disso? Estão mortas.
— Sim, Max.
— É verdade que renascem sob a forma de árvores, Wolfgang. Mas não é a mesma coisa.
— O que quer dizer, Max?
— Quero dizer... é um tipo diferente de vida. Não é a mesma. Não aquela que eu, Max Schulz, lhes tirei.
— Não entendo, Max.

— Reflita um pouco, Wolfgang. Não posso trazer de volta à vida as pessoas que matei. Nem mesmo se quisesse. Não posso, entende? Não posso. Está além de minha vontade.
— Sim, Max. E então?
— Wolfgang! Por que não entende? Isto é o que minhas vítimas querem. Meus mortos. Eles querem suas vidas de volta. Não querem me enforcar nem me espancar até a morte. Ou me fuzilar. Nem mesmo dez mil vezes. Tudo que desejam é a sua vida de volta. Nada mais. E isso não posso dar, Wolfgang. É algo que Max Schulz nunca poderá devolver-lhes. Não posso sequer tirar-lhes o medo da morte que tiveram. Não é possível, Wolfgang. Não existe punição que possa me reconciliar com minhas vítimas.

Nossas vozes se acalmaram. Apenas o eco de nossas palavras percorria o salão, batendo desesperadamente contra o espelho reluzente e golpeando nossos olhos refletidos no espelho, enquanto procuravam aquilo que não podiam encontrar.

O juiz estava perdido. Ofereci-lhe mais vinho e ele recusou. Por um longo tempo ficamos em silêncio. Então o juiz disse:
— Seria melhor adiarmos o processo.
— Adiar não serve. Não há solução. Nem mesmo com outro processo.

Recomeçamos a jogar cartas. Nenhum dos dois queria ir para casa.

O juiz estava pensando. Tentava encontrar uma solução. Seu cérebro não acompanhava as cartas. Não como de hábito. Jogamos apenas duas mãos. Depois o juiz cabeceou de sono.

Imagine a cena. Dois homens desorientados. Que haviam jogado cartas. E estavam cansados. Especialmente o juiz, que adormecera. E agora estava despertando. Ele me olha e diz:
— Max Schulz, não tem solução. É um jogo sujo.
Eu digo:
— Uma sentença deve ser pronunciada.
E o juiz responde:
— Estou cansado. Já não consigo pensar. É um jogo sujo. E estou velho.
Pergunto:
— Posso eu pronunciar a sentença?
O juiz concorda, dizendo:
— Estou cansado. Qual é a sentença?
— Absolvido — digo.
E o velho assente com cabeça. E diz:
— Absolvido.

X

Todos os dias o juiz vem para fazer a barba e aparar o cabelo. Ele entra no salão sorrindo. Toda manhã sua saudação é:

— Shalon, *Herr* Schulz. Como está, *Herr* Schulz? Por que chama sua loção para crescimento capilar de Sansão V-2? O que tem a ver o cabelo de Sansão com os foguetes alemães? E o que você acha, *Herr* Schulz? Deveria eu tentar? Na minha idade? E o que faço com os cabelos, de qualquer modo? Um velho. A quem deverei tentar agradar? O que acha, *Herr* Schulz?

Os fregueses do salão O Homem Mundano conhecem o nosso jogo e às vezes fazem piadas ou demonstram simpatia por mim. O prefeito Daniel Rosenberg recomendou-me seu próprio médico. Ele disse:

— É verdade que ele não é importante, mas apenas um clínico geral. Mas é um homem de grande compaixão. Você deveria se consultar com ele.

Nem mesmo minha mulher me leva a sério. Tenho estado em greve por várias semanas. Quando chegam visitas, eu me isolo no refúgio do meu estúdio. Preciso de paz e silêncio.

Agora vou com frequência ao Bosque dos Seis Milhões de Almas. Converso com as árvores, conto a elas muitas coisas, falo do sal da terra, que não é sal mas simplesmente poeira... poeira dos seres humanos que se foram, das criaturas de Deus. Falo da poeira que vagueia, falo da poeira errante.

— E um dia a poeira chegou. E foi transformada.

Falo a elas do crescimento e da evolução. E de como homens e plantas fincam raízes. E por quê.

Eu estava sentado à sombra das árvores e deixei-me ser provocado. As árvores disseram-me:

— Um dia você morrerá. Você não é mais jovem, Max Schulz!

Respondi:

— Eu nunca disse que era. Embora nos dias de hoje um homem de 61 anos não seja velho. Atualmente as pessoas vivem mais.

E as árvores:

— É verdade.

E eu:

— Sim, é verdade.

— Mas um dia você morrerá.

— Claro. Todos devem se resignar com isso, mais cedo ou mais tarde.

Iniciei um jogo de adivinhação com as árvores. Disse a elas:

— Vamos lá, tentem. Ponham para funcionar seus cérebros de folhagem! Como morrerei? Vamos ver se adivinham a causa de minha morte!
— Isso não nos interessa.
— Adivinhem assim mesmo. É um jogo.
— Nós o pegaremos e enforcaremos — disseram as árvores.
Eu ri.
— Pouco provável. A maior parte dos exterminadores está livre. Muitos estão no exterior. Mas a maioria retornou à pátria. Não leram os jornais? Os exterminadores estão se dando bem! São barbeiros ou algo mais. Muitos possuem seus próprios negócios. Outros têm fábricas. São industriais. Muitos estão na política de novo, até mesmo no governo, são pesos pesados que exigem respeito. E têm famílias.
Sorri e continuei:
— Falo sério, é a mais pura verdade. Eles estão vivos e livres e zombando de Deus e do mundo. Sim. E da palavra "justiça". Por exemplo, eu poderia morrer na véspera do Shabbat. Porque minha mulher cozinha bem, como cozinhava sua mãe em Wapnjarka-Podolsk. Eu poderia me engasgar com uma espinha de peixe, por exemplo. E sufocar. Isto seria o mais provável! Ou poderia sufocar com outra coisa entalada na garganta. Um osso grande, talvez? Mais provável ainda! Poderia escorregar e cair na rua. O que seria ainda mais provável, também. Ou poderia morrer de doença ou velhice. Também seria possível. Mais provavelmente poderia sofrer um ataque cardíaco durante o sono. E eu nem perceberia.
"É claro que poderia acontecer durante a noite, em minha casa. Mais exatamente às cinco para as dez. Pouco antes de ir dormir. É quando, às vezes, faço amor com minha mulher. Às cinco para as dez. Sempre em ponto. Pouco antes de ir dormir, como programamos. De vez em quando. Não com muita frequência. E poderia acontecer de meu coração falhar. Afinal, é possível!
Ainda falei com as árvores por longo tempo, dando sugestão, querendo que adivinhassem a causa de minha morte. Mas as árvores não conseguiram se decidir.

XI

Ontem, depois do almoço, deitei-me no sofá da sala para meu cochilo habitual da tarde. Mas não consegui adormecer e por isso fiquei ali deitado com os olhos semicerrados.

Estava opressivamente quente por causa do *hansim*, o vento oriental. Ele vem do deserto árabe para atormentar pessoas, animais e plantas. Assim é. Os árabes não ousam mandar seus aviões. Em troca mandam seu vento.

Deitado no sofá, eu tinha dificuldades para respirar e comecei a ficar pior. Minha esposa estava ocupada na lavanderia. O vapor filtrava-se através da porta semiaberta para a sala de estar, flutuava ao longo das paredes, girava em torno do meu sofá e por fim envolveu-me completamente. Tive um pesadelo, acreditando que estava à beira da morte.

A voz excitada de minha mulher ao telefone:

— Doutor! Aconteceu! Meu marido! Um ataque cardíaco! Depois do almoço. O quê? Um transplante? Tem três doadores árabes? Dois turistas? Um inglês e um alemão? Cinco corações disponíveis? Só um momento. Terei que perguntar ao meu marido, desculpe-me. Sim. Ele ainda pode sussurrar alguma coisa.

— Não pode ser, doutor. Perguntei ao meu marido. Ele não quer um coração árabe. E nem um inglês, tampouco. E especialmente não um coração alemão. Meu marido quer um coração judeu!

"O que está dizendo? Não tem nenhum em estoque? Nada de corações judeus? Nem um sequer?

"Como disse? Amanhã, talvez? Ou no dia seguinte? Há sempre alguma coisa acontecendo? Nos territórios ocupados? Uma mina? Uma bomba? Um fuzilado pelas costas? Ou talvez alguém que morreu na cama? Isso também? Então só nos resta esperar?

"Como disse? Um golpe de sorte? Alguém acabou de morrer? Ah, não completamente morto? Ainda está moribundo? E quer doar o coração?

"Como? O que está dizendo? Um rabino? O coração de um rabino? Se meu marido concorda?

Estou sendo levado de maca. Perco os sentidos. Depois recobro.

Onde estou? Talvez no Hospital Hadassah. Numa UTI. Nem sequer posso pensar. Névoa, somente névoa. Nada senão névoa. Mas ouço vozes. Algumas vozes:

— Ele esteve inconsciente por muito tempo. Nem sabe que foi operado. Não sabe nada de nada.

— É verdade? Ele tem agora um coração de rabino?

— Isso mesmo!

— Quem era ele?

— Não sei. Um rabino.

— Ele viverá?

— Não creio. Alguma coisa não correu como devia.
— Então... ele está morrendo de novo?
— Sim.
Vozes e mais vozes:
— Sim.
— Sim. Sim. Sim.

O que está havendo, maldição? Não ouço mais vozes. E não vejo nada. Está escuro. E silencioso.
Não. Eu não sinto nada. E ainda assim posso ver. Posso imaginar coisas:
Consigo ver meus pensamentos saindo da lesão que tenho no cérebro, libertando-se para serpear em volta dos meus olhos, para irromper fora destes olhos de sapo e começar a pairar, pairar por todo o quarto, no teto, olhar para mim, sussurrar-me alguma coisa.
O juiz Wolfgang Richter diz:
— Max Schulz! Você está jazendo à porta da morte!
E meus pensamentos, acocorados no teto, após fugir daquela massa viscosa, a polpa cinzenta detrás dos meus olhos de sapo, dizem:
— Sim, eu sei, Wolfgang.
— Não poderia condená-lo aqui, Max. Não aqui na terra. Mas ocorreu-me uma ideia.
— Que ideia, Wolfgang?
— Uma ideia muito original.
— E qual é?
— Passo você para outro julgamento!
— Isso não tem nada de original.
— Entrego você a Deus, Max.
— Talvez Ele não exista.
— Eu sabia.
— O que... você sabia?
— Que você teria medo, Max.
— Como é que sabe disso, Wolfgang?
— Posso ver o suor brotando de sua testa. E sua boca aberta.
— Não pode ser, Wolfgang. Como pode ver meu corpo suar... de medo... quando o meu medo está acocorado no teto?
— Está tudo em sua mente, Max.
— Sim. Estou com medo.
— Sim.
— Que aspecto tenho, Wolfgang?

— Assim-assim, Max. Uma pena que não vai poder ver a si mesmo nunca mais. Seus olhos de sapo estão esbugalhados. Sua boca, escancarada.
— Estou realmente assim?
— Está. Verdade. O próprio fim. Um homem como você morre... com o medo "deles".
— Medo de quem?
— Com o medo que suas vítimas sentiram antes de morrerem.
— E essa seria a punição justa?
— Não.

E de repente posso ver de novo. Vejo cortinas brancas. E vejo a janela aberta. E posso ver o vento também. Eu o vejo!
E me parece como se o vento estivesse vindo do Bosque dos Seis Milhões de Almas. O vento! E o vento agarra as cortinas brancas da janela. E sacode-as.
E gradualmente elas se tornam mais escuras. As cortinas da janela. Ficam cada vez mais escuras, e saltam dos ganchos, viram asas, asas negras, começam a esvoaçar, deixam-se ser carregadas pelo vento, pelo vento que vem do bosque, do Bosque dos Seis Milhões de Almas. E as asas capturam-me, engancham-se firmemente nos meus braços retesados e o vento eleva-se, carregando minhas asas, e eu com elas. Para algum lugar. Lá!

E lá havia um tribunal. E um julgamento de Max Schulz!
Estou de pé diante do meu juiz. De pé diante "Dele", o Primeiro e Único e Eterno.
O Primeiro e Único pergunta:
— Você é o exterminador Max Schulz?
E eu digo:
— Sim. Sou o exterminador Max Schulz.
— Você é circuncidado?
— Não. Não sou circuncidado. Meu prepúcio cresceu de novo. A caminho daqui.
— Você tem o coração de um rabino?
— Não. Ele caiu. A caminho daqui ele caiu. A caminho daqui. Tenho meu próprio coração de novo.
— Onde está seu falso número de Auschwitz?
— Ele se apagou.
— E a tatuagem das SS?
— Reapareceu. Onde estava a cicatriz.
— Você é mesmo o exterminador Max Schulz?

— Sim. Sou de fato o exterminador Max Schulz.
E o Primeiro e Único pergunta:
— Culpado?
Respondo:
— Eu segui a corrente. Simplesmente concordei com aquilo. E muitos outros concordaram também. Era legal naqueles dias.
— Esta é sua única desculpa?
— É minha única desculpa.
— E quanto a seu cérebro lesionado?
— Isso não existe mais.
— Culpado?
— Sim. Culpado!
— Espera uma sentença justa?
— Sim. Uma sentença justa. Eu, Max Schulz, espero justiça de uma autoridade justa.
E o Primeiro e Único falou com voz retumbante:
— Então eu o condeno!
Mas eu replico:
— Espere um momento. Primeiro preciso lhe perguntar uma coisa.
E o Primeiro e Único responde:
— Pois pergunte. Mas seja rápido!
— Onde estava você... naqueles dias?
— O que quer dizer... naqueles dias?
— Naqueles dias, durante as execuções.
— O que quer dizer?
— As execuções dos indefesos.
— Quando?
— Quando tudo aconteceu.
Pergunto:
— Estava dormindo?
E o Primeiro e Único diz:
— Eu nunca durmo!
— Onde estava?
— Quando?
— Quando tudo aconteceu!
— Quando tudo aconteceu?
— Se não estava dormindo... onde você estava?
— Aqui!
— Aqui?

E o Primeiro e Único diz:
— Aqui.
— E o que fez você, se não estava dormindo?
— Quando tudo aconteceu?
— Sim. Quando tudo aconteceu!
E o Primeiro e Único diz:
— Eu observei!
— Observou? Apenas observou?
— Sim. Apenas observei!
— Então sua culpa é maior do que a minha! — eu digo. — Se isto é verdade... então você não pode ser meu juiz!
— É verdade — diz o Primeiro e Único. — Não posso ser o seu juiz!
— Essa é a verdade!
E o Primeiro e Único diz:
— Essa é a verdade!
E eu pergunto:
— O que vamos fazer a seguir?
— O que vamos fazer a seguir?
— Isso é um problema!
E o Primeiro e Único diz:
— Sim. Isto é um problema!

E o Primeiro e Único desceu de sua tribuna de juiz e colocou-se ao meu lado. E assim ambos esperamos! Por uma sentença! Mas quem ali podia pronunciá-la?

Este livro foi composto na tipologia Avenir Lt 35 Light e Minion Pro, em corpo 11/13,2,
e impresso pela Gráfica Nova Letra, em papel offset 75g/m²
e a capa em papel cartão supremo 250g/m².